Emanuel Geibel

# Gesammelte Werke

Fünfter Band

Emanuel Geibel

**Gesammelte Werke**
*Fünfter Band*

ISBN/EAN: 9783741129902

Hergestellt in Europa, USA, Kanada, Australien, Japan

Cover: Foto ©Andreas Hilbeck / pixelio.de

Manufactured and distributed by brebook publishing software
(www.brebook.com)

Emanuel Geibel

# Gesammelte Werke

# Emanuel Geibels

# Gesammelte Werke

in acht Bänden.

---

**Fünfter Band.**

Judas Ischarioth. — Die Blutrache. — Dichtungen in antiker Form. — Klassisches Liederbuch.

---

Dritte Auflage.

Stuttgart 1893.

Verlag der J. G. Cotta'schen Buchhandlung Nachfolger.

# Inhalt.

## Judas Ischarioth. — Die Blutrache.



## Dichtungen in antiker Form.



### Ethisches und Aesthetisches in Distichen.



### Distichen vom Strande der See.



### Oden.

## Kleinigkeiten.



## Ein Buch Elegien.



# Klassisches Liederbuch.

Griechen und Römer in deutscher Nachbildung.

## Erstes Buch.

## Griechische Lyriker.

## Zweites Buch.

## Römische Elegien und Verwandtes.

## Drittes Buch.

### Fünfzig Oden des Horaz.

Seite

# Judas Ischarioth.

Er ist es! Jede Stunde lehrt: er ist's!
Die Flut gehorcht ihm, und der Feigenbaum
Verdorrt auf sein Gebot. Kein Geist der Plage,
Des Siechtums ist, den er nicht bändigte;
Die Stummen reden und die Lahmen wandeln,
Aus ihren Gräbern stehn die Toten auf,
Und gehn hervor im Schweißtuch. Das verbürgt
Ihn als Propheten. Aber hätt' er auch
Von diesen Wundern keins gethan, und wäre
Das ganze Land nicht seiner Zeichen voll
Vom toten Meere bis an Zions Burg:
Wenn er mich anblickt, und aus seinem Auge
Der stille Glanz der Ewigkeit mich trifft,
Wenn ich ihn reden höre, und sein Wort
Voll schlichter Klarheit, jedem Kind verständlich,
Und tief doch, wie des Himmels tiefster Abgrund,
Die Festen meines Wesens schüttern macht,
Fast wie Posaunenschall — das ist's, woran
Ich dennoch spüren müßte: Hier ist mehr
Denn Moses und Elias und der Täufer,
Hier ist der Eine, der verheißen ward.

Er ist's. Und doch, schau' ich in mich hinein,
Wie starr und düster alles, und kein Ton,
Der auf die Freudenbotschaft Antwort giebt!
Warum denn stürmt nicht ohne Rückhalt ihm
Dies Herz entgegen, warum jauchzt es nicht

In lichten Psalmen auf und schmilzt nicht hin
Am Strahl des Heiles, wie ein eis'ger Born,
Der rauschend in lebend'ge Flut zergeht?
Warum auch jetzt noch, da mich seine Kraft
Für Augenblicke schauernd angerührt,
Dampft trüber Zweifel, wie ein Nebel, wieder
Im Geist empor mir, und wenn Zweifel nicht,
Doch stete Lust zu zweifeln? Was empört
In diesen Gliedern, die doch Judas Samen,
Sich trotzig wider seine Göttlichkeit,
Und bäumt zurück vor seinem Liebesjoch,
Gleich wie ein störrisch Roß, und sehe lieber
Das große Werk der Gnaden ungeschehn,
Als so geschehn? — Ich hab' es oft durchgrübelt,
Doch all mein Grübeln frommt und ändert nichts.

Als Knabe hatt' ich Stunden, ahnungsreich
Und wie voll Weissagung; dem Jüngling wurden
Sie Kern des Lebens bald. — Sah ich den Römer
Mit eh'rnem Fuße schreiten durch das Land,
Gebietrisch trotzend, wo das Heiligtum
Des Höchsten ragt und in geweihten Grüften
Der Staub der Väter schläft: da wandte sich
Von jachem Weh durchzuckt mein Eingeweid',
Und jeder Tropfen Bluts in mir ward Zorn.
Hinaus ins Felsgebirge trieb es mich,
Und unterm Sternenhimmel, beim Geseufz'
Des Nachtwinds in den dürren Disteln, flammte
Mein brünstig Beten Fluch auf Fluch herab
Auf der Bedrücker Haupt, und schrie empor
Um den Messias, daß er uns erlöste
Aus solcher Schmach. — Und wenn ich heimgekehrt,
Erschöpft vom Eifern, mich aufs Lager warf,
Da füllten seltne Bilder mir den Schlaf,
Und meiner Seele grimme Sehnsucht trat

In körperlosen Schatten vor mich hin:
Auf Bergeszinnen einsam fand ich mich,
Und eine Hand aus Wolken reichte mir
Ein schneidig Schwert, und da ich's umgegürtet,
Durchfloß mich eine Kraft wie Feuerwein.
Im Sturme trug des Traumes Geist mich dann,
Und hoch zu Roß durch Schlachten ging es hin
Durch blanke Speere, Leichen, Wagentrümmer,
Durch Blut und Staub — die Römeradler sanken
Wie scheue Tauben vor dem Wetterschlag;
Weit, weit ins Unermeßne stob die Flucht,
Und fern im Untergang stieg eine Röte
Von Flammen auf, und ward zum Feuermeer
Von Pol zu Pol, und in der Glut verging
Die Stadt des Greuls und aller Heiden Trotz.

Und wieder dann im Purpur sah ich mich,
Das dunkle Scheitelhaar von Salböl triefend,
Auf goldnem Stuhle: Harfen hört' ich rauschen,
Und alle Gipfel überprangend stand
Jehovahs Tempel, denn des Erdrunds Fürsten
Knieten umher und huldigten dem Herrn,
Der sie durch meinen Arm gebeugt — und mir.

So träumt' ich oft und dacht' an Josephs Traum,
Wenn ich erwacht'. Und all mein Leben ward
Ein durstig Harren, dem das Gegenwärt'ge
Nur Morgendämmrung großer Zukunft schien.
Die Schriften der Propheten wühlt' ich durch
Bei tiefer Nacht, und sog aus dunkeln Worten
Mir Wachstum jener Ahnung, die mein Mund
Nicht kundzugeben wagte, mit Gebeten
Den Himmel stürmend um Bestätigung.
Doch Wochen, Monde, Jahre rollten hin,
Eintön'gen Schwungs, und Heute war wie Gestern,
Und nichts geschah.

Da plötzlich an mein Ohr
Erging ein dumpf Gerücht, das schüchtern erst,
Wie Windesodem durch den Pappelwald,
Durchs Volk dahinlief, doch im Weiterwandeln
Anwuchs und tausendstimmig Brausen ward.
Der Heiland, hieß es, der Erwartete,
Der Leu vom Stamme Juda sei gekommen,
Und sühnen werd' er seines Volkes Schmach.
Und wundervolle Mären gingen um
Vom Stern, der über Bethlehem geleuchtet,
Da er geboren ward; ergraute Hirten
Entsannen sich, daß sie in jener Nacht
Auf dunkler Feldwacht Engelsgruß vernahmen,
Und daß sie dann mit fremden Königen
Vor einem Kind gekniet, von dessen Lächeln
Ihr trüber Sinn licht wie der Himmel ward.
Und wie die Greis' erzählten, glänzten ihnen
Die faltigen Stirnen, gleich als flösse drum
Der einst geschauten Glorie Widerschein,
Und ihre Reden tönten wie Musik.

Das alles traf den Geist mir, wie ein Blitz
Ins Wasser schlägt und seine Tiefen aufrührt,
Und was auf meines Wesens letztem Grund
Bedeckt von der Alltäglichkeit geruht,
Kam wild vermischt nach oben: brünst'ge Sehnsucht
Nach Heil für mich und für mein duldend Volk,
Ehrgeiz'ger Wunsch, getäuschten Stolzes Grimm,
Gedankenunrast, welche nur mit Qual
Den Zweifel trug und doch die Klarheit scheute;
Und halb voll Hoffnung, halb voll Furcht: er sei's,
Ging ich zum Jordan.

Wunderbare Stunde,
Die noch in der Erinnrung mein Gemüt

Durchbebt mit Schauern, und den Felsenkern
Der Männerseele mir in weibisch Heimweh
Dahin zu tauen droht — mir wär' es besser
Vielleicht, ich hätte nimmer dich gesehn,
Als daß du kamst und gingst, und all mein Leben
Seitdem zum ungelösten Zwiespalt ward.

Auf einen König hatt' ich mich bereitet,
Auf einen Helden, der wie Saul das Volk
Weit überragt' um eines Hauptes Länge,
Auf einen Hohenpriester und Propheten,
Des Wort in flammend Feuer eingetaucht,
Die Seelen zündete zum heil'gen Krieg —
Und nun, wie anders war er! — Demut ganz,
Holdsel'ge Sanftmut — statt das Schwert zu zücken,
Die Arme breitend, gleich als wollt' er drin
Die Welt umfangen: all sein Feldgeschrei
Ein Wort von Lieb' und Frieden, sonder Zeichen
Der königlichen Hoffnung sein Gewand —
Und dennoch glänzt' auf seiner klaren Stirn
Göttlichen Ursprungs Stempel, dennoch lag
In seinem Aug' ein unergründlich Etwas,
Daß ich davor die Wimper niederschlug,
Als schaut' ich in die Sonn'.

Und als ich nun
Verwirrt, betroffen, mit mir selbst im Streit,
Mich stehlen wollte durch des Volks Gewühl,
Wie ein verletzter Hirsch das Dickicht suchend:
Da wandt' er plötzlich auf mich her sein Antlitz,
Und Halt gebietend mir mit einem Blick,
Von dem ich spürte, daß mein Innerstes
Ihm wie Krystall war, sprach er freundlich: Komm!
Ich weiß, wonach dich lüstet. Folge mir!

Ich folgt' ihm. Und für Stunden war mir's nun
Ich sei verwandelt. In mein rastlos Stürmen
Kam eine Stille, die, wie süßer Schlaf
Des Kranken Fieber, mein erhitzt Gemüt
Besänftigte; mein Wandel und Gebet
Ward anders, denn zuvor; und Thränen weint' ich,
Wie ich als Kind sie weinte, sonder Zorn.
Und horcht' ich dann, gelagert bei den andern,
Dem Worte, das von seinen Lippen ging,
Da ward mir oft zu Sinn, als wandert' ich
In einem dunkeln unterird'schen Gang,
Und sehe fern am äußersten Gewölb
Den Strahl des Tages fließen, und mich faßte
Ein weich Verlangen nach dem Licht hinauf.

Doch Stunden waren's nur, und all ihr Glanz
Und Glück war Traum. Mein Geist, auf Augenblicke
In Bilder sanften Friedens eingelullt,
Fuhr auf aus müß'ger Schwachheit und verlangte
Nach Größerem. — An seiner Wunderkraft
Nicht konnt' ich zweifeln, doch was frommte sie,
Wenn er sie rosten ließ, wie in der Scheide
Die Klinge rostet? Thaten wollt' ich sehn,
Zerbrochen Zions Joch, gerächt die Qual,
Die wir erduldet, wiederhergestellt
Der auserwählten Stämme Königreich,
Ihn selbst gekrönt, und ihm zur Seite mich.
Er aber zog durchs Land, und predigte
Und heilte Kranke, statt mit Kriegsgeschwadern
Mit Fischern, Zöllnern sich umgebend,
Vergab verbuhlten Dirnen, schwatzt' am Brunnen
Mit fremden Weibern, ja und hieß dem Kaiser
Den Zins uns geben, der des Kaisers sei,
Indes sein trotz'ger Liktor täglich doch
Für Judas Rücken frische Ruten band.

Und als ich endlich, in der düstern Brust
Den ungeduld'gen Groll nicht länger zügelnd,
Auf eines Berges Gipfel zu ihm trat,
Und an sein Amt ihn mahnt', und ihm das Land
Verheißend wies, das seines Fürsten harrte,
Wie's vor uns lag mit seinen Seen und Städten
Und Cedernhöhn in Abendglut getaucht,
Da fuhr's aus seinem Aug' in meine Seele
Wie zornig Wetterleuchten, und sein Ruf
Ging dräuend in mein Ohr: Hinweg, Versucher!
Kommst du noch einmal? Hebe dich hinweg!

Seit jenem Tag steht etwas zwischen uns,
Wie eine Mauer. Fremd ist mir sein Thun
Und unbegreiflich all sein Will' und Weg.
Wohl pocht bisweilen seine Rede noch,
Sein Blick ans Herz mir, daß die Angeln schüttern
Wie vormals, wenn er heischte: Laß mich ein!
Doch machtlos sprengt er nicht die Riegel mehr.
Und wenn mein Fuß ihm folgt, und wenn mein Leib
Ihm noch gehorsamt, ist's Gewohnheit nur;
Denn kaum, daß ich, was er gebot, vollführt,
So schnellt mein Geist, wie ein gekrümmter Bogen,
In seinen Stolz zurück, und eines nur
Empfind' ich noch, daß wir geschieden sind.

Nun hör' ich wundersame Stimmen oft,
Die aus dem Boden gehn, im Winde schwimmen,
Im Abendnebel flüstern an mein Ohr.
Und wie ich ihnen lausche, wächst in mir,
Gleich Winterzacken unterm Tropfenfall,
Ein tödliches Gefühl empor wie Haß;
Und ein Gedanke, den ich, seit er einmal
Sprang aus der Dämmrung und Gestalt gewann,
Nicht mehr ins Nichts zurückzubannen weiß,

Heißt durch ein unerhörtes Wagnis mich
Das angefangne Werk nach meinem Sinn
Ins Gleis zu rücken, oder — fügt sich's nicht —
Es zu zerbrechen und auf seinen Trümmern
Erhabnen Haupts den eignen Weg zu gehn.
Woher dies Trachten stammt, wohin's mich führt,
Kaum mag ich's fragen. Ist's ein ewig Schicksal,
Das mich dahinreißt? Ist's ein Teil des Fluchs,
Den Adam fallend seinem Stamm vererbt?
Ist es der Sinn, dadurch der Engel reinster
Von seiner Stirn das Diadem verlor,
Und Satan ward? — Ich weiß es nicht zu nennen,
Noch auch zu bänd'gen. Geh's denn seinen Gang!

# Die Blutrache.

## I.

Uebers Meer zum hohen Strand von Paros
Strebt das Schiff mit weitgebauschten Segeln;
Reiche Ladung bringt es von Ragusa.
Munter auf Verdeck und Leitern tummelt
Sich die Mannschaft, froh der nahen Landung,
Rings erschallt Gesang und Scherz und Lachen.
Nur Basil, der Jüngling, teilt die Lust nicht;
Auf dem Schiffsbord lehnend, düstern Auges
Schaut er zu den spielenden Delphinen,
Oder starrt zum Ufer, wo vom Hafen
Deutlich schon am Fels die Stadt emporsteigt.
Schwere Sorge wohnt in seiner Seele,
Denn ein Brief der Schwestern rief ihn heimwärts,
Daß er komme seines Erbs zu walten;
Jähen Todes starb dahin der Vater,
Und noch Schlimm'res sagt sein ahnend Herz ihm.

Als das Schiff den Hafen nun erreicht hat,
Fröhlich durch den duft'gen Sommerabend
Schwärmt am Strand das Schiffsvolk zu den Schenken,
Wo beim roten Wein die Zither klimpert.
Aber trüb zur Stadt empor die Treppen
Wallt Basil; den säulenschlanken Dächern
Gönnt er keinen Blick, dem hellen Brunnen,
Der aus altem Bildwerk tönend sprudelt.
Tief in rebendunkler Gasse sucht er

Nach der Pforte mit den Löwenköpfen;
Einen Augenblick dort steht er sinnend,
Dann das Haupt erhebend, sichern Fußes
Tritt er über die verwaiste Schwelle.

Laut aufweinend grüßen ihn die Schwestern;
Lambra, die, seitdem der Bruder fortzog,
Schwarz gelockt in strengem Reiz emporwuchs
Und die Kleine, die er schier als Säugling
Noch verließ, die blonde Theodula,
Die dem Vater gleicht an Stirn und Augen.
Als Basil die Schwester weinen siehet,
Da befällt auch ihn der Schmerz gewaltsam,
Und die heiße, lang verhalt'ne Thräne
Quillt ihm langsam aus der finstern Wimper.
Aber wie von dunkler Scheu befangen
Fragt er wenig nur, Bericht nur heischt er
Von des Vaters ehrender Bestattung:
Wie sie ihm gefolgt mit hundert Kerzen,
Wie der Priester unter Weihrauchwolken
Fromm die Gruft besprengt, und wie die Freunde
Sie bepflanzt mit Rosmarin und Lorbeer.

Drauf, den Reisemüden zu erquicken,
Frisches Wasser in metallnem Becken,
Saubres Linnen bringen ihm die Schwestern,
Rüsten auch ein Mahl auf niedrer Tafel,
Dunkeln Wein und Thunfisch und Oliven.
Wie er sitzt, bedienen sie den Bruder,
Mühsam von gleichgült'gen Dingen manches
Ihm erzählend, vom Verspruch und Tauffest,
Von des Weinbergs Stand, und von den Wölfen,
Die des Nachbars Hürde jüngst verwüstet.
Halben Ohrs nur lauscht Basil, verloren
Scheint sein Geist in bang beklommnes Brüten.

Aber als die Nacht hereingedunkelt
Und verglimmend nur des Herdes Feuer
Das Gemach noch füllt mit roter Dämmrung,
Heißt Basil die Kleine schlafen gehen;
Doch der ältern Schwester winkt er schweigend,
Ihm genüber an die Glut zu sitzen,
Lange forschend blickt er ihr ins Antlitz,
Bang, als wollt' er von den dunkeln Brauen
Ihr ein unheilvoll Geheimnis lesen:
Endlich spricht er tonlos diese Worte:
Sag, wie war es mit dem Tod des Vaters?
Wie geschah's? Mir deucht, ich weiß nicht alles.

Finstern Augs entgegnet ihm die Jungfrau:
„Nicht betrog dich deines Herzens Argwohn,
Höre denn das ganze Greu'l, o Bruder.
Im Gebirgsforst, auf dem Weg nach Kostja —
Heute sind es dreimal sieben Tage —
Fanden sie den Leichnam unsres Vaters.
Ganz zerschmettert lag er dort im Abgrund,
Blutbeströmt, mit eingeschlagnem Schädel.
O mir graut, gedenk' ich dran, es kehrt sich
Mir das Herz um, tausendmal verfluch' ich,
Tausendmal den gottverhaßten Mörder —
Ja den Mörder! — Denn desselben Tages,
Da vom Weidwerk Milo nimmer heimkam,
Jagt' im Forst Manoli, unser Blutfeind."

Lambra ruft's, und hoch emporgerichtet
Steht sie da, das Haupt zurückgeworfen,
Wilden Haß im Blick, die Nüstern zitternd;
Doch das Blut Basils ist Eis geworden,
Und er spricht mit fürchterlicher Ruhe:
„Wenig sagst du, doch genügt das Wen'ge,
Und ich weiß hinfort, was meines Amts ist.

An der Wand dort hängt die Flinte Milos,
Bete, daß ihr bald ein Ziel beschert sei!"
Spricht's und steigt hinauf zur obern Kammer,
Wo die Schwestern ihm das Bett bereitet,
Festen Schritts. Und stille wird's im Hause;
Nur im Garten murmelt noch der Brunnen.

---

## II.

Tage kommen, Tage ziehn vorüber:
Lambra sitzt am Herd und dreht die Spindel,
Ihren Flachs mit heißen Thränen feuchtend.
Und im Garten, wo die Feigen reifen,
Spielt im Gras die blonde Theodula.
Aber draußen schweift Basil, ihr Bruder,
Mischt sich unter das Gewühl des Marktes,
Mit den Bauern plaudernd, mit den Hirten,
Sitzt am Schenkenthor und fragt am Hafen,
Was man Neues sich erzählt vom Tage;
Heitres Lächeln trägt er auf der Stirne,
Doch im Herzen nichts, als Durst nach Rache.

Als der Mond sich dreimal schon gefüllt hat,
Da vernimmt er, auf des Vaters Hofe
Hochzeit halten will Manolis Tochter,
Und zum Kloster morgen ins Gebirge
Muß der Alte, daß er selbst zur Feier,
Wie es Brauch ist, sich den Priester lade.
Das bedünkt Basil willkommne Botschaft,
Aber klug sein pochend Herz bezwingt er.
Zu den Schwestern kehrt er heim, den Abend,
Bis sie ruhn, verplaudert er beim Weine;
Doch in tiefer Nacht, um Mondesaufgang,
Nimmt er von der Wand die Flinte Milos,

Küßt die Mädchen dann im Schlaf und schreitet
Durch den Garten fort auf leisen Sohlen.

Auf dem Fußpfad, der zum Kloster leitet,
Mitten im Gebirg durchs Felsgeklüfte
Braust ein Bach; Platanendickicht wuchert
Um sein tiefes Bett und Oleander,
Und ein schmaler Steg nur führt hinüber,
Roh gezimmert von der Hand der Mönche.
Aber jenseits, zwanzig Schritt vom Brücklein,
Liegt am Uferhang ein ries'ger Felsblock,
Moosbedeckt, von hohem Busch umschattet.
Diese Stätte sucht Basil; er hat dort
Manch geflügelt Wild erlegt als Knabe,
Heute lockt sie ihn zu anderm Weidwerk.
Als der Morgen rot am Himmel aufglüht,
Steigt er in die Schlucht hinab; behutsam
Dort im Schatten des gewalt'gen Felsblocks
Kauert er sich hin und unbeweglich
Harrt er im Gebüsch, zur Hand die Flinte.

Langsam fliehn dem Wartenden die Stunden,
Langsam von des Bergrands höchsten Wipfeln,
Zoll um Zoll den Abhang überflutend,
Sinkt ins Thal herab der Strahl der Sonne,
Bis zuletzt er golden flimmt im Bache.
Aber stille bleibt's in weiter Runde,
Nur das Wasser braust, Lacerten schlüpfen
Raschelnd durchs Geröll, und aus der Höhe
Tönt von Zeit zu Zeit der Schrei des Falken.

Heißre Lüfte künden schon den Mittag,
Horch! da rauscht es drüben auf dem Fußpfad,
Und hernieder kommt es durch die Büsche.
Nach der Flinte greift Basil, es zittert

Ihm der Arm vor starken Herzensschlägen,
Doch er faßt sich rasch und zieht den Hahn auf,
Und mit halberhobnem Rohr zum andern
Ufer späht er. Aber aus dem Dickicht
Tritt ein Wolf hervor, ein riesengroßer,
Zottig grau, mit grünen Feueraugen.
Langsam bis ans Brücklein trabt das Untier,
Schaut dort um und gähnt und fletscht die Zähne;
Grade schußrecht steht es für den Jäger.
Doch Basil verschmäht die sichre Beute,
Für ein ander Ziel die Kugel sparend;
Trägen Schritts mit abermal'gem Gähnen
Wendet sich der Wolf und trabt von dannen.

Kaum verschwunden ist er in der Waldnacht,
Da vernimmt Basil aufs neu ein Rauschen;
Diesmal hört er deutlich Menschentritte.
Jetzt schon kenntlich durch die dunklen Blätter
Scheint das rote Fes, der weiße Vliesrock;
Sieh, und jetzt ins Freie tritt der Wandrer.
Doch Manoli nicht, Manolis Knabe
Ist's, der schlanke, fünfzehnjähr'ge Stauro.
Muntern Schrittes, in der Hand ein Brieflein,
Naht er sich dem Steg; im Strahl der Sonne
Glänzt sein reich Gelock und glänzt der zarte
Pfirsichflaum der leicht gebräunten Wange.
Doch nicht schaut Basil des Kindes Anmut;
Wie Gewittersturm in seinem Busen
Tobt's von grausam jubelnden Gedanken;
Denn ein unerhörtes Werk der Rache
Beut sich dar, er kann den alten Blutfeind
Tief bis in die tiefste Seele treffen.
Und an seines Vaters Mord gedenkend,
Schlägt er an und zielt. Doch wie der Knabe
Langsam nun sich bückt nach einer Blume

Und ihm still hält ahnungslos, da sträubt sich
Scheu sein Herz, im Kampf von Wut und Mitleid
Schwankt ihm auf und ab das Rohr, es flirrt ihm
Vor dem Blick, die Wimper muß er schließen,
Daß er auf sich selber sich besinne.

Horch, da tönt ein geller Schrei und blitzschnell
Fährt er auf; den Sohn Manolis sieht er
Drüben ringend mit dem Wolf, der seitwärts
Aus dem Busch ihn wütend angesprungen.
Ungleich ist der Kampf; des Feindes Kehle
Preßt in Todesangst zurück der Knabe;
Aber schon versagt die Kraft den Händen,
Taumelnd sinkt er schon — da liegt urplötzlich
Fest und unbewegt der Lauf der Flinte,
Und es kracht der Schuß. In seinem Blute
Wälzt am Grund verendend sich das Untier.

Bleich vor Schreck, beströmt vom Blut des Wolfes
Springt der Knab' empor, er sieht den Retter
Jenseits stehn am hohen Felsenufer,
Und zum Steg mit aufgehobnen Händen
Vorwärts eilt er, stürmisch ihm zu danken.
Doch gebietrisch winkt Basil zurück ihm:
„Geh, bestelle deinen Brief im Kloster!
Doch dem Vater sage, wenn du heimkommst:
Diese Kugel, die den Wolf getötet,
War für ihn bestimmt, er soll sich hüten,
Hüten vor Basil, dem Sohn des Milo!"

Ruft's, und eh' den Sinn der Worte Stauro
Noch gefaßt, ist er im Busch verschwunden.

---

## III.

Früh am andern Tag, um Sonnenaufgang,
Hört Basil an seinem Haus ein Pochen;
Hastig springt er auf und eilt hinunter.
Aber Lambra hat die Thür geöffnet
Und bestürzt erwartet sie den Bruder;
Denn im hellen Glanz der Morgensonne
Vor der Schwelle steht ihr Feind Manoli.
Doch nicht feindlich heute blickt sein Antlitz;
Waffenlos, in weißen Kleidern kommt er,
In der Hand ein grünes Blatt vom Palmbaum.

Fremden Blickes mißt Basil den Alten;
Aber der, sein dunkles Auge langsam
Auf den Jüngling heftend, spricht: „Du weißt es,
Was mich hertreibt: dir zu danken komm' ich,
Dir zu danken, daß aus Todesnöten
Du des Hauses Liebling mir errettet.
Nein, dein Antlitz wende nicht, der Lippe
Wehre nicht, des Retters Hand zu küssen,
Nicht zu scheuen brauchst du die Berührung.
Denn noch eines hab' ich zu verkünden,
Was nur Gott und mir bekannt, und was ich
Stolz verschwieg, der Feigheit Schein zu meiden.
Aber heut bezwingt mich deine Wohlthat,
Und mein Hochmut wird vor dir zu Schanden.

Wisse denn, wohl hab' ich lange Jahre
Drauf gesonnen, Milo, deinen Vater,
Weil er mir den Ohm erschlug, zu töten;
Aber Gott im Himmel hat's verhütet,
Und sein Blut ist nicht an meinen Händen.
Doch an jenem Abend, da bei Kostja
Sein Geschick ihn traf — du kennst die Stelle,

Wo der schmale Felspfad überm Abgrund
Um den Klippenvorsprung scharf sich windet —
Dort urplötzlich stand er mir genüber.
Wehrlos stand er, denn das Schloß der Flinte
Hatt' er sorgsam schon, dem Tau zur Abwehr,
Mit dem gelben seidnen Tuch umwickelt.
Da erkannt' er mich und schnell sich fassend,
Eh' ich noch vermocht' das Rohr zu heben,
Mich zu unterlaufen stürmt' er vorwärts.
Doch das Steingeröll, vom Sprung erschüttert,
Wich mit Krachen unter seinen Füßen,
Und zerschmettert stürzt' er in den Abgrund.
Also hat er dort den Tod gefunden
Durch die Hand des Ew'gen, nicht durch meine."
Langsam spricht's der Greis und atmet tief auf,
Wie von langem, schwerem Druck entlastet;
Unaufhaltsam strömen Lambras Thränen.
Aber wortlos steht Basil, noch weiß er
Kaum das Unerwartete zu fassen,
Das mit freud'gem Schrecken auf ihn eindringt.
Endlich tritt er dicht heran zum Alten,
Blickt ihm lang und forschend tief ins Auge,
Tief hinab bis auf den Grund der Seele.
Und dann ruft er: „Ja, du sprichst die Wahrheit,
Und dem Herrn im Himmel darf ich danken,
Daß er gnädig uns vom Fluch erlöst hat.
Ewig ab und tot ist unser Hader!
Sei willkommen denn in meinem Hause!"

Ruft's und sanft Manolis Hand ergreifend
Führt er selbst ihn über seine Schwelle.
Lambra sieht's und fliegt zum Schrein am Herde:
Brot und Salz auf irdner Schüssel bringt sie.
Und sie teilen Brot und Salz, und trinken
Aus demselben Krug vom selben Weine,

Wie's der Gastfreund thut mit seinem Gastfreund.
Schweigend wird das Friedensmahl vollendet,
Und dann scheiden sie mit Händeschütteln.

Aber Lambra weckt die jüngre Schwester,
Daß mit ihr ein frommes Werk sie rüste:
Blumen pflücken sie, die schönsten Blumen,
Die der Garten trägt, Jasmin und Rosen
Und die weißen Blüten der Orange.
Und des Vaters Grab zu schmücken gehn sie,
Und zu beten an der heil'gen Stätte,
Ohne Haß, in Thränen stiller Trauer.

# Dichtungen in antiker Form.

# Dramaturgische Epistel.

Weil dir die Quelle des Liedes gemach bei schwindender Jugend
Spärlicher fließt, und du doch von der süßen Gewöhnung des Dichtens
Nimmer zu lassen vermagst, so sehnst du dich, schreibst du, nach anderm
Ziel und möchtest dich gern als dramatischer Dichter versuchen.
Aber wiewohl du die Welt und das Herz und die Wege des Schicksals
Kennst, und ein Meister dich fühlst, das geflügelte Wort zu gestalten,
Lehrt Erfahrung dich doch, den getreuen Besucher des Schauspiels,
Daß du noch anderer Dinge bedarfst, um herab von den Brettern
Auf das versammelte Volk, im Kothurn hinschreitend, zu wirken.
Und so kommst du zu mir, der den Sprung schon über die Lampen
Nicht unglücklich gewagt, und verlangst für das gleiche Beginnen
Freundlichen Rat. Aus welchem Gebiet und mit welcherlei Rücksicht,

Fragst du, wähl' ich den Stoff? Und worauf in Entwurf und Behandlung
Acht' ich zumeist, daß der Bühne gerecht mein Werk sich erweise?

Das heißt freilich ins Große gefragt, und mit wenigen Worten
Vieles begehrt, und wär' ich der Mann, auf jeglichen Punkt dir
Gründlich Rede zu stehn, zum Buch wohl schwölle der Brief an.
Doch nicht reicht mir die Kraft. Und so laß mich vom Faß dir den Becher
Schöpfen, so gut ich vermag. Vielleicht auch g'nügt es zum Anfang.

Wenn dir das epische Lied unsterbliche Thaten und Leiden
Singt aus vergangener Zeit, und im ruhigen Licht der Erinnrung
Klar das Gewordene zeigt, so sagt des Dramatikers Name,
Daß er als Handlung dir das Geschick des erkorenen Helden
Vorzuführen gedenkt; als ein Werdendes sollst du es anschau'n,
Wie's aus den Tiefen der Brust im Streit sich entfaltend emporwächst.
Denn die Handlung beruht auf der Wahl, und die Wahl auf dem Zwiespalt.
Drum, was immer noch sonst sich vereinigen muß, dem Gedichte
Körper und Fülle zu leihn, die belebende Seele des Dramas
Bleibt das Menschengemüt im Kampf mit sich selbst und dem Weltlauf,
Wenn zur Rechten sich ihm, zur Linken die Pfade verwirren,
Während der Stunde Gebot mit Gewalt fortdrängt zur Entscheidung.

Aus dem Entschluß dann sproßt, wie die That mit der
That sich verwickelt,
Durch die bestimmende Macht nachwachsender Folgen das
Schicksal.
Frei nur ist der entscheidende Schritt, notwendig das andre.

Dessen gedenk nun wähle den Stoff, und wähl ihn dir
also,
Daß sich der innere Kampf, durch den du den Helden hin-
durchführst,
Tief in der Menschennatur, jedwedem verständlich, be-
gründe.
Denn das fesselt uns nur, was die eigene Brust als natürlich
Nachzuempfinden vermag. Fremdartiges läßt und Gesuchtes
Kalt, wie verschwenderisch auch der Poet mit Schmuck es
umkleide.
Aber begreifen wir ganz in der Seele des Helden den
Zwiespalt,
Fühlen wir nach, was zur That ihn bewegt, und bleibt er
im Innern,
Unserm Verständnis vertraut, so bedünkt's von wenig Ge-
wicht mir,
Ob er im Kreuzzugspanzer erscheint, im spanischen Hofrock,
Oder ob er sich hüllt in die Falten der römischen Toga.
Denn stets bleibt sich das Menschliche gleich, und die Wetter
im Busen
Sind dieselben noch heut, die vor Jahrtausenden grollten.
Kleid und Gesittung verwandelt die Zeit, und es werde
der Dichter
Ihnen gerecht, doch, klug mit gelinderem Stift sie umreißend,
Zeig' er inmitten des Bilds was allen Zeiten gemein ist.
Selbst der begehrteste Stoff, der vaterländische, wirkt nur,
Wenn er getragen erscheint vom Menschlichen, das er uns
freilich
Oftmals dann zu erhöhen vermag, doch nie zu ersetzen.

Aber bewegt dich ein Stoff, der so der Vernehmenden Anteil
Dir nachhaltig zu fesseln verheißt, dann prüfe vor allem,
Ob er als Fabel sich dir darstellt in geschlossener Einheit,
Voll und sich selber genug, und ohne zerstreuendes Beiwerk
Auf dasselbige Ziel hinstrebend mit sämtlichen Fäden;
Denn wie verwickelt und reich dir die Handlung zu weben erlaubt ist,
Nur ein großes Geschick hat Raum im Rahmen des Dramas.

Dann erst geh an den Bau, der, wie sich die Handlung in Anlaß,
Schürzung und Lösung zerlegt, dreiteilige Gliederung fordert.
Aber der mittlere Teil, wo der Held bald innerlich uneins,
Bald von außen bedrängt, durch gesteigerte Hemmungen vordringt,
Heischt den bedeutendsten Raum und erwächst selbst wieder zur Dreiheit,
Wie die Verwickelung steigt, und den Gipfel erreicht und im Umschwung
Schon auf das Ziel hinlenkt, so daß fünf Akte sich runden,
Jeder geschlossen und jeder ein Ring in der Kette des Ganzen.

Demnach bilde den Plan und erwäge die Folge der Scenen
Reiflich, dem Bauherrn gleich, der klug auf dem Blatte den Riß macht,
Eh' er zu mauern beginnt. Denn was als Dichter dich sonst zeigt,
Bildkraft, Redegewalt und der flutende Strom der Empfindung,
Reicht auf der Bühne zum Sieg nicht aus. In der Strenge des Aufbaus

Ruht des Erfolgs Bürgschaft und das große Geheimnis der Wirkung.
Selber ein mäßig Gedicht, dafern mit Verstand es gefügt ward,
Mag von den Brettern erfreu'n. Doch die geistvoll blühendste Schöpfung
Langweilt, wenn der Poet sie in schlotternder Gliederung hinwarf.

Laß dich darum bei des Stoffs Anordnung der Zeit und der Mühe
Nimmer gereu'n! Und so sorge zuerst, daß du klar und natürlich
Uns in die Ding' einführst, wie sie stehn beim Beginne der Handlung,
Sei's im bewegteren Bild, das gedrängt die Verhältnisse spiegelt,
Sei es im bloßen Bericht. Denn anfangs, wo sich der Hörer
Ruhig und frisch noch fühlt, der Erzählung lauscht er nicht ungern.
Doch aufsteigend sodann, wie der Ring aus dem Ring an der Palme,
Wachse die Scen' aus der Scene hervor, den Vorübergegangnen
Jegliche kräftig entsproßt und zugleich uns aus der Begegnung
Widersprechender Kräft' und Naturen ein Neues bereitend.
Denn als erstes Gesetz für die Bretter erweist sich der Handlung
Rastlos strebender Gang. Durch ihn nur zwingst du den Hörer,
Bis an das Ziel dem Gedicht teilnehmenden Sinnes zu folgen.
Buntaneinandergereihtes zerstreut, Fortschreitendes fesselt.

Meide darum im Verlauf der Entwicklung jeglichen Stillstand,
Halt Abschweifendes fern, sei knapp im Schildern und ruhe
Auf der Empfindung nicht aus, die leicht zu üppig ins Laub schießt.
Was dem Lyriker frommt, dem Dramatiker bringt es Verderben.
Aber vermeid auch jeglichen Sprung; denn das Plötzliche wird uns,
Das kein Zeichen vorher andeutete, frostig bestürzen.
Nur das Werdende spannt, und des unausbleiblichen Schicksals
Nahenden Schritt schon von fern mit ahnendem Ohr zu vernehmen.

Aber zugleich hab acht, daß, wie von Stufe zu Stufe
Schreitend das Stück fortwächst, sich gemach die Bewegung beflügle,
Und auf den schwächeren Schlag der gewaltiger treffende folge.
Denn wo die Steigerung fehlt, da erlischt allmählich der Anteil.
Wohl am sichersten triffst du das Maß, wenn leise beginnend
Schritt vor Schritt du die Spannung verstärkst bei jeglicher Scene,
Bis in erschütternder Macht des Geschicks Umschwung sich enthüllt hat.
Auf gleichmäßiger Höh' mag dann fortschreiten die Handlung,
Wenn sie nur nicht absinkt. Doch zuletzt, wo der Knoten sich auflöst,
Steige sie nochmals an, auf erhabenstem Gipfel zu enden.
Darum spare die Kraft und verteile mit Kunst die gebot'nen
Mittel, damit sie dir nicht an der Nachdruck heischenden Stelle,
Weil du zu früh sie verschwendet, erschöpft sei'n, oder zu dicht auch

Uebereinandergehäuft das Gefühl abstumpfen des Hörers.
Denn wie die Armut lähmt, so erdrückt das Zuviel in der Wirkung.
Stets auch bleibe der Eindruck schön; er erhebe das Herz uns,
Ob er mit Schauern es füllt. Doch wenn du auf weichliche Rührung
Ausgehst, oder, der Kunst urewige Schranke verachtend,
Nach dem Empörenden greifst und mit leiblichem Grausen uns anpackst,
Jauchzt der Pöbel vielleicht; doch Melpomene wendet das Haupt ab.

Soviel send' ich dir heut. Zwar manches hätt' ich mit Fug auch
Von den Gestalten gesagt, und wie sie der Dichter am besten
Wählt und bestimmt ausprägt zu natürlichen Trägern der Fabel,
Fertig von Anfang die und jene sich innerlich wandelnd;
Aber ich schieb' es hinaus auf andere Zeiten; des Lehrtons
Müde verlangt mir das Herz in bewegterem Klang sich zu lösen.
Denn schon hört' ich der Schwalbe Gesang, und über den Garten
Säuselt es her vom Gebirg wie verheißender Odem des Frühlings.
Nimm denn freundlich das Wenige hin. Und lass' es ein Gott dir
Fruchtbar werden im Geist, daß ein stattliches Werk dir gelinge
Allen zur Lust. Denn Wissen ist gut, doch Können ist besser.

# Ethisches und Aesthetisches
in
# Distichen.

---

## I.

### Tageszeiten der Kunst.

Dreifach sind in der Kunst wie im Leben die Stufen der Schönheit;
Geh zum Garten, im Bild zeigt sie die Rose dir an.
Keusch in sich selber vertieft, wie ein halb noch zu ratendes Rätsel,
Birgt sie am Morgen im Kelch streng den geschlossenen Reiz;
Doch nun schwellt sie der Tag, da beginnt sie zu lächeln, geöffnet,
Kaum wie zum Gruße geneigt schwebt sie in ruhiger Pracht;
Aber entgegengebeugt dem Bewunderer hängt sie am Abend,
Und — weit offen den Schoß — strömt sie berauschenden Duft,
Stets noch schön und reicher als je; doch du ahnst in der Fülle,
Welche den Gürtel gelöst, schon den Beginn des Verfalls.

---

## II.

Wissenschaft, stolzragender Bau, dran tausende rastlos
Durch Jahrhunderte fort ewiglich wechselnd sich mühn!
Selbst dem Gewaltigsten stellt sich ein anderer bald auf die Schultern;
Aber der Künstler beginnt, merk es, und schließt mit sich selbst.

## III.

Freilich die Tochter des heutigen Tags ist immer die Dichtkunst,
Aber die Mutter zugleich soll sie des künftigen sein.
Was die Epoche besitzt, das verkündigen hundert Talente,
Aber der Genius bringt ahnend hervor, was ihr fehlt.

## IV.

Nicht die Natur bloß macht den Poeten, es macht ihn die Kunst auch;
Fülle des Wesens allein reizt, doch ermüdet sie bald.
Nur so viel du gestaltend bezwangst vom inneren Reichtum,
Mag, Jahrhunderte durch, ruhig im Wechsel bestehn.

## V.

Wo ein lebendiger Geist in den Stoff, den kühn er bewältigt,
Seiner besondersten Art kenntlichen Stempel gedrückt,
Da wohnt Zauber der Form. Ihr meint ihn freilich gewonnen,
Wenn mit dem Schliff der Fabrik jedes Gepräg ihr verwischt.

## VI.

### Reim.

Was sich zu suchen bestimmt und zu finden im Reich der Gedanken,
Leise dem ahnenden Sinn möcht' es die Sprache vertrau'n;
Heimlich winken die Leute sich zu, mit verstohlener Sehnsucht,
Aber der Dichter allein merkt's und erweckt den Accord.

---

## VII.

### Reim und Assonanz.

Wenn vieltönig im Reim sich die Zeilen des Liedes verschlingen,
Schließt anlautender Klang fest der Romanze Geweb.
Jenes ergötzt wie ein Strauß buntwechselnder Blumen, es fesselt
Dies wie ein Kranz einfarb glühender Nelken den Sinn.

---

## VIII.

Dichter begehrst du zu sein? Du verwechselst Talent und Bedürfnis.
Bist du Prometheus schon, weil dich das Feuer erwärmt?

---

## IX.

Weil in den Lauf des Gedichts du stets Zufälliges aufnimmst,
Wie sich's im Leben begiebt, rühmst du dich wahrer zu sein?
Ei, so rühme den Maler doch auch, der, weil du am Zahnweh
Jüngsthin littest, getreu mit der Geschwulst dich gemalt.

---

## X.

Wahrheit, lastendes Wort! Wer wagt zu verkünden: hier ist sie,
Wenn ihm die Brust nicht ein Gott unwiderstehlich bewegt!
Doch wahrhaftig zu sein ist menschliche Tugend und scheidet
Ewig den edleren Geist von der gemeinen Natur.

---

## XI.

Wahrheit, kannst du sie fassen mit sterblichen Sinnen, und wird sie
Nicht durch des Auges Natur schon, das sie schauet, getrübt?
Freilich, aber nur so, wie des Urlichts schimmernde Reinheit
Durch den verschleiernden Duft prächtig in Farben erblüht.

---

## XII.

Was doch heißt Ideal, als das Wirkliche, das sich zur Wahrheit
Aus des Künstlers Gemüt wiedergeboren erhöht?
Was zufällig allein gor aus; doch es blieb das Besondre,
Wie sich der Traube Natur stets noch im Wein dir verrät.

---

## XIII.

Wahrheit setzt sich zum Ziele die Kunst, nicht sinnliche Täuschung,
Ja, sie vernichtet sich selbst, wo sie zu täuschen versucht;
Leben atmet des Künstlers Gebild im glänzenden Marmor,
Gieb ihm Farben, und tot starrt es als Leiche dich an.

---

## XIV.

„Nur das Stoffliche gilt in der Zeit. Wer mag zum Gesang da
Trieb noch finden?“ — Nicht du, der du so zweiflerisch fragst;
Doch zwiefach der Poet, auf daß von den himmlischen Gütern,
Deren die Menge vergaß, irgend ein Zeugnis doch sei.

## XV.

Wo die Kritik aufhört und der Schauer beginnt, ist ein Grenzstein
Aufgerichtet; Talent scheiden sich hier und Genie.

## XVI.

Das ist des Lyrikers Kunst, auszusprechen, was allen gemein ist,
Wie er's im tiefsten Gemüt neu und besonders erschuf;
Oder dem Eigensten auch solch allverständlich Gepräge
Leihn, daß jeglicher drin staunend sich selber erkennt.

## XVII.

Unübersetzbar dünkt mich das Lyrische. Ist doch der Ausdruck
Hier von des Dichters Geblüt bis in das Kleinste getränkt.
Auch in verwandelter Form noch wirken Bericht und Gedanke,
Doch die Empfindung schwebt einzig im eigensten Wort.

## XVIII.

Wechselnd färbt, wie der Strahl des Gefühls, sich des Lyrikers Ausdruck:
Aber des Epikers Stil fließe wie reiner Krystall;

Klar sei jede Gestalt, und unsichtbar wie das Licht nur
Ueber dem Ganzen dahin schwebe des Dichters Gemüt.

## XIX.

### Einem Erzähler.

Zeigst du dich selber bewegt, so bewegst du die Menge; sie weint dir
Leicht, wenn du, Thränen im Blick, Trauergeschichten erzählst;
Aber ein Höheres ist's, mit keuscher Verhüllung des Anteils
Ruhig ein Werk aufbau'n, das durch sich selber ergreift.

## XX.

### Zur Nibelungenfrage.

Zweifelt, soviel euch beliebt, und erwägt philologische Gründe,
Aber dem Dichter erscheint mindestens eines verbürgt:
Wer den Gesang anhub mit dem Falken im Traume der Chriemhild,
War auch den Tod Siegfrieds schon zu verkünden gewillt.

## XXI.

In der Geschichte verschwinden dir oft die Fäden des Schicksals,
Aber des Volkes Gemüt stellt in der Sage sie her.

## XXII.

Als ein Vergangnes erzählt dir der Vorzeit Sage das Epos,
Aber ein werdendes Los zeigt der Dramatiker dir.

Weit dort streckt sich der Raum, bunt wechseln die Helden, und sichtbar
Tritt aus dem hohen Gewölk waltend die ewige Macht,
Während du hier aus der menschlichen Brust ureigensten Tiefen
Jegliche That aufblühn siehst in ein einig Geschick.

---

## XXIII.

Episch dichtet das Volk im Unschuldstande. Das Drama
Wächst als Frucht der Kultur, die mit sich selbst sich entzweit
Und sich zu sühnen versucht, indem sie den irdischen Zwiespalt
Als die vergängliche Form ew'ger Gedanken enthüllt.

---

## XXIV.

An den Grenzen der Menschennatur hinwandelt die Muse,
Wo die unendliche Macht an das Vergängliche rührt;
Aber sie findet die Brücke gestürzt, da wölbt sich der Iris
Glänzenden Pfad und entführt rettend das ewige Teil.

---

## XXV.

Nicht im Sieg der Idee ruht einzig die tragische Sühnung,
Auch die erhabene Form bändigt verklärend das Weh;
Nimm der Antigone nur und dem Oedipus ihren Kothurngang,
Und sie erhöhen nicht mehr, nein, sie zerreißen das Herz.

---

## XXVI.

### Othello.

An dramatischer Kunst und Gewalt, was gleicht dem Othello?
Aber er lastet wie Blei auf dem zermalmten Gemüt;
Naht in Gigantengestalt das Geschick, so erhebt es uns schaudernd;
Doch es erdrückt uns, scheint's kleinlicher Bosheit Triumph.

---

## XXVII.

### Shakespeare.

Keiner erkannte den Menschen wie du, glorwürdiger Brite,
Aber ein Höheres noch, Meister, verehr' ich an dir:
Daß du in sterblicher Brust stets klar die geheiligte Satzung
Trugst, nach welcher der Welt Lenker die Dinge regiert.

---

## XXVIII.

### Kaufmann von Venedig.

Wie das geschriebene Recht vor dem göttlichen endlich vergehn muß,
Und den gesetzlichen Fluch himmlisch die Gnade bezwingt;
Was kein andrer so tief in der höchsten Tragödie aussprach,
Hast du, Gewaltiger, hier lächelnden Mundes gesagt.

---

## XXIX.

### Schiller.

Jugendlich schwärmt' ich für dich; dann ward ich lange dir untreu,
Weil ich am lichten Gestirn schwärzer die Flecken empfand.

Doch längst kehrt' ich zurück; die Gebrechen der einzelnen
Werke
Deckt mir die Hoheit zu deiner gesamten Natur.

## XXX.

### Goethe und Schiller.

Schön ist's, wenn das Gedicht uns reizvoll in sich hineinzieht,
Daß der bezauberte Sinn drüber des Dichters vergißt;
Aber den Pulsschlag auch der begeisterten Brust zu empfinden,
Welcher im Werk durchbebt, ist ein erhabner Genuß.

## XXXI.

Wirken will der Poet, wie der Redner. Aber das Höchste
Bleibt ihm die Schönheit doch, die er zu bilden sich sehnt.
Jener behält den Erfolg im Blick stets, dieser erreicht ihn,
Wenn er ihn über dem Drang seligen Schaffens vergißt.

## XXXII.

Witz ist ein schelmischer Pfaff, der keck zu täuschendem Ehbund
Zwei Gedanken, die nie früher sich kannten, vermählt;
Aber der nächste Moment schon zeigt dir im Hader die Gatten,
Und vor dem schreienden Zwist stehst du betroffen und —
lachst.

## XXXIII.

Mit feinlächelndem Mund eingehend auf deine Verkehrtheit
Zeigt der Ironiker dir schlagend, wie sehr du geirrt.
Gründlich beweist er der Welt, schön sei dein häßliches Antlitz,
Aber indem er es thut, hält er den Spiegel dir vor.

## XXXIV.

Sittlich sei der Poet, kein Sittenprediger. Lehren
Soll er, allein nur so, wie die Geschichte belehrt;
Hat er ein ewig Gesetz in geschlossenem Bild euch entfaltet,
Sei ihm die trockne Moral drunter zu schreiben erspart.

---

## XXXV.

Sprecht von Poeten mir nicht, die stumm im Gemüt der Begeistrung
Feuer genährt, doch nie Worte verliehn dem Gefühl.
Neben der Kraft wohnt stets allmächtig der Trieb, sie zu brauchen;
Wer freiwillig den Flug meidet, ist nimmer ein Aar.

---

## XXXVI.

Architektur und Musik, euch beide begrüß' ich als Schwestern,
Die ihr die zwingende Kraft ewiger Maße bewährt.
Was dort sichtbar im Raum als Verhältnis das Auge bezaubert,
Bannt hier wogenden Klangs in der Bewegung das Ohr.

---

## XXXVII.

Warum glückt es dir nie, Musik mit Worten zu schildern?
Weil sie, ein rein Element, Bild und Gedanken verschmäht.
Selbst das Gefühl ist nur wie ein sanft durchscheinender Flußgrund,
Drauf ihr klingender Strom schwellend und sinkend entrollt.

---

## XXXVIII.

Löwin und Aar, Poesie und Musik, wenn sie je sich in Inbrunst
Gatteten, herrlich als Greif schwänge die Oper sich auf;
Aber der zeugenden Kraft, der lebend'gen, bedürft' es von beiden;
Chemischem Experiment glückt ein Gryphunkulus nur.

---

## XXXIX.

Mancher erkämpft ein Gebiet, doch nimmer gelangt er zur Herrschaft,
Auf den eroberten Grund sinkt er verblutend dahin.
Ach, und die mühlos dann den Besitz antreten als Erben,
Gönnen den Lorbeerkranz kaum dem gefallenen Mann.

---

## XL.

Früh vom Meister befreit sich der Genius. Tief in der Seele
Trägt er das Maß, und allein sucht er sich Grenzen und Ziel.
Doch manch redlich Talent, das zuchtlos schweifend verkäme,
Wird in der Schule gedeihn, wo es Beschränkung erlernt.

---

## XLI.

Wähle zum Lehrer dir nicht den Autodidakten, er weist dir
Stets den geschlängelten Pfad, welchen er selber gewallt;
Auch den Genius nicht, sein Weg führt über den Abgrund,
Wo sein Flügel ihn trug, meint er, da müssest du gehn.

---

## XLII.

Wenn du zum Turm aufklimmst auf gewundener Staffel, erscheint dir
Oefters das nämliche Bild, doch es erweitert sich stets,
So auch kommst du zumeist, aufstrebend im Reich der Erkenntnis,
Auf ein Bekanntes zurück, aber du schaust es erhöht.

---

## XLIII.

### Zur Abwehr.

Unabhängig im Strom mein sittliches Selbst zu bewahren
Streb' ich, doch legt mir nicht auf, Sklave der Freiheit zu sein.

---

## XLIV.

Daran magst du den Menschen in dir und den Künstler erproben,
Wie dich des Freundes Erfolg, der dich verdunkelt, berührt.
Kannst du dich seiner erfreu'n, und neidlos weichen dem Höhern,
Dann nur bist du es selbst wert, daß die Muse dich grüßt.

---

## XLV.

Sprich von Reue mir nicht, wenn du nichts empfindest als Unmut
Ueber die Folgen der Schuld oder als Furcht des Gerichts.
Wirkliche Reu' ist verwandelnde Glut; nur weil du ein andrer
Wurdest, sobald du sie fühlst, hat sie zu sühnen Gewalt.

---

## XLVI.

Durch Jahrhunderte ringt wie ein unterirdischer Quell oft,
Nur im Gemüt noch des Volks lebend, die Sage sich fort;
Doch urplötzlich erscheint mit der Wünschelrute der Dichter
Und mit verjüngter Gewalt sprudelt sie freudig ans Licht.

---

## XLVII.

Jugendlich mag sich der Geist auf jedem Gebiete versuchen,
An dem verschiedensten Stoff üb' er und prüf' er die Kraft.
Doch Vollendetes wird dem gereiften Talent erst glücken,
Wenn es die Schranken erkannt, welche Natur ihm gesetzt.

---

## XLVIII.

Ohne Genie das Talent treibt zierlich getrocknete Blätter,
Wuchernd erstickt im Saft ohne Talent das Genie.
Meister ist nur, wer beide vereint, den Gehalt und die Kunstform
Und mit heiligem Maß zügelt die Fülle der Kraft.

---

## XLIX.

Halbes in Eile zu schaffen ist leicht, doch eilig Geschaffnes
Faßt nicht Wurzel; die Welt liest und vergißt es im Nu.
Laß in jeglichem Zug dein Werk ausreifen, und dauern
Wird's! Vollendetes steht über der Laune des Tags.

---

## L.

O wo schäumt noch ein Becher des seelenerquickenden Nektars,
Welchen uns Mozart einst, welchen uns Weber kredenzt!
Heute verzapft man Absinth für Wein, und es wiegt uns die matten
Sinne der Meister des Tags vollends in Opiumrausch.

---

## LI.

Dieser bacchantische Lärm, der in nimmer befriedigter Reizung
Fortwühlt, bis wir betäubt, wäre das Heil der Musik?
„Schön ist häßlich und häßlich ist schön," triumphieren die Hexen,
Aber die heiligen Neun halten die Ohren sich zu.

---

## LII.

Fest am heimischen Grund wie der Epheu haftet die Sage,
Um ein vergangen Geschick rankt sie sich grünend empor;
Doch in der Luft hinschwebt wie ein Falter das Märchen und läßt sich
Wo es auch sei, auf des Volks kindliche Lippen herab.

---

## LIII.

Drei sind einer in mir, der Hellene, der Christ und der Deutsche,
Ach und die Kämpfe der Zeit kämpf' ich im eignen Gemüt.

Könnt' ich in jedem Gefühl sie versöhnen, in jedem Gedanken,
Bildung, Glauben, Natur, wär' ich ein seliger Mensch.

---

## LIV.

Wächter am Horte der Sprache zu sein auch seid ihr berufen.
Merkt's, ihr Dichter, und treu waltet des heiligen Amts.
Hütet und mehret den Schatz, ihn kunstvoll prägend und niemals
Mit unechtem Metall fälscht das gediegene Gold.

---

## LV.

### Kornblume.

Heil dir, liebliche Blume, bescheidene, die du im Felde
Sinnbild ländlichen Glücks zwischen den Aehren erblühst,
Deutschlands edelster Held, des heilige Krone der Lorbeer
Hundertfältig umrauscht, wählte zur Botin dich aus;
Kundthun sollst du dem Volk, daß höher als alle Triumphe
Ihn das stille Gedeihn friedlichen Segens erfreut.

---

## LVI.

### Das Geheimnis der Sprache.

Wenn ein unendlich Gefühl aufwogt in der Seele des Dichters,
Wenn ihm ein neuer Gehalt dämmernd den Busen bewegt,
Nimmer findet er Rast, es beklemmt ihn die gärende Fülle,
Bis sie, gestaltet, zuletzt klar im Gesang sich ergießt.

Ach, wie wächst ihm das Herz, wenn er dann, ergriffen, vom Hauche,
Der auf der Sprachflut webt, nennend das Dunkle bezwingt,
Und beim vollen Gefühl ureignen Schaffens und Bildens
Dennoch das schaudernde Glück höchster Empfängnis genießt!
Fuhr wie ein Blitz ihm das Wort aus der Brust? kaum weiß er's zu scheiden,
Hat es erlösend ein Gott ihm auf die Lippe gelegt?
Doch nun steht es geprägt, ihm selbst und allen verständlich,
Und fast staunt er bestürzt fremd wie ein Wunder es an. —
O dann mag er es ahnen von fern, das Geheimnis der Sprache,
Wie in der Zeiten Beginn aus dem erwachenden Geist.
Da er sich selbst und die Dinge vernahm, das lebendige Wort sprang,
Offenbarung und That, göttlich und menschlich zugleich.

---

## LVII.

Als aus Eden verbannt untröstlich Eva sich härmte,
Schenkte der Herr ihr das Kind, daß sie der Thränen vergaß.

---

## LVIII.

Menschen, willst du sie lieben, so mußt du zuvor sie erkennen,
Gott erkennest du nur, Suchender, wenn du ihn liebst.

---

## LIX.

Strecke die Hand nur empor im Gebet! Gott faßt sie von oben,
Und die Berührung durchströmt dich mit geheiligter Kraft.

## LX.

Oft, wie der Goldfrucht Ball, frühzeitig gebrochen, im Schiff erst
Ausreift, wird dir das Glück erst als Erinnerung süß.

# Distichen vom Strande der See.

## Erster Tag.

1.

Jetzt erst bin ich zu Haus, ihr erquickt mir wieder die Seele,
Laubduft, Wipfelgebraus, kühlender Atem des Meers.

2.

Seid mir, ihr Wogen, gegrüßt, grünmähnige Rosse Poseidons!
Freudig dem Brudergeschlecht wiehert der Pegasus zu.

3.

Dir, o Brandung, vergleich' ich das Distichon, wie du heranrollst,
Spritzend dich brichst und zurückbrausend dich selber verschlingst.

4.

Nicht mit Gedanken erfüllt der Natur vieldeutiger Laut mich,
Aber er schwellt mir die Kraft, die den Gedanken erzeugt.

5.

Sieh, wie im Kampf mit dem Sturm schwerkeuchend das Dampfschiff hinstampft,
Und den Titanen der Mensch durch den Titanen bezwingt.

6.

Feuer und Wasser und Wind, er bewältigt sie all, und gehorsam
Ueber des Meers Abgrund tragen die Riesen ihn fort.

7.

Wo das Bedürfnis die Pfade sich schuf und die Lust am Gewinne,
Braust in Funken und Rauch bald der Gedanke dahin.

8.

Tadle mir nicht das Geschlecht, das im Stoff wühlt! Rüstig die Quadern
Haut es, aus denen der Geist einst sich den Tempel erbaut.

9.

Rasch wie der Wind umspringt, so wechseln das Herz und die Welle,
Heut weitleuchtende Ruh, morgen chaotischer Sturm.

10.

Ob wie ein Spiegel die Woge sich dehnt, ob rasend emporschäumt,
Ihre gewiesene Bahn wandeln die Sterne dahin.

11.

Harret nur aus! Zwar folgt auf den Fortschritt ewig der Rückschlag;
Doch er verbraust und es bleibt immer ein Rest des Gewinns.

---

12.

Well' auf Welle zerrinnt, in die See rücktriefend, doch endlich
Kommt die Siegerin auch, welche den Felsen zerbricht.

---

13.

Was langjährig ersehnt sich bereitet im Schoß der Gesamtheit,
Plötzlich am Tag des Geschicks führt es der Genius aus.

---

14.

Nach Jahrhunderten zählt fortwandelnd der Geist der Geschichte;
Sicher gelangt er ans Ziel, doch die Geschlechter vergehn.

---

15.

Mächtig getürmt aufs Meer hinschauen die Mäler der Hünen,
Doch nicht Rune noch Lied nennt dir die Schläfer im Grund.

---

16.

Wie die Welle verrauscht, so sind sie vorübergezogen;
Von der verschollenen Zeit wissen die Gräber allein.

---

17.

Nur Grusturnen im Sand, Steinwaffen erzählen und Erz-
schmuck,
Daß ein gewaltig Geschlecht hier wie um Ilion focht.

18.

Der mit der Steinaxt hier einstand für die Götter der
Heimat,
War er des Heldengesangs weniger wert, als Achill?

19.

Auch die Kränze des Ruhms sind Gunst und Gnade der
Götter,
Die sie dem Glücklichen nur unter den Würdigen leihn.

20.

Schlaft, ihr Starken, in Ruh! Wohl hat euch die Muse
vergessen,
Aber das ewige Meer rauscht euch den Schlummergesang.

21.

Unter dem Seegras blinkt die gediegene Thräne des Bern-
steins,
Wie sie an Thules Gestad golden die Fichte geweint.

22.

Sinnend les' ich sie auf, die geronnenen Tropfen; so
bliebt ihr
Mir, zum Liede versteint, Thränen der Liebe, zurück.

23.

Jeglichem wurde das Recht zu lieben. Glücklich zu lieben
Ist ein göttlich Geschick, das du aus Gnaden empfängst.

---

24.

Sonne der Liebe, du sankst; doch blieb dein dämmernder Abglanz
Sanft mir, wie Mondesgeleucht, in der erinnernden Brust.

---

25.

Schön wie die Lilie war sie und hold, voll kindlicher Unschuld,
Ach, und blühte mir nur kurz, wie die Lilien blühn.

---

26.

Will stets wieder getäuscht mir das Herz an den Menschen verzagen,
Denk' ich dein, und beschämt glaub' ich und hoff' ich aufs neu.

---

27.

Froh noch weiß ich zu sein; doch heimlich in jegliche Freude
Mischt sich der Schmerz: nicht mehr kann ich sie teilen mit dir.

---

## Zweiter Tag.

1.

Gern bei sinkendem Tag lustwandl' ich am Strande des Meeres,
Weit und weiter hinaus lockt mich der Wellengesang.

---

2.

In dem Gebrause des Winds und der Flut eintönigem Rauschen
Ahn' ich der Weltmelodie dunkel verhallenden Laut.

---

3.

Wie die Woge sich hebt und sich senkt mit wechselndem Schalle,
Thut sich die stille Gewalt ewiger Rhythmen mir kund.

---

4.

Blieb ein Klang in der Tiefe zurück von der Leier des Orpheus,
Als an Lesbos Gestad einst sie die Woge gespült?

---

5.

Siehe die Schwalbe der See! Rasch abwärts schießend, im Schaume
Netzt sie die Flügel und schwingt wonnig gekühlt sich empor.

---

6.

Immer verwegener streift sie die Tiefe — sie gleicht dem Gedanken,
Der mit schauernder Lust an das Unendliche rührt.

---

7.

Wie den ermatteten Körper der Schlaf, so verjüngt ein erquickend
Selbstvergessen in dir, Mutter Natur, uns den Geist.

---

8.

Tiefer dämmert's, die Ferne des Meeres zerfließt mit dem Luftkreis;
Am Abgrunde des Raums glaubst du betroffen zu stehn.

---

9.

Aber der Vollmond steigt, er enthüllt dir die Grenzen des Himmels
Und aus brennendem Gold baut er die Brücke dir auf.

---

10.

Sieh, jetzt löst er sich ab und gleich der zerschnittenen Goldfrucht
Voll in der Luft und im Meer schwebt das gedoppelte Rund.

---

11.

Höher und höher entrückt wird strahlendes Silber der Glutball,
Steigend gewinnt er an Licht, was er an Feuer verlor.

12.

Ist er des Genius Bild, der wild in Flammen der Jugend
Lodert, bevor er die Welt füllt mit geläutertem Glanz?

13.

Ruhlos treibt es den Schiffer aufs Meer, doch keiner genießt auch
Ganz wie der Schiffer das Glück, wieder im Hafen zu sein.

14.

Wen sehnsüchtiger Drang nach den Wundern der Fremde hinaustrieb,
Lernt in der Fremde — wie bald! — innigstes Heimatgefühl.

15.

Sagen erzählt mir die Flut bei des Leuchtturms nächtlicher Lampe:
Hero wartet und kühn wirft sich Leander ins Meer.

16.

Heil dir, mutiger Schwimmer! Dich treibt die unendliche Sehnsucht,
Wage, dem Wagenden wird einzig das Höchste zu teil.

17.

Wenn du das Ufer erreichst, so empfängt dich der Arm der Geliebten,
Ach und sie stirbt dir nach, wenn dich die Tiefe verschlang.

---

18.

Glücklich, um wen sich die Liebe verzehrt in unendlichen Thränen!
Nur von keinem entbehrt scheiden ist bitterstes Los.

---

19.

Leuchtturmsfeuer und Vollmondsglanz und der Reigen der Sterne
Ueber der brandenden See — welche bezaubernde Nacht!

---

20.

Wahrlich sie gleicht dem Dichtergemüt, drin himmlische Strahlen
Durcheinander versöhnt spielen mit irdischer Glut.

---

21.

Schwer nur reiß' ich mich los — doch sei's drum! Morgen im Frührot
Weckst du zu neuem Gesang, baltische Muse, mich auf.

---

## Dritter Tag.

1.

Ueber das Meer herweht ein bezaubernder Odem der Fremde;
Aber von Heimatsruh rauscht am Gestade der Wald.

2.

Durch die Gebüsche verfolg' ich den Pfad; wie die Schlange des Märchens
Tief in der Waldnacht Schoß lockt er verheißend mich fort.

3.

Wie die Buche sich hebt! So wipfelt deutscher Gedanke,
Seiner Wurzel bewußt, kühn in den Himmel hinein.

4.

Kronlos ragt er empor, der vom Wetter zerklüftete Eichbaum,
Doch im klaffenden Stamm haben die Bienen gebaut.

5.

Um den vermodernden Stumpf schwebt bunt in der Sonne der Falter;
Arglos über dem Tod gaukelt die Freude dahin.

6.

Sacht mit dem Frühwind kost wie ein zärtliches Mädchen die Birke,
Dem sein blitzend Geschmeid bei der Umarmung entfällt.

7.

Hat es die Tanne gewahrt? Ernst rauschend fährt sie vom Traum auf;
Zum holdseligen Spiel wiegt sie bedenklich das Haupt.

---

8.

Plötzlich steh' ich gebannt; wie ein feucht sehnsüchtiges Auge,
Blaue Blume des Walds, siehst du bezaubernd mich an.

---

9.

Ach, ich kenne den Blick! So schlug ihn einst die Geliebte
Unter dem Abschiedskuß lächelnd in Thränen empor.

---

10.

Schmachtend hielt er mich fest und zuletzt mit geschlossenen Wimpern
Riß ich mich los; nie sonst wär' ich dem Zauber entflohn.

---

11.

Zwischen den Stämmen erscheint grüngolden die sonnige Lichtung,
Sieh, und im wuchernden Gras lagert das fleckige Reh.

---

12.

Aber es hat dich erblickt und zierlich schwebenden Sprunges,
Rasch, wie das Glück dir entflieht, rauscht es davon ins Gebüsch.

---

13.

Köstliche Juniuszeit, wo bist du, da ich im grünen
Waldeinsamen Revier singend zum Frieden genas?

14.

Damals stand ich beglückt auf der Höhe des Lebens. Bewußt schon
Uebt' ich die Kunst und empfand frisch wie ein Jüngling die Welt.

15.

Brüder noch hatt' ich und Freunde genug, und es schloß die geheilte
Brust, mit sich selber versöhnt, jeglicher Hoffnung sich auf.

16.

Schritt ich hinaus in den Forst, wie rauscht' es und sang in den Wipfeln!
Spielend ins werdende Lied wob mir die Muse den Schall.

17.

Wie das smaragdene Laub in Sommerlüften, so wogte
Von der Begeisterung Hauch leise bewegt mir das Herz.

18.

Ueppig grünender Wald, wer faßt es, daß dich nach wenig
Monden, ein schwarzes Geripp, trauriger Nebel begräbt!

19.

Nimmer begreift der Gesunde die Krankheit, nimmer die Jugend,
Daß ihr reiches Gemüt je zu verarmen vermag.

---

20.

Aber der Nordsturm braust und es fallen die Blätter. Wie viele
Hat mir der Tod nun schon, hat mir das Leben geraubt!

---

21.

Altern ist einsam werden und die du liebtest begraben;
Wohl dir, wenn dir ein Kind hold die Verlornen ersetzt!

---

22.

Winterlich wird's; im Kamin aufflammend knattert die Fichte,
Träumend gedenkst du der Zeit, da sie im Walde gegrünt.

---

23.

Wie er gestürmt und geliebt, erzählt am Herde der Ahnherr,
Aber dem Enkelgeschlecht deucht es ein Märchen zu sein.

---

# Oden.

## Der Ugley.

Von Hügeln dicht umschlossen, geheimnisvoll
Verhüllt in Waldnacht dämmert der Ugleysee,
Ein dunkles Auge, das zur Sonne
Nur um die Stunde des Mittags aufblickt.

Weltfremdes Schweigen waltet umher, es regt
Kein Hauch des Abgrunds lauteren Spiegel auf;
Nur in des Forsthangs Wipfeln droben
Wandelt wie ferner Gesang ein Brausen.

Wie oft im Zwielicht dieses Gestads befiel
Versunk'ner Vorzeit Schauer die Seele mir!
Denn wenn des Volks uralte Sage
Echtes verkündet, so war es hier einst,

Wo in den Vollmondnächten der Blumenzeit,
Von Priesterjungfraun unter Gebet enthüllt,
Der Göttin Bild vom erz'nen Wagen
In die verschwiegene Flut hinabstieg.

Auch heut noch wird hier Heiliges kund: es wagt
Der Jüngling, dem ehrfürchtige Scheu bisher
Die Lippe zuschloß, in den grünen
Dämmrungen kühner das Wort der Liebe.

Und selbst der Mann, der nimmer ein groß Gefühl,
Vergeudend, deinen Namen, o Vaterland,
Nur selten ausspricht, weil am Markt ihn
Täglich die Zunge der Schwätzer mißbraucht,

Hier strömt der sonst wortkarge dem Freunde wohl,
Als hätt' ein Gott ihm plötzlich das Herz gelöst,
Die tiefe Sehnsucht aus, und redet
Von den verschollenen Reichskleinoden.

## An Wilhelm Peeke.

Wieder drunten am See blüht das Jasmingebüsch,
Blühn die Rosen, und still über die Uferhöhn
Ziehn die Kinder der Sonne,
Ziehn goldsohlig die Stunden hin.

Doch im kühlen Gemach, wo der gemilderte
Strahl durch Ranken sich stiehlt, bannt mich die Muse fest,
Die mir Blumen der Fabel
Zum buntfarbigen Teppich wirkt.

Stets an heiterem Tag lächelt die himmlische
Mir huldreicher, es tönt voller das Herz mir dann;
Selbst der ernste Gedanke
Lernt anmutiges Spiel im Klang.

Drum, wenn über dem See feurig der Abend schied,
Komm und nimm des Gedichts Rhythmen als Gastgeschenk,
Und im duftenden Garten
Laß uns tauschen ein traulich Wort.

Süß ist Freundesgespräch, wenn die befriedete
Brust, ausrastend vom Werk, tieferen Atemzugs
Dich, o Welle des Mondlichts,
Schlürft, die labende Milch der Nacht.

## An Ludwig Aegidi.

1863.

Die Stunde segn' ich, da der Gedanke mir
Des ew'gen Weltfortschrittes wie Sternenglanz
Im Herzen aufging, jene Hoffnung
Endlichen Heiles, die alles ausgleicht.

Wär' mir's versagt, im trüben das Werdende,
Zukünft'gen Aufbaus Quadern im Trümmerfall
Zu ahnen, abgrundstief in Schwermut
Müßte das bange Gemüt versinken.

Denn täglich klafft heilloser des Vaterlands
Wehvoller Zwiespalt, der ein besonnen Herz
Mitspaltet, weil es keinen Ausweg
Sieht, als die Schärfe des Schwerts und Umsturz.

Rastlos zugleich im Schoße der Staaten kämpft
Starrsinn mit Starrsinn, ach, und es wagt wie oft
Leichtfert'ger Ehrgeiz an den kleinen
Sieg der Partei das Geschick des Ganzen!

Und während hier durch starrer Leviten Schuld
Des Volks Gemüt vom Brote des Himmels sich
Entwöhnt, und sternlos durch die Wildnis
Eines versandenden Daseins hinirrt;

Hebt abermals kühnstrebende Priestermacht
Jenseits der Berg' ihr blendend Medusenhaupt,
Vor dessen Blick die kaumentsprung'nen
Brunnen des Geistes zu Stein gefrieren.

Das Schöne selbst dient üppigem Spiel, es kehrt
Von strenger Hoheit Zauber die Welt sich ab,
Und hüllt des Schwächlings flache Stirne,
Weil sie bequem sich erreicht, in Lorbeer.

Ist dies der Einbruch sinkender Todesnacht?
Ist's Morgenzwielicht, drin die Gespenster sich
Der Finsternis noch einmal rühren,
Mächtiger rühren, bevor der Hahn kräht?

Wer sagt's! — Ich weiß nur: Tief in Gewölk verhüllt
Der Gott die Stirn oft, wenn er Entscheidung bringt,
Und anders, als wir hofften, löst er,
Als wir gefürchtet, des Schicksals Rätsel.

So harr' ich denn und dämpfe mit Saitenspiel
Des Busens Unrast, froherer Zeit gedenk;
Denn wer ins Chaos starrt, ist niemals
Besser geworden dadurch, noch weiser.

Mag einst ein Herz in Qualen der Ungeduld
Des fromm nach Fassung ringenden Dichters sich
Getrösten: Gleiches litt auch dieser,
Aber er trug es und sang und hoffte.

---

## Am 18. Oktober 1863.

Den Tag des Ruhms zu feiern am Siegesmahl
Der Muse rief ich festlichen Saitenspiels,
Doch kam sie nicht, es kam statt ihrer
Stählernen Schritts die gewalt'ge Schwester,

Die Schicksalszeugin, die der Geschlechter Schuld
Und Thaten wägt und, ernster Betrachtung voll,
Den Völkern viel zum Trost und viel auch
Warnend erhobenen Fingers kündet.

Die hohe Stirn umschattet, den Adlerblick
Gewandt auf fernherdämmernder Zeiten Bild,
Von Hellas hub sie an, und sprachlos
Lauscht' ich, im tiefsten Gemüt erschüttert.

Denn bist nicht du, mein heiliges Vaterland,
Des Geistes voll, wie Hellas, und bist du nicht,
Auch du gewachsen gleich des Rebstocks
Purpurner Frucht in getrennten Beeren?

Und weil des reichern Lebens Zersplitterung
Zwei Gipfeln zustrebt, frißt er an dir nicht auch,
Von Aschen kaum umhüllt, der rastlos
Glimmende Hader Athens und Spartas?

Wohl war sie schön, die Sonne von Salamis,
Als blutbetrieft zum hallenden Felsgestad
Der zorn'ge Meergott Perserleichen
Wälzt' und sidonisches Schiffsgetrümmer,

Daß Xerxes hoch aufbäumend im goldnen Stuhl
Mit Jammerruf sein königlich Kleid zerriß;
Und schön der Tag, als an Platääs
Bächen die schimmernden Reiter sanken.

Doch nur zu bald im Strahle des Glücks, dem Nest
Aufs neu entkriechend, blähte der Eifersucht
Gewürm den Kamm und wuchs, von keinem
Helden erstickt, zum beschwingten Drachen,

Der gift'gen Pesthauch schnaubend und Brudermord,
Der Städte Mark zu weiden nicht müde ward,
Bis sterbend unter König Philipps
Huf die zertretene Freiheit ächzte.

O des gedenkt, ihr beiden Gewaltigen,
Die uns ein Gott zu Hütern des Reichs gesetzt,
Ihr Adler Deutschlands, und wenn heute
Zu des erhabensten Siegs Erinn'rung

Ihr Freudenfeuer zündet, so werft zuerst
Der alten Zwietracht rauchenden Brand hinein,
Und statt mit abgewandten Häuptern
Finster zu grollen, begeht auf Leipzigs

Glorreichen Schicksalsstätten ein Sühnungsfest,
Und Hand in Hand vorschreitend dem deutschen Volk
Wählt andern Pfad! Denn dieser führt uns
In die Gefilde von Chäronea.

## An Jakob Burkhard.

Soll denn ganz zuwachsen der Pfad, den Klopstock
Einst gebahnt, den griechischer Schönheit selig
Hölderlin und tönenden Schritts der ernste
Platen gewandelt?

Wohl mit Fug einheimischer Formen Reichtum
Hat die Kunst aufs neue beseelt, und machtvoll,
Sein Gesetz vom Munde des Volks empfangend,
Strömt der Gesang ihr.

Aber dankbar ihren Erweckern, sei sie
Vor'gen Kampfspiels gerne gedenk und lasse,
Den sie einst helltönig verschoß, den Pfeil nicht
Rosten im Köcher.

Schön im Reim hinströmt das Gefühl; die Tonkunst
Freut sich sein, ihn wählt die beglückte Liebe,
Die im sanft antwortenden Hall ihr eignes
Liebliches Bild ahnt;

Doch der inhaltschwere Gedanke wiegt sich
Gern, der Ernst tiefsinniger Weltbetrachtung
Auf der langausrollenden, tongeschwellten
Woge des Rhythmus.

## Der Romantiker.

Wie Zeit und Schicksal immer uns bilden mag,
Doch waltet machtvoll über der Scheitel uns
Der Stern der Kindheit fort, und ewig
Zwingt uns die Seele das früh Geliebte.

In tiefer Sehnsucht nach dem Unendlichen,
Des heilig Rätsel über der Schöpfung schwebt,
Zum Leben wacht' ich auf und lauschte
Trunkenen Ohrs dem Gesang der Dinge.

Und wenn des Meers dumpfbrausenden Wogenschlag
Der Wind herantrug, oder die Höh'n herab
Des Waldes Rauschen kam, so ward mir,
Was ich vernahm, der Empfindung Gleichnis;

Und Wald und Meer und blühendes Sonnenlicht,
Und deinen vielfach wechselnden Kranz, o Jahr,
Und euch, ihr Stern' und Wolken, nennend,
Strömt' ich das dunkle Gefühl im Lied aus.

Wohl hab' ich dann bei griechischer Tage Glanz,
An deinen Marmorsäulen, o Parthenon,
Gediegner Kunst formklaren Zauber
Lieben gelernt und den Reiz der Schranke.

Und Zug für Zug lebendig ein Menschenlos
Ins Wort zu prägen blieb mir das Köstlichste,
Und großer That ruhmvoll Gedächtnis
Dauernd in feste Gestalt zu bannen.

Doch nun der Heimat Sonne mir wiederum
Aus Wolken aufglüht, nun mich der Buchenforst
In seine Laubnacht zieht, wie oft jetzt
Rührt sich im Busen die alte Sehnsucht!

Und durch des Frühlings dämmernde Werdelust,
Durch goldne Herbstruh wandl' ich gedankenvoll
Und summe, wie im Traum, der Jugend
Nimmer vergessenes, dunkles Waldlied.

## Reinigung.

Will der Zaubergesang thörichter Leidenschaft
Dich verwirren, und schwankt zweifelnd die Seele dir:
Zum felshohen Gestade
Flüchte, wo sich die Woge bricht;

Oder lausche dem Wald, was er ins Thal herab
Seit Jahrhunderten braust, daß du des endlichen
Reizes Lockung erprobest
Am Gefühl der Unendlichkeit.

Vor der großen Natur heiligem Frieden hält
Nichts Unlauteres Stand; von den befangenen
Sinnen streift sie den Irrtum
Wie ein lastend Gewand herab;

Und wie plötzlich entfacht einst am gesegneten
Nachtmahlskelche des Grals feurige Schrift erschien,
Glänzt ein göttlicher Wille
Klar in deinem Gewissen auf.

## An die Verzagten.

Wenn euch die Welt herbstfrostig und thatenarm
Zu altern scheint, o klagt das Geschick nicht an!
Euch selbst erneut, und in der Tiefe
Tränkt des verdorrenden Lebens Wurzeln!

Sucht mehr denn Klugheit! Freudig und zweifellos
Der ungeschriebnen Satzung im Innern folgt;
Habt fromm zu sein den Mut, und schämt euch
Nimmer des hohen Gefühls im Busen!

Ehrfurcht aufs neu, dankbare Bewunderung
Des Großen lernt; sie fruchten wie Maientau;
Und wenn ein Werk ihr sinnt, so laßt es
Reifen am läuternden Strahl der Liebe.

Gewalt'ges führt pfeilscharfer Gedanken Kraft
Ans Ziel, und mehr vollendet der Genius;
Allein der Menschheit höchste Thaten
Wuchsen wie Lilien aus dem Herzen.

---

## Rückblick.

Nimmst du wieder mich auf, schattiges Laubgewölb,
Das dem Jüngling so oft Hoffnung und Trost gerauscht,
Und mit schauerndem Waldhauch
Sein zu stürmisches Herz gedämpft?

Heut ruhvolleren Sinns schreit' ich, da lichter schon
Mir die Locke sich mischt, unter den Wipfeln hin,
Doch dem Träumer zur Seite
Wallst du, Göttin Erinnerung.

Tage geistigen Kampfs, Nächte der Leidenschaft,
Unter Thränen verwacht, junger Begeisterung
Irr noch zitternde Flamme
Zeigst du lächelnd im Spiegel mir.

Auch an wechselnder Fahrt bunte Genossenschar,
An holdseliger Frau'n Güte gemahnst du mich,
Und die Wunder des Südens
Gehn mir wieder im Busen auf.

Was ich dunkel erstrebt, was mir in ahnender
Seele dämmernd gereift, was ich gefehlt, es wird
Zum beschlossenen Bild erst,
Nun sich selber das Herz versteht.

Oft mit herbem Verlust rächten sich Schuld und Wahn,
Viel auch wandelt' ein Gott gnädig dem Irrenden
Noch in Heil, und das Trübste
Sühnt' im Liede sich endlich aus.

Denn du bliebst mir getreu, Harfe der Jugendzeit,
Nur zu tieferem Laut haben die Jahre dich
Mir besaitet, und dankbar
Preis' ich, was mir beschieden ward.

Glücklich, wer, durch die Welt schweifend am Wanderstab,
Höchstes Wonnegeschick, bitterstes Leid erfuhr,
Und zuletzt in der Heimat
Grüner Stille den Frieden fand!

---

## Seefahrt.

Willkommen am Strand, flutbäumender Hauch, Nordost!
Wie schwillt mit Gebraus dein Flügel und lockt zur Fahrt!
Denn überm Sturz schaumweißer Hügel
Pocht kühneren Schlag das Menschenherz.

Durch spritzenden Gischt schon tanzet der Kiel, schon jagt
Hochflatternd Gewölk gleich Schwänen dahin. Schenkt Wein!
Wir leben heut! Stimmt an den Preischor
Und goldene Tropfen sprengt ins Meer!

Unendliches Leid wohl hab' ich erprobt. Doch gab
Ausgleichend ein Gott mir köstlichen Trost. Mir blieb
Erinnrung, Freundschaft und im Liede
Für jedes Geschick ein Wiederhall.

Mag immer im Wind hinsterbenden Tons dies Lied
Mit andern verwehn! Doch schwichtet es mir im Gram,
Im Jubel mir, gleich Oel, die hohe
Sturmwoge der Brust, und das genügt.

---

## Die Ostsee.

Ueber die wogende Tiefe
Von Aufgang her brauset der Wind, wie Blütenschnee
Flocken des Schaums aussäend am Strand;
Und durstigen Zugs saug' ich den meerkühlen Hauch,
Heimatfroh. Denn drinnen im Land, dem Riesengeschlecht,
Der Gletscher nah, schwieg mir das Herz Monden lang.
Doch nun schaust du mich wieder an
Mit der nordischen Jungfrau Blick,
Auge der See, dunkelnden Blaus, und wie dereinst
Aus sanftaufgehender Wimper ein Gruß, weckst du mir
Den schlafenden Klang. Aber es gab
Des Minnegesangs blühendes Spiel der gereifte Mann
Um Ernsteres auf; rückwärts heut strebt
Durch der Jahre Gewölk
Zu der baltischen Welt Ausdämmern das Lied.
Tage des Sturms, Tage der Kraft wälzt es dahin;
Denn auch vergangner Zeiten Geschick
Im echoreichen Busen erneu'n ist Dichterlust.

Lauter brandet die Welle,
Wo dort am waldgrünen Gestad die Hügel ruhn,
Steingetürmt, die Gräber der Starken,
Die einst den Seedrachen zuerst zur Beutefahrt
Mit weitaufbauschendem Segel beschwingt
Oder, im Streitwagen dahin brausend zur Schlacht,
Die feuchte Düne mit Blutrunen gefurcht.

Denn dem jungen Geschlecht bedünkt
Kampf das herrlichste Los, und mehr
Gefällt als Brautreigengesang ihm Schildgekrach
Und ruhmgekrönt dahinzuwandeln im Munde des Volks.
Aber es lischt manch hohes Gerücht langsam aus,
Und selbst die Harfe des Heldenlieds
Verhallt im Sturm; ihr Gewaltigen auch
Schlafet, ihr Seekönige, nun
Im grufttiefen Hünengewölb namenlos;
Denn viel erringt männlicher Schweiß;
Doch schenkt ein Gott nur, welchem er will, Unsterblichkeit.

Andre Geschlechter erstanden,
Und froh des Markts wimmelte hier der Mastenwald,
Als um baltischen Bernsteinschmuck
Vom Pontus her und Kaspiens Sund strombinauf
Gehüllt in Duft Indiens Hort nordwärts schwamm.
Da wuchs Julin üppig empor, mit Goldgerät
Auszierend seiner Wände Gesims, und Wisby hieß
Den dunklen, fremdzüngigen Gast auf Scharlach ruhn.
Aber der Glanz lockt die Gefahr,
Und des Saumtiers Pfad und die Straße des Schiffs zu
schirmen hub
Den Schild die Hansa, du voran,
Machtvolles Lübeck, hochgegiebelte Vaterstadt.
Gesetz aufrichtend, flaggenstolz, waltetest du
Der wogendunkleren Mittelsee,
Mitredend in der Könige Rat, der Feinde Schreck.
Doch kam der Tag, da Genuas Sohn im Abendrot
Die Welt erschloß und wagendem Mut
Zu neuen Küsten sonnenbeglänzte Bahnen wies.

Schön sind die Tage der Jugend,
Und nichts ersetzt schwellender Kraft Thatenlust
Aber ein herrlich Teil auch ist's,
Mit Würden alt sein und geehrt

Von vielen, voriger Stürme gedenk,
Des Friedens Segnungen kosten. Solches Geschicks
Rühmst du dich nun vor den Schwestern, o Lübeck,
Den andern Töchtern der Ostsee.
Denn es schwand Julin und Vineta schläft,
Wogenumspielt, wo der silberne Stör
Durch die Hallen zieht, und der Baum der Koralle
Sein Purpurgeäst aus glutlosem Herde treibt;
Du aber, Siebentürmige, schaust
Von deinen Hügeln noch heute
Hinaus aufs Meer, das mit der Sonne
Die Segel dir bringt von Aufgang,
Schwanenweiß, und über dem Schiff
Die gewölkdunkle, windgebeugte Säule des Rauchs.

Immer ergreift mir die Seele
Festtägliche Lust, wenn schwellenden Klangs mich wogenreich
Deiner Glocken Geläut umhallt
Und bildwerkpfortige Giebel entlang
Mein Fuß die Stätten der Jugend,
Die verwitternden, sucht, und ich segne dich still,
Daß du mit großer Erinnerung
Des Knaben klangfrohes Gemüt im Erwachen schon
Genährt. Mit unverwelklichem Grün
Schmücke die greisende Locke dir
Der Freiheit Kranz, und es bleibe dir stets
Vererbt ehrwürdiger Sitte Preis
Und gastlicher Huld! mir aber verleih,
Der wohl dem hellstimmigen Kranich zugesellt
Gen Mittag zog, doch seiner Geburt nie vergaß,
Mir gieb, wenn flugmüde dereinst
Mein Fittich sinkt, im heimischen Grund,
Mutter, ein Grab,
Aber zuvor noch manchen Gesang im goldnen Licht!

---

# Kleinigkeiten.

1.

Liebe viele, du fühlest dich arm, doch neige dich einer
Ganz, und die Fülle des Glücks strömt von der einen
dir zu.

2.

Doppelte Schwing' hat die Zeit. Mit der einen entführt
sie die Freuden,
Doch mit der anderen sanft kühlt sie den thränenden Blick.

3.

Ahnend sagt dir ein weiblich Gemüt, was gut und was
schön sei;
Doch mißtraue der Frau, wenn sie mit Gründen dir kommt.

4.

Darin gleichet der Dichter dem Kind: Es erscheint das Bekannte
Ihm wie ein Wunder, bekannt blickt das Geheimnis ihn an.

5.

Tief zu denken und schön zu empfinden ist vielen gegeben;
Dichter ist nur, wer schön sagt, was er dacht' und empfand.

6.

Launisch nennst du Fortunen? Ein Weib nur ist sie; den dringend
Werbenden flieht sie und liebt Jugend und fröhlichen Mut.

7.

Das ist leichtes Geschäft, in Verwandtem das Feindliche sondern,
Weisheit aber vernimmt tieferen Frieden im Streit.

8.

Tadle mir einzelnes nicht an großen Naturen. Der Fittich,
Der im Schreiten sie hemmt, trägt sie zu himmlischem Flug.

9.

Weinlust öffnet des Mannes Gemüt, Not zeiget den Freund dir,
Aber die Jungfrau schließt nur dem Geliebten sich auf.

10.

Nur dem Befreundeten gilt, was du bist. Die entferntere Menge
Mißt dich, o Künstler, mit Fug einzig nach dem, was du kannst.

---

11.

Junge Liebe vergleich' ich am besten mit heurigem Weine,
Koste beides, es wächst stets im Genießen der Durst.

---

12.

Bring Scharfsinniges vor, so wird dich der Haufe beklatschen;
Aber den Tiefsinn kann einzig der Tiefe verstehn.

---

13.

Das ist die Blume des Lebens, doch nur dem Größesten wird sie:
Trunken und weise zugleich, froh und erbaulich zu sein.

---

14.

Ueber den Garten erbrauste der Sturm; da stürzte die Eiche,
Aber der blühende Busch streute Jasminen umher.

---

15.

Einfach waren die Sprachen und arm, wie der Kreis der Begriffe,
Bis der entwickelte Geist Fülle der Formen sich schuf.

---

16.

Eh' den Gedanken die Rede vermittelte, sprach die Gebärde,
Wie sie im Süden das Volk heute noch braucht und versteht.

---

17.

Düster erscheinen dir oft der Geschichte gigantische Blätter,
Doch dem beharrlichen Blick hellen sie mählich sich auf.

---

18.

Wo du mit Schrecken ein Ende nur sahst, da dämmert ein Anfang,
Und dem Verderben entsproßt neuer Gestaltungen Keim.

---

19.

Wie Herbstodem den Wald, so entlaubt dein Leben das Alter;
Wohl dir, leuchtet dafür klarer der Himmel herein.

---

20.

Wohl mit jedem Bekenntnis verträgt ein frommes Gemüt sich,
Aber das fromme Gemüt hängt vom Bekenntnis nicht ab.

---

21.

Unerhörtes vollbringt die berechnete Kraft der Maschinen,
Aber die Schönheit flieht vor dem entseelten Getrieb.

---

22.

Wer dem Genuß nachjagt, der schmiedet sich selber die Fessel.
Freiheit findest du nur, wenn du entsagen gelernt.

---

23.

Rühmt ihr am Werke zunächst mir die herrlichen Stellen, so kommt mir
Immer die Furcht, der Poet habe das Ganze verfehlt.

---

24.

Keine Freude gehabt und niemand Liebes erwiesen!
Arme Seele, mit Recht nennst du verloren den Tag.

---

25.

Weine dich aus im Schmerz; dann greif entschlossen zur Arbeit;
Was die Thräne nicht löst, löst, dich erquickend, der Schweiß.

---

26.

Eilende Jahre, dem Mann nicht brachtet ihr, was er ersehnte,
Aber ihr habt ihn die Kunst, sich zu bescheiden, gelehrt.

---

27.

Pack' ich den Koffer zur Reise, so deucht mir immer, ich legte
Einer gestorbenen Zeit Freuden und Leiden ins Grab.

---

28.

Mohn und Cyanen im Korn, ihr scheltet sie wucherndes Unkraut,
Aber blühten sie nicht, fehlte der Ernte der Kranz.

---

29.

Neu stets wollen sie sein und werden gesucht und geschmacklos,
Einfach Schönes gefällt heut, wie es gestern gefiel.

---

30.

Dankbar huldigt die Zeit der Erkenntnis des Stoffs und der Kräfte,
Doch durch Menschliches nur wird sie uns Menschen erziehn.

---

31.

Halte dich, Künstler, im Zaum! Am sprudelnden Borne der Schönheit,
Draus du Begeisterung schöpfst, trinkt sich der Schwelger den Tod.

---

32.

Amor, der tändelnde Gott, umarmte die ernste Scholastik,
Und sie gebar ihm ein ernst tändelndes Kind, das Sonett.

---

33.

Leicht ist's, thörichtes Lob zu verschmähn. Erst wer den gerechten
Tadel zu ehren versteht, werd' als bescheiden gerühmt.

---

34.

Immer bewirf mit Kot sein majestätisch Gefieder:
Einmal taucht sich der Schwan, und er ist rein, wie zuvor.

---

35.

Wahrlich ein köstliches Gut ist tiefeingehendes Wissen,
Aber zuletzt doch nur, weil es ein Können gebiert.

---

36.

Ueber des Tages Gewühl schwebt blaß wie der Mond die Erinnrung;
Mit wehmütigem Glanz füllt sie die Nächte dir aus.

---

37.

An der Bewunderung stählt sich die Kraft; der zersetzende Scharfsinn
Hat mit der Muse noch nie lebende Kinder gezeugt.

---

38.

Immer gewahrst du zuerst am erhabenen Werke die Fehler;
Aermster, mich dauert's, wie schlecht du zu genießen verstehst.

---

39.

Grade weil das Gemüt mir ein Heiliges ist, so empört's mich,
Hängt wie ein Wirtshausschild irgend ein Lump es heraus.

---

40.

Einig im Künstler erscheint die Begabung beider Geschlechter:
Männlich zeugender Geist, weiblich empfangend Gemüt.

---

41.

Was ich vom Kunstwerk will? Daß es schön und sich selber genug sei.
In dem einen Gesetz wohnen die übrigen all.

---

42.

Blüht dir das Leben, wie leicht umgarnt dich holde Versuchung!
Aber ein heiliger Schmerz führt dich errettend hindurch.

---

43.

Freude macht uns Unsterblichen gleich. Das Siegel der Menschheit
Drückt uns der Schmerz auf die Stirn, wenn er uns beugt und erhebt.

---

44.

Ueber das irdische Leid, wenn die Sonne der göttlichen Freiheit
Durchbricht, spannt der Humor farbig als Bogen sich aus.

---

45.

Seltsam giebt es die Muse den Dichtern. Rosige Jugend
Singt schwermütig vom Tod, aber von Rosen der Greis.

---

46.

Polyhymnia wandelt verhüllt, doch unter dem Schleier
Glaubt jedweder den Reiz seiner Geliebten zu sehn.

---

47.

Nimmer läßt sich ins Wort das geweihte Mysterium fassen,
Sprache der Religion bist du und bleibst du, Musik.

---

48.

Nicht zu gleichem Beruf tritt jedes Geschlecht in die Welt ein,
Aber unsterblich bleibt's, wenn es dem seinen genügt.

---

49.

Wie fruchtbringend in uns der hellenische Genius fortlebt,
Wird einst über dem Meer deutscher Gedanke bestehn.

---

50.

Wär' es das Trefflichste selbst, kalt läßt uns, was du gelernt hast;
Gieb dich selber, Poet, und du bezwingst uns das Herz.

---

51.

Eh' du ein neues Gesetz aussinnst, durchgründe die alten,
Uebe sie nur und du siehst bald, sie genügen auch dir.

---

52.

Sprich als Dramatiker gut, doch wirf dein Stück in die Flammen,
Wenn man den Ausdruck nicht über der Handlung vergißt.

---

53.

Nicht das Bild, das die Seele dir füllt, schon macht dich zum Dichter,
Sondern die Gabe des Worts, die es in andern erweckt.

---

54.

War es Lessing bewußt, als er Nathan uns malte, den Juden,
Daß er ihn nur aus dem Schatz christlicher Bildung erschuf?

---

55.

Wo der politische Strom sich ergießt in den Strom der Geschichte,
Dort erst, tieferen Betts, trägt er das Schiff des Gesangs.

---

56.

Vor der realen Kritik steht Hoheit lächelnd die Muse,
Wie einst vor des Konvents Schranke die Königin stand.

57.

Bruder, sprachen die Gänse zum Schwan, wir lassen dich gelten,
Aber bemüh dich nun auch, daß du das Schnattern erlernst.

58.

Wann der Verfall anhebt? Wenn die Zeit die geschwollene Phrase
Von des empfundenen Worts Fülle zu scheiden verlernt.

59.

Wenn die Rosen verblüht und die Lilien, öffnet die stolze Georgine den Kelch, aber sie duftet nicht mehr.

60.

Zwischen Blumen im Wald hinrieselt ein Brunnen, das Volkslied,
Dort ins verjüngende Bad taucht sich die Muse bei Nacht.

# Ein Buch Elegien.

I.

Im Weinmonde des Jahrs, da man achtzehnhundert und fünfzehn
Schrieb und des Leipziger Siegs Feier zum andern beging,
Ward ich geboren zur Welt in mitternächtiger Stunde.
Klar durchs Fenstergewölb blickten die Sterne herein.
Froh des Gottesgeschenks empfing mich die liebende Mutter,
Und im stillen Gebet hielt mich der Vater empor,
Während die Glocke vom Turm zu Sankt Marien mit zwölffach
Dröhnendem Schlag den Beginn grüßte des festlichen Tags.

II.

Ernst nur hab' ich den Vater gekannt, für des hohen Berufes
Pflicht nur lebend, der Hirt seiner Gemeinde zu sein.
Streng schriftgläubig, doch mild und jeder Verketzerung abhold
Uebt' er, sich selber getreu, freudig der Lehre Gebot,
Stritt um die Form des Bekenntnisses nie und achtet' als Bruder
Jeglichen, der sein Heil bei dem Erlöser gesucht.

Echt war alles an ihm und der Glaube des Herzens verlieh ihm,
Wenn er die Kanzel betrat, stets das begeisterte Wort,
Daß er mit siegender Kraft die erschütterten Hörer dahinriß,
Sanft jetzt mahnend und jetzt stark wie ein alter Prophet.
So durch Zeugnis zugleich und Beispiel zwang er die Seelen,
Und manch zweifelnd Gemüt führt' er zum Frieden mit Gott.
Doch wir blickten zu ihm ehrfürchtig empor, und sobald er
Nahte, verstummte sofort jeder verwegnere Scherz.
Selten freilich verweilt' er im häuslichen Kreise; bei Tisch nur
Grüßt' er uns täglich und pflog gern ein bedeutend Gespräch,
Doch sonst hielten die Pflichten des Amts ihn fern und die Bücher,
Denn nie ließ die Begier tiefer Erkenntnis ihn ruhn,
Aber dem Mächtigen stand an der Seite die treue Gefährtin,
Der er die Hand am Altar früh, noch ein Jüngling, gereicht,
Seine Vermittlerin jetzt mit der Welt und die Seele des Hauses,
Die das Bedürfnis des Tags sinnig zu schmücken verstand,
Stets voll Lieb' um die Kinder bemüht und in Keller und Küche
Selbst auf alles bedacht, heiter, beweglich und rasch;
Denn anmutig gesellt zu dem treuesten deutschen Gemüte
Floß noch ein Tropfen in ihr leichten französischen Bluts.
War doch ihr Ahn an den Main vom Loiregestade gesiedelt,
Als dort pfäffischer Haß grimmig die Ketzer vertrieb.
Jung einst hatte den Tanz sie geliebt und am Zauber der Bühne
Mächtig bewegt sich erfreut, bis es die Sitte verbot.
Doch sie erzählte mit Lust noch davon. Auch trat sie im Zwielicht
Wohl ans Klavier noch und sang schlichte Romanzen uns vor,

Oder sie wußt' im geselligen Spiel anregend zu scherzen
Und manch witzigen Pfeil schnellte sie mitten ins Ziel.
Aber das Köstlichste blieb ihr der Reiz der Natur, und im Sommer
Zog mit den Kindern sie gern abends ins Freie hinaus,
Bald zum Besuche des Ohms im lindenumschatteten Garten,
Bald auf ein Dörfchen am Forst oder ein ländlich Gehöft.
Dort dann ruhte sie still im Strahl der verglühenden Sonne,
Während wir spielten, und sog wonnig die reinere Luft,
Lauschte dem Vogelgesang und sah mit Entzücken die goldnen
Wölkchen im schimmernden Blau ziehn und die Schatten am Wald.
Doch wir lernten von ihr, an den Wundern des Tags uns erquicken,
Lernten die Schönheit sehn, wo sie dem Auge sich bot.
Also wuchsen wir auf, vom Ernst umwaltet des Vaters,
Während der Mutter Gemüt heiter die Welt uns erschloß,
Und an beide gelehnt und im Geist von beiden befruchtet,
Lebt' ich, ein träumerisch Kind, dämmernde Jahre des Glücks.

---

## III.

Zwischen die Dächer geklemmt der spitz aufsteigenden Giebel
Hoch am vierten Gestock zog sich die Rinne dahin,
Drin bei strömendem Guß die gesammelten Wasser entrauschten,
Aber am heiteren Tag war sie ein traulicher Ort,
Luftig und sonnenerwärmt und umkreist vom Fluge der Tauben
Mit weit offenem Blick über die untere Stadt,
Ueber die Gärten am Fluß und die lindenbeschatteten Wälle
Bis zu des doppelten Thors mächtigen Türmen hinaus.

Gern drum rastet' ich dort, zumal in der Stunde des Mittags
(Denn volltöniger scholl droben das Glockengeläut),
Lauschte dem Schwärmen der Vögel umher und dem Zuge der Wolken,
Oder zu kindlichem Spiel trug ich Gewächse heran,
Pflanzt' am Gemäuer sie ein und schuf mir schwebende Gärten,
Wie's von Semiramis' Burg jüngst uns der Lehrer erzählt.
Freilich zum Garten der Lust erst nachmals ward mir die Stätte,
Als mit entwendetem Buch täglich hinauf ich mich stahl,
Und mich in Grimms Volksmärchen vertieft' und heimlich in Fouqués
Dichtungen schwelgt' und entzückt Schillers Tragödien las.
Dort auch ward ich zuerst von der Muse berührt und die Fülle
Nimmer vergess' ich des Glücks, die wie ein Rausch mich befing,
Als im erregten Gemüt freiwillig die Reime sich fügten
Und der Gedanke von selbst rhythmisch zu fließen begann.
Nichts war Mühe dabei. Nein, wie wohl abends der erste,
Stern im dunkelnden Blau plötzlich entzündet erglänzt,
Dann sich zu diesem ein zweiter gesellt und ein dritter hervorblitzt,
So in dämmernder Brust tauchten die Verse mir auf.
Zwar einfachsten Gehalts nur waren die Strophen des Knaben,
Der ins ertastete Wort kindlich Empfundenes goß;
Aber dem ahnenden Sinn schon hatte die Form sich erschlossen,
Und ihm glückte das Maß, eh' er die Regel gelernt.
Dreimal selige Stunden des unbewußten Gestaltens,
Die ich am heimlichen Nest droben am Dache verträumt,
Wohin seid ihr entflohn? Die Gesetze beherrsch' ich der Kunst jetzt,
Aber ein Sehnen befällt stets mich, gedenk' ich an euch,

Und noch immer, sobald der Begeisterung Hauch mich umwittert,
Mein' ich, ich höre den Flug schwärmender Tauben, wie dort.

---

## IV.

Sechster November, du stehst bei den Vätern in argem Gedächtnis,
Weil du auf Lübeck einst schwerste Bedrängnis gehäuft,
Als der Franzose die Stadt mit Sturme genommen und Blücher
Aus dem verzweifelten Kampf endlich, der Schwächere, wich.
Furchtbar war in den Gassen die Schlacht, furchtbarer die Plündrung,
Die sich von Haus zu Haus wälzte bei Fackelgeleucht.
Schüsse durchhallten die Nacht, rings klirrten zertrümmerte Fenster,
Krachten die Thüren, vom Schlag wuchtiger Aexte gesprengt.
Nichts galt heilig der trunkenen Wut, nach verborgenen Schätzen
Wühlte vom Keller zum Dach stöbernd die Beutebegier.
In die Gemächer der Frau'n brach frech die entzügelte Rotte,
Wüst mit rauchendem Blut wurden die Kirchen befleckt.
Und dann folgte die Not langjähriger bitterer Knechtschaft,
Da sich des Siegers Gelüst jede Bedrückung erlaubt,
Bis der Koloß aus Erz, im russischen Eise geborsten,
Endlich auf Leipzigs Gefild dröhnend in Stücke zersprang.
Aber die Zeiten vergehn, es vernarben die Wunden und arglos
Ueber die Stätten des Mords wandelt ein junges Geschlecht.
Und so wurdest du mir, der später geboren den Graus nicht
Deiner Zerstörung gesehn, sechster November, ein Fest.

Denn dein heiterstes Licht umglänzte mich, als ich zum ersten
Male die süße Gewalt dämmernder Neigung erfuhr.
Ach, noch seh' ich den sonnigen Raum und die Nische des Fensters,
Wo von Blumen umblüht sinnend die Liebliche stand.
Jüngst erst war ihr die Schwester verlobt, und die Schar der Gespielen
Saß um die rosige Braut, aber ich schaute nur sie,
Wie sich die schlanke Gestalt aus den rankenden Stauden hervorhob.
Ueber das braune Gelock floß ein vergoldender Strahl.
Und nun hub sie das Aug' und errötete, da sie mich glühn sah;
Sagt' ihr das ahnende Herz, was mir die Seele befing?
Doch ich konnte mich kaum dem bestrickenden Zauber entreißen,
Jedes gesellige Wort schien dem Entzücken versagt.
Endlich naht' ich mich ihr mit bescheidenem Gruß und Erwidrung
Gab sie mir freundlich, Musik deuchte mir jegliches Wort,
Denn im befangenen Laut der seelengewinnenden Stimme
Klang mir des eignen Gefühls sanfteres Echo zurück.
Ach, schnell rann uns die Zeit, schon drängte die Sitte zum Aufbruch,
Stumm nur bot sie mir noch leisesten Druckes die Hand,
Aber ein zärtlicher Blick sprach: Komm bald wieder! Und wortlos
Jauchzend, trunken von Glück stürmt' ich ins Freie hinaus.

---

## V.

Nimmer vergeß' ich der Nacht, da ich leicht hinrollend im Wagen
Fast wie ein Trunkener dich, hohe Verona, verließ,

Tief im Gemüt noch bewegt von der drängenden Fülle des Neuen,
Das du dem flüchtigen Gast, Schwelle des Südens, gezeigt.
Dietrichs Burg hoch über dem Strom und der grauen Paläste
Altehrwürdigen Prunk hatt' ich mit Staunen begrüßt,
Hatt' an Juliens Sarg, an der Scaliger ehernem Denkmal
Ernst in verschollener Zeit Wechselgeschick mich vertieft
Und im gigantischen Rund auf das Quadergestuf der Arena
Niedergeschaut, vom Hauch römischen Geistes umweht.
Aber dazwischen, wie blühte so reich der Frühling von heute!
Blumen auf jedem Altan, Sträußer auf jeglichem Markt!
Rings buntfarbig Gewühl, um die plätschernden Brunnen sich drängend,
Durch die Arkaden dahin flutend zu Kauf und Verkauf.
Reizende Mädchen im Schwarm, schwarzäugig mit wehenden Schleiern,
Weiber, den Korb auf dem Haupt, Hirten im zottigen Vließ,
Frisches Gebäck in den Hallen umher und Duft der Orangen,
Rosiger Wein und Musik, weich wie Italiens Luft!
Gern zur Neige geschlürft wohl hätt' ich den winkenden Becher
Doch nur flüchtig vom Schaum war mir zu kosten vergönnt.
Dreimal, eh' ich's gedacht, war hinter den Zinnen des Spätrots
Fackel verglüht und zur Fahrt lud mich die köstliche Nacht.
Und nun ging es hinaus in die weite lombardische Fläche,
Ostwärts, Padua zu, trug mich das leichte Gespann.
Tauiger Duft lag über der Flur, im sprossenden Kornfeld
Schlugen die Wachteln, von fern rauschte der blinkende Strom.

Mondhell grüßten am Weg, reblaubumsponnen, die Ulmen,
Durch die Cypressen herab rieselte silbernes Licht.
Aber am dunkeln Gebirg still glommen die Feuer der Hirten
Und herüber gedämpft wehte der Ton der Schalmei.
Fremd war alles umher und doch so traulich, dem stillen
Reichtum dieser Natur fühlt' ich mich innig verwandt;
Diese Lüfte, wie lösten sie mir sanft schmeichelnd die Seele,
Daß sie in reinem Accord leis' in sich selber erklang!
Fern wie der Heimat Nebelgewölk lag jegliche Sorge,
Und zu leben allein schien mir, zu atmen, ein Glück,
Und zum Sternengezelt entzückt aufschauend empfand ich,
Daß du zum Gruß mir das Haupt, Muse des Südens, berührt.

---

## VI.

Dich auch hab' ich, Venedig, gesehn und keiner vergleichbar
An fremdartigem Reiz preis' ich dich, einzige Stadt.
Denn wie ein Purpur umfließt dich das Meer; zu dem Zauber des Ostens,
Der phantastisch dich schmückt, gab dir der Westen die Kunst,
Die zu stolzester Pracht sich entfaltend im Hauch der Lagune
Schön wie die Tochter des Schaums Seelen und Sinne berauscht.
Aber dazwischen verwebt sich der Nachhall deiner Geschichten,
Bald majestätisch und klar, schauerlich bald und gedämpft.
Jeglichem deiner Paläste verlieh die Erinnrung ein Echo,
Leis' aus jedem Kanal flüstert die Sage herauf.
Wieviel Siegesgepräng umschwoll San Marcos Altäre!
Wie viel Seufzer vernahm drüben der Brücke Gewölb!
Hier die bewimpelten Masten am Platz, sie zeugen noch immer,
Daß dem geflügelten Leu'n Cypern und Zante gehorcht,

Diese Giganten erzählen vom blutigen Ende Marinos,
Jener moreske Balkon mahnt an Othellos Geschick.
Leben und Dichtung zerfließen in eins und bunt wie im Märchen
Lauscht das Vergangene rings unter dem Heutigen vor.

* * *

Rosen fehlen dir zwar und Lilien, aber die Blüte
Schmückt dich noch immer der Frau'n, wie Tizian sie gemalt,
Wie sie mit ahnendem Geist der unsterbliche Brite geschaut hat,
Als er Bassanios Braut schuf und Brabantios Kind.
Unter der Schwärze des Schleiers hervor dringt krauses Geringel,
Das als Mantel von Gold prächtig den Nacken umwallt.
Wie durch Nebel ein Stern feucht schimmert das Auge, die schlanke
Fülle der edlen Gestalt trägt der bezaubernde Fuß.
Täglich sah ich die Herrlichen so durchs rosige Spätlicht
Unter dem Vespergeläut wandeln am Dogenpalast,
Bis sie um Mondaufgang vom taubenumflatterten Platze
Leise die Gondel entführt' über die schimmernde Flut.

* * *

Fern vom großen Kanal einsiedlerisch wohnt' ich nach hinten,
Doch ein erlesenes Bild bot mir das Fenster dafür
Schwermutsvoll und reizend zugleich. Ein verwaister Palasthof
War's, des bröckelnden Schmuck Regen und Sonne gebräunt.
Zwischen den marmornen Fliesen des Estrichs sproßte das Gras auf,
An den Gesimsen umher bauten die Schwalben der See;
Drüben erhub sich der rostige Bau; die zerbrochnen Geländer
Seiner Arkaden umwob schattiges Epheugerank.

Aber inmitten des Raums am vertrockneten Becken des Springborns
Stand ein Neptun und mit Harm dacht' ich, Venetia, dein,
Denn dem verstümmelten Arm war längst der gebietende Dreizack
Traurig entsunken, wie dir, Fürstin, das Scepter des Meers.

---

## VII.

Immer erquickt ihr mich noch, ihr Erinnerungsbilder der Seefahrt,
Die gen Hellas mich einst über die Adria trug,
Als ich der Stunde genoß und zugleich voll freudiger Ahnung
Mir der Gedanke voraus flog zu den Wundern Athens.
Schon war drüben im Duft Anconas Feste versunken
Und südöstlich im Flug strebte das rauchende Schiff.
Blauer glänzte der Himmel herab und leuchtender sprühte
Ihren demantenen Schaum über die Räder die Flut.
Um den beflügelten Kiel auftauchten die ersten Delphine,
Und fremdländischen Duft bracht' und verwehte der Wind.
Also glitten wir sacht an den Südfruchthainen Salonas,
An des Phäakengestads sonnigen Gärten dahin.
Aber ich saß auf dem hohen Verdeck und schlürfte den kühlen
Saft der Orangen, warf spielend die Schalen ins Meer,
Und dem geschaukelten Gold nachblickend sann ich auf Lieder,
Wie sie dem leichten Gemüt flüchtig die Muse verleiht.
Ringsum summten im Schiff die melodischen Weisen Lucias
Und dem italischen Klang fügt' ich das heimische Wort.
Freilich ein Spiel nur war's, doch niemals hab' ich so gänzlich
Sorglos heiter und froh wieder gesungen wie dort;

Ging mir das Herz doch auf in sonnigster Hoffnung und schöner
Selbst als der vollste Besitz ist die Erwartung des Glücks.

---

## VIII.

Kommt mir Athen in den Sinn, so gedenk' ich des köstlichen Tags auch,
Da ich zuerst am Iliß Blumen des Lenzes gepflückt.
Früh noch im Hornung war's, noch hatte die kräftige Sonne
Nicht den smaragdenen Schmelz von den Gefilden gestreift.
Um des olympischen Zeus goldrostige Marmorgebälke
Zwitscherten Schwalben und klar blaute der Morgen herein.
Fernher brausten im Flusse die Frühlingswasser, die Veilchen
Dufteten, rosig und weiß blühten die Mandeln am Hang;
Und vom Hymettosgebirg mit süß eintönigem Surren
Ueber das blumige Thal schwärmten die Bienen heran.
Quellendes Jugendgefühl durchströmte mich wonnig und dankbar
Pries ich den günstigen Stern, der mich bis heute geführt.
War mein sehnlichster Wunsch doch früh mir erfüllt; noch ein Jüngling,
Auf hellenischem Grund schaut' ich die Sonne Homers,
Durfte Begeisterung mir im Nachglanz trinken der Vorwelt
Und mit lächelndem Haupt nickte mir gnädig Apoll.
Aber es drängte mich auch mein Herz, des erlesenen Glückes
Würdig zu sein und bewegt that ich ein ernstes Gelübd',
Mutig im Dienste der Kunst nach dem einfach Schönen zu ringen,
Wahr zu bleiben und klar, wie's mich die Griechen gelehrt,

Und, was immer verwirrend die Brust und die Sinne bestürme,
Stets das geheiligte Maß fromm zu bewahren im Lied.
Also schwur ich mir selbst. Und es rollt' in den Lüften der erste
Donner des Jahrs und der Hain regnete Blüten herab.

---

## IX.

Auf langjähriger Fahrt gen Mittag schweifend und Morgen
Unter Beschwer und Genuß war ich zum Manne gereift,
Hatte das junge Verlangen gestillt an den Wundern der Fremde
Und mir den dauernden Schatz reicher Erinnrung erkämpft.
Doch jetzt kehrt' ich zurück zu den friedlichen Stätten der Jugend,
Die mich im Frühlingsschmuck grüßten des sonnigen Mais.
Lieblicher deuchte die Luft mir zu atmen, die blühenden Büsche
Nickten, die Wipfel am Pfad traulich dem Wanderer zu.
Ach, und drüben im Thal tiefblau schon winkte die Trave,
Die durch Wiesen und Wald reizend geschlängelt sich wand.
Und jetzt stiegen die Türme der Stadt, die gewaltigen sieben,
Lübecks stolzeste Zier, prächtig am Himmel herauf.
Bald auch sah ich den Kranz der beschatteten Wälle sich dehnen.
Und ein gedämpftes Gesumm hört' ich, doch hört' es nur halb;
Denn rasch jagte der Wagen daher auf dröhnendem Steindamm,
Und im Gerassel erstarb kaum noch vernommen der Laut.

Doch da stockten im Sand einsinkend die Räder und plötzlich
Klar wie ein mächtiger Strom über das schweigende Feld
Wogte das ferne Geläut; denn Samstag war es vor Pfingsten,
Und auf morgen zum Fest luden die Kirchen das Volk.
Aber ich lauschte bewegt und erkannte die einzelnen Glocken,
Wie sie vom Jakobsturm riefen und drüben vom Dom,
Bis du zuletzt einfielst, majestätische Stimme Mariens,
Und den metallenen Chor schwelltest mit tiefem Gesang.
O, da ging mir das Herz weit auf, und dem Strome der Thränen,
Der vom Auge mir heiß flutete, wehrt' ich umsonst,
Denn was immer die Welt mir Köstliches draußen geboten,
Süßer empfand ich das Glück, wieder zu Hause zu sein.
Doch mit erneuerter Hast jetzt flogen die Räder und jubelnd,
Eh' das Geläut' noch verhallt, lag ich der Mutter im Arm.

---

## X.

Nahe dem Hange des Bergs, den hundertjähriger Eschen
Wipfel umschatteten, lag halb im Verborgnen das Schloß,
Altersgrau, doch würdig geschmückt und wohnlich im Innern,
Groß nicht, aber dem Gast freundlich, wie keines im Land.
Neben dem springenden Leu'n drei Rosen am Thor der Kapelle
Zeigte das Wappen und rings dufteten Rosen umher;
Denn weit dehnte der Garten sich hin, von rauschender Waldnacht
Nur und dem Spiegel des Teichs drüben im Thale begrenzt.
O, wie atmet' ich auf, als mich hier der Gebieter des Hauses
Mit willkommener Pflicht gütig zu fesseln gewußt;

Denn den verstäubenden Schatz altspanischer Schriften und Lieder,
Die er vom Bruder ererbt, trug er zu sichten mir an.
Droben im luftigen Saal bei Globen und allerlei Rüstzeug
An der getäfelten Wand standen die Bücher umher.
Früh schon blickte die Sonne herein, durchs offene Fenster
Strömten die Düfte des Parks, schmetterte Vogelgesang,
Und so saß ich und las und verzeichnete, was ich gelesen,
Und ins Wipfelgewog lauscht' ich dazwischen hinaus,
Bis ich mit glühenden Wangen zuletzt und pochendem Herzen
Ganz mich ins Märchengeweb' alter Romanzen verlor.
Denn euch sah ich zur Schlacht ausreiten, ihr Helden der Tafel,
Dich, kampffreudiger Cid, der du im Tod noch gesiegt,
Sah das Erblühn und den Fall Granadas und hörte den letzten
Seufzer des Mohren; er hallt, sagt man, noch heut im Gebirg.
Aber am tiefsten ergriff dein Los mich, König Rodrigo,
Der du, des Purpurs wert, herrschtest ein Liebling des Volks;
Doch im Rausche des Glücks umstrickt vom Taumel der Sinne
Schmählich zuletzt um ein Weib Zepter und Leben verlorst.
Erst wenn des Mittags blendender Strahl mir über das Blatt floß,
Ließ der versunkenen Welt blühender Zauber mich los.
Rasch dann eilt' ich hinaus und suchte den schattigen Forst auf,
Der, was längst ich ersehnt, stilles Besinnen mir bot.
Denn von Zweifeln gequält an der eignen Kraft und im tiefsten
Grunde des Herzens versehrt war ich der Heimat entflohn.

Aber das heitere Werk und die Lüfte des Bergs und der Waldhauch
Träufelten Balsam hier in die genesende Brust.
Bald auch wuchs mir der Mut und dem mächtigen Triebe gehorcht' ich,
Der das Empfundene mir leise zu singen gebot,
Leise zuerst, dann kühneren Tons, bis endlich die Fülle,
Die mir die Seele bewegt, strömend den Lippen entquoll.
Sieh, da zerging wie ein Nebel der Druck allmählich, der Schmerz selbst,
Sanft im Liede gelöst wurde bescheidner Genuß,
Und im Gefühle des Schaffens getrost abwerfend die Zagheit,
Lernt' ich im heiteren Kreis wieder gesellig zu sein.
Denn jetzt, wenn ich im Wald bis zur Wende des Tages die Stunden
Einsam sinnend verschwärmt, rief mich zur Tafel das Horn,
Freundlich empfing mich der Burgherr dort, umringt von den Seinen,
War ein erwachsend Geschlecht doch des Verwitweten Trost:
Blühender Töchter ein Paar und ein Kleeblatt stattlicher Knaben;
Aber die Ahnin saß allen zu oberst am Tisch,
Würdig, im dunkeln Gewand, mit geistvoll leuchtenden Augen
Echtesten Adels ein Bild, Greisin, doch jung im Gemüt,
Sinnig verstand sie das Mahl mit lächelnder Rede zu würzen,
Doch noch lieber zuletzt lieh sie dem Sohne das Ohr,
Wenn er, ein Meister des Worts, beim Nachtischbecher erzählte,
Was er auf Reisen erlebt oder als Krieger im Feld.
Denn nach Spanien einst und in Rußlands eisige Steppen
Halb unwilligen Sinns war er dem Korsen gefolgt,

Hatte des Rückzugs Qual und Gefahren erduldet und spät erst
Einer von Tausenden nur kehrt' er als Flüchtling zurück.
Doch jetzt lebt' er daheim in frohem Genügen und baute,
Selbst teilnehmend am Werk, stattliche Straßen durchs Land,
Schweift' als Jäger umher im Revier und im sonnigen Glashaus
Zog er am hohen Spalier köstliche Früchte sich auf.
Dorthin führt' er uns gern nach Tisch zur hohen Terrasse,
Und in trautem Gespräch flossen die Stunden uns rasch.
Oder wir mischten uns auch in die munteren Spiele der Jugend,
Die sich, der Freiheit froh, tummelt' am grasigen Hang.
Hochauf sauste der Ball, hell knirscht' in den Angeln die Schaukel,
Und vom Stabe geschnellt fing sich am Stabe der Reif,
Bis von den Bergen es kühl herweht' und hinter den Wipfeln
Ueber den Fluten des Teichs prächtig die Sonne zerschmolz.
Doch dann rief uns ins traute Gemach die gesellige Lampe,
Und in der Dichtung Reich folgten den Meistern wir gern,
Unsern Heroen zumal, Iphigenie grüßt' uns und Tasso,
Friedlands hohe Gestalt schritt uns vorüber im Geist
Und der Befreier der Schweiz; und dazwischen erzählte die Ahnin,
Wie sie in Weimar einst goldene Tage verlebt,
Wie sie mit Schiller geschwärmt und in jugendlich scheuer Begeistrung
Goethes olympisches Haupt fromm aus der Ferne verehrt.
Oft auch lauschten wir ernst Beethovens erhabener Schwermut,
Lauschten erheitert dem Strom Weberscher Waldmelodien,

Oder den Saiten entrauscht' auch wohl ein verführerisch muntrer
Walzer von Strauß und den Tag schloß ein bescheidener Tanz.
Aber ich saß noch lang wie ein Träumender droben am Fenster,
Während die Sichel des Monds über den wipfelnden Höhn
Schimmernd im Duft hinschwamm und die Nachtigallen vom Wald her
Schmetterten, wie ich es nie früher noch später gehört.
Tröstlicher Hoffnung voll dann sann ich hinaus in die Zukunft,
An das bezwungene Leid dacht' ich, das herbe, zurück;
Doch es versank schon fern, und ich dankte den himmlischen Mächten,
Die mir die Freistatt hier, treu mich behütend, gewährt,
Als ich zu scheitern gemeint, und ich bat: Vollendet das Werk nun,
Und dem Geretteten gebt gnädig zum Wollen die Kraft!

# Klassisches Liederbuch.

## Griechen und Römer in deutscher Nachbildung.

# Erstes Buch.

# Griechische Lyriker.

---

## Kallinos

der Ephesier.

---

### Kriegsruf.

Bis wann zaudert ihr noch? Wann faßt ihr entschlossen ein Herz euch,
Jünglinge? Schämt ihr euch nicht vor den Bewohnern des Gaus,
Daß ihr, die Händ' im Schoß, als säßet ihr mitten im Frieden,
Träg hindämmert und rings wütet im Lande der Krieg?
Auf, in den Kampf und werft vor die Brust die gebuckelte Tartsche!
Noch mit sterbender Hand schleudert das letzte Geschoß!
Denn das ehrt und verherrlicht den Mann, für den Boden der Heimat
Fechtend, für Weib und Kind mutig den Feind zu bestehn.
Einmal kommt ja der Tod für jeglichen, wann es das Schicksal
Immer verhängt. Gradaus stürme denn jeder voran,

Hoch den geschwungenen Speer und das tapfere Herz an den Schildrand
Drängend, sobald im Gewühl Mann sich begegnet mit Mann!
Denn dem Todesgeschick zu entgehn ward keinem beschieden,
Wär' er dem Stamme sogar ewiger Götter entsproßt.
Mancher freilich entflieht der Gefahr und dem Sausen der Lanzen,
Und am eigenen Herd rafft ihn die Möre dahin;
Aber um ihn nicht trauert die Stadt, noch wünscht sie zurück ihn,
Doch den Erschlagnen beklagt jeglicher, hoch und gering!
Denn es ergreift sie zusamt nach dem tapferen Helden die Sehnsucht,
Fiel er, und halbgottgleich wird er im Leben geehrt.
Wie ein gewaltiger Turm vorschwebt er den Augen des Volkes,
Denn für viele zu stehn war er, der eine, genug.

---

# Tyrtäos

aus Attika.

---

## Schlachtgesang

aus den Elegien zusammengestellt.

Auf in den Kampf, ihr Enkel des unbezwungnen Herakles!
Streitet getrost! Noch nie wandt' euch den Rücken der Gott.
Nimmer erschreck' euch die Menge des Feinds, noch faß' euch ein Zagen,
Nein, gradaus mit dem Schild stürmt auf die Vordersten an!

Achtet das Leben gering und die finsteren Pfeile des Todes
Grüßt sie mit Lust, wie sonst Helios' Strahlen ihr grüßt!
Denn schön ist's für den Tapfern, im vordersten Gliede zu fallen,
Wenn er, den Seinen ein Hort, kämpft für den heimischen Herd;
Aber unendliche Schmach, wenn den Fliehenden, der das Getümmel
Meidet, des Feindes Geschoß hinten im Rücken ereilt.
Ehrlos liegt er im Staube noch da, ein verachteter Leichnam,
Und es starrt ihm der Schaft zwischen den Schultern heraus.
Schreite denn jeder beherzt vorwärts, in den Boden die Füße
Fest eindrückend, die Zähn' über die Lippen geklemmt,
Brust und Schulter zumal und hinabwärts Hüften und Schenkel
Hinter des mächtigen Schilds eherner Wölbung gedeckt.
Hochher schwing' er zum Wurf in der Rechten die wuchtige Lanze
Und Furcht weckend vom Haupt flattre der Busch ihm herab.
Fuß an Fuß mit dem Gegner und Schild andrängend dem Schilde,
Daß sich der Helm mit dem Helm streift und der Busch mit dem Busch,
Brust an Brust dann such' er im Kampf ihn niederzustrecken,
Sei's mit des Schwerthiebs Kraft oder dem ragenden Speer.
Also die starrenden Reihn andringender Feindesgeschwader
Wirft er zurück und dämmt mächtig die Woge der Schlacht.
Aber bezwingt ihn der Tod im Vorkampf: seinem Erzeuger,
Seiner Gemeind' und Stadt bringt er erhabenen Ruhm,

Wie er im Blut daliegt, vielfältig die Brust und den Panzer
Vorn, und den bauchigen Schild von den Geschossen durchbohrt.
Aber die Jünglinge weinen um ihn und es jammern die Greise,
Und weitschallend erfüllt sehnliche Klage die Stadt.
Auch sein Grab bleibt heilig dem Volk, und die Kinder und Enkel
Ehrt man und ehrt sein Haus bis in das fernste Geschlecht.
Nimmer im Dunkel erlischt sein Ruhm und gepriesener Name,
Und der Begrabene lebt als ein Unsterblicher fort.

---

# Solon

von Athen.

## Der Gesetzgeber.

So viel Teil an der Macht, als genug ist, gab ich dem Volke,
Nahm an Berechtigung ihm nichts, noch gewährt' ich zu viel.
Für die Gewaltigen auch und die reicher Begüterten sorgt' ich,
Daß man ihr Ansehn nicht schädige wider Gebühr.
Also stand ich mit mächtigem Schild und schützte sie beide,
Doch vor beiden zugleich schützt' ich das heilige Recht.

## An die Athener

wider Pisistratus.

Wenn ihr Schweres erfuhrt durch eigene Schuld und Verkehrtheit,
Klagt um euer Geschick nicht die Unsterblichen an,
Selbst ja zogt ihr sie groß und machtet sie stark, die Tyrannen,
Und nun seufzt ihr dafür unter dem schmählichen Joch.
Einzeln zwar geht jeder von euch auf der Fährte des Fuchses,
Aber sobald ihr gesammt handelt, verläßt euch der Sinn;
Denn ihr traut auf die Rede des Manns und die schillernden Worte,
Doch blind seid ihr für das, was euch vor Augen geschieht.

---

## Die Jahreswochen.

Wann unmündig und klein noch das Kind ist, wirft es der Zähne
Reihen im Wechsel zuerst ab bis ins siebente Jahr;
Doch vollendet darauf nachfolgende Sieben ein Gott ihm,
Geben die Zeichen alsbald reifender Jugend sich kund.
Dann in den dritten umsäumt, wie der Wuchs vollendet hervortritt,
Flaum sein Kinn und der Reiz wechselnder Farben erblüht.
Schließt sich zum vierten die Woche, so fühlt auf dem Gipfel der Kraft sich
Jeglicher Mann und es scheint rühmliche That ihm verbürgt.
Doch in der fünften geziemt es ihm wohl, der Vermählung zu denken,
Für zukünftige Zeit zeug' er ein blühend Geschlecht.

Drauf in der sechsten erstarkt sein Geist zu besonnener Klarheit
Und nach vergeblichem Ziel hat er zu trachten verlernt,
Vierzehn Jahre hindurch in der siebenten dann und der achten
Woche durch kundigen Rat herrscht er und Redegewalt.
Auch in der neunten vermag er noch manches, doch fühlt er ermattend,
Daß zu gewichtiger That Kraft und Entschluß ihm gebricht.
Aber erfüllt' ihm ein Gott zum zehnten Male die Sieben,
Mag dem Gereiften mit Fug nahen das Todesgeschick.

## Ausgleichung.

Oft zwar ist die Gemeinheit reich und es darben die Edlen,
Doch wir gäben im Tausch nimmer für ihren Besitz
Unsre Gesinnung dahin; denn ewiglich bleibt sie ein Schatz uns,
Aber das irdische Gut wechselt beständig den Herrn.

# Mimnermos

von Kolophon.

## Das Los des Alters.

Was sind Leben und Glück, wenn die goldene Liebe dahinfloh?
Laßt mich sterben, sobald dies mich nicht länger erquickt:
Heimliche Lust und erwiderte Glut und die Wonne des Lagers.
Aber die Jugend verwelkt rasch und die Blüte der Kraft

Männern und Frau'n, und beschleichen uns erst die Gebrechen des Alters,
Das unerbittlich den Mann, selber den schönsten, entstellt,
Ach, da zehrt am Gemüt rastlos die vergebliche Sehnsucht,
Und selbst Helios' Strahl mag uns das Herz nicht erfreu'n;
Denn von den Jünglingen sind wir geflohn und verschmäht von den Weibern,
So viel Schweres verhängt' über das Alter ein Gott.

---

### Helios.

Wahrlich, ein mühvoll Amt muß Helios täglich verwalten;
Auch kein einziges Mal ist ja den Rossen und ihm
Innezuhalten vergönnt, sobald zur Höhe des Himmels
Aus des Okeanos Flut Eos, die rosige, stieg.
Aber ihn trägt bei Nacht durch die Woge das wonnige Lager,
Das aus lauterem Gold künstlich Hephästos gewölbt;
Ueber den Spiegel des Meers auf eilenden Fittichen schwebend,
Trägt es den Schlummernden sanft fort von Hesperiens Strand
Zum Aethiopengestad, wo sein das Gespann mit dem Wagen
Harrt, bis wieder des Tags dämmernde Frühe sich naht.

---

## Theognis

von Megara.

---

### An Phöbos.

Phöbos, Sprosse des Zeus, Sohn Letos, nimmer im Anfang
Laß mich und nimmer am Schluß deiner vergessen im Lied;

Sondern zuerst und zuletzt und inmitten will ich dich preisen,
Doch du neige das Ohr, Herr, und gewähre mir Heil!

## Die Geburt des Apollo.

Als dich, Herrscher Apoll, dort unter dem wipfelnden Palmbaum,
Den sie mit Armen umschlang, Leto, die Hehre, gebar,
Dort am Auge des Sees, dich aller Unsterblichen Schönsten
Ward von ambrosischem Duft Delos geheiligtes Rund
Bis an die Ufer erfüllt, und es lachten umher die Gefilde,
Und es erglänzte vor Lust blauer die Tiefe des Meers.

---

## Der Gesang der Musen.

Musen und Grazien ihr, Zeus' Töchter, als ihr zu Kadmos'
Hochzeitsfeier erschient, sangt ihr ein herrliches Lied:
„Was da schön ist, ist lieb, was nicht schön aber, ist unlieb,"
Also scholl der Gesang euch vom unsterblichen Mund.

---

## An Kypris.

Stille der Sehnsucht Qual und beschwichte den Kummer, o Göttin,
Der mir die Seele verzehrt, gieb mich der Freude zurück!
Endlich sei es der Stürme genug und in heiterer Fassung
Lehr mich das heilige Maß üben, zum Manne gereift.

---

## Begegnung am Brunnen.

Nicht mehr schmeckt mir der Wein, seitdem sie das zierliche Mädchen
Mir an den anderen Mann, an den geringern, vermählt;
Kann sie die Eltern doch nur mit Wasser bewirten und oftmals,
Wenn sie vom Brunnen es holt, meiner gedenkt sie und weint.
Siehe, da legt' ich den Arm um das Kind und küßt' ihr den Nacken,
Und ein verstohlenes Wort flüsterte zärtlich ihr Mund:
„O wie haſſ' ich den Argen um dich! Denn immer noch heimlich
Fliegt mein thörichtes Herz dir wie ein Vögelchen zu.“

---

## Gesellschaftsregel.

Nötige nie beim Feste den Gast, ungern zu verweilen,
Noch auch mahn' ihn zu gehn, eh' es ihm selber gefällt.
Auch wenn einer der Zecher, vielleicht vom Weine gepanzert,
Sanft in Schlummer verfiel, wecke den Schläfer nicht auf;
Noch verweise, bevor er es wünscht, aufs Lager den Muntren;
Denn im tiefsten Gemüt ärgert uns jeglicher Zwang.
Aber dem Durstigen sei stets nah mit dem Kruge der Mundschenk;
Nicht allnächtlich wie heut, ist ihm zu schwärmen vergönnt.

---

## An Kyrnos.

Keiner bereitet sich selbst von den Sterblichen Segen und Unheil,
Sondern die Götter, o Freund, sind es, die beides verleihn.
Was auch immer der Mensch anstrebt: nie weiß er im Herzen,
Ob es zu freudigem Ziel, ob es zu trübem gerät.
Mancher bereits sann Uebles zu thun, und es führte zum Heile,
Manchem, der Edles gewollt, schlug zum Verderben es aus.
Auch nicht einem gelingt sein Vorsatz, wie er begehrte,
Weil ihm die Kraft ausgeht, weil ihn die Schranke befängt.
Sterbliche sind wir und streben umsonst und wandeln in Blindheit;
Doch, wie es ihnen gefällt, fügen die Götter den Schluß.

---

## Pflicht des Sängers.

Nimmer geziemt sich's traun für den Priester und Boten der Musen,
Daß er der Weisheit Schatz neidisch verschließ' in der Brust,
Sondern er reiß' ihn aus im Gedicht und zeig' und bewähr' ihn;
Soll kein andrer sich dran freuen, was frommt der Besitz?

---

## In der Verbannung.

Hör' ich den schrillenden Ruf des fernher ziehenden Kranichs,
Welcher, ein Bote der Saat, jährlich im Herbst uns erscheint,
Trifft es mich jetzt wie ein Schlag und im düsteren Herzen gedenk' ich,
Wie mir der Fremde daheim waltet im reichen Gefild,
Ach, und die Mäuler für mich nicht mehr hinziehen die Pflugschar,
Seit mich das Unglücksschiff in die Verbannung entführt.

---

## Hoffnung.

Einzig die Hoffnung blieb von den Himmlischen unter den Menschen,
Zu den olympischen Höhn kehrten die übrigen heim.
Treue, die mächtige Göttin, entwich, es entwich die gestrenge
Zucht, und die Grazien, Freund, suchst du auf Erden umsonst.
Nicht mehr gelten im Volk als heilig die teuersten Eide
Und der Unsterblichen denkt keiner und ehrt sie mit Scheu;
Sondern der Frommen Geschlecht starb aus und weder des Rechtes
Satzungen achten sie mehr noch den geheiligten Brauch.
Aber so lange du lebst und das Licht noch schauest der Sonne,
Klammre mit treuem Gemüt fest an die Hoffnung dich an,
Und wann unter Gebet süßduftendes Opfer du zündest,
Sei es zuerst und zuletzt immer der Hoffnung geweiht.

---

## Heimweh.

Wohl begrüßt' ich dereinst Siciliens prangende Fluren
Und des Euböergestads üppiges Traubengefild,
Sparta sah ich, die glänzende Stadt am beschilften Eurotas,
Und wohin ich auch kam, ehrten sie freundlich den Gast.
Aber die Sehnsucht nicht in der Brust mir konnt' es beschwichten,
So vor jeglichem Land war mir das heimische süß.

---

## Rachegelübde.

Höre mich, Zeus im Olymp, ich erflehe ja nur, was gerecht ist:
Endlich für so viel Leid gieb zum Ersatz mir ein Glück!
Laß mich sterben, dafern von den drückenden Sorgen ich nimmer
Ausruhn soll und Verlust ewig sich reiht an Verlust.
Doch so scheint es bestimmt; nie soll ich die Frevler bestraft sehn,
Die mit schnöder Gewalt, was ich besaß, mir geraubt
Und nun schwelgen, indessen ich selbst aus dem Strom des Verderbens
Elend und nackt, wie ein Hund, nur mit dem Leben entrann.
Dürft' ich ihr Herzblut schlürfen! Und führt' ein vergeltender Dämon,
Wie mein Sinn es begehrt, endlich herauf das Gericht!

---

## Trotz.

Niemals werd' ich den Nacken ins Joch hinbeugen den Feinden,
Hing' auch das Tmolosgebirg dräuend mir über dem Haupt;

Freilich verzehrt sich das Herz dem Gewaltthat leidenden Manne,
Aber es wächst ihm neu, wenn die Vergeltung sich naht.

## Nach der Rückkehr.

Mahne mich nicht an den Graus! Ich erfuhr das Geschick des Odysseus,
Der in den Hades hinab wandert' und, wiedergekehrt,
Dann die Freier erwürgt' in unbarmherzigem Zorne,
Seiner Penelope nur denkend, des treuen Gemahls,
Die ja seiner so sehnsüchtig geharrt mit dem Sohne,
Bis er dem heimischen Herd endlich ein Rächer erschien.

## Neubau des Staates.

Streng nach der Schnur einhalt' ich den Weg und weiche nach keiner
Seite, denn jegliches Recht gilt's zu erwägen im Sinn;
Weder dem Pöbel geneigt, noch vom Rat abhängig der Zwingherrn,
Möcht' ich der Heimatstadt Frieden, der hehren, verleihn.

## Beim Herannahen der Perser.

Herrscher Apoll, du türmtest ja selbst der megarischen Feste
Zinnen dem Pelopssohn einst, dem Alkathoos, auf;
Wehre denn selbst nun auch von der Stadt die Geschwader der wilden
Meder zurück, auf daß froh, wie es Brauch ist, das Volk

Dir im erwachenden Lenz darbringe die Festhekatomben
Und sich des Zithergetöns freu' und des wonnigen Mahls
Und beim Reigengesang aufjauchz' um deinen Altar her.
Denn es befällt mich ein Grau'n, seh' ich in tödlichem Haß
Also blind die Hellenen entzweit; drum halte du selber
Gnädig die schirmende Hand, Phöbos, ob unserer Stadt.

---

## Feuerzeichen.

Schweigende Botin ruft zu den Schrecken des Krieges die Flamme,
Die von des Turms fernher strahlender Warte sich hebt.
Auf denn und werfet den Zaum um die schnell hinstürmenden Rosse!
Denn die Geschwader des Feinds gilt es im Feld zu bestehn.
Nah schon dräu'n sie heran und, die Fahrt vollendend, im Umsehn
Werden zur Stelle sie sein, oder es täuscht mich ein Gott.

---

## Gnomen.

Reichtum wünsch' ich mir nicht, noch erfleh' ich ihn; aber ich möchte
Froh bei Wenigem sein, Freund, und den Sorgen entrückt.

---

Kein kostbarerer Schatz, als Vater und Mutter zu haben,
Welche dem heiligen Recht immer die Treue bewahrt.

---

Hüte dich wohl vor vermessenem Wort! Von den Sterblichen keiner
Weiß, was heute die Nacht, morgen der Tag ihm beschert.

---

Viele gesellen sich dir beim Becher als traute Genossen,
Doch zu entschlossener That bleiben dir wenige treu.

---

Selbst nicht der Leu schwelgt immer in Fleischkost, sondern die strenge
Not, die Bezwingerin, macht auch den Gewaltigen zahm.

---

Rüttle du nie am glücklichen Los, Abwechselung heischend,
Doch beim schlimmen versuch, ob du es wendest zum Heil.

Der dem vergeßlichen Volk einst Burg und schützender Turm war,
Wenig Ehre zum Dank erntet der Edle dafür.

---

Weder verhilf zur Macht dem Gewaltherrn, weil du Gewinn hoffst,
Noch in Verschwörungen laß, ihn zu verderben, dich ein.

---

Neige das Ohr nicht stets nach der schallenden Stimme des Herolds!
Nicht für den heimischen Herd ruft er uns heute zum Kampf.

---

Dies wird besser dem einen, dem andern jenes gelingen,
Doch kein Sterblicher ist tüchtig für alles zugleich.

---

Neben den Weinenden laß uns nie hinsitzen und lachen,
Nur von des eigenen Glücks leichten Gedanken erfüllt.

---

Nimmer vermag ich, o Herz, dir alles nach Wunsch zu gewähren;
Dulde dich, dir nicht allein ward nach dem Schönen der Durst.

---

# Archilochos

von Paros.

---

## Die Waffen des Spottes.

Viel versteht der Fuchs, der Igel eines nur, doch frommt es ihm:
Daß er, sich zusammenrollend, auf den Feind die Stacheln kehrt;
Also lernt' ich selbst im Leben eine Kunst, die mir genügt:
Jedem, der mir Uebles anthat, zahl' ich schweres Uebel heim.

---

## Ermutigung.

Herz, o Herz, von ungefügen Kümmernissen schwer gebeugt,
Auf, und jenen, die dich hassen, wirf entgegen kühn die Brust

Und auf deiner Feinde Lanzen schreite selbstvertrauend zu!
Aber wenn du Sieg errungen, jauchze laut nicht vor der Welt,
Noch zu Hause schmerzgebrochen jammre, wenn du unterlagst,
Sondern freue dich im Glücke, gräme dich im Mißgeschick
Nicht zu sehr und sei des Wandels, der die Welt beherrscht, gedenk.

---

## Kriegsmann und Dichter.

Dienstbar bin ich dem Herrscher, dem Enyalischen Kriegsgott,
Aber des Musengeschenks walt' ich, des holden, zugleich.

---

## Sonnenfinsternis.

Nichts bedünkt mich jetzt unmöglich, nichts verschwör' ich fernerhin
Oder acht' es als ein Wunder, seit der olympische Vater Zeus
Um die Mittagsstunde plötzlich Nacht ergoß und Helios'
Strahlend Licht in Dunkel hüllte, daß die Welt ein Graus befiel.
Darum sei hinfort den Menschen alles glaublich und verhofft,
Und es faß' euch kein Erstaunen, wenn ihr einst mit Augen seht,
Wie das Wild im Forst zur Weide vom Delphin das Meer ertauscht
Und der Woge dumpfes Brüllen besser seinem Sinn behagt,
Als das Festland mit den Bergen, drauf er einst so froh geschwärmt.

---

## Der verlorene Schild.

Zwar mit dem Schilde stolziert mir ein Saïer [1]) hin, mit dem blanken,
Den ich im Waldesgebüsch, mir zum Verdrusse, verlor.
Aber ich selbst entrann doch dem Tod; so fahre der Schild hin!
Bald ist ein neuer zur Hand, der mich nicht schlechter bewehrt.

---

## Bild der Geliebten.

Mit frohem Lächeln in der Hand ein Myrtenreis
Und frische Rosen trug sie, und beschattend fiel
Um Brust und Nacken wallend ihr das Haar herab.

---

# Fragment des Alkman

### aus Sardes,

eingebürgert in Sparta.

---

## Der Vorsänger.

Nimmer, ihr Mädchen im Chor, mit den süßen, den silbernen Stimmen
Tragen die Glieder mich fort. O daß ich zum Kerylos [2]) würde.

---

[1]) Die Saïer, ein Volksstamm an der thrakischen Küste, der Insel Thasos gegenüber, wohin Archilochos ausgewandert war.

[2]) Kerylos, das Männchen der Halkyonen, von dem die Sage erzählt, daß er, gealtert oder flugmüde, von den Weibchen auf die Flügel genommen wurde.

Der auf dem blühenden Schaume der See mit den Weibchen dahinfliegt,
Glücklicher Reise gewiß, meerpurpurner Vogel des Frühlings!

---

## Sappho

von Mitylene auf Lesbos.

---

### Ode an die Aphrodite.

Die du thronst auf Blumen, o schaumgeborne
Tochter Zeus', listsinnende, hör mich rufen,
Nicht in Schmach und bitterer Qual, o Göttin,
Laß mich erliegen!

Sondern huldvoll neige dich mir, wenn jemals
Du mein Flehn willfährigen Ohrs vernommen,
Wenn du je, zur Hilfe bereit, des Vaters
Halle verlassen.

Raschen Flugs auf goldenem Wagen zog dich
Durch die Luft dein Taubengespann und abwärts
Floß von ihm der Fittiche Schatten dunkelnd
Ueber den Erdgrund.

So dem Blitz gleich, stiegst du herab und fragtest,
Sel'ge, mit unsterblichem Antlitz lächelnd:
„Welch ein Gram verzehrt dir das Herz, warum doch
Riefst du mich, Sappho:

Was beklemmt mit sehnlicher Pein so stürmisch
Dir die Brust! Wen soll ich ins Netz dir schmeicheln:
Welchem Liebling schmelzen den Sinn: Wer wagt es,
Deiner zu spotten?

Flieht er: wohl, so soll er dich bald verfolgen,
Wehrt er stolz der Gabe, so soll er geben,
Liebt er nicht: bald soll er für dich entbrennen,
Selbst ein Verschmähter."

Komm denn, komm auch heute, den Gram zu lösen!
Was so heiß mein Busen ersehnt, o laß es
Mich empfahn, Holdsel'ge, sei du selbst mir
Bundesgenossin!

---

## Liebeslied.

Hochbeglückt wie selige Götter deucht mir,
Wem dir tief ins Auge zu schau'n und lauschend
An dem Wohllaut deines Gesprächs zu hangen
Täglich vergönnt ist,

Und am Sehnsucht weckenden Reiz des Mundes;
Doch mir schrickt im Busen das Herz zusammen,
Wenn du nahst, beklommen versagt die Stimme
Jeglichen Laut mir.

Ach, der wortlos Starrenden rinnt urplötzlich
Durch die Glieder fliegende Glut; verworren
Flirrt es mir vor Augen und dumpf betäubend
Klingt es im Ohr mir. —

---

# Fragmente des Alkäos

von Crebos.

## Das leckte Staatsschiff.

Nicht mehr zu deuten weiß ich der Winde Stand,
Denn bald von dorther wälzt sich die Wog' heran,
Und bald von dort, und wir inmitten
Treiben dahin, wie das Schiff uns fortreißt,

Mühselig ringend wider des Sturmes Gewalt;
Denn schon des Masts Fußende bespült die Flut,
Und vom zerborstnen Segel trostlos
Flattern die mächtigen Fetzen abwärts.

## Der verlorene Schild.

Daheim als Herold melde: Gerettet ist
Alläos selbst, doch büßt' er die Waffen ein,
Und seinen Schild am Pallastempel
Hängte das Volk von Athen zum Schmuck auf.

## Aus den Trinkliedern.

I.

Zeus kommt im Regen, mächtig vom Himmel braust
Der Wintersturm, schon stockt der Gewässer Lauf
Im scharfen Frost, und kaum im Wetter
Hält der bewipfelte Forst sich aufrecht.

Beut Trotz dem Eiswind! Schür auf dem Herd empor
Die Lohe, schenk süßpurpurnen Traubensaft,
Schenk reichlich und zum Trunk gelagert
Lehne das Haupt in die weichen Kissen.

II.

Nicht frommt's, des Unheils ewig gedenk zu sein;
Denn völlig fruchtlos zehrt uns der Kummer auf.
Das bleibt der beste Trost, o Bakchos,
Wein zu kredenzen, bis daß wir trunken.

III.

Keinen anderen Baum pflanze zuvor, ehe du Wein gepflanzt.

---

# Fragmente des Stesichoros

von Himera.

---

## Helios und Herakles.[1])

Helios, der Hyperionide,
Stieg nun wieder in die goldne Schale,
Um, den stillen Ozean durchschiffend,
Heimzukehren zu der heil'gen Tiefe
Dunkler Nacht, wo sein die holde Gattin,
Wo die Mutter und die Kinder harren.
Aber jener schritt, der unbezwungne
Sohn des Zeus, dahin auf starken Füßen
In des Lorbeerhaines Schattendunkel. —

---

[1]) Um die Kinder des Geryon, eines gefiederten sechshändigen und sechsfüßigen Unholds, zu entführen, fuhr Herakles in dem Sonnenbecher, den er vom Helios errungen, über den Okeanos nach der Insel Erytheia. Nachdem er sein Werk glücklich vollbracht, gab er dem Gotte den Becher zurück; unser Bruchstück zeigt sie im Augenblicke ihres Scheidens.

## Die Rache der Kypris.

Weil ja Tyndareus einst beim Opfer für sämtliche Götter
Kypris allein, die Milde, vergaß, so rächte sich diese
An den Töchtern [1]) dafür und ließ zwiefach sie und dreifach
Hochzeit halten und immer aufs neu die Männer verlassen.

---

## Klytämnestras Traum.

Aber es naht' ihr im Traum bluttriefenden Hauptes ein
Drache,
Und sie erkannt' in ihm Fürst Agamemnons Gestalt.

---

# Ibykos

von Rhegion.

---

## Frühlingsgesang.

Frühling ward es und wieder blüht,
Vom sanftströmenden Bach getränkt,
Der Kydonische Apfelbaum,
Wo jungfräulicher Nymphen Schar
Tief im Dunkel des Haines spielt
Und die Blüte der Rebe schwillt
Unter schattendem Weinlaub.

Doch nicht achtet der lieblichen
Jahreszeit Eros und läßt mich ruhn,
Nein, wie thrakischer Wintersturm
Widerleuchtend von Blitzesschein

---

[1]) Die Töchter des Tyndareus sind Helena und Klytämnestra.

Fällt er, Kyprias wilder Sohn,
Mit blindsengender Wut mich an
Und erschüttert gewaltsam mir
Die Grundfesten des Herzens.

---

## Späte Liebe.

Wieder unter schwarzen Wimpern
Mit bethörenden Augen schaut mich
Eros an und treibt mit tausend
Süßen Lockungen mich in Kypris'
Unentrinnbar festes Netz.

Ach, vor seinem Nahn erbeb' ich,
Wie am Wagen das Roß, das einstmals
Kranz und Siegespreis davontrug;
Ungern wagt sich's, nun gealtert
Mit den geflügelten Renngespannen
In den Kampf der Bahn hinaus.

---

# Anakreon

von Teos.

---

## An Dionysos.

Fürst, dem Eros, der Siegesgott,
Dem schwarzäugiger Nymphen Schar
Und die rosige Kypris
Spielend folgen, wohin du auch
Schweifst auf luftigen Bergeshöhn,

Auf den Knieen beschwör' ich dich:
Komm, o komm und vernimm in Huld
Mein Gebet, Dionysos,
Neige du Kleobulos' Herz
Selbst mit göttlichem Rat, daß ihm
Meine Liebe gefalle.

## Die Lesbierin.

Mir zuwerfend den Purpurball
Fordert Eros im Goldgelock
Mich zum Spiel mit dem zierlichen
Buntsandaligen Kind auf.

Doch sie stammt von der prangenden
Lesbosinsel und rügt mein Haar;
Grau ja sei's, und in Sehnsucht, ach,
An ein blondes gedenkt sie.

## An seinen Liebling.

Knabe du mit dem Mädchenblick,
Dein verlang' ich, doch hörst du nicht,
Merkst nicht, wie du die Seele mir
Sanft am Zügel dahinlenkst.

## An den Schenken.

Mit dem Mischkrug komm, o Schenke,
Daß ich tiefen Zuges schlürfe!
Doch auf zehn Pokale Wassers
Von dem Lautern nimm nur fünf mir;
Denn ich möchte zu verwegen
Mit dem Weingott heut nicht schwärmen.

## Eros, der Schmied.

Mit schwerwuchtigem Hammerschlag,
Wie die glühende Stang' ein Schmied,
Trifft mich Eros und taucht mich dann
In eiskaltes Gewässer.

---

## Skolion.

Den nicht mag ich beim vollen Pokal, der über dem Trunk mir
Von trübseligem Krieg schwatzt und gehässigem Streit,
Aber es sei mir geehrt, wer köstliche Gaben der Muse
Und Aphroditens flicht in die gesellige Lust.

---

# Simonides.

von Keos.

---

## Danae.[1]

Aus einem Trauergesang.

Als um den kunstgefügten Kasten nun
Der Wind erbraust' und die empörte Welle,
Da sank sie hin in Angst, bethränt die Wangen,

---

[1]) Der argivische König Akrisios ließ, durch das Orakel vor einem Enkel gewarnt, seine Tochter Danae in ein festes Gewölbe einschließen. Aber Zeus drang als goldner Regen zu ihr, und sie gebar ihm den Perseus, den sie heimlich aufzuziehen versuchte. Als der König jedoch hiervon Kunde erhielt, übergab er die Danae mit ihrem Sohne, in einer Truhe eingeschlossen, den Wellen des Meeres, von welchen sie an den Strand von Seriphos getrieben wurden. — Der Ausdruck: „nachterleuchtet" bezieht sich nach Welckers Erklärung auf eine den Verurteilten mitgegebene Totenlampe.

Das Bruchstück ist von meinem Freunde Ernst Curtius und mir gemeinschaftlich übersetzt worden.

Und schlang um Perseus' Nacken ihren Arm
Und sprach: O Kind, wie groß ist meine Qual!
Du aber atmest sanft im Schlaf und ruhst
Mit stiller Säuglingsbrust im freudelosen
Erzfesten nachterleuchteten Gehäus
Dahingestreckt in tiefe Dämmernis,
Und lässest ruhig über deinem dichten
Gelockten Haar die Flut vorüberwandeln
Und das Geheul des Sturmes,
In deinem Purpurkleid, ein lächelnd Antlitz.
Ach, ahntest du die Schrecken um dich her,
Gewiß, du lauschtest mir mit bangem Ohr.
Doch schlaf, o Kind, und schlafen soll die See
Und schlafen all das unermess'ne Leid!
Du aber wandle deinen harten Sinn,
O Zeus! — Und ist ein Frevel dies Gebet,
Vergieb mir, Vater, um des Kindes willen!

---

## Lebensweisheit.

Treu für immer verbleibt kein Gut uns Sterblichgebornen;
Drum voll göttlichen Sinns sprach der chiotische Greis:
„Gleich wie die Blätter im Wald, so sind die Geschlechter der Menschen."
Aber wie wenige nur, die es mit Ohren gehört,
Wahrten im Busen das Wort! Denn jeglichen gängelt die Hoffnung,
Männern und Knaben zugleich wurzelt sie tief in der Brust.
Blüht dem Sterblichen noch holdselig die Blume der Jugend,
Sinnt er mit leichtem Gemüt vieles von nichtiger Art;
Nimmer des Alters gedenkt er alsdann und nimmer des Todes,
Noch in der Fülle der Kraft ist er um Krankheit besorgt.

O leichtfertige Thoren, verblendete, die da vergessen,
Wie so beflügelten Schritts Jugend und Leben entfliehn!
Doch du präg es dir ein, und bis du scheidend am Ziel stehst,
Pflege mit treuem Gemüt jeglichen schönen Genuß!

---

## Anakreons Grab.

Reb', Alltrösterin du, mostnährende Mutter der Traube,
Die du zu krausem Gewind üppig die Ranken verschlingst,
Hochauf blühe mir hier an Anakreons Säule, des Tejers,
Und umspinne des Grabs locker geschütteten Staub,
Daß dem Freunde des Weins und des becherbeseligten Reigens,
Der von Lieb' und Gesang trunken die Nächte verschwärmt,
Auch in der Gruft noch über dem Haupt vollsaftig die Traube
Niederhange, vom Grün schwellender Blätter umhüllt,
Mit süßperlendem Tau ihn ewig zu tränken, den Alten,
Der viel Süßeres noch weich von den Lippen gehaucht.

---

## Skolion.

Erstes Gut ist dem Erdensohn Gesundheit,
Zweites, schön von Gestalt einherzuwandeln,
Und das dritte schuldloser Besitz,
Aber das vierte, hold schwärmen im Freundeskreis.

---

## Marathon.

Hier bei Marathon warfen, für Hellas im Kampf, die Athener
Siegreich Mediens goldprunkendes Heer in den Staub.

---

## Die Thermopylenkämpfer.

Wanderer, meld es daheim Lakedämons Bürgern: erschlagen
Liegen wir hier, noch im Tod ihrem Gebote getreu.

---

## Inschrift des Denkmals
### für die bei Salamis gefallenen Korinther.

Hellas, dessen Geschick auf die Schneide des Schwertes gestellt war,
Vom barbarischen Joch rettend mit unserem Blut,
Fielen wir hier, manch bitteres Weh nachlassend den Persern,
Wenn an der Seeschlacht Not künftig das Herz sie gemahnt.
Salamis birgt nun unser Gebein, doch die Mutter Korinthos
Hat uns ein Denkmal hier unserer Thaten gesetzt.

---

## Sieg am Eurymedon.

Seit das Gewoge des Meers Europa von Asien losriß
Und wildschnaubender Krieg ihre Geschlechter entzweit,
Ward kein schönerer Sieg der hellenischen Männer erfunden
Als sie zu Wasser ihn hier, als sie zu Land ihn erkämpft.
Denn sie erschlugen am Ufer des Stroms unzählige Meder,
Hundert Schiffe zugleich bohrten sie nieder zur See
Sammt den Phönikiern drauf. Doch Asia jammert, an beiden
Händen gelähmt, laut auf unter dem doppelten Streich.

---

## Auf die bei Thermopylä Gefallenen.

Die ihr erlagt an den Thermopylen,
Im Tode gewannt ihr das herrlichste Los!
Ein Altar ist das Grab euch, Gedächtnis die Trauer
Und die Klage Triumphlied.
Dies Heldenmal deckt nimmer das Moos
Mit Vergessenheit zu
Noch tilgt es die Allverderberin Zeit.
Denn es wohnt ja mit euch im dunkeln Gewölb
Der Ehrenhort des Hellenengeschlechts,
Mit euch Leonidas, Spartas König,
Der das leuchtende Vorbild männlicher That
Und unsterblichen Ruhm uns nachließ.

---

# Bakchylides

von Keos.

---

## Lob des Weines.

Dem Grunde des Bechers entsteigt ein seliger Zauber; das Herz
Durchströmt er mit Kyprias Glut und wiegt das entzückte Gemüt
Mit Hoffnung und scheucht in die Ferne
Die Sorgen dem Menschengeschlecht.

Ja, wen Dionysos ergriff, der rühmt sich, ein einzelner Mann,
Herab von den Städten den Kranz der Zinnen zu reißen, und träumt
Als König die Welt zu beherrschen
Hochprangend im Purpurgewand.

Da schimmert von Gold das Gemach und köstlich Getäfel erglänzt,
Und Schiffe, beladen mit Korn, heimtragen vom Strande des Nils
Unendliche Fülle des Reichtums —
So schwärmet des Trunkenen Sinn.

## Spruch.

Glücklich, wem vom Schönen der Gott ein Teil nur
Gab und sorglos heiter dahin zu leben;
Denn noch war kein sterbliches Los in allem
Selig zu preisen.

## Fragment.

Feiste Stiere findest nimmer du bei mir, noch Goldgerät,
Noch gewirkte Purpurdecken; doch dafür ein fröhlich Herz
Und die süße Mus' und blinkend im böotischen Trinkgeschirr
Milden Wein.

## Der Friede. [1]

Großer Friede, du bringst den Menschen Reichtum,
Bringst des süßen Gesangs holdsel'ge Blume.
Auf umkränzten Altären glühn die Opfer
Allen Göttern zum Preis in goldener Flamme,
Zarter Lämmer und junger Stiere Schenkel.
Und der Jünglinge Schar, vereint zum Wettkampf,
Sinnt auf Flötenmusik und Prachtaufzüge.

[1] In Gemeinschaft mit Ernst Curtius übersetzt.

Doch im Bauche des erzgebundnen Schildes
Webt ihr emsiges Netz die schwarze Spinne;
An dem Eisen des Speers, den Doppelschwertern
Nagt der Rost und es schweigt die Kriegstrommete.
Nicht mehr meidet, hinweggeschreckt vom Auge,
Uns der liebliche Schlaf, der Herzerquicker;
Alle Gassen sind voll von Festgelagen
Und es leuchten in Glut die Liebeslieder.

---

## Skolion des Kallistratos.

Tragen will ich das Schwert verhüllt in Myrten,
Wie Harmodios und Aristogiton,
Da von ihrer Hand fiel der Tyrann
Und sie dem Volk Athens Freiheit und Recht erkämpft.

Nicht, Harmodios, ruhst du bei den Toten,
Auf der Seligen Flur, so singt man, weilst du,
Wo Achill, der schnellfüßige Held,
Und Diomed mit ihm wandelt, des Tydeus Sohn.

Tragen will ich das Schwert verhüllt in Myrten,
Wie Harmodios und Aristogiton,
Da an Pallas' hochheiligem Fest
Ihnen Hipparch, der Zwingherrscher der Stadt, erlag.

Unvergänglicher Ruhm ist euer Erbteil,
O Harmodios und Aristogiton,
Da von eurer Hand fiel der Tyrann
Und ihr dem Volk Athens Freiheit und Recht erkämpft.

---

# Panyasis

von Samos.

---

## Trinklied.[1])

Freund, frisch auf zum Gelag! Auch dies ist Weisheit, wenn einer
Unter den Gästen des festlichen Mahls am meisten des Weins trinkt
Wohl und mit rechtem Verstand und zugleich aufmuntert den Nachbar.
Wer in der Schlacht Entscheidung ein Held schnellfüßig und wacker
Kämpfe besteht voll Müh' und Gefahr, wo wenige Männer
Kühn ausharren, dem Sturm Trotz bietend des schreitenden Kriegsgotts,
Dem gleich hoch jener sei geehrt, der an dem Gelage
Sich von Herzen erfreut und das übrige Volk anfeuert.
Denn kein Leben ist das, so dünkt mir, oder das Leben
Eines Erbärmlichen bloß, voll Kümmernis, wenn sich des Weines
Altklug einer enthält und mit anderem Trunke den Durst löscht.
Ist doch der Wein, wie das Feuer, ein Schatz dem Geschlechte der Menschen,
Edel, der Not Abwehr, des Gesangs vieltreuer Begleiter.
Durch ihn wird ja der Freud' ihr heiliges Recht und der Festpracht;
Durch ihn regt sich der Tanz, durch ihn die gepriesene Liebe.
Darum sollst du mit fröhlichem Sinn beim Mahle Bescheid thun,

---

[1]) In Gemeinschaft mit Ernst Curtius übersetzt.

Wie sich's gebührt, und nicht, wie nach gierigem Fraße der Geier,
Stumpfen Gemüts dasitzen, der edleren Freunde vergessen.

# Inschriften

aus der Anthologie.

## Gebet.

Ob wir es betend erflehn, ob nicht: das Gesegnete gieb uns,
Zeus, und erflehn wir es auch, halte das Uebel uns fern.

## Das Grab des Achill.

Dies ist der Hügel Achills, des zermalmenden, von den Achäern
Künftigem Troergeschlecht noch zum Entsetzen getürmt
Dicht am Ufer; dem Sohne der Meerflutherrscherin Thetis
Ziemt es zu ruhn, von des Meers ewiger Klage gewiegt.

## Sappho.

Sappho, die sterbliche Muse, der neun unsterblichen Schwestern
Würdig im Wettstreit, ruht hier in äolischem Grund.
Eros und Kypria liehn den Gesang ihr; nimmer verwelkend
Flocht aus pierischem Laub Peitho [1]) den Kranz ihr ins Haar.

[1]) Peitho, die Göttin der herzbezwingenden Rede.

Hellas zur Lust, Mitylene zum Ruhm. O die ihr des dreifach
Rollenden Fadens Gespinst, waltende Mören, bestellt,
Warum spann't ihr der Sängerin nicht unsterbliches Leben,
Die vom parnassischen Born trunken Unsterbliches schuf?

## Herodotos.

Als Herodotos einst gastfreundlich die Musen bewirtet,
Reicht' als Gabe des Danks jede der Neun ihm ein Buch.

## Aeschylos.

Aeschylos deckt dies Grab, Euphorions Sohn, den Athener,
Welchen der Tod im kornprangenden Gela bezwang.
Seiner gewaltigen Kraft zeugt Marathons Hain und der Perser
Tiefumlocktes Geschlecht, das sie im Treffen erfuhr.

## Sophokles.

Leis umklimme den Hügel des Sophokles, wuchernder Epheu,
Leis und über den Stein webe das grüne Gelock;
Rings auch blättre die Rose sich auf und der schwellende Weinstock
Träufl' ihm des feuchten Geranks üppige Thränen herab.
Weil er in goldenem Wort durch der Grazien Huld und der Musen
Hohe Belehrung so süß uns in die Seele geflößt.

## Euripides.

Dies nicht acht' ich Euripides' Denkmal, sondern des Bakchos [1])
Stufen und der kothurndröhnenden Bühne Gerüst.

---

## Kratinos.

Traun, ein geflügeltes Roß ist der Wein für den fröhlichen Sänger;
Ein Wassertrinker findet kein begeistert Wort.
Also pries dich Kratin, Dionysos, als er vom Segen
Nicht eines Schlauchs, nein, ganzer Fässer duftete;
Darum rauschten ihm auch die Gemächer von Kränzen und troff ihm
Gleich dir die Stirn verschwenderisch von Epheulaub.

---

## Auf den Tod eines schönen Jünglings.

Der du als Morgenstern den Lebendigen freundlich geleuchtet,
Gingst den Verstorbenen nun sterbend als Hesperus auf.

---

## Der Adler.

Ueber dem Grab aufsteigender Aar, zu welchem der Götter
Dort im Sternengefild strebst du geflügelt empor?
Sinnbild bin ich der Seele des Plato, die zum Olymp sich
Aufschwang, aber der Leib schlummert in attischem Grund.

---

1) Die Stufen des Bakchos, die von der Orchestra zum Proscenium führen.

---

## Die Ruhe des Edlen.

Saon, des Dikon Sohn, der Akanthier, schlummert den heil'gen
Schlaf hier; nenn es nicht Tod, ging der Gerechte zur Ruh.

## Am Brunnen.

Bergumwandelnder Pan, zwiehörniger Führer der Nymphen,
Der du die Grotte dahier wölbtest, wir flehen dich an:
Sei uns freundlich gesinnt, so viele wir, uns zu erquicken,
Deinem krystallenen stets rieselnden Borne genaht.

## Das Erzbild der Aphrodite.

Dies ist Kyprias Grund. Denn immer schaute sie gerne
Hier von hohem Gestad über das leuchtende Meer,
Daß sie den Schiffern die Fahrt vollendete; flutet die See doch
Stiller, so weit sie das erschimmernde Bildnis gewahrt.

## Die Spartanerin.

Demärete, die wider den Feind acht Söhne gesendet,
Legte sie all ins Grab unter dem selbigen Stein;
Aber sie brach nicht aus in unendliche Klage, sie sprach nur:
Heil dir Sparta! für dich trug ich die Kinder im Schoß.

## Die Toten von Chäronea.

Chronos, gewaltiger Gott, allschauender, thu es, ein treuer
Bote, den Sterblichen kund, was wir erduldet an Leid,
Die wir, den Rettungskampf für die heilige Hellas versuchend,
Hier auf böotischem Grund sanken vom Schwerte gefällt.

Zweites Buch.

# Römische Elegien und Verwandtes.

---

## Albius Tibullus.

---

### An Messala.

Nach dem Aegeischen Meer, Messala, ziehst du von hinnen;
Sei denn meiner in Huld mit den Gefährten gedenk!
Ach, mich fesselt erkrankt dies fremde Phäakengestade!
Bleib mit der gierigen Hand, finsterer Tod, mir noch fern!
Bleib mir noch fern, o laß dich erflehn! Hier kann ja die Mutter
Nimmer die Asche des Sohns sammeln ins Trauergewand,
Nimmer die Schwester den Staub mir sprengen mit duftiger Narde,
Noch mit verwildertem Haar klagen am Rande der Gruft.
Ach, und Delia fehlt, die zärtlich, eh' sie mich fortließ,
Um mein Wandern besorgt jedes Orakel befragt.
Dreimal zog ihr der Knabe das Los heilkündend, und dreimal
Bracht' er vom Kreuzweg ihr günstige Zeichen zurück.

Alles verhieß Heimkehr; doch unwillkürlich ins Auge
Kamen die Thränen ihr stets, wenn sie der Fahrt nur gedacht;
Ach, dann tröstet' ich wohl, und selbst doch ängstlich, als alles
Schon zur Reise beschickt, hascht' ich nach jedem Verzug.
Bald weissagten die Vögel ein Unglück, oder die Opfer,
Bald am Tage Saturns hielt mich die Feier zurück.
Noch beim Scheiden zuletzt, o wie oft zu schlimmer Bedeutung
Glaubt' ich gestrauchelt zu sein, wenn ich die Schwelle beschritt!
Wage keiner hinfort zu entfliehn, wenn Amor ihn festhält,
Oder dem Zorne des Gotts fällt er — er wiss' es — anheim.
Was hilft Isis mir nun, die du riefst: Was helfen die Zimbeln,
Delia, die du so oft, fromm sie zu ehren, gerührt?
Was dein gläubiger Dienst am Altar und die sühnende Waschung?
Oder daß du so lang züchtig das Lager bewahrt?
Jetzt, jetzt, Göttin, erbarme dich mein! du weißt ja zu heilen;
Manche Gedenkschrift zeugt's, welche den Tempel dir schmückt.
Dann soll Delia dir, mein sehnlich Gelübd zu erfüllen,
An der geheiligten Thür sitzen im Linnengewand
Und dich, wallenden Haars, weißschimmernd im Schwarm der Aegypter,
Zweimal jeglichen Tag preisen mit Feiergesang.
Doch mir werd' es beschert, die Penaten der Väter zu grüßen
Und dem Gotte des Herds wieder das Opfer zu weihn.
O wie lebte sich's gut in den Tagen Saturns, da den Erdkreis
Ins Endlose noch nicht winkende Straßen gedehnt,

Da kein fichtener Kiel noch getrotzt der azurenen Woge
Oder den Winden zur Lust schwellende Segel gebläht!
Damals staute noch nicht, in der Fremd' umschweifend, der Kaufherr
Mit ausländischer Fracht, willig zum Tausche, das Schiff;
Noch nicht beugte der Stier in das Joch den gewaltigen Nacken,
Nicht mit bezähmtem Gebiß knirscht' in die Zügel das Roß.
Keine Pforte beschloß noch das Haus, kein ragender Grenzstein
Teilte, Gebiet von Gebiet scheidend, in Aecker das Land;
Honig gaben die Eichen von selbst, freiwillig dem Durst'gen
Reichte zum Trunk sein milchschwellendes Euter das Schaf.
Hader und Groll war fern und der Krieg; noch hatt' in den Gluten
Kein hartherziger Schmied schneidende Schwerter gestählt.
Jetzt, in Jupiters Reich, sind Mord und Wunden und Meerfahrt
Tägliches Los und es naht tausendgestaltig der Tod.
Schonung, Vater! Es lastet auf mir kein Frevel des Meineids,
Nie mit sträflichem Wort hab' ich die Götter verletzt.
Aber dafern mir die Frist der beschiedenen Jahre dahinrann,
Werd' auf den Hügel ein Stein mir zum Gedächtnis gesetzt:
„Hier erlag dem Geschick frühzeitigen Todes Tibullus,
Als er durch Land und Meer seinem Messala gefolgt."
Aber es führt mich dann, den in Amors Dienste Bewährten,
Cypria selbst voll Huld in den elysischen Hain.
Dort schallt Reigen umher und Gesang; aus silberner Kehle
Hellaufzwitschernd vor Lust schwärmen die Vögel im Laub;
Edles Gewürz trägt wuchernd der Hag, in unendlicher Fülle
Deckt die gesegnete Flur duftendes Rosengebüsch;
Unter die Jünglinge mischt sich der Chor holdseliger Mädchen
Spielend, und ewig beginnt Amor von neuem den Kampf.

Dort weilt wen das Geschick fortriß aus den Armen der Liebe,
Dort mit Myrtengezweig kränzt er das schimmernde Haar.
Aber in ewiger Nacht liegt drunten das Reich der Verdammten,
Das mit Klagegesang schwarzes Gewässer umrauscht.
Wütend schüttelt Tisiphone dort in den Locken die Schlangen,
Und mit Entsetzen zerstiebt rings der verworfene Schwarm;
Dann speit zischende Glut aus den Drachenhäuptern der schwarze
Cerberus aus und hält Wacht an der Pforte von Erz.
Sausend kreist auf dem Rade die Frevlergestalt des Ixion,
Weil er die Gattin des Zeus frech zu versuchen gewagt;
Durch neun Morgen gestreckt liegt Tityos, welchem der Geier
Unablässig mit Gier Herz und Geweide zerfleischt;
Tantalus steht in der Flut, doch so oft er die Qualen des Durstes
Eben zu löschen vermeint, zieht sich die Welle zurück.
Und die Venus Gebot mißachteten, Danaus' Töchter
Schöpfen aus Lethes Strom in das durchlöcherte Faß.
O dort büße die Schuld, wer unsere Liebe verleumdet,
Wer langwierigen Dienst mir in den Waffen gewünscht!
Doch dir leg' ich ans Herz: bleib treu, und immer am Ruhbett
Sitze, die heilige Zucht hütend das Mütterchen dir.
Märchen erzähle sie dir und spinne vom schwellenden Rocken
Emsig beim Ampelgeleucht schimmernde Fäden herab,
Während den Mägden umher, den tagwerkmüden, im Halbschlaf
Aus nachgiebiger Hand leise die Spindel entsinkt.
Plötzlich dereinst dann tret' ich herein und es meldet mich keiner,
Nein, wie vom Himmel herab, Delia, bin ich genaht.

Doch du fliegst, wie du bist, in Verwirrung die flatternden Locken,
Stürmisch mit nacktem Fuß fliegst du dem Freund an die Brust.
O den Morgen des Glücks, wann führst du ihn — höre mich flehen! —
Uns mit dem Rosengespann, Göttin Aurora, herauf!

## Suspicia.

Festlich schmückt sich, o Mars, zu deinen Kalenden die Jungfrau,
Weißt du was schön ist, so komm selbst vom Olymp, sie zu schau'n!
Venus wird es verzeihn; doch magst du dich, Stürmischer, hüten,
Daß vor Bewunderung dir schmählich der Schild nicht entfällt.
Denn will Amor das Herz unsterblicher Götter entzünden,
Ihr am Auge zuvor steckt er die Fackel in Brand.
Was sie beginnt und wohin die beflügelten Schritte sie wendet,
Heimlich zu jeglichem Thun folgt ihr die Grazie nach.
Löst sie das Haar, o wie steht ihr so schön die entfesselte Locke,
Schmückt sie es auf, wie verleiht würdigen Glanz ihr der Schmuck!
Wallt sie im faltigen Purpur daher, sie setzt dich in Flammen,
Setzt dich in Flammen, umfließt schlicht sie das weiße Gewand.
So im hohen Olymp hat nur Vertumnus, der sel'ge,
Tausendgestaltigen Schmuck, tausendgestaltigen Reiz.
O dies Mädchen allein ist wert, daß reiche Gewänder
Ihr mit köstlichem Saft doppelt der Tyrier tränkt;

Ihr nur ziemt als Tribut was fern der arabische Pflanzer
Auf duftglühenden Au'n sammelt an edlem Gewürz
Oder an Perlengeschmeid aus des Ostmeers purpurner Tiefe
Nahe dem Sonnengespann Indiens Taucher gewinnt.
Stimmt ihr ein Lied denn an, ihr Musen, am heiligen Neumond!
Herrlich, die Leier im Arm, führe den Reigen, Apoll!
Segnet ihr heute das Fest und noch oft in künftigen Jahren;
Würdiger eures Gesangs findet ihr keine, wie sie.

---

## Sulpicia an Cerinth.

Schone den Jüngling mir, o schon ihn, reißender Eber,
Der du im Saatfeld wühlst oder im finstern Geklüft!
Heute vergiß es, zum Kampf die entsetzlichen Hauer zu wetzen!
Amors treues Geleit schütze mir gnädig den Freund!
Aber es reißt ihn Diana dahin im Taumel der Jagdlust;
O, verdürbe der Forst! Träfe die Meute der Tod!
Hat es denn Sinn, die bewaldeten Höh'n mit dem Seil zu umspannen,
Bis die empfindliche Hand hart sich mit Schwielen bedeckt,
Oder das lagernde Wild in verwachsener Kluft zu beschleichen,
Wo an Distel und Dorn blutig der Schenkel sich ritzt?
Dennoch, dürft' ich im Forst nur mit dir schweifen, Cerinthus,
Ueber die Berge, wie gern trüg' ich die Netze für dich!
Selbst dann sucht' ich die Spur des beflügelten Hirsches zu finden,
Selbst vom eisernen Ring löst' ich zum Stöbern den Hund.
Ja, dann deuchte der Wald mir schön, und möchten sie schelten,
Daß ich, Geliebter, mit dir neben den Garnen geruht.

Käme der Eber uns dann ins Geheg, frei dürft' er entrinnen,
Nimmer im seligen Rausch sollt' er uns stören fürwahr!
Aber so lang ich dir fern, sei keusch und, die keusche Diana
Ehrend, stelle das Netz, Knabe, mit züchtiger Hand!
Sucht mir Eine mit heimlicher List dein Herz zu entwenden,
Ha, vom reißenden Wild werde die Falsche zerfleischt!
Doch du gönne dem Vater die Lust und Mühe des Waidwerks,
Liebster, und kehr im Flug mir an den Busen zurück.

---

## Sextus Aurelius Propertius.

### An Tullus.

Ob du, in üppiger Ruh am Tibergestade gelagert,
Aus bildreichem Pokal duftigen Lesbier schlürfst
Und mit Behagen dem Flug zuschaust der besegelten Kähne
Oder der Schleppschiffahrt träge verzögertem Gang,
Ob dich im Park ein Gewölb majestätischer Wipfel umschattet,
Stämme von riesigem Wuchs, wie sie der Kaukasus trägt:
Nimmer vermag sich doch das mit unserer Liebe zu messen:
Amor erscheint und im Preis sinken die Güter der Welt.
Weiß die Geliebte des nächtlichen Glücks kein Ende zu finden
Oder vertändelt sie mir heiter gewährend den Tag,
Ja, dann schwillt mir das Haus vom goldenen Strom des Paktolus,
Dann im arabischen Meer les' ich der Perlen genug.
Stolz vom Gipfel der Lust auf Könige blick' ich hernieder
Also bleib' es, so lang Odem ein Gott mir beschert.

Denn wer würde des Reichtums froh, wenn Amor ihm feind ist?
  Nichtig ist jeder Ersatz, wendet Cythere sich ab.
Weiß sie den Nacken doch selbst siegreicher Heroen zu beugen,
  Selbst in Gemüter von Erz flößt sie verzehrendes Weh;
Furchtlos setzt sie den Fuß auf die Cedernschwelle des Crösus
  Und kein Purpur am Bett schreckt die Verwegne zurück,
Voll unruhiger Pein auf dem Lager zu wälzen den Jüngling,
  Der sich umsonst in des Pfühls schillernde Seide vergräbt.
Aber ist Sie mir hold, so bedünken die Reiche der Welt mir
  Kleiner Gewinn und gering acht' ich Alcinous' Schatz.

---

## Cynthia.

Frei schon dacht' ich zu sein und verschwur auf immer die Mädchen,
  Aber verräterisch bricht Amor den Friedensvertrag.
Weshalb muß solch reizend Geschöpf auch wandeln auf Erden?
  Ja, nun faß' ich's, daß einst Jupiter Mädchen geraubt.
Dunkelstes Gold ist das Haar, und die Hand zartlänglicher Bildung,
  Fürstlich der Wuchs und der Gang würdig der Schwester des Zeus,
Oder wie Pallas am Fest zum Altar von Dulichium hinwallt,
  Gorgos Schlangengelock um die gepanzerte Brust.
Auch der Ischomache dünkt sie mir gleich, der Lapithischen Heldin,
  Die sich zum köstlichen Raub trunkne Centauren ersahn,
So auch ruht' an der heiligen Flut des Böbeischen Sees wohl
  Brimos [1]) hehre Gestalt zärtlich an Hermes geschmiegt.

---

1) Brimo, Beiname der Proserpina.

Ja, sie besiegt selbst euch, ihr Olympischen, die ihr dem Hirten
Droben am Ida den Reiz göttlicher Glieder enthüllt.
O mag nimmer die Zeit dies Haupt feindselig berühren,
Sollt' es ein Alter auch sehn, greise Sibylle, wie deins!

---

## An sich selbst.

Der du noch eben geprahlt, kein Mädchen bestricke dich wieder,
Zappelst im Garn und zu Fall kam der vermessene Stolz.
Kaum vier Wochen der Rast, Unseliger, hast du ertragen,
Und schon wieder ein Buch schreibst du, verliebt wie ein Thor.
Freilich es galt den Versuch, ob ein Fisch sich eher ans Trockne,
Ob ein Heuler sich eh'r an das Geschaukel des Meers
Oder ob ich mich nachts an ernstes Studieren gewöhnte —
Liebe verreist wohl einmal, aber sie wandert nicht aus.
Doch nicht fesselt mich bloß das Gesicht, wie zart es gefärbt ist,
(Und den Lilien blüht meine Gebieterin gleich;
Wie wenn Mäotischer Schnee wetteifert mit spanischem Purpur
Oder in lautere Milch Blätter die Rose gestreut,)
Nicht bloß reizt mich das Haar, um den schimmernden Nacken sich ringelnd,
Nicht der Augen ins Herz zündendes Doppelgestirn
Oder die Brust, wenn sie sacht aus arabischer Seide hervorlauscht,
(Wahrlich, um zärtlich zu glühn, braucht' es der Gründe nicht mehr),

Nein, das reißt mich dahin, wenn sie tanzt vom Weine begeistert
Schön, wie den bacchischen Chor einst Ariadne geführt,
Wenn sie ein schmelzendes Lied auf äolischer Leier versuchend
Mit aganippischer Kunst spielend die Saiten beherrscht,
Oder als Dichterin heut an die Seite sich stellt der Corinna,
Morgen Erinnas Gesang kühn zu verdunkeln sich müht.
Hat bei deiner Geburt, Holdselige, neben der Wiege
Dir zum Segen vielleicht Amor, der heitre, geniest?
Denn die himmlischen Gaben verleiht uns Menschen ein Gott nur,
Nicht von der Mutter genährt, glaube mir, sogst du sie ein,
Nein, solch hohes Geschenk stammt nimmer aus sterblichem Samen,
In zehn Monden noch nie wurde so Köstliches reif.
Drum auch wirst du nicht stets mich beglücken in irdischem Bunde,
Jupiters Lager dereinst teilst du, die Erste aus Rom.
Bist du doch einzig erblüht als die Krone der römischen Mädchen,
Nie seit Helena schaut' ähnlichen Zauber die Welt,
Und ich verwundre mich noch, wenn unsere Jugend in Brand steht?
Herrlicher wäre ja selbst Troja verlodert um dich.
Sonst zwar faßt' ich es kaum, wie sich Asia dort und Europa
In so schrecklichen Krieg nur um ein Mädchen gestürzt;
Doch jetzt geb' ich euch recht, dir Paris und dir Menelaos,
Dir um die Forderung, dir, weil du sie trotzig versagt.
Dürfte doch auch für Cynthias Reiz ein Achill in den Tod gehn;
Priamus, schaut' er sie nur, hieße die Fehde gerecht.
Wer drum Schöneres gern als der Vorzeit Meister erschüfe,
Wähle zum Urbild der meine Gebietrin sich aus;

Zeig' er im Westen sie dann der bewundernden Welt und im Osten,
Und in Liebe verglühn Osten und Westen für sie.

---

## Triumph der Liebe.

Nicht so freudig beging den Dardanertriumph der Atride,
Als Laomedons Burg endlich, die mächtige, fiel,
So nicht jauchzte das Herz dem Ulyß am Ziele der Irrfahrt,
Als er der Sehnsucht Land, Ithakas Ufer betrat,
Nicht so selig umschlang den geretteten Bruder Elektra,
Dessen vermeintes Gebein kaum sie mit Thränen beströmt,
Wie ich selber in Wonne geschwelgt die vergangene Nacht durch;
Wollt ihr unsterblich mich sehn, gebt mir noch eine, wie die!
Freilich, so lang ich, den Nacken gebeugt, demütig einherschlich,
Hieß langweilig ich ihr, wie ein versumpfender Teich.
Doch nun gab sie es auf, gleichgültig die Spröde zu spielen,
Nicht mehr stellt sie sich taub, schütt' ich in Klagen mich aus.
Hätt' ich nur früher erkannt, was not thut, Mädchen zu rühren,
Nicht dem Verschmachteten erst würde die Labung zu teil.
Und mir schimmerte doch, mir Blindem, der Pfad vor den Füßen;
Doch wen Liebe bethört, hat er noch Augen, zu sehn?
Jetzt erst weiß ich was einzig euch frommt: Thut kalt, ihr Verliebten!
Und was sie heute versagt, bieten sie morgen von selbst.

Andere pochten am Laden umsonst und riefen sie! Herrin!
  Aber an mich voll Ruh schmiegte sie zärtlich das Haupt.
Das ist größerer Sieg, als hätt' ich die Parther bezwungen;
  Könige, Beute, Triumph acht' ich dagegen gering.
Nun soll köstlicher Schmuck, Cytherea, die Säule dir kränzen,
  Und mit goldener Schrift nenne den Geber das Lied:
„Diese Trophäen erhöht vor deinem Tempel, o Göttin,
  Weil er die seligste Nacht liebend verschwärmte, Properz."

---

# Publius Ovidius Naso.

---

## Die Neujahrsfeier.

(An Germanicus.)

Sieh, ein gesegnetes Jahr, Germanicus, bietet dir Janus;
  An des Gesangs Eingang grüßt er, der Erste, dich hier.
Janus, des sacht hingleitenden Jahrs zwiehäuptiger Vater,
  Einziger, der im Olymp vor sich und hinter sich schaut,
Sende den Feldherrn Heil, die mühvoll ringend im Kampfe,
  Ruhe dem Land für die Frucht schufen und Ruhe dem Meer.
Heil auch spende den Vätern der Stadt und dem Volk des Quirinus!
  Deines Tempels Verschluß öffne mit gnädigem Wink!
Segen verheißend erhebt sich das Licht. Mit Wort und Gesinnung
  Feiert! Am glücklichen Tag ziemt sich ein glücklicher Spruch.
Hader verschone das Ohr, es verstumme der lärmende Rechtsstreit,
  Laß vom gehässigen Werk, neidische Zunge, für heut.

Sieh, wie der Himmel umher sich rötet von duftenden Feuern!
Knisternder Weihrauch sprüht auf den Altären empor;
Um das vergoldete Fenstergesims spielt flackernder Glutschein
Und in zitterndes Licht stehn die Gewölbe getaucht.
Zur Tarpejischen Burg schon strömt in weißen Gewändern,
Dicht sich scharend, das Volk, festlich zum Feste geschmückt.
Neue Liktoren eröffnen den Zug, neu schimmert der Purpur,
Neuer Würden Gewicht spürt der kurulische Stuhl.
Stiere, vom saftigen Halme genährt der faliscischen Weide,
Nie vom Pfluge berührt bieten zum Opfer den Hals.
Ja, blickt Jupiter heut von der himmlischen Burg auf den Erdkreis,
Nichts als Römergebiet schaut er, der Lenker des Alls.
Sei denn gegrüßt, o Fest, und herrlicher kehr uns zurück stets,
Vom weltherrschenden Volk würdig gefeiert zu sein.

---

## Auf den Tod des Tibullus.

Wenn um Memnon die Mutter, die Mutter geweint um Achilles,
Und solch herbes Geschick selbst die Unsterblichen beugt,
Löse denn schmucklos heut, Elegie, zur Klage die Locken,
Ach, und in schmerzlicher Pflicht zeige des Namens dich wert.
Denn er, den du geliebt, dein Ruhm, dein Priester, Tibullus,
Hier, ein entseeltes Gebild, liegt er den Flammen ein Raub.
Siehe, den Köcher zur Erde gekehrt, naht Cyprias Knabe,
Kläglich die Fackel verlöscht, Bogen und Pfeile zerknickt.
Schau, wie bekümmert er schleicht, langsam, mit hängenden Flügeln,
Wie mit verzweifelnder Hand wild er die Brust sich zerschlägt.

Feucht von Thränen umfliegt die verworrene Locke den Nacken
Und ein gebrochener Laut ringt sich vom bebenden Mund.
So einst, meldet das Lied, bei des Bruders Aeneas Bestattung,
Schritt er aus deinem Gemach, schöner Julus, hervor.
Auch Cythera verging um Tibull vor Schrecken, wie damals,
Als den Adonis ihr gräßlich der Eber zerfleischt.
Und doch nennt man uns Sänger geweiht und geliebt von den Göttern,
Ja ein olympischer Hauch, sagen sie, sei uns beschert.
Aber umsonst! So heilig ist nichts, daß der Tod es verschonte,
Gierig mit finsterer Hand rafft er uns alle hinweg.
Orpheus' herbes Geschick, nicht wandten es Vater und Mutter,
Noch der Gesang, dem zahm fleckige Panther gelauscht,
Ach, und um Linus, den Sohn, um Linus durch die Gebirgshöhn,
Durch die Wälder umsonst klagte die Leier Apolls.
Nenn' ich Homer? Wohl strömte von ihm auf die Lippen der Dichter
Nimmer versiegend ein Quell hehrer Begeisterung aus,
Doch es verschlang auch ihn unerbittlich die Nacht des Avernus;
Aus den Flammen der Gruft schwang sich allein der Gesang,
Nun lebt ewig im Liede der Ruhm der eroberten Troja,
Ewig Penelopes nie fertiges Schleiergeweb.
So wird Nemesis auch, so Delia künftig genannt sein,
Die er zuerst sich erwählt, die er im Tod noch geliebt.
Weh, was frommen die Weihen euch nun, und die Zimbeln der Isis?
Oder, daß ihr am Fest züchtig das Lager bewahrt?

Raubt uns die Edelsten stets das Geschick, so werd' ich im Glauben,
Laßt es mich immer gestehn, an die Olympier irr.
Lebe gerecht und du stirbst, wie gerecht auch; opfre den Göttern,
Und vom Opferaltar reißt in die Gruft dich der Tod;
Such im Gesang dein Heil; hier liegt — o schau es — Tibullus,
Nur was die Urne beschließt, blieb von dem Hohen uns nach.
Hat es die Flamme gewagt, dein ruhendes Haupt zu versehren,
Wich sie nicht scheu vor dir, heiliger Sänger, zurück:
Wahrlich was hindert sie dann, die vermessene, daß sie der Götter
Goldene Tempel nicht auch frevelnd in Asche begräbt?
Und doch tröstlicher war's, als hätte Phäaciens Eiland
Mit unwürdigem Staub fern dich, den Fremdling, bedeckt;
Schloß doch dem Sterbenden hier im Verlöschen das Auge die Mutter
Und ihr letztes Geschenk brachte der Asche sie dar,
Eilte die Schwester doch her, in die Klage der jammernden Greisin
Einzustimmen; verstört kam sie, mit fliegendem Haar.
Nemesis auch, mit den Deinen vereint, und die Jugendgeliebte
Küßten dich weinend und treu sind sie der Leiche gefolgt.
Reineres Glück hab' ich dir gebracht, rief Delia scheidend,
Ach, du lebtest, so lang zärtlich für mich du geglüht!
Nemesis schluchzte darauf: Was rühmst du dich meines Verlustes?
Mir im Tode zuletzt hat er die Hand noch gedrückt.
Aber besteht von den Toten noch mehr als Schatten und Name,
O dann wandelt Tibull jetzt in Elysiums Hain.

Komm ihm entgegen, die blühende Stirn umwunden mit Epheu,
Traulich an Calvus gelehnt grüß ihn, beredter Catull!
Du auch Gallus, dafern sie dich falsch des Verrates bezüchtigt,
Der du Leben und Blut allzu entschlossen verströmt!
Ihrer Erscheinung gesellt, — wenn ein Bild noch haftet am Schatten —
Wallst du nun, sanfter Tibull, unter den Seligen hin.
Möge denn süß dein Staub ausruhen in sicherer Urne,
Also fleh' ich, und leicht decke die Erde dich zu!

---

## Der Tod der Fabier.

Faunus, dem ländlichen, dampft der Altar an den Iden des Hornung,
Wo sich, die Arme des Stroms teilend, die Insel erhebt.
Dies ist der Unglückstag, da einst vor Veji die dreimal
Hundert und dreimal zween Fabier blieben im Kampf.
Ein Haus hatte begehrt, für die Ehre der Stadt und die Kriegslast
Einzustehn und zum Schwert griff das gesamte Geschlecht.
Aus der Familienburg rückt stattlich die adlige Freischar,
Jeglicher Streiter im Glied würdig, ein Führer zu sein.
Rechtshin ziehn sie, dem Janus zunächst, durchs Thor der Carmenta;
(Meide den Bogen! Ein Fluch, Wanderer haftet auf ihm)
Als sie im Eilschritt drauf an der Cremera Strudel gekommen —
Winterlich trüb' im Fluß brausten die Wasser dahin —
Schlagen ein Lager sie dort und, das Schwert dann zückend, gewaltsam
Brechen sie mitten hinein in das Tyrrhenische Heer,

Wie wohl hungrige Leu'n von Libyens Felsengebirge
Ueber die Herden des Thals fallen im Weidegefild.
Rasch ist die Schar der Vejenter zersprengt; Schmach-
wunden im Rücken,
Fliehn sie und färben den Grund rot mit etruskischem
Blut,
Also erliegen sie wieder und oftmals. Endlich am offnen
Siege verzweifelnd, verschmitzt rüsten sie Waffen der List.
Wo sich ein Blachfeld dehnt, von waldigen Hügeln um-
schlossen,
Die manch sichern Versteck bieten dem Wild des Gebirgs,
Dort bleibt draußen ein Häuflein zurück sammt etlichen
Rindern,
Aber im dichten Gebüsch lauert die übrige Schar.
Sieh, und wie sich ein Bach, von strömendem Regen ge-
schwollen
Oder vom Schnee, den lau säuselnde Weste gelöst,
Ueber die Felder und Straßen ergießt und nimmer im
alten
Festumuferten Bett seine Gewässer beschließt,
So durchs Thal hinstürmen die Fabier, weit sich zerstreuend;
Sicher gemacht durch den Schein denken sie keiner Gefahr.
Adlige Streiter, wohin? Zu sorglos traut ihr dem Feinde!
Ritterlich freudiger Mut, fürchte den tückischen Pfeil!
Tapferkeit fällt durch List; ringsher in die offenen Felder
Bricht urplötzlich der Feind alles umzingelnd hervor.
Was sind wider ein Heer von Tausenden wenige Helden?
Wo im Drange der Not bleibt den Verlornen ein Hort?
Gleich wie der Eber, gehetzt in Laurentums wildem Ge-
birgsforst
Mit weißblitzendem Zahn hauend die Meute zerfleischt,
Doch dann selber erliegt, so fallen sie, grause Vergeltung
Uebend und Streich um Streich säen und ernten sie Tod.
Ein Tag hatte zum Kampfe die Fabier alle berufen,
Alle verdarb ein Tag, wie sie dem Rufe gefolgt.

Doch daß in Herkules' Haus nicht ganz ausstürbe der Same,
Sichtbar hatten darob, mein' ich, die Götter gewacht.
Denn ein Knabe, zu jung noch und zart zum Dienste der Waffen,
Blieb vom Fabierstamm, einer von allen, verschont,
Blieb's, auf daß uns dereinst du, Maximus, könntest erstehen,
Durch dein Zaudern der Stadt Rettung zu schaffen und Heil.

---

## Das Schenkmädchen

dem Virgil zugeschrieben.

---

Syriens Schenkin, geübt, nach dem Takte der Rohrkastagnetten
Zierlich und schmuck sich zu drehn, griechische Bänder im Haar,
Tanzt vom Becher erhitzt an dem Thor der geschwärzten Taberne,
Während sie über dem Haupt rasselnd die Klappern bewegt.
„Fremdling, willst du erschöpft im brennenden Staube vorbeiziehn,
Statt, hinlagernd am Wein, dir ein Genüge zu thun?
Hier sind Fässer und Krüge genug, hier Saiten und Flöten,
Becher und Blumen, und kühl spannt sich aus Rohr das Gezelt.
Auch des Hirten Schalmei, die Verkünderin ländlicher Freuden,
Schallt, wie sie lieblicher nicht Mänalus' Grotte vernahm.

Landwein haben wir hier, erst eben gezapft aus dem Pechschlauch,
Haben daneben den Born, der mit Geplätscher entrauscht.
Hier sind gelbe Violen, zum Kranz anmutig gewunden,
Hier mit lichtem Jasmin purpurne Rosen verwebt,
Lilien auch, von des Bachs jungfräulicher Quelle gefeuchtet,
Die im Körbchen von Bast gütig die Nymphe beschert.
Auf dem Binsengeflecht schon trocknen die zierlichen Käse,
Pflaumen, golden wie Wachs, liefert der Herbst auf den Tisch;
Auch der Kastanie Frucht und den hellrot schwellenden Apfel,
Eben am Stengel gereift, blauliche Gurken dazu,
Blutige Maulbeern auch und rankende Trauben, es winken
Ceres in reinster Gestalt, Amor und Bromius[1]) dir.
Kehre denn ein! Von Schweiß schon trieft dein keuchendes Saumtier,
Schon es; erwies sich doch selbst Vesta den Eseln geneigt.
Schwirrend ertönt in den Büschen bereits der Gesang der Cikade
Und in den kühlsten Versteck schlüpft die Lacerte zurück.
Bist du gescheit, so trink aus dem Mischkrug gleich dir ein Räuschchen,
Oder beliebt dir ein Kelch erst aus geschliffnem Krystall?
Eia, dehne die Glieder zur Rast im Schatten des Weinlaubs,
Und mit Rosengewind kränze das trunkene Haupt!
Nippe, Jüngling, den Kuß von den blühenden Lippen des Mädchens,
Gönn es den Greisen, die Stirn mürrisch in Falten zu ziehn!
Willst du den duftenden Kranz für ein fühllos Restchen von Asche
Sparen und wähnst fürs Grab unsere Blumen gepflückt?

---

1) Bromius, der Lärmende, Beiname des Bacchus.

Wein und Würfel daher! Wer grämt sich um morgen! — Im Nacken
Steht uns der Tod und „Lebt!“ raunt er, „ich bleibe nicht aus.“

---

# Quintus Horatius Flaccus.

## Der Schwätzer.

Satire.

Ueber den heiligen Weg hinschlendert' ich, wie ich gewohnt bin,
Irgend ein Verschen im Kopf, was weiß ich? und ganz in Gedanken —
Kommt mir da einer gerannt, kaum kenn' ich den Mann nach dem Namen,
Drückt mir die Hand fast lahm und: „Wie geht es, Verehrtester?“ fragt er.
„Leidlich, so weit“ — antwort' ich zerstreut — und „ergebenster Diener.“
Drauf, als er Schritt stets hält, abbrechend: „Befiehlst du noch sonst was?“
„Teuerster,“ sagt er, „so fremd?“ Ich gehöre zur Kunst ja.“ — „Das freut mich
Herzlichst,“ gab ich zurück, und loszukommen begierig,
Ging ich geschwinder und blieb dann stehn und raunte dem Diener
Dies und jenes ins Ohr, indes auf die Stirn mir der helle
Angstschweiß trat. „O stünde Volans glückselige Grobheit
Mir zu Gebot!“ So seufzt' ich für mich, da jener ins Zeug nun
Schwatzt' und die Straßen umher und die Stadt pries. Als ich beharrlich

Schwieg, da begann er zuletzt: „Du möchtest um alles mich los sein,
Längst schon hab' ich's gemerkt; doch vergieb, ich bin zäh und ein Endchen
Geh' ich noch mit. Wo soll's denn hinaus?“ — „Nicht nötig; ein Umweg
Wär' es für dich. - Ich will auf Besuch; du kennest den Mann nicht,
Jenseits liegt er mir krank, weitweg, an den Gärten des Cäsar.“ —
„Bin ich doch frei und wacker zu Fuß; ich begleite dich immer.“ —
Kleinlaut hing ich das Ohr und verdrossenen Sinns, wie ein Esel,
Dem man zu viel auf den Rücken gepackt. Da begann er aufs neue:
Ueberschätz' ich mich nicht, so werd' ich so lieb dir wie Viscus
Oder wie Varius sein. Schreibt einer so viel und so rasch denn
Verse wie ich? und bewegt sich so leicht mit gefälligem Anstand?
Auch zu singen versteh' ich, Hermogenes dürft' es beneiden.“ —
Aergerlich fuhr ich dazwischen: „Du hast noch die Mutter am Leben?
Oder Geschwister vielleicht, die um dich sorgen?“ — „Nicht eins mehr.
Alle begraben!“ — Die Glücklichen die! Nun bin ich geliefert.
Mach denn ein End'! Es erfüllt sich das Schicksal, das mir als Kind einst,
Da sie das Los mir warf, die Sabellische Hexe geweissagt:
„Diesen entführt nicht Gift, nicht feindliches Schwert zu den Schatten,
Auch kein Lungengebrest noch Husten und lähmende Fußgicht,

Sondern es bringt ihn einmal ein Schwätzer ums Leben; die Schwätzer
Halt' er sich weislich darum vom Leibe, sobald er heranwächst." —
Schon auf Mittag ging's und wir kamen zum Tempel der Vesta,
Wo zufällig er heut auf Bürgschaft vor dem Gericht sich
Stellen mußte, wo nicht, auf ein günstiges Urteil verzichten.
„Gingst du mir," sprach er, „vielleicht hier etwas zur Hand?" — „Ich bedaure.
Müßt' ich sterben darum, kein Wörtchen versteh' ich vom Rechtsgang;
Und dann eil' ich, du weißt ja, wohin?" — „Schlimm," sagt' er; „was thu' ich?
Geb' ich nun dich auf oder den Spruch?" — „Mich, Liebster!" — „O nicht doch!"
Ruft er und stapft drauf zu, und ich, vom vergeblichen Kampfe
Mürbe bereits, ihm nach. — „Wie stehst du denn jetzt mit Mäcenas?"
Fragt er aufs neu', „er ist schwer zugänglich, heißt es, gescheit sonst,
Und sein Schäfchen versteht er zu scheren. Du fändest an mir hier
Einen verläßlichen Freund, dein Spiel zu begünstigen, wärst du
Mich zu empfehlen geneigt. Mein Leben verwett' ich, wir stächen
Alle die übrigen aus." — „Du irrst! So geht es nicht zu dort,
Auch im entferntesten nicht. Kein Haus ist reiner und solchen
Häßlichen Künsten so fremd. Mir schadet es nie, wenn ein andrer
Witziger oder vermögender ist. Der gebührende Platz wird

Jedem zu teil." — „Da behauptest du viel. Kaum glaublich!" — „Und dennoch
Wahr." — „Nun machst du mich erst recht lüstern: ich würd' ihm ein Freund sein,
Näher als einer. Du darfst in der That nur wollen; wie du stehst,
Setzest du mich schon durch. Er ist weich, und weil er das selbst fühlt,
Läßt er nicht gleich jedweden heran. Auch soll es an gar nichts
Fehlen; ein Trinkgeld thut's bei den Dienern. Empfängt er mich heut nicht,
Komm' ich morgen, ich passe die Zeit ab, such' ihn zu treffen,
Zeigt er sich draußen, und bring' ihn nach Haus. Uns Sterblichen fällt ja
Mühlos nichts in den Schoß." — So schwatzt er noch, sieh da begegnet
Fuscus Aristius uns, mein Hausfreund, welchem zu gut nur
Jener bekannt. So bleiben wir stehn. Woher und wohin jetzt?
Fragt er und giebt uns Bescheid. Ich zupf' ihn am Mantel, ich kneif' ihn
Scharf ins Weiche des Arms, umsonst, wie deutlich ich winke,
Wie ich die Augen verdrehe, er soll mich befrei'n: der Verräter
Thut, als verständ' er mich nicht und lacht. Ich kochte vor Aerger.
„Sagtest du nicht, du hättest mit mir ein Geschäft zu bereden?
Ganz im Vertrauen?" — „Jawohl, ich besinne mich; aber wir thun es
Wohl zu gelegner Zeit. Hauptsabbath ist heut und Geschäfte,

Spricht der Ebräer, verderben die Luft." — „Was frag' ich nach solchem
Aberglauben, Arist?" — „Ich aber, ich habe die Schwachheit,
Darin lauf' ich so mit. Du verzeihst; wir treffen uns sonst wohl." —
Ging je schwärzer ein Morgen mir auf? Er entschlüpft mir und läßt mich
Unter dem Messer, der Schelm. — Da führt mein Stern mir den Mann her,
Der sich für jenen verbürgt. Und „Wohin, du Abscheulicher?" schreit er
Grimmig ihn an, und zu mir: „Dich nehm' ich als Zeugen!" Ich biet' ihm
Willig das Ohr [1]). Nun geht's ins Gericht. Dort Streit und Gezeter,
Lärm und Gedräng' ringsum. So ward mein Retter Apollo.

---

## Das Glück der Beschränkung.

Satire.

Dies war einst mein sehnlichster Wunsch: Ein bescheidenes Stücklein
Ackers, ein Garten dabei und am Haus' ein lebendiger Brunnquell,
Etwa dazu noch ein weniges Wald. Nun haben's die Götter

---

[1]) Es war römische Sitte, denjenigen, den man als Zeugen vor Gericht auffordern wollte, beim Ohr zu fassen.

Der im Früheren erwähnte Volanus war ein seiner rücksichtslosen Derbheit wegen verrufener Sonderling; Viscus und Varius litterarische Freunde des Horaz und selbst Dichter.

Reicher und besser gefügt; wohl mir! So fleh' ich denn eins nur,
Daß du mir, Majas Sohn, das Beschiedene gnädig erhaltest.
Wenn ich das meinige nie unredlich zu mehren getrachtet,
Noch es zu schädigen denke durch Leichtsinn oder Verschwendung,
Wenn mir der thörichte Wunsch nie kam: O hätt' ich doch jenes
Winkelchen dort noch dazu, das jetzt mir die Grenze verunziert,
Oder: O fänd' ich doch auch solch Kistchen mit Gelde wie jener,
Der vom gehobenen Schatze das Grundstück, das er um Taglohn
Früher gepflügt, als Besitzer erwarb, durch Herkules' Gnade;
Wenn ich zufrieden genieße, was da ist, höre mich bitten:
Mache die Herde mir fett und das übrige, was ich besitze,
Außer dem Geist, und sei, wie bisher mein Hüter und Helfer!

Floh ich ins freie Gebirg' aus der Stadt, wo böte sich bessrer
Stoff für ein schlichtes Gedicht der zu Fuß hinwandelnden Muse?
Plagt mich doch hier kein höfischer Zwang, kein bleierner Südwind,
Kein schwülatmender Herbst, der leidigen Schoß für das Grab heischt. —

Vater der Frühe — vernimmst du es lieber, so grüß' ich dich: Janus —
Du, mit welchem der Mensch die Geschäft' und Mühen des Lebens

Nach urewigem Rate beginnt, sei meines Gesanges
Anfang! Zeitig in Rom schon weckst du mich: Auf! du bist Bürge!
Eile, daß keiner zum Dienst sich beflissener zeige! Geschwinde!
Mag dann draußen der Nord hinfegen oder im düstern
Schneesturm nahen der kürzeste Tag: fort muß ich aufs Stadthaus.
Hab' ich nun feierlichst dort für den Schaden zu stehn mich verpflichtet,
Gilt es den Weg im Gewühl zu erkämpfen und tapfer zu drängen.
„Bist du denn gänzlich von Sinnen?“ so schnauzt mich ein grober Gesell wohl
Unter Verwünschungen an, „du zerbrichst ja den Leuten die Rippen,
Wenn es dir just einfällt zu deinem Mäcenas zu laufen.“
Nun, das mundet mir süß, ich gesteh's. Doch komm' ich am alten
Friedhof zu den Esquilien kaum, so schwirren auch hundert
Fremde Geschäfte bereits um das Haupt mir. „Morgen vor acht Uhr
Bittet dich Roscius, ihn bei Gericht zu vertreten am Forum.“
„Wegen gemeinen Bescheids in neuer und wichtiger Sache
Lassen die Schreiber, Horaz, an die heutige Sitzung dich mahnen.“
„Sorge, daß hier auf die Schrift Mäcen sein Siegel mir drücke!“
Sprichst du: „Womöglich,“ so heißt's: „O, du brauchst nur zu wollen, so kannst du.“

Tief ins siebente Jahr nun geht's, beinah' in das achte,
Daß Mäcenas zuerst zu den Seinen mich rechnete; freilich
Nur um auf Reisen einmal mich mitzunehmen im Wagen
Oder bei Muße mit mir leichtwiegende Dinge zu plaudern.

Etwa: Wieviel ist die Uhr? Ficht Syrus so gut wie der Thraker?
Kühl schon weht's in der Früh, man erkältet sich ohne den Mantel,
Oder was sonst für ein undicht Ohr Harmloses sich eignet.
Seit der Zeit hatt' euer Poet tagtäglich und stündlich
Mehr zu leiden vom Neid. Kaum, daß er mit ihm sich im Schauspiel
Oder im Marsfeld zeigt, brummt ärgerlich alles: Der Glückspilz!
Strömt nur irgend ein Schauergerücht vom Markt in die Stadt aus,
Gleich hält jeder mich an und fragt: „Sprich, Bester, du mußt es
Wissen, du bist ja so nahe vertraut mit den waltenden Göttern,
Sage, was ist's mit den Dakern?" — „Ich weiß nichts." — „Seht mir den argen
Spötter, er foppt uns doch stets!" — „So strafen mich sämtliche Götter,
Ist mir das mindeste kund!" — „Wird Cäsar denn drüben am Aetna,
Wird in Italien hier er das Land an die Krieger verteilen?" —
Schwör' ich, daß nichts mir bewußt, so schütteln erstaunt sie die Köpfe
Oder beloben mich gar als einzigen Meister im Schweigen.

Also vergeht mir Aermstem der Tag, und ich seufze mit Sehnsucht:
O mein Wald, wann werd' ich dich schau'n, wann wird mir vergönnt sein,
Nun aus Schriften der Alten und nun aus Träumen der Muße
Süßes Vergessen der Welt und ihrer Beschwerde zu saugen!

O, wann winkt mir die Bohne, Pythagoras' Regel zum Trotze,
Wann der gedünstete Kohl mit Speck mir wieder bei Tische?
O Nachtschmäuse der Götter! Da tafl' ich im Kreise der Meinen
Fröhlich am eigenen Herd, und ein Volk mutwilliger Sklaven
Mach' ich noch satt mit den Resten des Mahls. Ungleich, nach Belieben,
Mischt sich jeglicher Gast den Pokal, vom Zwange verbohrter
Zechvorschriften befreit, gleichviel, ob er stärkere Becher
Tapfer ertrag', ob er froh schon werde bei schwächeren. Traulich
Plaudern wir dann, doch nicht von den Hauseinrichtungen andrer
Oder vom neu'sten Ballet; nein, was uns näher ans Herz geht,
Was unentbehrlich zu wissen für uns, das kommt zur Erwägung:
Ob ein erhabener Sinn, ob Reichtum echteres Glück sei,
Was uns fester verknüpfe, Bedürfnis oder Charakter,
Oder wodurch sich das Gute bewähr' und das Höchste der Güter.

Nachbar Cervius tischt zur Nutzanwendung dazwischen
Alte Geschichten uns auf. Preist einer Arellius' Schätze,
Der von den Sorgen des Manns nichts weiß, so beginnt er: Vor Zeiten
Nahm ein Mäuschen einmal vom Land' im bescheidenen Erdloch
Freundlich die Stadtmaus auf; denn sie waren sich alte Bekannte.
Streng haushälterisch sonst mit dem Vorrat, übte sie gern doch

Heute die gastliche Pflicht und schonte, der Freundin zu Ehren,
Weder die Erbsen im Schrein noch die länglichen Körner des Hafers.
Auch ein Rosinlein trug sie im Maul daher und benagte
Würfelchen Specks, mit dem Wunsch, durch Wechsel der Speise die Eßlust
Jener zu reizen, die kaum ein Gericht anrührte, die Leckre,
Während die Hausfrau selbst, auf heuriger Schütte gelagert,
Spelt nur und Wicke genoß, für den Gast das Gewähltere sparend.
Endlich begann die Städterin so: „Wie hältst du, Geliebte,
Solch ein Leben nur aus hier draußen am Hange der Waldschlucht?
Willst du's nicht lieber einmal mit der Stadt und den Menschen versuchen?
Laß dir raten und komm gleich mit! Mit dem Leben auf Erden
Ist ja für uns doch alles vorbei, und keiner, wie vornehm
Oder gering er auch sei, entgeht der Vernichtung. So lebe
Wenigstens lustig, so lang es vergönnt, und genieße, was möglich.
Leb und bedenke, wie flüchtig die Zeit!" — Dies deuchte der Feldmaus
Triftig gesagt, und sie sprang aus dem Häuslein, fertig zur Reise.

Rasch nun fördert die Schritte das Paar, um im Schutze des Dunkels
Unter der Mauer hinein in die Stadt zu schlüpfen. Es stand schon
Hoch am Himmel die Nacht, da betraten die Wandergefährten
Trippelnden Fußes ein prächtig Gemach, wo Decken von Scharlach

Breit um den Tisch her glänzten auf elfenbeinernen Sesseln
Und vom gestrigen Schmaus noch überreichlicher Vorrat
Rings im Silbergeschirr hoch aufgeschichtet umherstand.
Als nun die Städterin hier auf purpurnem Kissen die Feldmaus
Sorglich gebettet, beschickt sie das Mahl als hurtige Wirtin,
Wechselt die Speisen behend, und trotz dem gewandtesten Kellner
Wartet sie auf und kostet zuvor von jeglicher Schüssel.
Jener behagt die Veränderung wohl, und gemächlich sich dehnend,
Schmaust sie vergnügt als fröhlicher Gast; da, plötzlich erschüttert,
Krachen die Flügel der Thür, und vom Pfühl auftummeln die beiden.
Angstvoll rennen im Saal sie umher; doch ärgerer Schreck noch
Schüttelt und tötet sie fast, als Doggengebell die gewölbten
Räume durchhallt. Und die Feldmaus ruft: „Nein, Schwester, nach solchem
Leben gelüstet mich nicht. Fahr wohl! Da sitz' ich doch lieber
Draußen am Wald im sicheren Loch und knuspere Wicken."

---

## An Albius Tibullus.

Epistel.

Albius, gütiger Freund und Anwalt unsrer Satiren,
Womit denk' ich dich jetzt auf Pedums Fluren beschäftigt?
Schreibst du Gedichte vielleicht, um des Cassius Ruhm zu verdunkeln?
Oder schleuderst du schweigend im Hauch der erquickenden Waldluft,

Ueber den hohen Beruf nachsinnend des Guten und Weisen?
Nie ja warst du verlassen vom Geist, und es liehen die Götter
Schönheit dir und reichen Besitz und die Kunst des Genießens.
Was kann Muttergebet noch Größeres flehn für den Liebling,
Wenn er zu leben versteht und was er empfindet zu sagen,
Wenn ihm Gesundheit, Achtung und Ruhm in Fülle beschert sind,
Und zum reinsten Behagen genug, und noch etwas darüber?
Zwischen Hoffnung und Furcht, in wechselnden Sorgen und Bangen
Denk an jeglichem Tag, er sei dein letzter, und täglich
Wird dir zum holden Geschenk, die du nicht hofftest, die Stunde. —
Mich, Freund, würdest du glänzend und rund antreffen vor Wohlsein,
Kämst du einmal, um „ein Tier aus dem Stall Epikurs"
zu belachen.

---

## An Fuscus Aristius.

Epistel.

Dich, den Verehrer der Stadt, mein Fuscus, grüß' ich von Herzen
Selbst ein Verehrer des Lands. Denn in dem einzigen Punkt ja
Sind wir verschiednen Geschmacks, doch im übrigen treulich verbrüdert
Zwillinge fast, die stets miteinander dasselbe verneinen
Oder mit Nicken bejahn, wie beisammen gealterte Tauber.
Du nun hütest das Nest, mich locken die Reize des Landes:
Quellengeriesel, bemoostes Geklüft und schattende Wipfel.

Ja, ich empfinde mich erst als Mensch und König, sobald ich
Hinter mir ließ, was ihr mit Gejauchz' in den Himmel emporhebt;
Opfergebäck hab' ich satt, wie der Knecht, der dem Priester davonlief;
Brot ist's, was ich bedarf. Das stillt trotz Kuchen den Hunger.
Wenn du begehrst, dem Gesetz der Natur entsprechend zu leben
Und beim Bauen zuerst nach der günstigsten Stelle dich umsiehst:
Kennst du den Ort, der ein traulicher Heim, als das Land, dir gewährte?
Wo doch wären die Winter so lau? Wo kühlte der Luftzug
Sanfter des Hundssterns Wut und die sengende Nähe des Löwen,
Wenn er, gestreift von der Sonne Geschoß, wie ein Rasender anspringt?
Wo auch störte der Schlaf dir minder die neidische Sorge?
Weicht Mosaiken aus libyschem Stein gründuftiger Rasen?
Oder ist reiner die Flut, die sich staut in der Stadt Bleiröhren,
Als die murmelnden Lauts im Gefälle des Baches dahinschießt?
Pflanzt man doch künstlichen Wald in den Kranz buntfarbiger Säulen
Oder erwählt sich ein Haus um den Blick in die Ferne der Landschaft.
Wirf aus der Thür die Natur nur hinaus und sie steigt dir ins Fenster,
Mit still siegender Kraft die ermüdenden Schnörkel durchbrechend.
Wer am Wollengewand das verschießende Rot von Aquinum

Mit der gediegenen Pracht des sidonischen Purpurs verwechselt,
Wird nicht sichrer dadurch noch empfindlicher Schaden erleiden,
Als wer Irriges nicht zu scheiden versteht von dem Wahren.
Wer bei glücklicher Zeit maßlos im Vergnügen sich gehn läßt,
Knickt wie ein Rohr, wenn sie flieht. Unentbehrlich Geschätztem entsagst du
Schwer, so verwöhne dich nicht, und du magst es auch unter dem Strohdach
Fürsten an wahrem Genuß und Fürstenfreunden zuvorthun.
Streitbar pflegte der Hirsch von der Weide, die beiden gemein war,
Stets zu verjagen das Roß, bis dies, des vergeblichen Kampfes
Müde, den Menschen zu Hilfe sich rief und dem Zaum sich bequemte.
Aber nachdem es das Feld nun trotzig als Sieger behauptet,
Ward es den Zügel nicht los aus dem Maul, noch den Reiter vom Rücken.
Siehe, so trägt, wer niedrig den Schatz aufopfert der Freiheit,
Weil er die Armut scheut, auf dem Rücken den Herrn und verdammt sich
Selbst zu ewigem Fron, statt klug mit Geringem zu hausen.
Wer sich nicht einzurichten versteht, dem geht's nach der Fabel:
Stolpern macht ihn der schlappende Schuh und es drückt ihn der enge.
Lebe denn froh des beschiedenen Teils, wie dem Weisen es zukommt,
Fuscus, und lies mir den Text zur Erwiderung, dünkt es dir jemals,

Daß ich mehr als genug aufhäuf' und ein Ende nicht finde.
Denn das gesammelte Gold wird Knecht uns oder Gebieter;
Richtiger freilich gehorcht es dem Zaum, als daß es ihn handhabt.
Dies diktiert' ich für dich am zerfallenden Tempel Vacunas,
Dich zu missen betrübt, im übrigen fröhlichen Mutes.

---

## An Torquatus.

Epistel.

Wenn bei Tafel ein Sitz dir genügt aus Archias Werkstatt
Und du mit Hausmannskost von bescheidener Schüssel vorlieb nimmst,
Hoff' ich dich bei mir zu sehn mit sinkender Sonne, Torquatus.
Weine vom anderen Jahre des Taurus werden wir trinken,
Zwischen Minturnäs Sümpfen verzapft und der Burg Sinuessas.
Wenn du Erlesneres hast, bring's mit; sonst füg in die Wahl dich.
Blank schon funkelt mir Herd und Hausrat, deiner gewärtig.
Komm denn und laß die Gedanken daheim an den Streit um die Erbschaft
Und an Moschus' Prozeß! Ist uns morgen an Cäsars Geburtsfest
Gründlich doch auszuschlafen vergönnt, und wir dürfen die warme
Köstliche Nacht sorglos hindehnen mit trauten Gesprächen.
Wozu soll mir ein Gut, des freier Genuß mir versagt ist?
Wer für die Erben nur spart und sich selbst nichts gönnet zum Wohlsein,

Deucht mir dem Wahnsinn nah. Nein, Blumen zu streu'n und zu trinken,
Bin ich gelaunt, und mögt ihr darum leichtfertig mich schelten.
Was vollbrachte der Rausch nicht schon? Das Geheimnis enthüllt er;
Hoffnungen sieht er erfüllt; in die Feldschlacht treibt er den Feigling,
Nimmt vom bekümmerten Herzen die Last und begeistert den Künstler.
Wem nicht löste der volle Pokal schon plötzlich die Lippen?
Wen nicht ließ er befreit aufatmen vom Drucke der Armut?
Dies auch soll nach Gebühr und mit willigstem Eifer beschickt sein,
Daß kein schmutzig Gedeck, kein schäbig gewordener Teppich
Dein Mißfallen erweck' und du rings in Schüssel und Kanne
Ganz wie im Spiegel dich schaust, daß keiner im traulichen Kreise
Sei, der Gesprochenes weiter verschwatzt, und den passenden Nachbar
Jeglicher finde bei Tisch. Den Septicius triffst du, den Butra
Samt dem Sabian, falls diesen ein früherer Schmaus und ein Liebchen
Fest nicht hält. Auch wäre noch Platz für etliche Schatten,
Wenn du den Dunst nicht scheust bei allzu gedrängter Gesellschaft,
Schreib nur, wieviel Mitgäste du willst! Und dem Staube der Akten,
Wenn der Klient dir die Thüre bewacht, entschlüpfe nach hinten.

---

## An Mäcenas.

### Epistel.

Glaubst du dem alten Kratin, schriftkundiger Gönner Mäcenas,
Wird niemals ein Gedicht auf die Dauer bestehn und gefallen,
Das beim Wasser erdacht. Seitdem zu den Faunen und Satyrn
Seines Gefolgs Gott Bacchus die schwärmenden Dichter gesellte,
Pflegen die Musen von Wein schon früh zu duften am Tage.
Als Weinzecher erweist sich im Lobe des Weines Homerus;
Vater Ennius auch hub stets nur trunkenen Muts an,
Waffen zu singen. „Den Markt und die Börs' am Gehege des Libo
Räum' ich den Nüchternen ein; nur singe mir keiner der Biedern!"
Kaum, daß ich also gescherzt, so begannen im Nu die Poeten
Nachts um die Wette zu zechen und tags Weindünste zu gähnen,
Gleich, als wär' es genug, wenn einer verwildert und barfuß,
Finsteren Blicks und im bäurischen Rock nachäffte den Cato,
Um schon Cato zu sein an Tugenden auch und Gesinnung.
Weil des Jarbas Sproß, um als modischer Redner zu glänzen,
Lauter zu donnern versucht', als Timagenes, barst er. Ein Vorbild,
Das in den Fehlern bequem sich nachahmt, führt in die Irre.
Säh' ich einmal blaß aus, was gilt's, gleich tränken sie Essig.
O Nachahmergeschlecht, armselige Herde, wie oft schon

Hat dein Lärm mir die Galle geweckt und wie oft das Gelächter!
Doch ich prägte die bahnende Spur in ein neues Gebiet ein,
Das vor mir kein Fuß noch betrat. Wer kühn sich vertrau'n darf,
Lenkt als Führer den Schwarm. Ich habe zuerst den Latinern
Parische Jamben gezeigt, an Archilochus' Rhythmus und Geist mich
Haltend, doch nicht an den Stoff und die Worte zum Hohn des Lykambes.
Und nicht schmälere mir deswegen die Ehre des Kranzes,
Weil ich mich scheute, den Takt und des Versbaus Kunst zu verändern.
Greift nach Archilochus' Maß doch im Liede die männliche Sappho,
Greift doch Alcäus darnach; nur, anders in Stimmung und Inhalt,
Wählt er sich weder zum Ziel schwarzgalliger Strophen den Schwäher,
Noch auch dreht er den Strick für die Braut aus kränkenden Liedern.
Diesen, an den sich gewagt kein früherer, führt' ich den Römern
Vor im Latinergesang. Und mich freut's, die eroberten Gaben
Heut' von den Besten gelesen zu sehn und in Händen gehalten. —
Fragst du mich aber, warum mein Lied mißgünstig so mancher
Zwar im geheimen verschlingt, doch öffentlich schmäht und herabsetzt?
Niemals konnt' ich die Gunst mir erkaufen des launischen Pöbels
Durch ein gebotenes Mahl und ein abgelegtes Gewandstück,

Nie — von den edelsten Meistern geehrt als Hörer und Anwalt —
Unserer kritischen Zunft schönthun um ein gnädiges Urteil.
Daher jener Verdruß! — „Unwürdiges möcht' ich im vollen
Saal nicht lesen und flüchtigen Scherz nicht bieten mit Anspruch."
Wehr' ich mich so, gleich heißt's: „Ei freilich! Für Jupiters Ohren
Sparst du es auf; du triefst ja allein von poetischem Honig,
Einzig für dich nur schön." — Hierüber empfindlich zu werden,
Hüt' ich mich wohl und, die spitzigen Klau'n des Gereizten zu meiden,
Ruf' ich: Es will mir der Ort nicht passen; ein anderes Mal denn! —
Loses Gestichel erzeugt ja so leicht Wortwechsel und Jähzorn,
Jähzorn aber erbitterten Kampf und tödliche Feindschaft.

---

## An sein Buch.

Nach Vertumnus und Janus, o Büchlein, schielst du und möchtest
Glatt und sauber bereits bei den Sosiern prangen im Laden.[1])
Riegel und Schloß, dem Bescheidnen erwünscht, du trägst sie mit Unmut,
Jammerst, daß dich so wenige schau'n, und rühmst dir das Weite.

---

[1]) In der Tuskischen Straße zu Rom, unweit vom Durchgange des Janus und der Bildsäule des Vertumnus, lag neben anderen Kaufläden auch das bekannte Buchhändlergewölbe der Sosischen Brüder, der Verleger des Horaz.

Anders erzog ich dich zwar, doch geh, wohinaus dich gelüstet.
Ließ ich dich fort, nie kehrst du zurück. „Ich Aermster, was that ich!"
„Wollt' ich denn das?" so wirst du verletzt dann klagen, und weißt doch,
Wie dich der „freundliche Leser" beiseit' wirst, wenn er genug hat.
Gleichwohl — trübt mir nicht Aerger um dich die prophetische Sehkraft —
Wirst du gefallen in Rom, bis der Neuheit Reiz dir entschwunden;
Aber, zerlesen darauf und beschmutzt von den Händen des Volkes,
Dienst du verstummt für die Motten zum Fraß! Vielleicht ins Exil auch
Magst du nach Utica gehn und, geschnürt wie ein Sklav, nach Ilerda.
Lachen werd' ich alsdann, wo umsonst ich warnte, wie jener,
Welcher im Zorn den verstockt an den Rand hindrängenden Esel
Selbst in den Abgrund stieß. Wer mag Unwollende retten?
Dies auch wartet noch dein: im Mund schwerlesender Knaben
Kommt in den Vorstadtschulen zuletzt dir das Stammeln des Alters.
Wenn dir ein lieblicher Tag dann einst mehr Hörer versammelt,
Magst du erzählen, wie ich, des Freigelassenen Enkel,
Arm von Geburt, aus niederem Nest hochauf mich geschwungen,
Was an Geschlecht mir gebrach, durch die Kraft des Talentes ersetzend;
Wie ich, den Besten zu Rom in Krieg und Frieden befreundet,

Mäßig von Wuchs, früh grau, wie ein Kind stets fröhlich der Sonne,
Rasch auflodernd im Zorn, doch leicht zu versöhnen gewesen.
Fragt dann einer vielleicht, wie hoch ich im Alter, so wiss' er,
Daß ich zum vierundvierzigstenmal den Dezember erlebte,
Als sich im Konsulamt mit dem Lollius Lepidus paarte.

## Drittes Buch.

# Fünfzig Oden des Horaz.

---

### An die Römer.

Wohin, wohin ihr Rasenden? Warum liegt die Faust
  Schon wieder euch am Heft des Schwerts?
Sind Land und Meer noch immer noch zur Genüge nicht
  Gesättigt mit Latinerblut?
Nicht zu verbrennen gilt es jetzt Karthagos Burg,
  Der stolzen Nebenbuhlerin,
Noch wilde Briten kettenschwer aufs Kapitol
  Dahinführen im Triumph.
Nein, fallen soll, zur Lust dem Parther, diese Stadt
  Selbstmörderisch durch eigne Hand.
So würden Wölfe nimmer hausen oder Leu'n,
  Nur fremde Brut zerreißen sie.
Euch aber, reißt euch blinde Wut, reißt Götterzorn,
  Reißt Schuld euch hin? Gebt Rechenschaft!
Ihr schweigt und werdet totenbleich und starrt mich an,
  Entsetzen lähmt euch, weil ich's traf.
So ist's: ein furchtbar Schicksal treibt die Römer um,
  Der finstre Geist des Brudermords,
Seit Remus' Blut, schuldlos vergossen, diesen Grund
  Zum Fluch den Enkeln rot gefärbt.

---

## Während der Bürgerkriege.

Schon ins zweite Geschlecht fortwütet die Fehde der Bürger
Und Rom erliegt verblutend unter Römerhand.
Sie, die nimmer zu stürzen vermocht der Marsische Nachbar,
Noch Porsenas anstürmendes Etruskerheer,
Die nicht Capuas mächtiger Neid, nicht Spartacus' Thatkraft,
Nicht allobrogischer Hochverrat zu Boden zwang,
Selbst Germania nicht mit der Kraft blauäugiger Jugend,
Noch unsrer Väter grauses Schreckbild, Hannibal,
Uns, dem unsel'gen Geschlecht aus sündigem Samen, erliegt sie,
Und schweifend Wild wird hausen wieder, wo sie stand.
Wehe, da pflanzt in den Schutt der Barbar sein Banner des Sieges,
Sein Reiter stampft mit schwerem Huf die Trümmerstadt,
Und des Quirinus Gebein, aus heiligem Dunkel gerissen —
Fluchwürd'ger Anblick! — streut umher sein Uebermut.
Aber erwägt ihr bereits, in Gemeinschaft oder die Edlern,
Was solche Not von unserm Haupte wenden mag,
O so vereint euch zu diesem Beschluß: Gleichwie der Phöcäer
Mit Fluch beladne Bürgerschaft einst flüchtete
Und die Aecker daheim und die Götter des Herds und die Tempel
Den Ebern preisgab und dem reißenden Wolfsgeschlecht,
So zu wandern, wohin uns der Fuß trägt, oder der Süd uns,
Der Sturm aus Westen brausend übers Meer entführt.
Wollt ihr? Oder ersann euch Bessres ein andrer? — Wohlan denn!
Zu Schiff! Was säumt ihr? Günstig ist der Zeichen Stand.
Tragt ihr ein männliches Herz in der Brust, so beschwichtet die Klage
Und laßt im Flug Etruriens Küsten hinter euch,

Bis uns der Ocean wiegt, der die Fluren umgürtet, die Fluren
Glücksel'ger Inseln, unsrer Sehnsucht reiches Ziel,
Wo pfluglos der gesegnete Grund alljährige Frucht bringt
Und unbeschnitten fort und fort die Rebe blüht,
Wo stets lohnend der Sproß ansetzt am Zweige des Oelbaums,
Der Feige Purpur üppig stets im Laube prangt,
Honig geborstenen Eichen entträufst und von den Gebirgshöhn
Die Rieselquelle silberfüßig niedertanzt.
Ohne Geheiß tritt dort an der Melkerin Eimer die Ziege,
Mit vollem Euter traulich naht das Mutterschaf;
Niemals schädigen Seuchen das Vieh, da keines Gestirnes
Erbarmungsloser Feuerblick die Herden sengt.
Auch kein brummender Bär umschleicht, wenn es dunkelt, die Hürden,
Noch bläht vom Boden plötzlich sich die Natter auf.
Wunder erblicken wir Glücklichen rings, wo immer die Fluren
Mit schweren Güssen feuchter Ostwind niederschwemmt,
Noch in glühender Scholle des Saatkorns Triebe verdursten,
Denn beides, Glut und Nässe, dämpft der Götterfürst.
Dorthin steuerte nicht mit fichtenem Ruder die Argo,
Medea nicht, die Buhlerin, betrat den Strand,
Nie auch wandten die Segel dahin sidonische Schiffer,
Noch selbst Ulysses' vielgeprüfte Freundesschar.
Für ein frommes Geschlecht schied Jupiter dieses Gestad aus,
Als er zuerst die goldne Zeit mit Erz verdarb,
Dann zu Eisen aus Erz sie verhärtete; doch der Gerechte
Mag, so verkünd' ich, glücklich ihrem Fluch entgehn.

## An Pyrrha.

Welcher zärtliche Freund darf auf dem Rosenbett
Ganz von Düften berauscht heut' in der dämmernden
Grotte, Pyrrha, dich küssen?
Für wen trägst du das blonde Haar

Einfach zierlich geschürzt? Ach, er wird allzubald
Weinen, daß ihn das Glück, daß ihn die Treue floh,
Und mit Schrecken die heitre
See vom Sturme gedunkelt schau'n.

Wer, in goldenen Traum schmeichlerisch eingewiegt,
Stets von dir sich geliebt, einzig geliebt sich wähnt,
Nicht die Laune des Fahrwinds
Kennt er. Weh den Unseligen,

Die dein trüglicher Glanz lockte! Von mir bezeugt
Dort am Tempel die Schrift, daß der Gerettete
Seine triefenden Kleider
Dankbar weihte dem Meeresgott.

---

## An Thaliarchus.

Du siehst, wie hochbeschneit der Soracte dort
Erglänzt, wie seufzend unter der Last sich kaum
Der Wald emporhält und vom scharfen
Hauche die Ströme zu Eis gefroren.

Dem Frost zur Abwehr über dem Herd empor
Schicht Holz auf Holz! Freigebiger auch, o Freund,
Kredenz uns vom vierjähr'gen Weine
Aus dem sabinischen Henkelkruge.

Anheim den Göttern stelle das übrige!
Sobald die meeraufwühlenden Stürme sie
Beschwichtigt, regt der alten Eschen,
Regt der Cypresse Gezweig' sich nimmer.

Was morgen sein wird, forsche du nicht. Gewinn
Sei jeder Tag dir, welchen das Glück beschert,
Und nicht die süße Lieb', o Knabe,
Oder den festlichen Reihn verachte,

So lang du blühst und greise Verdrießlichkeit
Dir ferne blieb. Ringschulen und Waffenspiel
Und um die Dämmrung hold Geflüster
Suche du jetzt zur besprochnen Stunde;

Jetzt schallhaft Lachen, das dich den heimlichen
Versteck des Mädchens lieblich erraten läßt,
Und Pfänder, ihrem Arm entwunden,
Oder dem Finger, der wehrend nachgiebt.

---

## An M. Vipsanius Agrippa.

Dich, Bezwinger des Feinds, tapfrer, verherrliche
In homerischem Flug Varius' Heldenlied,
Wie dein Heer du zu Schiff oder im Reiterkampf
Zu glorwürdigem Sieg geführt.

Mir, Agrippa, gelingt nimmer so Mächtiges;
Nie den Zorn des Achill säng' ich, des ehernen,
Nie die Fahrten des listsinnenden Ithakers,
Noch die Greuel in Pelops' Haus.

Für Erhabnes zu schwach, warnt mich die schüchterne
Muse, welcher der Ton kriegrischer Saiten fremd,
Cäsars strahlenden Ruhm nicht und den deinigen
Durch Gestümper herabzuziehn.

Wer auch führte den Mars im diamantenen
Harnisch würdig uns vor? Wer den Meriones
Schwarz von troischem Staub oder in Götterkraft
  Pallas' Schützling, des Tydeus Sohn?

Nur Gastmähler und heißblütiger Mädchen Kampf,
Wenn ihr nagelgestutzt kühnem Getändel wehrt,
Sing' ich, heute noch frei, morgen in Flammen schon,
  Meiner leichten Natur getreu.

---

## An Tyndaris.

Oft schweift zum waldumrauschten Lucretilis [1])
Der muntre Faun von seines Lycäus' Höhn
    Und hält von meiner Trift des Sommers
  Gluten zurück und die Regenwinde.

Harmlos zerstreut im sicheren Hage nascht
An Laubgesproß und duftendem Thymus hier
    Der Ziegen bärt'ge Schar und fürchtet
  Weder den Wolf des Hädilerberges,

Noch auch der grün sich ringelnden Schlange Brut,
So lang vom Waldrohr lieblich, o Tyndaris,
    Das Thal entlang die echoreichen
  Felsen des schrägen Ustica hallen.

Im Schutz der Götter wohn' ich, die Götter sind
Dem frommen Dichter hold; es umschwillt dich hier,
    Aus mildem Füllhorn unermeßlich
  Strömend, der Blumen und Früchte Segen.

---

[1]) Der Lycäus ist ein Berg in Arkadien; Lucretilis, Hädilia und Ustica sind Anhöhen des Sabinergebirgs.

Hier magst du tief im Schatten des Thals der Glut
Des Hundsgestirns entfliehn und Penelopes
Und Circes Schwermut, ach, um einen
Helden, zu Teischer Laute singen,

Hier leichte Becher rosigen Lesbiers
Im Kühlen schlürfen. Nimmer verwirren sich
Hier Mars und Bacchus in erhitzten
Kämpfen und nimmer zu fürchten brauchst du,

Daß Cyrus, blind von rasender Eifersucht,
An dir, dem schwächern Mädchen, sich frevelhaft
Vergreif' und dir den Kranz im duft'gen
Haar und das keusche Gewand zerreiße.

---

## Neue Liebe.

Weckst du, Göttin, der Leidenschaft
Wilde Mutter, und du, Knabe der Semele,
Und du, lüsterner Uebermut,
Längst verschworene Glut wieder im Herzen mir?
Stets an Glyceras schimmernden
Nacken denk' ich, vor dem parischer Marmor weicht,
An ihr reizend verwegnes Spiel
Und den trunkenen, feucht schwimmenden Wonneblick.
Ihrer Insel vergessend, fällt
Dann mit ganzer Gewalt Venus mich an und läßt
Mich nicht Scythen, noch flüchtiger
Partherreiter Geschoß singen, noch andres sonst.
Bringt denn duftigen Rasen mir,
Heil'ge Kräuter mir her, Knaben, und Räucherwerk,
Auch die Schale mit Firnem reicht!
Wenn das Opfer gebracht, wird sie gelinder sein.

---

## An Chloe.

Warum fliehst du mich, Kind, scheu wie das junge Reh,
Das im wilden Gebirg nach der geängsteten
Mutter sucht und in eitler
Furcht vor jeglichem Hauch erschrickt?

Gehn durchs zitternde Laub nur des erwachenden
Frühlings Schauer dahin, raschelt im Brombeerstrauch
Nur die grüne Lacerte,
Gleich erbeben ihm Herz und Knie.

Doch ich folge ja nicht wie ein Gätulerleu,
Wie ein Tiger dir nach, der dich zerreißen will;
Laß denn, laß von der Mutter
Endlich, da du zur Liebe reif!

---

## An Iccius.

Dich locken, Freund, die Schätze der Araber,
Und ernsten Kriegszug, Iccius, rüstest du
Sabäas nie zuvor besiegten
Königen, ja, für den Meder schmiedest

Du Fesseln schon? Welch schönes Barbarenkind
Bedient dich künftig, dem der Verlobte fiel?
Welch schmucker Edelknabe soll dir
Duftenden Haars den Pokal kredenzen,

Der einst vom Vaterbogen den Sererpfeil
Ins Schwarze schoß? — Nun sage mir einer noch,
Es könne nie bergan der Sturzbach
Oder zur Quelle der Tiber strömen,

Da du den schwer erworbenen Bücherschatz,
Der Stoa Schriften und der Sokratiker,
Dir selber treulos, willig hingiebst
Für ein iberisches Panzerhemde.

---

## An Virgilius.

O, wie wüßte von Scham oder von Maß der Schmerz
Um solch teures Haupt! Hilf, o Melpomene,
Hilf mir klagen du selbst, der das erschütternde
Lied zur Harfe der Vater gab.

Also unser Quintil schlummert den Todesschlaf?
Wann wird stilles Verdienst, wann die Gerechtigkeit,
Reinster Treue vermählt, jeglicher Lüge fremd,
Seinesgleichen auf Erden sehn!

Mancher Edle beweint heiß den Entrissenen,
Heißer keiner als du, trauter Virgilius;
Ach, dein frommes Gelübd', das von den Himmlischen
Andres bat, es erweckt ihn nicht.

Ob noch süßer, als einst Orpheus, der Thracier,
Du den horchenden Wald locktest mit Saitenspiel:
Nie kehrt warmes Geblüt wieder dem Schattenbild,
Das mit winkendem Stab einmal

Taub für jedes Gebet wider des Schicksals Schluß
Seiner stygischen Schar Hermes hinzugesellt.
Hart ist's. Lern in Geduld männlich ertragen, Freund,
Was zu ändern ein Gott verwehrt.

---

## An Aristius Fuscus.

Wer in Unschuld wandelt und rein von Frevel,
Der bedarf nicht Maurengeschoß und Bogen,
Noch geschwellt von giftigen Pfeilen, Fuscus,
Braucht er den Köcher,

Mög' er durch umbrandete Syrten, mög' er
Durchs Geklipp kaukasischer Wildnis schweifen,
Oder wo durch Märchengebiet den Flutschwall
Wälzt der Hydaspes.

Denn es floh mich jüngst im Sabinerwalde,
Als ich sorglos Lalagen sang und singend
Weit vom Pfad abschweifte, den Unbewehrten
Floh der Gebirgswolf;

Solch Getüm, wie's nimmer des kriegsgewohnten
Daunerlands Steineichengeklüft beherbergt,
Noch des Juba Wüste gezeugt, der Löwen
Sengende Heimat.

Führt mich hin, wo über erstarrten Fluren
Nie ein Baum aufschauert im Hauch des Frühlings,
Wo die Welt mit ewigem Nebel traurig
Jupiter zudeckt,

Oder wo, dicht unter dem Sonnenwagen,
Uns versagt ist, Hütten zu bauen: immer
Werd' ich dich, süßlächelnde, süßberedte
Lalage lieben.

## An Apollo.

Was fleht zuerst der Sänger im Heiligtum
Apolls? Was heischt er, wenn er den Opferwein
Ihm feiernd ausgießt! Nicht die reiche
Frucht von Sardiniens Segensfluren,

Nicht Herden, wie das heiße Kalabrien
Sie nährt, nicht Gold, noch indisches Elfenbein,
Landgüter nicht, an denen spiegelnd
Liris, der schweigende Strom, dahinwallt.

Kalenertrauben keltere froh, für wen
Das Glück sie blühn ließ. Möge der Handelsherr
Aus tiefem Goldkelch Weine schlürfen,
Die er um syrisches Gut erworben,

Der Götter Schützling, weil er im Jahreslauf
Dreimal und viermal glücklich den Ocean
Durchsteuert; mir genügt des Oelzweigs
Beere zum Mahl und die leichte Malve.

Doch gieb, o Phöbus, daß ich gesund an Leib
Und Geist genieße, was du beschieden hast,
Und daß ich kein unrühmlich Alter
Leb', und die Zither getreu mir bleibe.

---

## An die Laute.

Wenn du je bei müßigem Spiel im Schatten
Mir getönt, was Jahre vielleicht noch fortlebt,
Heute gilt's, auf, laß ein lateinisch Lied mir
Glücken, o Laute,

Du zuerst vom Helden geweckt auf Lesbos,
Welcher schlachtfroh mitten im Kampfgetümmel
Oder wenn am feuchten Gestad sein leckes
Schiff er geborgen,

Doch den Weingott sang und den Chor den Musen
Und in Venus' Arme den Flügelknaben
Oder Lycus' dunkles Gelock und dunkel
Strahlendes Auge.

Die du, Phöbus' Zierde, das Mahl des höchsten
Zeus verschönst und jegliches Leid beschwichtest,
Sei mir hold, o Leier, so oft zum Lied ich
Festlich dich rufe.

## An Albius Tibullus.

Sei, mein Albius, nicht ewig des Harms gedenk,
Den dir Glycera schuf, noch in elegischer
Klage singe dich müd, weil dich ein Jüngerer
Ausstach bei der Verräterin.

Auch Lycóris, wiewohl reizend an Stirn und Brau'n,
Glüht für Cyrus umsonst, Cyrus hat Pholoën,
Die sein spottet, erwählt, doch dem apulischen
Wolf paart eher das Reh sich wohl,

Eh' sein wildes Bemühn Pholoës Gunst erringt.
Das ist Cyprias Lust, die von Gestalt und Sinn
Ungleichartiges gern unter das Joch von Erz
Grausam scherzend zusammenzwingt.

Mich selbst, dem das Geschick edlere Liebe bot,
Hielt im reizenden Netz Myrtale fest umgarnt,
Sklavin einst und im Zorn wild, wie die Hadria,
Die Kalabriens Buchten wühlt.

## An die Fortuna von Antium.

O, die du thronst im lieblichen Antium
Und bald aus tiefstem Jammer den Sterblichen
Aufrichtest, bald in Todestrauer
Stolzer Triumphe Gepräng verwandelst,

Dich ruft der arme Pflüger des Ackerfelds
Mit bangem Flehn an, dich, die Beherrscherin
Des Meers, wer auf Bithynerschiffen
Durch die karpathische Woge steuert.

Der Daker scheut, der wandernde Scythe dich,
Und Stadt und Volk und Latiums Kriegerstamm;
Des wilden Ostlands Königsmütter
Zittern vor dir und die Purpurträger,

Daß ihrer Herrschaft Säule vom Fußgestell
Dein Tritt nicht stürz', und wachsender Pöbelschwarm
In Waffen nicht das Land, in Waffen
Fürchterlich ruf' und das Joch zerbreche.

Dir wallt voran die grause Notwendigkeit,
Die ries'ge Balkennägel in eh'rner Hand
Und Keile trägt, nicht fehlt die mächt'ge
Klammer, das flüssige Blei zum Werk ihr.

Die Hoffnung dient dir, dir im Vestalenkleid
Die Treue selbst; nur selten verläßt sie dich,
Wenn feindlich du die Farbe wechselnd,
Fürstlichen Häusern den Rücken wendest.

Falsch ist und feig der Pöbel, die Buhlerin
Vergißt des Eidschwurs, selbst der Genossen Schwarm
Zerstiebt, sobald der Krug geleert ist,
Klüglich des Freundes Geschick vermeidend.

O schirme Cäsarn, der zu den äußersten
Britannern auszieht, schirme der Jünglinge
Erlesne Kriegsschar, die des Aufgangs
Reiche bedroht bis ans Rote Meer hin.

Der Greuel endlich sei's und des Brudermords
Genug. Wovor, ach, schreckten wir Söhne noch
Stahlharter Zeit zurück? Was blieb uns
Heilig? Was tastete nicht der Jugend

Ruchlose Hand an? Welchen Altar befleckt
Nicht Blut? O komm denn, unser entweihtes Schwert
Auf reinem Ambos umzuschmieden
Wider Sabäer und Massageten.

---

## Kleopatra.

Nun laßt uns trinken, nun mit beschwingtem Fuß
Den Reigen stampfen! Endlich erschien der Tag,
Den Herd der Götter, Freunde, festlich
Mit Saliarischem Mahl zu schmücken.

Versünd'gung war's bis heute, zum alternden
Festwein zu greifen, als noch die Königin
Dem Kapitol vermessnen Umsturz
Sann und Verderben der Römerherrschaft,

Sie selbst und ihr bartloser Eunuchenschwarm
Vom Traum bethört wahnsinniger Hoffnungen
Und blindberauscht von Glück und Wollust;
Aber den rasenden Taumel scheucht' ihr

Von Schiff zu Schiff sich wälzend der Flotte Brand,
Und ihr vom Nilwein schwärmender Geist erbebt'
Im Schreck ernüchtert, als ihr Cäsar,
Wie sie von Actiums Strand dahinflog,

Nachsetzt' auf Ruderschwingen, dem Habicht gleich,
Der bange Tauben, oder dem Jägersmann,
Der Hasen scheucht im Thraker Schneefeld —
Ketten zur Hand für das Weib des Unheils.

Doch sie, die würdevoller zu sterben sinnt,
Erbleicht nicht weibisch vor dem gezückten Schwert,
Noch sucht sie mit beschwingten Segeln
Fern im verborgenen Hafen Rettung.

Nein, lächelnd auf die Trümmer der Königsburg
Voll Ruhe blickt sie, setzt mit verwegner Hand
Die grausen Schlangen an und läßt sich
Tödliches Gift in die Adern strömen.

So trotzt, zum Tod entschlossen, sie kühner nur
Und gönnt es nicht der rohen Liburnerschar,
Entthront im stolzen Siegstriumphe
Sie, die Erlauchte, dahinzuführen.

---

## An Asinius Pollio. [1])

Die Bürgerunruhn seit des Metellus Zeit,
Des Krieges Ursprung, Fehler und Wechselgang,
Das Spiel des Glücks, der Fürstenbünde
Schwere Verwicklungen und die Waffen,

Von ungesühntem Blute noch heut gefärbt,
Gedenkst in kühngewagter Behandlung du
Zu schildern durch verhohlnes Feuer
Schreitend, das unter der Asche fortglimmt.

---

1) Cajus Asinius Pollio, der Freund Virgils, als Staatsmann, Feldherr, Tragödiendichter und Historiker bekannt, war auch einer der ersten Gönner des Horaz. Einen Teil seines Geschichtswerkes bildete die Darstellung des Krieges in Afrika, wo in der mörderischen Schlacht bei Thapsus zehntausend Pompejaner fielen, die der Dichter hier als Totenopfer für Jugurtha bezeichnet. Infolge jener Niederlage tötete Cato sich selbst.

Mag denn ein Weilchen immer Melpomene
Die Bühne meiden! Wenn du die Schickungen
Des Staats erzählt hast, trägt zum hohen
Ziel der Kothurn von Athen dich wieder,

Der du ein Hort hilfsuchenden Freunden bist,
Ein Hort im Rat der Väter, o Pollio,
Des Haupt mit ew'gem Ruhm der Lorbeer
Kränzt des dalmatischen Siegstriumphes.

Schon dringt von fern dumpfdröhnender Hörnerschall
Mir an das Ohr, schon schmettert Drommetenton,
Schon blendet Waffenglanz die schreckhaft
Flüchtigen Ross' und den Blick der Reiter.

Und jetzt, geschwärzt vom Staube der Siegesschlacht,
Die hohen Feldherrn seh' ich vorüberziehn
Und rings den Erdkreis unterworfen
Bis auf die trotzige Seele Catos.

Denn Juno selbst und wer von des Afrerlands
Schutzgöttern sonst straflos vom entweihten Herd
Verdrängt ward, sühnte, seiner Mörder
Enkel ihm opfernd, Jugurthas Schatten.

Welch Feld bezeugt nicht, satt von Latinerblut,
Mit seinen Gräbern frevelnder Schlachten Greu'l,
Nicht, ach, den fernhin bis zum Euphrat
Alles erschütternden Sturz des Westreichs?

Wo schaut' ein Strom, ein Strudel die Schrecken nicht
Des Jammerkriegs? An welchem Gestade raucht
Nicht unser Blut? Wo ward ein Meer nicht
Rot vom italischen Brudermorde?

Doch länger nicht um Ceischer Nenien[1])
Gesang vergiß, o Muse, des heitren Spiels!
Hier an Dionas Zaubergrotte
Stimme zu sanfterem Lied die Saiten.

---

## An Dellius.

Mit ruh'gem Gleichmut wappne die Seele dir
Am Tag des Unheils, aber am glücklichen
Den ausgelassnen Rausch der Lust auch
Mäßige, Dellius. Denn du stirbst einst,

Ob stets in Sorg' und Qual du dahingelebt,
Ob fern vom Weltlärm, müßig ins Gras gestreckt,
In ew'gem Festtag du die Stunden
Heiter verschwärmt beim Falernerausbruch.

Wo ihr Gezweig hochstämmige Pinien
Und Silberpappeln wirtlich zum Schattendach
Zusammenwölben und im Sturzbach
Blinkend die flüchtige Well' herabschießt,

Dort laß dir Wein hinschaffen und Nardenduft,
Und eh' sie welken, kränze mit Rosen dich,
So lang es Glückstand noch und Alter
Dir und der Parze Gespinst verstatten.

Du mußt die Forsten, die du zusammenkaufst,
Mußt Haus und Gartenhallen am Tiberstrand
Zu bald nur räumen und die Schätze,
Die du gespeichert, verpraßt ein Erbe.

---

[1]) Die Nenien oder Totenklagen des Simonides von C e o s waren im Altertum besonders berühmt. Das Bruchstück eines solchen Trauergesangs haben wir oben mitgeteilt.

Sei reich und stamm aus Inachus' Königsblut,
Sei arm und hab, im niedersten Volk erzeugt,
Kein Dach, als nur den Himmel: gleich ist's,
Nimmer entrinnst du dem strengen Orkus.

Dort winkt das Ziel uns allen, uns allen springt
Der Urn' entschüttelt, jedem zu seiner Zeit,
Das Los hervor und heischt zum Kahn uns,
Der die für ewig Verbannten aufnimmt.

---

## An Septimius.

Der du gern, Septimius, mir bis Gades
Folgtest, zu Kantabriens wilden Stämmen,
Ja zur stets vom afrischen Meer umschäumten
Klippe der Syrten.

O daß einst, argeischer Männer Pflanzstadt,
Tibur mir im Alter die Stätte gönnte,
Wo vom Sturm, Irrfahrten und Krieg der müde
Wanderer ausruht!

Doch verwehrt mir strenge den Wunsch die Parze:
Laß zur Lieblingstrift der bevließten Herden,
Zum Galäsusstrome mich ziehn ins Reich des
Sparters Phalantus.[1])

Freundlich lacht vor allen mir dieses Fleckchen
Erde zu, wo selbst den Hymettuswaben
Nicht der Honig weicht und das Oel Venafrums
Beere verdunkelt.

---

[1]) Das Reich des Sparters Phalantus ist das von lakonischen Auswanderern gegründete Tarent.

Wo den Frühling länger und lau den Winter
Zeus beschert und göttergesegnet Aulons
Reiche Weinflur keiner Falernertraube
Feuer beneidet.

Dorthin ruft, zu jenen beglückten Höhen
Unser Stern uns beide; den Zoll der Thränen
Weihst du dort einst deines geliebten Sängers
Glimmender Asche.

---

## An Pompejus Varus.

O, der du oft des Todes Gefahr mit mir
Geteilt, als Brutus unserem Heer gebot,
Wer gab dich nun den Heimatgöttern
Friedlich zurück und dem Himmel Romas?

Pompejus, Freund aus trautester Jugendzeit,
Mit dem so gern den zögernden Tag ich einst
Beim Wein verschwärmt, die kranzgeschmückten
Locken von syrischer Narde duftend.

Philippis Not erlebt' ich mit dir, mit dir
Die Flucht, auf der ich Aermster den Schild verlor,
Als bei der Freiheit Fall ins eigne
Schwert sich die trotzigen Männer stürzten.

Doch mich Verzagten führte Merkur beschwingt
In dichter Wolke durch der Verfolger Schwarm,
Dich riß die wild empörte Brandung
Wieder zurück in des Krieges Strudel.

Drum feir' ein Dankfest heute dem Jupiter;
In meines Lorbeers Schatten entgürte froh
Den waffenmüden Leib und nimmer
Schone der Krüge, die dein gewartet.

Schenk ein! In Bechern funkelnden Massikers
Wohnt süß Vergessen. Gieße der Salben Duft
Aus weiten Muscheln! Wer in Eile
Windet uns Eppichgerank zum Kranze

Und Myrten? Wen zum Meister des Festgelags
Bestimmt uns Venus? Trotz den verwegensten
Bacchanten denk' ich heut zu schwärmen;
Süß ist ein Rausch bei des Freundes Heimkehr.

## An Licinius Murena.

Soll dir's wohlgehn, steure, Licin, nicht immer
Auf des Meers Anhöhe hinaus, noch lenke,
Klug dem Sturm ausweichend, die Fahrt zu dicht ans
Klippengestad' hin.

Wer sich weis' auswählte die goldne Mitte,
Wird getrost baufälliger Mauern Dumpfheit,
Wird des Hofs Neid weckenden Prunk begnügten
Herzens entbehren.

Stärker schwankt, vom Winde gefaßt, der Fichte
Riesenstamm, hochragende Türme wuchten
Doppelt schwer im Sturz und es sucht des Berges
Gipfel der Blitzstrahl.

Wem die Brust gleichmütige Fassung gürtet,
Hofft im Unglück, fürchtet im Glück des Schicksals
Wechsel; schickt doch immer ein Gott nach wüsten
Flocken den Tauwind.

Nicht, wenn heut dir's übel ergeht, wird's morgen
Auch so sein. Zu Zeiten erweckt Apollos
Saitenspiel dein schweigendes Lied, doch stets nicht
Spannt er den Bogen.

Drum am Tag eindringender Not erscheine
Stark und fest; doch wisse bedachten Sinns auch
Dein von allzu günstigem Wind geblähtes
Segel zu reffen.

## An Quinctius Hirpinus.

Was überm Meer kriegslustig den Kantaber,
Der Scythe drohn mag, schlag es, o Quinctius,
Dir aus dem Sinn und nicht mit Sorgen
Plage dich um den Bedarf des Lebens,

Das, kurz nur, wenig fordert. Von hinnen flieht
Der Jugend Schmelz und Zauber, und abgewelkt
Verscheucht den Wollusttraum der Liebe
Und den gefälligen Schlaf das Alter.

Nicht immer bleibt die Blume des Lenzes frisch,
Nicht immer glüht wie heute so voll der Mond;
Wozu mit endlos weiten Planen
Stets den ermüdenden Geist bedrängen?

Warum nicht, hier im Schatten dahingestreckt
Von Ficht' und Ahorn bechern wir frohgemut,
Von Narden duftend und mit jungen
Rosen die greisende Scheitel kränzend,

So lang's vergönnt ist? Bacchus vertreibt ja stets
Den Schwarm der Sorgen. Auf denn, ihr Jünglinge!
Wer kühlt geschwind uns im vorüber
Rieselnden Quell des Falerners Feuer?

Wer lockt aus stiller Kammer uns Lyden her?
Sie komm' im Flug, die Laute von Elfenbein
Im Arm, des HauptHaars schlichte Fülle
Lose geschürzt zum Lakonerknoten.

## An Mäcenas.

Nicht Numantias lang trotzenden Widerstand
Oder Hannibals Grimm, noch das von Pönerblut
Purpurn wogende Meer heiß mich bewältigen
Mit der zärtlichen Leier Klang,

Nicht Lapithen und nicht trunkner Centauren Wut,
Noch die Jünglinge, die Herkules' Arm bezwang,
Gäas Riesengeschlecht, denen das schimmernde
Haus des alten Saturn bereits

Einsturz drohend gebebt. Besser verewigst du
Schlicht erzählend, Mäcen, Cäsars erfochtenen
Sieg und wie er im Joch trotziger Könige
Stolzen Nacken zur Burg geführt.

Nur den süßen Gesang meiner Gebieterin,
Nur Licymnias lichtstrahlendes Auge heißt
Mich die Göttin des Lieds preisen, das Herz allein,
Das stets Liebe für Liebe giebt;

Sieh nur, wie sie den Fuß zierlich im Reigen hebt
Und mitscherzend im Chor holder Gespielinnen
Wechselnd ihnen den Arm bietet am heiligen
Festlich frohen Dianentag.

Gäbst du für den Besitz eines Achämenes [1]),
Für den Segen des goldströmenden Phrygerlands
Eine Locke dahin deiner Licymnia?
Für Arabiens Schätze selbst?

Wenn zum flammenden Kuß zärtlich den Nacken sie
Herbeugt oder ihn dir, spröde zum Schein, versagt,
Weil ihr süßer der Kuß, welchen du raubst, bedünkt,
Den sie selber im Sturm wohl raubt.

---

[1]) Achämenes, ein durch seinen Reichtum berühmter Perserfürst.

## Der Unglücksbaum.

Der hat an unheilschwangerem Tag fürwahr
Dich einst gepflanzt und dann mit verruchter Hand
Dich großgepflegt, o Baum, den späten
Enkeln zum Fluch und dem Gau zur Schande;

Den eignen Vater, glaub' ich, erdrosselt' er
Und tränkt' in stiller Kammer um Mitternacht
Mit seines Gastfreunds Blut das Estrich,
Oder mit kolchischem Gift und Zauber

Verübt' er Mord und jegliche Greuelthat,
Wer hier auf meinem Grunde dich wachsen hieß,
Dich, schnöder Stamm, um deinem arglos
Wandelnden Herrn auf das Haupt zu stürzen.

Was Stund' um Stund' uns drohe, noch keinem ward's,
Der lebt, enthüllt; wohl fürchtet den Bosporus
Der Pönerschiffsherr, doch geborgen
Wähnt er sich sonst vor des Zufalls Tücken.

Den Krieger schreckt des flüchtigen Parthers Pfeil,
Den Parther Romas Kerker und Kettenlast,
Doch jählings tilgt' unvorgesehner
Tod die Geschlechter und wird sie tilgen.

Wie nah schon sah ich, düstre Proserpina,
Dein trübes Reich und Aeakus' Richterstuhl,
Sah stillumgrenzt der Sel'gen Wohnsitz
Und zur äolischen Leier klagend

Dich, Sappho, wie du nach den Gespielen riefst,
Und dich Alcäus, der du, in volleren
Accorden wühlend, Not der Seefahrt,
Not der Geächteten sangst und Kriegsnot.

Ihr Lied versenkt in stumme Bewunderung
Die Schatten rings; doch trunkneren Ohrs noch lauscht
Auf Schlachten und gestürzte Zwingherrn,
Schulter an Schulter gedrängt, die Menge.

Was Wunder, da vor solchem Gesang entzückt
Aufhorcht der hunderthäuptige Höllenhund
Und selbst im Haar der Eumeniden
Wonneberauscht sich die Nattern dehnen.

Ja selbst Prometheus, Tantalus selbst vergißt
Der schweren Drangsal über dem Zauberton,
Und seine Lüchs' und Leu'n zu hetzen
Zaudert Orion, der wilde Jäger.

---

## An Postumus.

Ach, unaufhaltsam, Postumus, Postumus,
Flieht Jahr um Jahr; kein frommes Gebet bewahrt
Vor Runzeln dich, noch vor des Alters
Nahn und der Siegesgewalt des Todes.

Und magst dreihundert Stiere du täglich auch
Dem mitleidlosen Hades zur Sühne weihn,
Der streng im düstern Bann den ries'gen
Geryon hält und den Sohn der Gäa,

Im Bann des Stromes, welchen wir allzumal,
So viel der Erde labende Frucht uns nährt,
Dereinst durchschiffen müssen, sei'n wir
Könige, sei'n wir geringe Bauern.

Umsonst entziehn dem blutigen Mars wir uns,
Dem Wogensturz der heulenden Adria,
Umsonst zur Herbstzeit ängstlich meiden
Wir den verderblichen Hauch des Südwinds.

Wir sehn trotzdem durchs Dunkel den stockenden
Cozyt einst schweifen, sehen des Danaus
Unsel'ge Töchter und des Büßers
Sisyphus ewig verlorne Mühsal.

Von Haus und Hof, vom blühenden Weibe mußt
Auch du hinweg und unter den Bäumen wird,
Die du gepflegt in kurzer Herrschaft,
Nur die Cypresse getreu dir bleiben.

Dann schlürft ein klügrer Erbe den Cäcuber,
Den du mit hundert Riegeln verwahrt, und tränkt
Den Marmorgrund mit edlen Tropfen,
Wie sie beim Pontifexmahl nicht fließen.

---

## An Pompejus Grosphus.

Ruh' erfleht vom Himmel im Sturm des wilden
Inselmeers der Schiffer, wenn finstre Wolken
Ihm den Mond zudeckten und kein Gestirn mehr
Sicher die Bahn weist;

Ruh' erfleht kampfmüde das Land der Thraker,
Ruh' des Euphrats köchergeschmückte Heerschar,
Nicht um Gold noch Edelgestein und Purpur
Käufliche Ruhe.

Denn es hält kein fürstlicher Schatz und keines
Liktors Beil dir ferne den Sturm der Seele,
Noch die schwarz ums Cedergebälk der Decke
Flatternden Sorgen.

Glücklich lebt mit wenigem, wem des Ahnherrn
Salzgefäß einfach den bescheidnen Tisch ziert;
Nimmer weckt aus friedlichem Schlaf die Furcht ihn,
Nimmer die Habsucht.

Wie doch bei so flüchtiger Frist nur planen
Wir so viel, und rasten in keiner Zone?
Ach, wer ward, und ob er zur fernsten Fremde
Schweifte, sich selbst los?

Mit uns steigt aufs eherne Schiff die bange
Sorg' und setzt sich hinten aufs Roß dem Reiter,
Selbst den Hirsch einholend im Lauf, den Wolken
Jagenden Tauwind.

Heute froh, sei nimmer besorgt um Künft'ges!
Was dir weh thut, dämpfe mit leisem Lächeln;
War doch keines Sterblichen Los in allem
Glücklich zu preisen.

Frühen Tod fand mitten im Ruhm Achilles,
Aufgezehrt vom Alter verkam Tithonus [1]),
Und vielleicht, was dir sie versagt, wird mir die
Stunde gewähren.

Dich umschallt sizilischer Stiere Brüllen
Hundertfach und Lämmergeblök! im Vierspann
Wiehert hell die Stute dir zu, es deckt dich
Echtester Purpur.

Mir beschied nur kleinen Besitz ein huldvoll
Schicksal, doch vom Genius auch der Griechen
Einen Hauch und wider des Pöbels Mißgunst
Stolze Verachtung.

---

[1]) Tithonus, der Geliebte der Aurora, für welchen diese zwar Unsterblichkeit, aber nicht ewige Jugend von den Göttern erbeten hatte, schrumpfte, der Sage nach, zuletzt zur Cikade zusammen.

## Dithyrambus.

In tiefer Felsschlucht sah ich den Bacchus jüngst
Gesänge lehren – glaubt es, ihr Enkel, mir! —
Und Nymphen sah ich rings und Satyrn
Lauschen mit spitzigem Ohr und Bocksfuß.

Euö, welch jäher Schauder durchrieselt mich!
Wie schwillt das Herz in stürmischer Wonne mir
Vom Gotte trunken! Schon, o Liber,
Schone, gewaltiger Thyrsusschwinger!

Nun darf ich singen, wie der Mänadenschwarm
Hintaumelt, wie der Bronnen des Weines springt,
Wie Milch in Bächen rauscht und Honig
Aus der geborstenen Eiche träufelt,

Darf deiner Braut[1]) ins funkelnde Sternenblau
Verwobne Krone singen und Pentheus' Burg,
Die schweren Falls dahingestürzte,
Und des Lykurgus Geschick, des Thrakers.

Dir weichen Ströme, stillt sich das Indermeer;
Du schlingst gefahrlos, triefend von Rebensaft,
Auf fernen Waldhöhn durch das wilde
Haar der Bacchantin den Schlangenknoten.

Den Rhötus[2]) warfst du, als der Giganten Wut
Des Vaters Reich zu stürzen gen Himmel klomm,
Mit Löwenklau'n zurück zum Abgrund,
Ihn mit entsetzlichem Rachen schreckend,

---

[1]) Die Braut des Bacchus ist Ariadne, deren Kranz unter die Sterne versetzt wurde.

[2]) Rhötus, einer der himmelstürmenden Giganten, den Dionysos in Löwengestalt beilegte.

Wiewohl sie dich, den Meister im Reigentanz,
In Scherz und Kurzweil, minder gefährlich wohl
Im Kampf geachtet. Doch derselbe
Mitten im Krieg wie im Frieden bliebst du.

Dich grüßt' in Demut, als er das Goldgehörn[1])
An deiner Stirne sah, wedelnd der Höllenhund,
Und als du gingst, dreizüngig leckt' er
Dir mit gebogenem Haupt die Füße.

---

## Weihgesang.

Das Volk der Spötter haſſ' ich, hinweg mit ihm!
In Andacht schweigt! Nie früher vernommenen
Gesang im heil'gen Dienst der Musen
Stimm' ich den Jünglingen an und Jungfrau'n.

Die Herrn der Herrn selbst, welche der Völker Schwarm
Mit Zittern ehrt, sind Jupitern unterthan,
Der, durch Gigantensieg verherrlicht,
Alles bewegt mit dem Wink der Braue.

Ob der in weitern Grenzen als andere
Lustgärten pflanze, dieser sich edlerer
Geburt, zum Wahlkampf schreitend, rühme,
Dieser durch Sitten und Ruf geadelt

Mitwerbe, jenen größre Klientenschar
Umring': ein streng ausgleichend Verhängnis teilt
Sein Los dem Krösus zu, dem Bettler,
Wie es für jeglichen birgt die Urne.

---

[1]) Daß auch Bacchos öfters gehörnt, wie Jupiter Ammon, gebildet wurde, ist bekannt.

Wem über schuldbeladenem Haupt gezückt
Ein Schwert herabhängt, kein sybaritisch Mahl
Schafft reinen Wohlschmack ihm, noch lullt ihn
Vogelgezwitscher und Klang der Saiten

In Schlummer ein. Doch friedlicher Schlaf verschmäht
Die niedern Hütten ländlicher Männer nicht,
Am Uferabhang nicht den Schatten,
Oder ein Tempe, gekühlt vom Westhauch.

Wer nichts, als was zum Leben genügt, begehrt,
Den kümmert nicht des tobenden Meeres Wut,
Wenn unter Sturm Arkturus' Sternbild
Sinkt und am Himmel der Widder aufsteigt,

Nicht Hagelschlag, der über die Reben braust,
Mißwachs im Feld nicht, wenn die Gewässer bald
Die Frucht verdarben, bald des Hundssterns
Sengende Glut und des Winters Härte.

Beengt im Meer schon fühlen die Fische sich
Durch ries'gen Dammbau; wälzt doch der Meister dort
Mit seinem Werkvolk Schutt und Quadern
Täglich hinab, da der stolze Grundherr

Satt ward des Festlands. Aber dem Ueppigen,
Wohin er schweift, nachschreitet die Furcht; es steigt
Ins Ruderschiff mit ihm und setzt sich
Hinter den Reiter die schwarze Sorge.

Wenn drum den Trübsinn phrygischer Marmor nicht,
Nicht Purpurschmuck, glanzvoller als Sternenschein,
Zu bannen Macht hat, nicht Falerner,
Noch der erlesenste Perserbalsam,

Was soll mit neiderweckenden Säulen ich
Im neusten Stil mir prächtige Hallen bau'n:
  Was mein Sabinerthal um Reichtum,
Der mir Beschwerde nur schafft, vertauschen?

---

## Römerzucht.

Entbehrung dulden lerne mit Freudigkeit
Der Jüngling, durch mühseligen Waffendienst
    Gestählt, und unnahbar im Speerkampf
  Schreck' er zu Rosse den wilden Parther.

Sein Leben fließ' ihm unter dem Wolkenzelt
Dahin in Drangsal. Wenn von den Zinnen ihn
    Der Feindesburg des fremden Königs
  Gattin erblickt und die blühnde Tochter,

Dann seufz' ihr Mund: Ach, daß mir der fürstliche
Geliebte nur, Feldschlachten noch ungewohnt,
    Den grimmen Leu'n nicht reize, wann durch
  Ströme von Blut ihn der Zorn dahinreißt!

Süß ist's und ruhmvoll sterben fürs Vaterland;
Doch stürmt der Tod auch hinter dem Fliehenden
    Und schont nicht zart verwöhnter Jugend
  Flüchtiges Knie noch des Feiglings Rücken.

Die Tugend, der's am eigenen Glanz genügt,
Hascht nicht nach Würden, die zu verweigern sind,
    Abhängig nicht vom Hauch der Volksgunst
  Nimmt sie und giebt sie zurück die Beile.

Sie wagt, des Himmels Thor dem unsterblichen
Verdienst erschließend, nimmer gewagten Flug,
    Des Pöbelschwarms unlautern Dunstkreis
  Stolz mit entfliehendem Fittich meidend.

Mit Segen lohnt auch treue Verschwiegenheit;
Nie weile, wer unfromm die Geheimnisse
Der Ceres Preis gab, unter einem
Dache mit mir, noch gemeinsam licht' er

Mit mir die Anker. Oft hat Diespiter
Des Sünders Schuld am Reinen mitheimgesucht;
Doch selten blieb, gelähmten Fußes,
Hinter dem Frevler zurück die Rache.

---

## Die Verklärung des Romulus. [1]

Wer treu sich selbst im Dienste der Pflicht beharrt,
Dem wird Gesetzbruch heischende Pöbelwut,
Dem wird des Zwingherrn finstrer Drohblick
Nie den gelassenen Mut erschüttern,

Noch auch der Sturm, der Adrias Brandungen
Aufrührt, noch Zeus' blitzschleudernder Götterarm;
Der Himmel, stürzt' er ein, begrübe
Unter den Trümmern den Unverzagten.

Um solchen Hochsinn ging der Allmene Sohn,
Ging Pollux einst zur strahlenden Götterburg,
Zu welchen hingelehnt August einst
Nektar mit purpurner Lippe kostet;

Um ihn, o Bacchus, zog dich, ins Joch gebeugt,
Dein Tigerpaar mit sträubendem Hals, um ihn
Entführten dich, Quirin, den Orkus
Meidend, die Rosse des Mars nach oben.

---

[1] Dies ganz nach Pindarischer Weise entworfene und ausgeführte Gedicht feiert unter dem Bilde einer Prophezeiung der Juno auf das Geschlecht des Romulus (Quirinus) den Sieg Augusts über Antonius, der sich mit dem Gedanken getragen hatte, ein oströmisches Reich mit der Hauptstadt Troja aufzurichten.

Da war's, daß Juno gnädig im Götterrat
Dies Wort des Heils sprach: Ilion, Ilion
Sank um die Schuld des zuchtvergeßnen
Richters in Staub und des fremden Kebsweibs,

Die Stadt, die, seit mit Göttern Laomedon [1])
Sein täuschend Spiel trieb, stets mir ein Greuel war,
Mir und der nie berührten Pallas,
Samt dem verrätrischen Volk und König.

Nun prunkt nicht mehr der spartischen Dirne Gast
Mit seiner Schmach, noch wehrt von des Priamus
Meineid'gem Haus den Sturmesangriff
Kühner Achäer die Kraft des Hektor.

Der Krieg, hinausgezögert durch Götterzwist,
Hat ausgetobt. So tilg' ich den alten Groll
Und schenk' aufs neu den einst gehaßten
Enkel, der ilischen Rhea Sprößling,

Dem Mars zurück. Nicht länger verwehr' ich ihm
In unsres Lichtreichs Wohnungen einzugehn
Und Nektar schlürfend, bei den sel'gen
Göttern ein seliger Gott zu wohnen.

So lange zwischen Ilions Höhn und Rom
Das weite Meer braust, herrsche, wohin er auch
Auszog, beglückt sein Stamm, und während
Drüben auf Priamus' Grab und Paris'

Die Herde grast und ohne Gefahr das Wild
Die junge Brut birgt, rag' in Triumphgepräng
Das Kapitol und Rom verleihe
Recht und Gesetz dem bezwungnen Meder.

---

[1]) Laomedon, Priamus' Vater, dem Apoll und Poseidon die Ringmauern von Ilion erbauten, verweigerte diesen nach vollendeter Arbeit den bedungenen Lohn.

Ehrfurcht gebietend schall' am entferntesten
Gestad sein Name, wo uns die Mittelsee
Vom Afrer trennt und wo des Nilus
Schwellender Strom das Gefild befruchtet.

Ja, zu des Erdrunds Grenzen den Siegeszug
Vollend' es, froh stets neuer Entdeckungsfahrt,
Sei's, wo der Himmel Flammen regnet,
Oder im Nebel und Taugeriesel.

Doch solches Heil weissag' ich den tapferen
Quiriten nur, dafern sie nicht allzufromm,
Nicht allzusicher Trojas Feste
Wieder erbau'n, der verhaßten Ahnin.

Verjüngt sich Troja wider der Sterne Lauf,
Dann bricht aufs neu ihr grauses Geschick herein,
Dann führ' ich selbst die Siegerscharen,
Ich, die Gemahlin des Zeus und Schwester.

Und türmte dreimal Phöbus die eherne
Ringmauer: dreimal wieder zermalmte mein
Argivisch Herr sie, dreimal weint' um
Söhn' und Gemahl die gefangne Gattin.

Doch nicht geziemt der scherzenden Leier dies!
Was wagst du, Muse? Woll, o Vermessene,
Nicht länger, Göttersprüche kündend,
Hohes durch niederen Flug herabziehn!

---

## An Kalliope.

Nun steig herab vom Himmel, Kalliope,
Und laß zum Ton der Flöte, Gebieterin,
Ein großes Lied hellstimmig schallen,
Oder begleit es auf Phöbus' Leier.

Vernahmt ihr's? Oder täuscht mich ein holder Wahn?
Mir ist, ich hör's, wie schweifenden Fußes sie
Herwallt im Götterhain, melodisch
Von den Gewässern umrauscht und Lüften.

Mich deckten auf Apuliens Geierberg,
Wo einst als Kind ich, ferne dem Vaterhaus,
Vom Spiele müd' in Schlaf gesunken,
Himmlische Tauben mit jungem Laub zu.

Ein Wunder deucht' es allen, soviel umher
Im hohen Klippennest Acherontias,
Soviel im üpp'gen Thal Forentums
Wohnen und an den Bantiner Waldhöhn,

Wie sicher ich vor Bären und Natternbrut,
Geborgen unter heiligem Lorbeerreis
Und Myrten schlief, ein sorglos Knäblein,
Gnädig behütet von euch, ihr Musen.

Denn euer bin ich, euer, umwehe mich
Sabinums Bergluft oder der Schattenhain
Pränestes, winke Tiburs Hang mir
Oder der plätschernde Golf von Bajä.

Nicht hat mich, eurer Quellen und Tänze Freund,
Philippis rückwärts flutende Schlacht versehrt,
Nicht jenes Unglücksbaums Herabsturz,
Noch im Sizilischen Meer das Felsriff.

Seid ihr mit mir, so darf ich mich frohgemut
Im Schiff dem wild aufbrausenden Bosporus
Vertrau'n und durch den heißen Flugsand
An der assyrischen Küste pilgern,

Den Briten darf ich, welcher den Fremdling würgt,
Getrost den Roßblut schlürfenden Kantaber
  Aufsuchen und am Skythenstrome
Ruhig dem Pfeil des Gelonen trotzen.

Ihr lasset Cäsarn, wenn der Erhabene
Sein müdes Haupt im Schoße der Städte barg
  Und Stille sucht nach Kampf und Mühsal,
In den pierischen Grotten ausruhn.

Friedsel'gen Rat erteilet ihr Holden ihm
Und freut euch eures Rates. Doch wissen wir,
  Wie mit des Donners Keil die Rotte
Frevler Titanen er einst zerschmettert,

Zeus, der den Erdball, der die Gewässer lenkt,
Gesetz den Städten giebt und dem Schattenreich,
  Und Götter gleichwie Staubgeborne
Einzig beherrscht mit gerechtem Scepter.

Wohl kam ein Grau'n ihm, als mit gewalt'gem Arm
Tollkühn die Riesenjugend den Sturm begann
  Und jenes Paar anhub, den wald'gen
Pelion auf den Olymp zu wälzen.

Doch was vermochte Typhons und Mimas' Kraft,
Was alle Drohgebärde Porphyrions,
  Was selbst Enceladus, der kühne
Schleudrer entwurzelter Eichenstämme,

Als ihnen Pallas' tönender Götterschild
Entgegenblitzt'? als hier sich Vulkan erhub,
  Dort Junos Gottheit und des goldnen
Nimmer versagenden Bogens Meister,

Er, dem vom klaren Taue Kastalias
Die Locke trieft, der Lyciens Myrtenflur
Und seines Eilands Hain umwaltet,
Delos' und Pataras Gott, Apollo?

Kraft ohne Rat stürzt unter der eignen Wucht,
Kraft, wenn sie Maß hält, führen die Götter selbst
Zum Ziele, doch verhaßt ist ihnen
Uebergewaltiger Stärke Frevel.

Mein Wort bezeug' euch Gyas, der Gäa Sohn,
Der hundertarm'ge, jener Orion auch,
Der, frech Dianas Reiz begehrend,
Unter den Pfeilen erlag der Jungfrau.

Schwer deckt die Erd' ihr eigenes Greulgeschlecht,
Die Brut bejammernd, die zu des Orkus Nacht
Der Blitz gestürzt; noch nicht durchfraß ihr
Zehrendes Feuer die Last des Aetna.

Der Geier läßt, zum Rächer der Schuld bestellt,
Von deiner Brust nicht, lüsterner Tityos,
Und Ketten, dreimal hundert, drücken
Ewig, Pirithous, dich, den Buhler.

---

## Sittenverderbnis.

Mitschuldig büßen wirst du der Väter Schuld [1]),
Bis du der Götter sinkende Wohnungen,
Die Tempel hergestellt, o Römer,
Und die Altäre vom Wust gesäubert.

---

[1]) Ich lese: Delicta maiorum meritus lues. Immeritus scheint mir keinen Sinn zu geben, da das ganze Gedicht nichts als eine Aufzählung schwerer Verschuldungen enthält.

Soll dein das Reich sein, beuge den Göttern dich,
Anfang und Ausgang liegen in ihrer Hand;
Mißachtet schlugen sie mit schwerer
Plage bereits das erschrockne Westland.

Schon zweimal warfen Parthiens Könige
Das Heer der Unsern, weil es des Vogelflugs
Gelacht, in Staub, und schmückten stolz mit
Römischer Beute den Kettenpanzer.

Ja, Daler hätten fast, Aethiopier
Im Sturm der Bürgerkriege die Stadt zerstört,
Des Meeres Schrecken die, die andern
Meister im Schleudern der Pfeilgeschosse.

Fruchtbar an Schuld hat unsere Zeit zuerst
Leichtfertig Ehbett, Haus und Geschlecht entweiht;
Das ist der Born, draus Schwäch' und Unsieg
Ueber die Stadt und das Volk geflutet.

Begierig lernt, was lüsterne Sinne reizt,
Schon früh die Jungfrau, jede Verführungskunst
Von Kind auf übend, denn von Kind auf
Spielt sie mit sträflicher Lust Gedanken.

Dann sucht als Weib sie jüngere Buhler sich
Beim Zechgelag des Gatten und wählt nicht lang,
Wem hastig sie verbotne Freuden
Fern von der Ampel, im Dunkeln, gönne.

Auf offnen Wink selbst steht sie, mit Wissenschaft
Des Manns, vom Sitz auf, ob sie der spanische
Schiffsherr begehrt hab', ob der Wechsler,
Wenn er mit Golde die Schmach nur aufwägt.

Von solchen Eltern stammte die Jugend nicht,
Die einst das Meer mit punischem Blut gefärbt,
Die Pyrrhus und den eisenharten
Hannibal schlug und die Macht des Syrers.

Nein, Männernachwuchs ländlicher Krieger war's,
Der selbst das Erdreich mit dem Sabellerkarst
Zu lockern wußt' und auf der strengen
Mutter Geheiß die gefällte Holzlast

Heimtrug vom Wald, wann scheidend der Sonnengott
Der Berge Schatten dehnt' und den lechzenden
Pflugstier entjochte, vom gesenkten
Wagen die Stunde der Rast verkündend.

Was frißt die allzerstörende Zeit nicht an!
Von Vätern, die schon nimmer den Ahnen gleich,
Verderbter stammen wir, und uns wird
Mehr noch entartete Brut entsprossen.

---

## Versöhnung.

### Horaz.

Als du mich noch im Herzen trugst,
Und kein trauterer Freund zärtlich die Arme dir
Um den blendenden Nacken wand,
Schwelgt' in reicherem Glück Persiens Herrscher nicht.

### Lydia.

Als ich dir noch allein gefiel
Und vor Chloe noch nicht Lydiens Reiz erblich,
Ging mein Name von Mund zu Mund,
Selbst nicht Ilias Ruhm strahlte so hell im Lied.

Horaz.

Jetzt beherrscht mich die Thrakerin
Chloe; lieblicher singt keine zum Lautenspiel;
Freudig will ich den Tod bestehn,
Gönnt der Süßen dafür Leben und Heil ein Gott.

Lydia.

Mich hat Calais, Thuriums
Sohn, entzündet und giebt Glut mir um Glut zurück;
Zwiefach duld' ich des Todes Pein,
Gönnt dem Knaben dafür Leben und Heil ein Gott.

Horaz.

Doch wenn sanft die Getrennten nun
Alter Liebe Gewalt wieder zusammenzwingt?
Wenn nun Chloe, die Blonde, weicht,
Und mein Pförtchen, wie sonst, Lydien offen steht?

Lydia.

Schön ist jener wie Phöbus zwar,
Du noch schwanker als Rohr, leichter in Zorn gestürmt
Als der Hadria wilde Flut,
Doch in Leben und Tod will ich die Deine sein.

---

## An Lyde.

Gott Merkur, du Meister, von dem Amphion
Durch sein Spiel selbst Steine zu rühren lernte,
Und du wohllautmächtige, siebensaitig
Tönende Leier,

Stumm noch jüngst und wenig gesucht, doch heute
Froh begrüßt bei Mählern und Götterfesten,
Gieb ein Lied mir, welchem das Ohr der harten
Lyde sich neige,

Die nach Art dreijähriger Füllen, wild noch
Schweift und zaumlos, keine Berührung duldend,
Süßer Brautlust fremd und dem Wunsch des feurig
Werbenden spröde.

Du vermagst ja reißend Getier und Wälder
Nachzuziehn, du hemmest im Lauf den Sturzbach,
Ja den Thorwart drunten am Styx, den grausen
Cerberus zwangst du,

Dir entzückt zu lauschen, wiewohl von hundert
Nattern rings sein Furienhaupt umstarrt war,
Und der dreifach züngelnde Rachen gräßlich
Geifer und Qualm schnob.

Selbst Ixions, Tityos' finstre Züge
Ueberflog's wie Lächeln, es stand mit trocknen
Eimern plötzlich Danaus' Schar, vom süßen
Zauber gefesselt.

Hör, o Lyde, höre der Schwestern Unthat
Und das Los, das ihnen dafür am leeren
Faß verhängt ward, welchem die Flut nach unten
Ewig entrieselt.

Ihre Schuld abbüßen sie dort, die Argen,
Die verrucht in nimmer erhörtem Frevel,
Die verrucht ihr Eisen ins Herz der eignen
Gatten gestoßen.

Eine nur von allen, der Hochzeitfackel
Würdig, brach, hochsinnige Falschheit übend,
Ihrem falschen Vater das Wort, und ewig
Preist sie die Nachwelt.

Auf! so weckt' ihr Ruf den verfemten Jüngling,
Auf, damit nicht ewiger Schlaf, von wannen
Du's nicht ahnst, dir nahe! Den eignen Schwäher
Fürcht und die Schwestern,

Die entmenscht, wie Löwinnen junge Stiere,
Mann für Mann hinwürgen, doch sieh, ich kann's nicht;
Keinen Mordstahl hab' ich für dich und keine
Bande, Geliebter.

Mag mich schwer mit Ketten der Zorn des Vaters,
Weil ich dein mich, Aermster, erbarmt, belasten!
Mag er fern mich über das Meer ins Land der
Wüste verbannen!

Flieh, o flieh mit eilendem Fuß und Segel!
Noch sind Nacht und Liebe dir hold; es schütze
Dich ein Gott, und meinem Gedächtnis schenk einst
Thränen der Wehmut.

---

## An den Bandusischen Quell.

O Bandusias Quell, lichter als Bergkrystall,
Süßen Weines und nie welkender Blumen wert,
Morgen fällt dir ein Böcklein,
Dem sein knospend Gehörn bereits

Liebesfreuden verheißt, Kämpfe der Eifersucht,
Ach, umsonst; der Gespiel lüsterner Zicklein soll
Mir dein kühles Geriesel
Festlich röten mit Opferblut.

Niemals haftet auf dir schädlich des Sirius
Flammenblick, du gewährst stets dem ermüdeten
Pflugstier labende Frische,
Stets der grasenden Lämmerschar.

Dich auch zählt man, o Quell, zu den erlauchten einst,
Denn in manchem Gesang pries ich die Eiche schon,
Die den Felsen beschattet,
Draus dein Sprudel geschwätzig hüpft.

## Abrüstung.

Noch jüngst den Mädchen wußt' ich gerecht zu sein
Und ohne Ruhm nicht focht ich im Liebeskampf,
Nun häng' ich Saitenspiel und Waffen
Müde des Krieges an dieser Wand auf,

Die unsrer meerentstiegenen Herrin Bild
Zur Linken schirmt; hier leg' ich die Fackeln jetzt,
Die Stangen hier und Hebel nieder,
Mancher verschlossenen Thür Bezwinger.

O Göttin, die im seligen Cyprus du,
Auf Memphis' stets schneelosen Gefilden thronst,
Nur einmal, Fürstin, mit erhobner
Geißel noch triff mir die stolze Chloe.

## An den Weinkrug.

Der du mit mir aus Manlius' Tagen stammst,
Ob süßen Harm, ob Scherze du wecken magst,
Ob Hader oder Liebeswahnsinn
Oder gefälligen Schlaf, mein Weinkrug,

Von welchem Ausbruch massischer Reben auch
Du duftest, wert beim Feste kredenzt zu sein,
Nun komm herab! Corvin zur Feier
Ziemt es sich, milderen Wein zu spenden.

Er wird dich, ob sein Geist von sokratischer
Belehrung trieft, nicht allzu gestreng verschmähn;
Auch Catos herbe Tugend, sagt man,
Pflegte von lauterem Wein zu glühen.

Verschlossnem Sinne thust du, wie hart er sei,
Gelinden Zwang an, ja, du enthüllest uns,
Wenn frei Lyäus scherzt, die Zweifel
Und den verborgenen Rat der Weisen.

Mit Hoffnung stärkst du wieder den Zagenden
Und leihst dem Schwachen mächtiger Hörner Kraft,
Daß ihn hinfort kein Zorn gekrönter
Könige schreckt noch das Schwert des Söldners.

Dich lass' uns Cypris, naht sie beseligend,
Dich Bacchus und der Grazien Schwesterbund
Bei wachem Kerzenschein nicht ausgehn,
Bis die Gestirne verscheucht das Frührot.

---

## An Phidyle.

Wenn du die Arme flehend zum Himmel hebst
Bei jungem Mondlicht, ländliche Phidyle,
Und fromm die Laren sühnst durch Weihrauch,
Heurige Frucht und ein rundes Ferklein,

Dann spürt des Südwinds giftigen Odem nicht
Der schwangre Rebstock noch den verderblichen
Mehltau die Saatflur; nicht das junge
Saugende Lamm die Beschwer der Obstzeit.

Der Opferstier, der kräftige Weide fand
Im Eichenforst am schneeigen Algidus,
Den Albas Grasflur üppig nährte,
Röte mit blutig getroffnem Nacken

Das Beil des Priesters. Aber für dich bedarf's
Nicht vielen Bluts unschuldiger Lämmer erst!
Nur Rosmarin und zarte Myrten
Winde den Göttern des Herds zum Kranze.

Denn deine Hand, die fromm den Altar berührt,
Versöhnt, auch arm an Gaben, wie köstlicher
Brandopfer Duft den Zorn der Götter,
Spendet sie knisterndes Salz und Mehl nur.

## An Lyde.

Was am Feste Neptuns fürwahr
Könnt' ich Besseres thun? Hol aus dem Keller denn
Eilends, Lyde, den Cäcuber
Und den störrischen Ernst schlag in die Flucht mit ihm!
Sieh, schon neigt sich gemach der Tag;
Doch noch immer, als stünd' heute die Sonne still,
Säumst du, aus dem Gewölb den Krug,
Der seit Bibulus dort lagert, hervorzuziehn.
Auf! Dann preisen wir Lied um Lied
Erst Neptun und des Meers Töchter im Binsenhaar,
Drauf zum Schalle der Zither singst
Du Latonen und rühmst Cynthias Flügelpfeil,
Doch vor allen die Königin,
Die vom schimmernden Strand ihrer Cycladen her
Stolze Schwäne nach Paphos ziehn,
Bis ein Lied an die Nacht würdig die Feier schließt.

## An Mäcenas.

Schon längst, Mäcen, tyrrhennischer Könige
Urenkel, wartet deiner ein Krug bei mir,
Ein unberührter, linden Weines,
Blühende Rosen dazu und Balsam,

Dein Haar zu salben. Auf denn, und zaudre nicht!
Was willst du stets dir Aesulas Wiesenhang,[1])
Was Tiburs Quellgrund und des wilden
Frevlers Telegonus Höhn betrachten?

Entflieh einmal dem drückenden Ueberfluß,
Dem wolkenhoch aufstrebenden Turmpalast!
Aufatmend laß der stolzen Hauptstadt
Schimmer und Rauch und Gelärm im Rücken!

Hat durch der Neuheit Würze dem Reichen doch
Ein saubres Nachtmahl unter bescheidnem Dach
Auch ohne Prachtgedeck und Purpur
Oft die gerunzelte Stirn geglättet.

Schon zündet Cepheus[2]) droben am Himmelszelt
Sein feurig Licht, schon lodert der Sirius
Und flammend bringt der Stern des wilden
Löwen uns durstige Sonnentage.

Schon sucht mit lasser Herde der müde Hirt
Den schattenkühlen Quell und des zottigen
Waldgottes Dickicht auf und nirgends
Flüstert im schweigenden Schilf ein Lüftchen.

---

[1]) Aesula, Stadt in Latium, die gleich den beiden andern genannten Orten im Gesichtskreise von Mäcens Palaste lag. Mit den Höhen des Telegonus ist Tusculum gemeint, das der Sage nach von Telegonus, dem Sohne des Odysseus von der Circe, gegründet wurde, nachdem er seinen Vater, ohne ihn zu kennen, erschlagen hatte.

[2]) Cepheus, der Gemahl der Kassiopeia und Vater der Andromeda, dessen Sternbild am neunten Juli erscheint.

Doch du, aufs Wohl nur unserer Stadt bedacht,
Erwägst mit Sorgen, welche Gefahr vielleicht
  Von Syrern oder fern von Baktra
Oder von Tanais her ihr drohe.

Doch weislich hüllt uns künftiger Zeiten Los
Ein Gott in dichtes Dunkel; des Sterblichen,
  Der leere Schatten fürchtet, lacht er.
Was dir der heutige Tag beschieden,

In heitrem Gleichmut nutz es; was ferner kommt,
Wird gleich dem Strom sein, welcher im Tiber dort
  Zum Tuskermeer bald friedlich hinwallt,
Bald, wenn der Bäche Geflut ihn aufregt,

Zernagter Felsen Blöck' und entwurzelte
Steineichen wälzt und Herden und Hütten rings
  Wildstrudelnd fortschwemmt, daß der Berge
Schluchten umher und die Wälder dröhnen.

Nur der wird heiter leben und selbstbewußt,
Der Tag für Tag am Abend sich sagen darf:
  Heut lebt' ich. Mag der Göttervater
Morgen den Himmel mit Wolken schwärzen,

Mag klar er ihn ausspannen im Sonnenglanz:
Vergangnes macht sein Wille nicht ungeschehn,
  Noch schafft er um und tilgt, was einmal
Uns die beflügelte Stund' entführte.

Fortuna spielt, des argen Geschäftes froh,
Ihr übermütig Spiel mit Behagen fort
  Und lächelt, flücht'gen Glanz bescherend,
Heute für mich und für andre morgen.

Verweilt sie, lob' ich's; flattert sie fort in Hast,
Um ihre Gunst nicht bettl' ich und hülle mich
In meinen Stolz ein, unabhängig
Redlicher Dürftigkeit Los erwählend.

Dann brauch' ich nicht, wann ächzend im Sturmgeheul
Der Mast sich beugt, mit kläglichem Angstgelübd'
Zerknirscht zu flehen, daß die Fracht mir,
Die ich in Cyprien lud und Tyrus,

Dem Schlund anheim nicht falle der gier'gen See;
Nein, sicher führt im leichteren Kahne mich
Ein gnäd'ger Hauch und Pollux' Sternbild
Durch der ägeischen Wogen Aufruhr.

---

## Schlußgesang des dritten Buches.

Ew'ger schuf ich als Erz, höher, als Königsmacht
Pyramiden sich türmt, mir ein Gedächtnismal,
Das kein stürzender Guß, keines Orkans Gewalt
Zu erschüttern vermag, noch der unendliche
Strom der Jahre zerstört oder der Zeiten Flucht.
Nicht ganz werd' ich vergehn; über das Grab hinaus
Dauert meiner ein Teil; spät noch in Enkelmund
Wächst mein Name, so lang Hestias schweigende
Jungfrau zum Kapitol steigt mit dem Pontifex.
Kund bleibt's, daß ich am wild brausenden Aufidus
Und wo Daunus im flutarmen Apulergau
Ueber Hirten geherrscht, mächtigen Flug gewagt,
Und Roms Weisen zuerst kühn mit äolischer
Wohllautsfülle durchströmt. Hebe denn stolz das Haupt,
Denn dir ziemt's, und in Huld winde den delphischen
Lorbeer mir um das Haar, Göttin Melpomene.

## An Venus.

Rufst du, Venus, nach langer Rast
Mich aufs neue zum Kampf? Schon, ich beschwöre dich!
Ach, nicht bin ich derselbe mehr,
Den einst Cinaras Reiz lieblich beherrscht; es beugt,
Wilde Mutter des holden Sohns,
Dieser Nacken, von zehn Lustren verhärtet, sich
Schwer nur unter dein sanftes Joch;
Geh, wohin dich das Flehn schmeichelnder Jugend ruft!
Als willkommneren Gast fürwahr
Trägt dein Flügelgespann purpurner Schwäne dich
Heut in Maximus Paulus' Haus,
Wenn ein zärtliches Herz du zu entflammen sinnst.
Denn von edlem Geschlecht und schön
Und nie stumm für das Recht zagender Schützlinge,
Früh auch jeglicher Kunst vertraut,
Wird er deines Paniers würdiger Streiter sein.
Und wenn einst er, den reicheren
Gaben andrer zum Hohn, Sieger im Kampfe blieb,
Weiht zum Dank er ein Marmorbild
Unter Zederngebälk dir am Albanersee.
Dort in köstlichem Weihrauchsduft
Schwelgst du dann und vernimmst gerne den Festgesang,
Drein zu phrygischem Flötenschall
Hell die Leier und Pans ländliches Rohr erklingt.
Dort, Hochheilige, feiern dich
Zweimal täglich im Reihn Mädchen und Jünglinge,
Die mit schimmerndem Fuß den Grund
Im dreifältigen Takt stampfen der Salier.
Mir frommt Knaben- und Frauenreiz,
Frommt erwiderter Glut lieblicher Wahn nicht mehr,
Noch geselliger Becherkampf
Oder frisch um das Haupt duftender Blumenschmuck.
Doch warum, Ligurin, warum

Stiehlt die Thräne sich mir heimlich die Wang' herab?
Was verwirrt den beredten Mund,
Daß er wider Gebühr mitten im Worte stockt?
Ach, im nächtlichen Traum, wie oft
Halt' ich schon dich im Arm, oder du fliehst vor mir
Und durchs grasige Feld des Mars,
Durch die Wasser des Stroms, Harter, verfolg' ich dich.

## An Julus Antonius.

Wer mit Pindars Schwunge versucht den Wettkampf,
Schwebt auf dädaleischen wachsgefügten
Flügeln hin, durch schwindelnden Sturz ein zweites
Meer zu benennen.[1])

Wie der Strom herbraust vom Gebirg, im Regen
Aufgeschwellt hoch über die alten Ufer,
Also rauscht allmächtig das Lied aus tiefster
Seele dem Pindar.

Immer krönt ihn würdig Apollos Lorbeer,
Ob er kühn in Festdithyramben neuer
Worte Flut hinwälzt, auf fessellosen
Rhythmen sich wiegend,

Ob er Götter feiert und Göttersöhne,
Wie vor ihrem rächenden Arm Centauren
Hier ins Blut hintaumeln und dort Chimäras
Flammen verlöschen,

Oder ob Faustkämpfer er preist und Rosse,
Die im Schmuck eleischer Palmen heimziehn,
Preist und zehnfach herrlicher sie belohnt, als
Marmorne Bilder,

[1]) Wie Ikarus, der in der Nähe der Insel Doliche in das Meer hinabstürzte, das nach ihm das ikarische genannt wurde.

Oder schwermutsvoll dem entrissnen Jüngling
Mit der Braut nachweint, und des goldnen Alters
Kraft und Zucht zum Himmel erhebt, ein Hüter
Ihrem Gedächtnis;

Mächt'ger Hauch trägt immer den Schwan der Dirke,
Wann er auch zu wolkigen Höhn den Fittich
Spannen mag; doch ich, dem Martiner Bienlein
Aehnlich geartet,

Das um Tiburs schattigen Hain am feuchten
Ufer schwebt und duftigen Thymus sammelt,
Forme mühsam nur in bescheidnem Fluge
Kleine Gesänge.

Feire du mit vollerem Ton, o Dichter,
Cäsarn, wann zur heiligen Burg er glorreich
Im Triumphzug wilde Sigambrer nachschleppt,
Ihn, den Bekränzten,

Welchem gleich nichts Herrlicheres je noch Gutes
Uns der Ratschluß göttlicher Huld verliehn hat
Noch verleihn mag, wandelten auch in Gold sich
Wieder die Zeiten.

Sing dazu die Tage der Lust und Romas
Festgewühl, das über Augustus' Heimkehr
Seines Lieblings, jauchzt, und das feiertägig
Schweigende Forum.

Dann mit Macht, wenn glückliches Wort ich finde,
Will auch ich einstimmen ins Lied: O schöner
Nie genug zu preisender Tag, du gabst uns
Wieder den Cäsar!

Jo Triumph dann, während voran du schreitest,
Jo Triumph dann rufen wir; tausendstimmig
Ruft's das Volk uns nach, und den Segensgöttern
Spenden wir Weihrauch.

Zweimal zehn Stieropfer sind deine Dankschuld,
Mein' ein zartes Kalb, von der Milch der Mutter
Schon entwöhnt, das meinem Gelübd' auf saft'ger
Weide heranwächst.

Auf der Stirn die Sichelgestalt des Mondes,
Wenn er feurig schwebet im dritten Aufgang,
Trägt's als schneeweiß schimmerndes Mal gezeichnet,
Uebrigens goldbraun.

---

## An Melpomene.

Wem dein Auge, Melpomene,
Einmal Segen geblickt, als er geboren ward,
Dem wird isthmische Ringerkunst
Siegesruhm nimmer verleihn, nimmer ein Renngespann,
Das Olympias Bahn durchflog,
Auch als Führer des Heers wird ihm die Römerburg
Nie, mit delischem Laub gekrönt,
Heimziehn sehn im Triumph, weil er den Uebermut
Trotz'ger Könige niederwarf.
Doch wo quellenumrauscht Tiburs Gefilde grünt,
Läßt im Schatten des Haines ihm
Sein äolisches Lied wachsenden Ruhm erblühn.
Wagt doch schon im gebietenden
Rom ein junges Geschlecht unter den Dichtern mich
Seinen Lieblingen anzureihn,
Und schon stumpferen Zahns greift mich der Neider an.

O, die wonnig das goldene
Saitenspiel du beseelst, Göttin Pierias,
Die Macht hätte, des Oceans
Stummen Fischen sogar Schwanengesang zu leihn,
Dir nur dank' ich es, Himmlische,
Daß mit Fingern auf mich als den Erwecker der
Römerleier die Menge zeigt.
Was im Lied mir gelang, wenn es gelang, ist dein.

## Auf den Sieg des Drusus. [1]

Gleichwie den Aar, den Träger des Donnerkeils,
Den Zeus zum König über das schweifende
Gefieder setzte, weil er treu sich
Bei Ganymedes bewährt, dem blonden,

Wenn Tugendmut ihn oder des Bluts Gewalt
Vom Neste trieb, unsicheren Schwunges noch,
Bis klarentwölkte Frühlingslüfte
Kühnere Flüge gelehrt den Scheuen,

Wie den alsdann bald feuriges Ungestüm
Auf Lämmerhürden niederzustoßen drängt,
Bald Gier und Streitlust kämpfen heißen
Wider die ringelnde Brut des Drachen;

Und wie den falben, eben der Muttermilch
Entwöhnten Leu'n auf üppiger Weideflur
Das junge Rehkalb sieht, das seinem
Zahne verfallen als erstes Opfer:

---

[1] Drusus Claudius Nero, Augusts Stiefsohn und jüngerer Bruder des Tiberius.

So sahn zur Schlacht am rhätischen Alpenjoch
Den Drusus ziehn die wilden Vindeliker,
Und ihre siegverwöhnten Scharen
Spürten, erdrückt von des Jünglings Kriegskunst,

Was großer Blick, was erbliche Tüchtigkeit,
An gottgeliebtem Herde gepflegt, vermag,
Und wie gewaltig in den Söhnen,
In den Neronen der Geist Augusts ist.

Von Starken werden Starke gezeugt, es weist
Im jungen Stier, im adligen Füllen sich
Der Väter Kraft, und kein Geschlecht von
Schüchternen Tauben entstammt dem Adler.

Doch weise Pflege fördert den edlen Keim,
In strenger Zucht erst stählt sich zur That das Herz,
Wo keine Sitte wehrt, erstickt die
Herrlichsten Gaben des Bluts das Laster.

Wie viel du, Roma, deinen Neronen dankst,
Das zeugt Metaurus' Ufer und Hasdrubals
Vernichtung, jener schönste Tag zeugt's,
Welcher aus Latiums Dunkel aufstieg:

Der erste hold uns lächelnde Siegestag,
Seit durch Italiens Städte der schreckliche
Karthager fuhr, wie Sturm durchs Südmeer,
Oder durch Fichtengehölz ein Waldbrand.

Seitdem erhub siegreicher sich stets im Kampf
Die Jugend Roms und in den verödeten
Durch Pönerwut ruchlos entweihten
Tempeln erstanden die Götter wieder.

Und endlich sprach der finstere Hannibal:
Wie Hirsch', umringt von reißender Wölfe Schar,
Was suchen wir noch Kampf? Sie täuschen,
Ihnen entrinnen ist Ruhms genug jetzt.

Dies Volk, das kühn aus Ilions Flammen einst
Durchs Tuskermeer sein teuerstes Heiligtum,
Das seine Söhn' und greisen Väter
In die ausonische Burg gerettet,

Gewinnt, der axtbeschorenen Eiche gleich
Im schwarzumlaubten Forste des Algidus,
Selbst durch Verlust und Niederlagen,
Selbst durch das Eisen verjüngte Kraft nur.

So schwoll, zerstückt noch wachsend, die Hydra nicht
Im bangen Kampf entgegen dem Herkules,
Solch schrecklich Drachenbild gebar nicht
Kolchis' Gelüst noch Echions Theben [1]).

Zu Boden wirf's, nur stolzer erhebt es sich!
Verwund' es, ruhmvoll streckt es die frische Kraft
Des Siegers hin und liefert Schlachten,
Die noch die Weiber der Enkel preisen.

Nicht stolze Siegesboten entsend' ich mehr
Zu dir, Karthago! Wehe, dahin, dahin
Ist all dein Hoffen, deines Namens
Ehre, da Hasdrubals Haupt gefallen.

Nichts trotzt hinfort dem Arme der Claudier,
Denn unter Jovis gnädigem Schutze führt
Ihr wacher Feldherrnblick sie glorreich
Durch des verderblichsten Kriegs Gefahren.

---

[1]) Echion, der Vater des Pentheus, wird neben Cadmus als Erbauer von Theben genannt.

## An Mansius Torquatus.

Ringsum taute der Schnee; schon grünt im Gefilde der Rasen,
Grünt an den Bäumen das Laub;
Wechselnd verjüngt sich die Flur und beruhigt am hohen Gestade
Wandeln die Ströme dahin.
Mit den Nymphen versucht und den Zwillingsschwestern die nackte
Grazie schüchtern den Tanz.
Hoff Unsterbliches nie! So mahnt dich das Jahr und die Stunde,
Die den Genuß dir entführt.
Tauwind löset den Frost, in den Frühling drängt sich der Sommer,
Um zu enteilen, sobald
Reich an Früchten der Herbst sein Horn ausschüttet' und eh' du's
Denkst, ist der Winter zurück.
Wohl am Himmel erneut sich der Mond stets, wann er dahinschwand,
Wir, zu den Vätern einmal,
Zum Aeneas entrückt, zu dem prächtigen Tullus und Ancus,
Sind nur Schatten und Staub.
Wer kann sagen, daß ihm zu dem heute Bescherten ein Morgen
Gnädig der Gott noch verleiht?
Nichts ist sicher bewahrt vor lachenden Erben, als was du
Heiter der Stunde gewährst.
Bist du geschieden einmal und hat dir rühmlichen Spruch erst
Minos, der Richter, gefällt:
Führt kein Adel dich mehr, kein Zauber der Rede, Torquatus,
Kein Sühnopfer zurück.

Artemis selber entreißt den geliebten Hippolytus nimmer
  Drunten der stygischen Nacht,
Ach, und es sprengt selbst Theseus' Kraft die letheischen Fesseln
  Seines Pirithous nie.

## An Lollius.

O fürchte nicht, es werde vergehn, was ich,
Der Sohn des fernhin brausenden Aufidus,
  Dem Wort in nie zuvor geübten
 Rhythmen vertraut und dem Klang der Saiten!

Der erste Kranz zwar bleibt dem Mäonier,
Doch nicht verklang drum Pindarus' Preisgesang,
  Nicht Ceas Lied, Alcäus' Kampfruf
 Oder Stesichorus' ernster Festchor.

Noch trotzt das süße Tändeln Anakreons
Dem Strom der Zeit, noch atmet die Liebe fort,
  Das brünst'ge Leid, das einst die Jungfrau
 In die äolischen Saiten hauchte. —

Nicht sie allein, die Sparterin Helena,
Entbrannt' um ihres Buhlen gelocktes Haar
  Und ließ ihr Herz durch Goldgewänder,
 Purpur und reiches Gefolg verblenden.

Nicht Teucer traf mit kretischem Pfeil zuerst
Sein Ziel; nicht einmal [1]) ward die Dardanerburg
  Berannt; Idómeneus allein nicht
 Kämpfte, der Held, an des Freundes Seite

[1]) Schon unter Priamus' Vater, Laomedon, ward Troja durch Herkules bestürmt und erobert.

Sangwürd'gen Kampf; nicht boten Andromaches
Gemahl und vor ihm stürmend Deiphobus,
Die ersten, Weib und Kind zum Horte,
Trotzig die Brust dem Geschoß des Feindes.

Vor Agamemnon lebten der Tapferen
Schon viel, doch alle schlafen sie namenlos
Und unbeweint im ew'gen Dunkel,
Weil sie der Weihe des Lieds entbehren.

Verschollne Thatkraft ähnelt begrabener
Thatlosigkeit; drum nimmer, o Lollius,
Soll unbekränzt mein Lied dich lassen,
Nimmer gestatten, daß deines Lebens

Mühvolles Tagwerk schnöder Vergessenheit
Klanglos verfalle; wohnt doch ein Geist in dir,
Der Welt und Zeit versteht und aufrecht
Bleibt in beglückten und schweren Tagen.

Ein Rächer warst du feilen Betruges, nie
Vom Reiz des, ach, allmächtigen Golds bethört,
Und Konsul, nicht nur eines Jahres,
Sondern so oft dich die schwere Pflicht rief,

Verschmähtest du, dem strenge Gerechtigkeit
Mehr als Gewinn galt, zürnenden Angesichts
Den Preis der Schuld und brachst dir siegreich
Bahn durch des drängenden Feinds Geschwader.

Was nennst du glücklich den, der unendlichen
Besitz gespeichert? Glücklich allein mit Fug
Sei mir gepriesen, wer der Götter
Gaben mit weisem Gemüt zu nutzen,

Doch auch die Armut heiter zu tragen weiß,
Der mehr als Tod ehrlose Gesinnung scheut,
Und stets den Mut hat, für die Freunde
Oder den heimischen Herd zu sterben.

---

## An Phyllis.

Schon ins zehnte Jahr im Gewölbe lagert
Mir ein Krug albanischen Weines, Phyllis;
Immergrün zu Kränzen beschert der Garten,
Fülle des Epheus,

Daß mit reich durchflochtenem Haar du glänzest;
Fröhlich strahlt von Silber das Haus, der Altar,
Keusch mit Lorbeerzweigen umwunden, harrt des
Ländlichen Opfers.

Hand ans Werk legt jeder; geschäftig eilen
Hier- und dorthin Knaben zumal und Mädchen:
Himmelan schon wirbelt die Glut den schwarzen
Strudel des Rauches.

Doch, damit du wissest, zu welchen Freuden
Ich dich lud: wir feiern das Fest der Iden,
Das den Mond der Flutengebietrin Venus
Teilt, den Aprilis.

Heilig ist, fast heiliger dieser Tag mir,
Als das Fest der eignen Geburt, verkündet
Doch ein neu zuströmendes Jahr sein Aufgang
Meinem Mäcenas.

Telephus, nach dem du dich sehnst, den Jüngling
Hält — denn dir nicht war er bestimmt — ein Mädchen
Reich und leicht von Sitten und Sinn, in süßen
Banden gefesselt.

Brandversengt lehrt Phaëton dich, vermessnen
Wunsch zu fliehen; Bellerophons Sturz auch mahnt dich,
Den als staubentsprossen der flügelstolze
Pegasus abwarf,

Daß du nur dir Ziemendes suchst und niemals,
Uebers Ziel mit frevelnder Hoffnung schweifend,
Was dir ungleichartig, begehrst. So komm denn,
Letzte Geliebte,

(Denn nach dir macht nimmer ein Weib mich glühen),
Komm und sinn auf süßen Gesang und laß ihn
Seelenvoll hinströmen! Im Born des Liedes
Löst sich der Kummer.

---

## An Virgilius.

Schon von Thracien her weht es wie Lenz und sanft
Auf beruhigtem Meer schwellen die Segel an,
Nicht mehr starren die Au'n, brausen die Wasser hin,
Angeschwollen vom Winterschnee.

Ihres Itys gedenk baut sich die Schwalbe jetzt
Kläglich zwitschernd das Nest, sie, des Cecroperstamms
Unauslöschliche Schmach, weil sie des Königes
Wilde Lüste zu wild gerächt.[1]

Am zartgrünenden Hang singen die Hirten dort
Bei den Lämmern ihr Lied in der Schalmeien Ton,
Jenem Gotte zur Lust, welcher Arkadiens
Schattengipfel und Herden liebt.

---

[1]) Prokne wurde zur Schwalbe verwandelt, weil sie ihrem Gemahle, dem König Tereus, der mit ihrer Schwester gebuhlt, den eignen Sohn Itys zum Mahle vorgesetzt hatte.

Durst auch, teurer Virgil, brachte der Frühling mit;
Aber willst du bei mir echten Calenersaft
Schlürfen, sonst nur ein Gast adliger Jünglinge,
  Liefre Narden für Wein zum Fest.

Schon ein schmales Gefäß zaubert den Krug heran,
Der im Keller mir noch ruht beim Sulpicius;
Junger Hoffnungen Schwall birgt er im Schoß und spült
  Auch die bitterste Sorg' hinweg.

Kann dich solch ein Gelag reizen, so komm und laß
Nicht dein Scherflein daheim; wahrlich du sollst mir nicht
Unbesteuert vom Rausch meiner Pokale glühn,
  Wie an fürstlicher Gönner Tisch.

Laß denn jeden Verzug, laß die Geschäfte heut,
Und des Grabes gedenk, flicht in des Lebens Ernst
Froh, so lang' es vergönnt, Scherze des Augenblicks!
  Süß ist Thorheit am rechten Ort.

---

## An Cäsar Augustus.

Feldschlachten wollt' ich singen und Städtesieg,
Da rauschte Phöbus' Leier die Warnung mir,
    Aufs hohe Meer mich nicht mit schwachem
  Segel zu wagen. Es bracht', o Cäsar,

Dein Alter goldnen Segen der Heimatflur
Und gab die Adler unserem Jupiter
    Zurück, den Siegstrophä'n der stolzen
  Parther entrissen. Und kriegsentlastet

Den Janustempel schloß es und zügelte
Die jeder Schranke spottende Leidenschaft
    Und, schonungslos des Lasters Wurzel
  Tilgend, erweckt' es die Zucht der Väter,

Durch die der Name Roms und Italiens
Ruhmvolle Macht zum herrlichen Reich erwuchs,
Das stolz vom Bett der Abendröte
Heute sich dehnt bis zum fernsten Aufgang.

Nun Cäsar wacht, mag keine Gewalt uns mehr,
Kein Bürgersturm aufschrecken aus holder Ruh,
Kein blinder Haß, der, Schwerter schmiedend,
Blutigen Zwist in den Städten aufregt.

Nicht dürfen, die tiefrauschend der Ister tränkt,
Nicht Geten mehr noch Syrer den Julischen
Gesetzen trotzen, nicht die falschen
Perser und Tanais' wilde Söhne.

Doch wir, am Werktag opfernd, am Feiertag,
Wir wollen Libers köstlicher Gabe froh
Inmitten unsrer Frau'n und Kinder,
Wenn wir den Göttern gesprengt in Andacht,

Im Festgesang zu lydischem Flötenschall
Siegreicher Feldherrn denken nach Väterbrauch
Und Troja preisen und Anchises
Und der Ernährerin Venus Enkel.

# Emanuel Geibels

# Gesammelte Werke

in acht Bänden.

---

**Sechster Band.**

Brunhild. — Die Loreley. — Echtes Gold wird klar im Feuer.

---

Dritte Auflage.

Stuttgart 1898.

Verlag der J. G. Cotta'schen Buchhandlung Nachfolger.

Druck der Union Deutsche Verlagsgesellschaft in Stuttgart.

# Inhalt.

# Brunhild.

## Eine Tragödie aus der Nibelungensage.

# Personen.

---

Gunther, König zu Worms.
Brunhild, dessen Gemahlin.
Siegfried von Niederland.
Chriemhild, Siegfrieds Gemahlin, Gunthers Schwester.
Giselher, Gunthers und Chriemhildens jüngerer Bruder.
Hagen, }
Volker, } Gunthers Dienstmannen.
Sigrun, Priesterin, in Brunhildens Gefolge.
Gerda, Chriemhildens Gespielin.
Hunold, ein Kämpfer.
Eine Jungfrau der Brunhild.
Kämpfer, Diener, Jagdgefolge, Jungfrauen.

Die Handlung geht vor sich auf der Königsburg zu Worms. Sie beginnt am frühen Morgen nach der Doppelhochzeit Gunthers und Siegfrieds, und dauert bis zum Anbruche des siebenten Tages. Die Zeit ist heidnisch.

---

# Erster Aufzug.

Große Halle in der Hofburg zu Worms. Im Hintergrunde links[1]) eine weite Rundbogenpforte, durch welche man in einen langen Gang hinabsieht, rechts, ebenfalls in der Hinterwand, ein breites Fenster, das ins Freie führt; zu den Seiten Pforten. — Es ist früher Morgen. Die von der Decke herabhangenden Ampeln brennen noch; erst im Verlaufe des zweiten Auftrittes erhellt sich der Himmel hinter dem Fenster allmählich bis zur vollen Tagesbeleuchtung.

## Erster Auftritt.

Beim Aufgehen des Vorhanges sieht man eine Schar von Dienern beschäftigt, den Saal, wie nach einem großen Feste, wieder zu ordnen; es werden goldene und silberne Geschirre fortgeräumt, Tafeln weggetragen, Kranzgewinde von den Wänden und Pfeilern genommen. In der Mitte der Bühne steht Volker, die Diener befehligend; rechts im Vordergrunde Hagen.

**Volker.**

Noch diese Tafel fort! Die eh'rnen Leuchter
Dort an die Wand! Und hier vom Pfeiler noch
Das Laubgewind herunter! — So, nun ist
Die letzte Spur des Hochzeitfestgelages
Getilgt, und ernst und ruhig mag der Saal
Die jungen Paare wiederum empfangen,
Wenn sie der Tag aus ihren Kammern ruft.

(Kurze Pause.)

---

[1]) Die Bezeichnungen rechts und links gelten hier wie im ganzen Stücke vom Zuschauer aus.

Habt ihr die Purpurteppiche gelegt
Vom Brautgemach des Herrn im rechten Flügel
Bis an die Treppe, die zur Halle führt?

**Diener.**

Ich that's; in beiden Flügeln legt' ich sie.

**Hagen.**

In beiden? Wer befahl das?

**Diener.**

Ei, ich dachte,
Weil auch Herr Siegfried gestern Hochzeit hielt,
So wär's geziemend —

**Hagen.**

Laß dein Denken, Freund, —
Und thu, was dir geboten ward, nicht mehr.
Herr Siegfried ist ein auserlesner Degen,
Doch königlicher Prunk gebührt ihm nicht.
Geht! nehmt die Decken fort im linken Flügel!
Dann mögt ihr nicken bis zum Hahnenschrei.

(Die Diener entfernen sich.)

---

## Zweiter Auftritt.

Hagen. Volker.

**Hagen.**

Siegfried und Siegfried! Thut doch jedermann,
Als wär' er hier der Herr; und gnädig nimmt er's,
Mit sicherm Lächeln, unverwundert hin:
Ich glaube, böt' ihm Gunther seine Krone,
Er setzte sie aufs Haupt und dankte kaum.

**Volker.**

Du liebst ihn nicht, ich weiß —

**Hagen.**

Du sagst es, Volker. —

Doch reden wir von anderm, wenn du nicht
Zu schlummern vorziehst. Denn der Morgen graut.

**Volker.**

Mein Sinn steht nicht auf Schlaf. Noch immer tost
Des Festes Nachhall dumpf in meiner Seele;
Und vor Gedanken fänd' ich doch nicht Rast.

**Hagen.**

Du scheinst nicht heiter. Sprich, was dir mißhagt? —
Wir sind allein.

**Volker.**

Ich bin doch sonst fürwahr
Kein Grillenfänger, der sein Herz verschließt,
Wo's fürstlich hergeht; und beim vollen Becher
Vergess' ich leicht und gern, was Sorgen heißt.
Doch gestern —

**Hagen.**

Nun?

**Volker.**

Was soll ich's bergen, Freund?
Ich ward der lauten Herrlichkeit nicht froh.
Mir war's, als lastet' ein Gewitterdruck
Jedwede Lust beklemmend überm Saal,
Und zwischen Saitenspiel und Kerzenglanz
Befiel es mich wie Ahnung künft'gen Wehs.

**Hagen.**

Du sagst, was ich umsonst mir selbst verleugnet.

**Volker.**

Sieh, hätt' ich Siegfried nur und ihm zur Seite
Sein hold Gemahl geschaut, mir wäre traun
Das Herz in lichten Freuden aufgegangen.
Denn niemals floß um hohe Stirnen wohl
So wolkenlos der Minne Glanz und Glück.
Doch wenn ich dann zum andern Tafelende
Das Auge wandte, wo der König saß —

**Hagen.**

Da bot sich freilich kein so freundlich Bild.

**Volker.**

So sahst du's auch, wie hinter Gunthers Lächeln
Sich Unrast barg? Wie er im Sessel rückte,
Die Lippe biß, und plötzlich wieder dann
Den Becher schwang und hastig niederstürzte?
Frau Brunhild aber thront' in kalter Schönheit,
Die Lippe trotzig aufgeschürzt, das Auge
Glanzlos ins Leere starrend, neben ihm,
Als schweift' ihr Geist in weiten Fernen um.
Nur manchmal, wenn nach lautem Becherspruch
Die Wölbung vom Geschmetter der Drommeten,
Vom Schall der Pauke dröhnte, fuhr sie auf;
Und wenn ihr Blick alsdann, den Saal durchfliegend,
Auf Siegfried und Chriemhilden haften blieb,
Da zuckt' ihr Mund, als wollt' ein Wort des Zorns
Hervor sich drängen. Doch sie zwang's zurück,
Und sank aufs neu in ihr verhaltnes Brüten.

**Hagen.**

Ich sah's, wie du.

**Volker.**

Mir bangt um Gunthern, Freund.
Er wird des Bundes, sorg' ich, den er schloß,
Nicht fröhlich werden. Doch wer hieß ihn auch
Dies Hünenweib umfrei'n, in dessen Adern
Des Nordens fremde Wildheit dunkel rollt!
Es hätt' ihn keine von des Landes Töchtern
Verschmäht.

**Hagen.**

Das wußt er, drum verschmäht' er sie.

**Volker.**

Und nahm die Männin, die voll Uebermut
Sich dem verhieß, der sie im Kampf besiegte!

**Hagen.**

Ein schwer erreichbar Ziel nur lockt den Mann,
Und lockt ihn doppelt, wenn es wie ein Wunder
Aus abenteuerlicher Ferne winkt.
Das that Brunhild. Und wer sie schaut, begreift,
Daß seiner Sehnsucht still genährtes Feuer
Nur höher aufschlug, als er ihr genaht.

**Volker.**

Mir graut vor diesem Reiz. Sie hat kein Herz.

**Hagen.**

Wer weiß! Ich sah sie anders schon, wie gestern.

**Volker.**

Doch traulich niemals, nie voll Huld.

**Hagen.**

Auch so.

**Volker.**

Und war das echt?

**Hagen.**

Es schien.

**Volker.**

Du machst mich staunen.
Doch bist du wochenlang mit ihr verkehrt,
Da du dem König schon bei seiner Werbung
Mit Siegfried folgtest nach dem Isenstein.

**Hagen.**

Sie blieb für mich ein Rätsel dort, wie hier

**Volker.**

Auch dort? Gieb denn Bericht, wie sie gebarte.
Schon längst von eurer Brautfahrt hätt' ich gern
Ein zuverlässig Wort gehört.

**Hagen.**

Wohlan!
Vernimm den ganzen Hergang unsres Zuges.
Wir hatten gute Fahrt. Am zwölften Tage
Entstiegen wir dem Schiff am Isenstein

Und zogen in die Burg, die stolzbetürmt
Auf steiler, meerausblickender Klippe ragt.
In Waffen kamen wir, auf trotz'gen Anruf,
Auf widerwilligen Empfang gefaßt,
Doch anders, traun, erging's, als wir erwartet.
Denn kaum daß unser Fuß den Hof beschritt,
So naht auch schon in ihrer Jungfrau'n Schar,
Von des Palastes Stufen niedersteigend,
Bekränzten Hauptes, uns die Königin.
Mit holdem Gruße bot sie jeglichem
Den Willkommsbecher, gleich als wären wir
Des Hauses sehnsuchtsvoll erharrte Freunde,
Wiewohl doch Siegfried nur bekannt ihr war.
Und dann, uns gastlich in die Halle ladend,
Hieß sie beim Mahl uns rasten von der Fahrt.
Da flog der silberarmigen Mägde Schar,
Auf reichem Prunkgeschirr die Speisen tragend,
Da strömten Düfte, rauschte Saitenspiel.
Die Fürstin aber saß, die stolzen Brauen
Gesenkt, mit wundervollem Lächeln da.
Ja, manchmal deucht' es mir, sie ahne wohl
Was uns daher geführt, und harre nur
In froher Scham des klar gesprochnen Worts.
Doch wer erforschte dieses Weibes Sinn!
Denn als am Schluß der Tafel Gunther nun
Das Trinkhorn festlich hob, und seine Werbung
Mit feierlichem Spruch verkündete:
Da fuhr sie jählings schreckverstört vom Sessel,
Wie einer, den vom ersten süßen Schlaf
Des Feuerhorns Erzstimme weckt. So stand
Sie lang, ein düster schönes Rätselbild,
Umsonst nach Worten ringend, während Glut
Und Totenbläss' auf ihrem Antlitz kämpften.
Doch plötzlich, wie aus Zweifeln königlich
Empor sich richtend, sprach sie laut und fest:

„Du willst den Zweikampf, Gunther, nimm ihn denn!
Doch hüte dich, du wirbst um dein Verderben."
Drauf in des Mantels purpurtiefe Falten
Die Schultern schlagend brach sie auf, und schritt
Stolzhäuptig grüßend langsam aus der Halle.

**Volker.**

Seltsam! — Und wie erging's am andern Tag?

**Hagen.**

Der nächste Morgen wies im Burghof uns
Den Kampfplatz abgesteckt, und kaum erreichte
Die Sonne den geschlossnen Raum, so stieg
Im goldnen Panzer schon, hochaufgeschürzt,
Herab die Fürstin; drängend flutete
Der Schwarm der Jungfrau'n von den Stufen nach.
Doch sie, walkürenhaft die Locken schüttelnd,
Den Erzschild schwingend, daß er Blitze schoß,
Sprang hastig in den Schrankenhag, und schaute
Von Wildheit trunken nach dem Gegner um.
Geschlossnen Aarhelms, ganz in Stahl geschuppt,
Trat Gunther festen Schrittes ihr entgegen,
Zum Kampf bereit; auch er ein Bild der Kraft.
Ja, fast bedünkte seiner Glieder Bau
Mir über das gewohnte Maß zu ragen,
Als hätt' ihn über Nacht die strenge Not,
Mit Löwenmilch zum Riesen aufgenährt.
So stand das Paar sich dräuend gegenüber,
Gewitterwolkenstumm. Und stille ward's,
Daß man der Brandung dumpfen Schlag vernahm.
Da schmetterten zum Angriff die Drommeten,
Und dröhnend von der Lanzen Wurf zugleich
Erklang der Schilde festes Erzgewölb.
Der Kampf ward heiß; es sauste Speer um Speer,
Bis endlich, hart mit stumpfem Schaft getroffen,
Die Fürstin schwankt', und niederbrach ins Knie.
Doch grimmig lachend sprang sie auf. Und als

Sie nun des Wurfsteins ungeheure Last
Zwölf Klaftern weit hinschleudert', und im Schwung
Ihm dröhnend nachsprang, stockte mir der Atem,
Und bange sorgt' ich um des Kampfes Ausgang.
Doch Gunther, hochgewaltig, wie ich kaum
Ihn vormals schaute, wog und schwang den Block,
Und speereslang noch übers Ziel hinaus
Im Wurf ihn schmetternd, übersprang er ihn.
Mit Staunen schauten wir's, der Sieg war sein.
Die Fürstin aber zwischen zorn'ger Scham
Und Ehrfurcht schwankend bot mit glüh'nder Stirne
Die Hand ihm dar, und so zum Volk sich wendend
„Hier steht der König," sprach sie, „huldigt ihm,
Denn nicht mehr weigr' ich ihm den Ring der Braut."
Da hob sich tausendstimmig Jubelrufen,
Doch er, als hätt' ihm sein urplötzlich Heil
Den Mund versiegelt, grüßte schweigend nur
Mit dichtgeschlossnem Helm, und schritt hinauf,
Den Panzer mit dem Festgewand zu tauschen.

**Volker.**

Und was ward weiter?

**Hagen.**

Nun, der Tag verging
In müß'ger Feier. Gunther schien sein Glück
Fast scheu noch wie ein Wunder zu empfinden,
Dem Knaben ähnlich, der ein überreich
Geschenk kaum zu ergreifen sich getraut.
Brunhild war schweigsam. Gegen Abend erst,
Als Siegfried heimkam —

**Volker.**

Wie? So war er nicht
Beim Kampf zugegen?

**Hagen.**

Nein, du kennst ihn ja,
Der stets der blinden Laune nur gehorcht;

Gleichgültig hatt' er, um des Königs Schicksal
Nicht sorgend, den verhängnisvollen Tag
Im Felsthal auf der Bärenjagd verschwärmt.

**Volker.**

Maßloser Leichtsinn!

**Hagen.**

Heiß es Uebermut.
Und so empfand's Brunhild. Denn als er nun
Am Abend heimkam, und des Bären Haupt
Und Klauen huld'gend ihr zu Füßen legte:
Ich werde nie den Blick des Zorns vergessen,
Der wetterleuchtend ihr vom Auge ging. —
Seit jener Stunde, deucht mir, haßt sie ihn.

**Volker.**

Auch das noch! — Hagen, mög' uns gnadenvoll
Ein Gott durch all' dies Wirrsal führen!

**Hagen.**

Horch!
Was giebt es? Auf den Stiegen wird es laut;
Das war der Fürstin Stimme.

**Volker.**

Nahn sie schon? —
Nun, das heißt früh vom Brautbett aufgebrochen.

---

## Dritter Auftritt.

Die Vorigen. Brunhild. Gunther. Mehrere Diener.

**Brunhild** (hastig eintretend).

Hinab zum Hof und sattelt mir den Hengst!
Ich will zum Jagen.

**Gunther.**

Hör mich an, Brunhild!
Zu dieser Stunde, wo die Mannen kaum

Versammelt, uns zu grüßen — Laß es gut sein!
Es ist nicht Sitte —

**Brunhild.**

Wer entscheidet hier,
Was Sitte sein soll! Heiß' ich Königin,
Um jeder dumpfen Satzung mich zu fügen,
Die altersschwach ein Höfling einst ersann?
Schirrt mir den Hengst!

(Ein Diener entfernt sich.)

**Gunther.**

Du solltest nicht im Unmut
Die Satzung schmähn, die von des Fürsten Haupt
Gemeines wehrt —

**Brunhild.**

Ein Schwächling, wer von ihr
Sein Ansehn borgen muß! Wer herrschen will,
Sei groß genug, des Flitters zu entbehren!
Wo Kraft sich zeigt, bleibt Ehrfurcht nimmer aus.
Doch wozu red' ich hier! Mich drückt die Luft
In diesen Wänden wie Gefängnisatem;
Und draußen rauscht der Wald und braust der Strom.

**Gunther.**

Nun denn so reite. Was versagt' ich dir!
Um Mittag folg' ich nach. Dann führ' ich dich
Zum Gipfel, wo dein Blick die weiten Forsten,
Die jetzo dein sind, überschauen soll.

**Brunhild.**

Thu was du magst. Nicht heischt' ich dein Geleit;
Nur frei sein will ich. Und beim Thor, mir deucht,
Du hast erfahren, daß ich meine Rechte,
Dafern es not thut, mir zu wahren weiß.

**Der Diener** (wieder eintretend).

Die Rosse sind gezäumt.

Brunhild.

Wohlan denn, folgt mir,
Und grüßt mit Hörnerschall den jungen Tag!

(Brunhild rasch ab mit einem Teil des Gefolges. Gleich darauf draußen eine kurze Fanfare von Hörnern.)

---

## Vierter Auftritt.

Gunther. Hagen. Volker.

Gunther (mit mühsamer Fassung).

Ich bitt' euch, meine Treuen, lasset euch
Nicht irren durch der Fürstin Ungestüm.
Ihr wißt es ja, sie ward im Panzer groß,
Und, früh der mütterlichen Hut beraubt,
Sich selber Herrin, lernte sie noch nicht
Die eigenwillig stolze Kraft zu zügeln.
Das wird sich ändern, wenn ihr hoher Sinn
Von unsres Hauses sicherm Maß umwaltet
Den Segen festgediegner Ordnung spürt;
Denn klugen Geistes ist sie, wie sie stürmt.
Drum nochmals, nehmt ihr Thun wie Frühlingsbrausen,
Das doppelt reichen Sommer uns verheißt.
Jetzt aber geht, und ruft mir Siegfried her.

Volker.

Als ahnt' er dein Gebot, betritt er eben
Die Schwelle dort.

Gunther.

Wohl denn! Auf Wiedersehn!

(Volker und Hagen entfernen sich auf Gunthers Wink durch eine Seitenpforte. Siegfried erscheint im Hintergrund.)

---

## Fünfter Auftritt.[1])

Gunther. Siegfried.

**Siegfried.**

Was giebt es, Schwager? Lust'ger Hörnerschall
Erklang vom Schloßhof. Naht ein Gast vielleicht?

**Gunther.**

Die Fürstin zieht zur Jagd —

**Siegfried.**

So hab' ich mich
Verspätet wohl — Nun — heute geht mir's hin —
Du weißt ja, was mich hielt. Jetzt aber laß
Mit frohem Glückwunsch dir die Rechte schütteln;
Und mag dir aus dem Schoße dieser Nacht
Ein freudereicher Sproß dereinst erblühn,
Der Erstling eines stolzen Waldgeschlechts.

**Gunther.**

Dein Wort ist bitter, doch du weißt es nicht.

**Siegfried.**

Mein treu gemeinter Wunsch? Ei, Schwager Gunther,
Wie fass' ich dich! — Du schweigst? Du kehrst dich ab
Was ist geschehn?

**Gunther.**

O, ich bin elend, Siegfried,
Unsäglich elend! —

**Siegfried.**

Bei den Göttern! Sprich!

**Gunther.**

In Stummheit bergen sollt' ich, was mich quält,
In ew'ge Nacht, daß keine Seele je
Den Makel ahnte — Doch ich trag' es nicht —
Gewaltsam schreit das eingepreßte Leid

---

[1]) Die für die Bühne bestimmte Fassung dieses Auftrittes ist im Anhang nachzusehen.

Nach Lust, und droht die Brust mir zu zersprengen —
O schmachvoll, schmachvoll, so betrogen sein!

**Siegfried.**

Erkläre mir —

**Gunther.**

Griffst du verschmachtend je
Nach einem Becher schon, und fandest drin
Anstatt des süßen Trunks, nach dem du lechztest,
Geschmolzen Erz?

**Siegfried.**

Errat' ich dich? — Brunhild?

**Gunther.**

Der Fels, auf dem sie wuchs, der eisumstarrte,
Giebt eher Gunst um Gunst zurück, als sie.

**Siegfried.**

Ei, kühnes Weib will kühn erworben sein.

**Gunther.**

Und meinst du, daß ich wie ein Schäfer warb?
Nein, bei den Sternen, die mit düstern Augen
Ins Fenster schauten, wenn um Minnelohn
Auf Tod und Leben je gerungen ward:
Ich that nicht minder. Aber leichter hätt' ich
Den wilden Rheinstrom, der in Frühlingsnächten
Den Damm zerriß, mit meiner Kraft gezähmt,
Als dieses Weibes unnahbaren Zorn. —
Wie vor der Wut des Elements erlag ich,
Und nichts gewann ich, nichts, als Schmach und Hohn.

**Siegfried.**

Die Rasende! Vermißt sie sich, der Welt
Gesetz und Ordnung auf den Kopf zu stellen?
Ei, geht's nach ihr, so jagt hinfort wohl auch
Der Hirsch den Weidmann und das Lamm den Wolf.
Sie lehrt die Fische auf dem Trocknen tanzen,
Und schickt den Stier zum Grasen in die Flut!

Gunther.

O, du bist grausam, bei des Freundes Not
Zu scherzen —

Siegfried.

Scherzt' ich? Nun, so that's der Grimm,
Den mir dein Wort in tiefster Seele weckt,
Ein Weib so schön und hoch, so ganz geschaffen,
Die Mutter eines Heldenstamms zu sein,
Und hält sich für der Liebe Recht zu gut!
Beim Wodan! Schick sie heim in ihren Norden,
Ins Eis mit ihr, die nicht zum Menschen taugt!
Du bist's dir selbst, bist's deiner Würde schuldig,
Noch heute fort mit ihr!

Gunther.

Was forderst du?
Unmöglich, Siegfried. Hätt' ich nie den Ruf
Von ihrer Herrlichkeit vernommen, nie
Geschaut mit Augen, daß er Wahrheit sprach:
Mir wär' es besser, freilich. Aber jetzt,
Nachdem ich kaum sie mein geheißen, jetzt
Mich selbst zum Witwer machen? Nimmermehr!
Denn nenn es Zauber, nenn es blinden Wahnsinn,
Noch immer lieb' ich dieses Weib, und lieb' es
Nur ungestümer heut als je zuvor.
Umsonst beschwör' ich meinen ganzen Groll
Empor, mein eigen Blut ist wider mich
Mit ihr im Bund; durch diese Adern pocht
Ein Feuerstrom und wilde Sehnsucht weitet
Unwiderstehlich mir den Busen aus.
O niemals schien sie mir so schön, niemals
Ihr herrlich Haupt, aus wilden Locken dräuend,
So kronenwürdig, wie in dieser Nacht!

Siegfried.

Du schwärmst, statt zu beschließen. Fasse dich!

**Gunther**
(nach einer Pause).

Siegfried —

**Siegfried.**

Was sinnst du?

**Gunther.**

Jener Stunde denk' ich.
Da du Chriemhildens Hand von mir erwarbst.
Da schwurst du mir ein feierlich Gelübd.

**Siegfried.**

Ich weiß, doch längst erfüllt ich's.

**Gunther.**

Freilich, wenn
Du nur die Worte wägst.

**Siegfried.**

Was soll das, Gunther?
Mir deucht doch, was ich schwur, war sonnenklar,
Und nichts zu biegen dran und nichts zu deuteln.
Auf deiner Brautfahrt Helfer dir zu sein,
Das sagt' ich zu, und hast du mein entbehrt?
Beim Thor, war ich's nicht, der an deiner Statt,
In deinem Adlerhelm die Augen täuschend,
Den Zweikampf ausfocht? Hat nicht dieser Arm
Den Speer geschossen und den Stein geschleudert,
Und — wie's bestimmt war — dir die Braut erkämpft?

**Gunther.**

Die Braut, Unsel'ger! Bin ich drum am Ziel?
Was frommt der Name mir, dafern er nichts
Als Schall ist? Kann ich ruhn an seiner Brust?
Kann ich ihm kosen? Breitet er vom Lager
Die weißen Arme schimmernd mir entgegen?
Nein, Schmach und Spott! Er singt mit Eulenruf
Mir stündlich in das Ohr nur, was mir fehlt —
Du aber gleichst dem Lotsen, der mein Schiff
Durch Riff und Brandung führte, um es dann
Im Hafen selbst noch untergehn zu lassen.

**Siegfried.**

Du schiltst mich ungerecht. Ist's meine Schuld,
Wenn sie, die du doch selbst aus tausenden
Erkorst, sich dir in grimmem Trotz verstockt?
Die Götter zeugen's mir: das Schwerste selbst
Vollbrächt' ich freudig, dich beglückt zu sehn!
Doch keinen Weg der Hilfe find' ich aus.

**Gunther.**

Und wenn ich dir ihn zeigte?

**Siegfried.**

Nun, beim Thor!
Und führt' er dicht an Helas Schlund vorüber:
Du kennst mich doch; wozu der Umschweif dann? —
Was wälzest du im Geiste, sprich, was ist's!

**Gunther.**

Siegfried — die Mitternacht ist augenlos —
Wir tauschten einmal schon —

**Siegfried.**

Versteh' ich dich?
Bedenke, was du sprichst!

**Gunther.**

Ich hab's bedacht.
Sie trutzt, bis ihr Gewalt den Nacken beugte;
Du bist der einz'ge, der's vermag, so thu's.

**Siegfried.**

Nun, bei den Untern, wenn du selbst davor
Nicht scheust: du hast mein Wort, ich bin bereit.
Ja, nimmer hat nach einem Kampf mich so
Gelüstet, wie nach diesem; gilt es doch,
Der Männer ganz Geschlecht an ihr zu sühnen.
Ich will sie Sitte lehren, zähl' auf mich!

**Gunther.**

Wohlan! doch eins noch will beschworen sein —

Siegfried
(ihm in die Rede fallend).

So mögen mein die Götter gnädig walten,
Wie du mir trauen darfst! Nimm meinen Eid:
Für mich der Kampf, für dich des Kampfes Frucht!
Wen Chriemhild minnt, den reizt kein ander Weib,
Und ob's auch Freyas Zaubergürtel trüge.

Gunther.

Hab Dank! Nun ist der Stein von meiner Brust.

Siegfried.

Und wann?

Gunther.

Noch heut. Sobald der frühe Mond
Hinabging, lösch' ich sacht im Brautgemach
Die Fackel aus. Dann harre mein am Vorhang
Der Greifenpforte. Dorthin tast' ich mich,
Und führe dich im Dunkel ein.

Siegfried.

Es sei!
Und schilt mich Bastard, wenn sich diese Löwin,
Die übermüt'ge, nicht vor Tagen noch
Zahm wie ein Lamm zu deinen Füßen schmiegt.

———

# Zweiter Aufzug.

---

Brunhildens Gemach.

## Erster Auftritt.

Brunhild links auf einem Ruhebette, in Gedanken versunken, unbeweglich vor sich hinstarrend; neben ihr steht Sigrun in langem Schleier und priesterlichem Gewande; rechts, etwas weiter gegen den Hintergrund, die Jungfrauen des Gefolges.

### Eine der Jungfrauen.

Die Goldkleinode, die der König dir,
Des Hauses alten Schatz, in erzner Truhe
Gesandt, wir haben sie im Vorgemach,
Die Schleierhüllen lüftend, aufgestellt.
Gefällt's dir, Königin, sie zu beschau'n?

(Nach einer Pause, da Brunhild schweigt.)

Es scheint, der bunte Reichtum lockt dich nicht. —
So sollen wir vielleicht im Lindenhag,
Am Strome, wo dir's gestern wohlgefiel,
Aus Teppichen dein Lustgezelt bereiten?

(Wieder nach einer Pause.)

Du hörst uns nicht?

### Sigrun.

Ihr seht, die Fürstin ist
Versunken in Gedanken, krank wohl gar.

So stört sie nicht mit müß'gen Fragen. Gebt,
Und harrt im Vorsaal, bis ich euch berufe.

(Die Jungfrauen entfernen sich leise.)

**Sigrun**

(dicht an Brunhilden herantretend und ihr die Hand auf die Schulter legend).

Brunhild!

**Brunhild** (aufschreckend).

Was willst du mir?

**Sigrun.**

Wach auf, Brunhild!
Wo warest du?

**Brunhild.**

Kennst du den Abgrund, Sigrun,
Der hinter allem Denken liegt? Wenn wir
Vergebens über dunkle Rätsel sinnend
Am Ende schwindeln, thut er stumm sich auf,
Und stillt mit Schlafesdumpfheit unsre Qual.
Sich selbst verloren schwebte dort mein Geist,
In des Vergessens weiße Nacht begraben.
Was weckst du mich?

**Sigrun.**

Ich kenne dich nicht mehr.
Welch plötzlich Weh hat dich so ganz vertauscht,
Daß du dir selber zu entfliehen trachtest?
Als gestern abend ich ins Schlafgemach
Dir leuchtete, was da auf deiner Stirne
Geschrieben stand, das war kein Herzeleid.

**Brunhild.**

Zwölf Stunden hat die Nacht, und eine g'nügt,
Ein Menschenlos auf immerdar zu wandeln;
Ein Augenblick nur scheidet Heil und Fluch.
O welch ein Strom wälzt ewig brückenlos
Sich zwischen heut und gestern! Gestern war
Ich noch mein eigen. Stolz und unantastbar
In meines Wesens Blüte fühlt' ich mich,

Dem Einhorn gleich, das kühn den Jäger höhnt.
Und heut — o mir versagt das Wort dafür —
Heut bin ich nur ein Weib, ein Weib wie alle,
Nur tausendmal unseliger! — Doch das
Verstehst du nicht! der Reif, den dir die Jahre
Aufs Haupt gestreut, lag stets in deiner Brust,
Und deine Weisheit ist wie fühllos Erz.
Du kannst es nie ermessen, was es heißt:
Den einen lieben, und dem andern doch,
Von dem dein Herz nichts weiß, mit Leib und Seele,
Dem Aufgedrungnen, unterworfen sein!

**Sigrun.**

Nicht bin ich fühllos; Trauer faßt mich an,
Wie du dein furchtbar Weh vor mir enthüllst.
Nur blind zu klagen weiß ich nicht; mir sind
Vertraut die Pfade, drauf die Norne wandelt,
Und wo das Leid in Blüte steht, da zeigt
Der Geist mir auch die Schuld, aus der er wuchs.

**Brunhild.**

Dein altes Lied —

**Sigrun.**

Ja, uralt wie die Welt,
Und täglich neu doch, wie du selbst erfährst.

**Brunhild** (steht auf).

Sprich denn, was that ich, daß mir dies geschah?

**Sigrun.**

Gedenk an deine wilde Jugendzeit,
An jene Tage, da zum Isenstein
Die Söhne jeder Küste werbend strömten!
Da sätest du des Unheils nur zu viel.

**Brunhild.**

Willst du mich schelten, das von jenen keiner
Mir wert schien, mein Gemahl zu sein? — Das ist
Das Maß des Weibes, welchen Mann sie liebt.

Sigrun.

Daß du nicht liebtest, wer verargt' es dir?
Denn wie ein zugedeckter Brunnen schläft
In uns die Minne; keiner hebt den Stein
Vom Rande, wenn ihn nicht ein Gott bewegt.
Was du nicht geben konntest, mochtest du
Gelassen weigern. Doch das thatst du nicht.
Nein, grausam schürtest du in wilder Hoffart
Hohnlachend noch die Glut, die du entfacht,
Und der Betrognen Jammer war dein Spiel.

Brunhild.

Wie Minne lodert, wußt' ich freilich nicht.

Sigrun.

Die Götter aber wußten's wohl, und wogen
Auf eh'rner Wage deiner Opfer Qual;
Und Sühnung fordernd flammt' aus düstern Sternen
Ihr zorn'ger Ratschluß über dich herab:
„Von Mannes Minne kommt dir nimmer Heil!“
O hättest du das furchtbar ernste Wort
In deines Busens tiefsten Grund geschlossen,
Und in freiwill'ger Buße stark und streng
Dich selbst behütet! Doch dir galt die Warnung
Wie Windesbrausen nur in hoher Luft,
Denn unbezwinglich wähntest du dein Herz.
Als hätte keine Drohung Macht an dir,
So floß in stolzer Sicherheit dein Leben.
Doch da geschah's, da warf die Meereswoge
Den fremden Wildling aus an deiner Schwelle,
Den Drachentöter mit dem goldnen Haar;
Und du —

Brunhild.

Halt inne! Denn ein Frevel schwebt
Auf deinen Lippen, Unbarmherzige!
Nicht richten kannst du, was du nicht begreifst,
Wenn über ihn der Blitz herniederzündet,

Schiltst du den Scheiterhaufen, daß er brennt?
So aber kam's auf mich mit Allgewalt,
Als Siegfried nahte — all mein Wesen schlug
In Flammen jauchzend auf: was ging mich da
Die ewig dunkle Rätselschrift der Sterne,
Was dein verworrner Priestermund noch an?
Und hätte Hela selbst, der Nacht entsteigend,
All' ihre Schrecken zwischen uns getürmt:
Ich hätt' ihn doch geliebt!

**Sigrun.**

Ich weiß. Wer einmal
Der Götter lachte, den verstocken sie,
Und jede Warnung ist an ihm verloren.
Mit sehenden Augen häuptlings stürztest du
Dich selber in die Tiefe. Trag es nun,
Wenn sich der Götter Spruch an dir erfüllt!

**Brunhild.**

Ja, wie die Götter stets ihr Wort erfüllen.
Was düster ist und unheilvoll, trifft ein;
Wenn sie dir Weh' geweissagt — o gewiß,
Da sind sie treu bis auf den Gran, es wird
Kein Tropfen dir im bittern Kelch geschenkt,
Du mußt ihn leeren bis zur letzten Hefe.
Doch was sie sonst verheißen, was sie dir
Wie ferne winkend Glück aus Goldgewölk
Verlockend zeigten, o das glaube mir,
Das haftet nimmer, das sind Gaukelbilder
In leere Luft gehaucht, der Wind verweht sie,
Die Nacht begräbt sie spurlos. Wehe dem,
Der sie für Wahrheit achtet!

**Sigrun.**

Wehe dir,
Daß du so lästerst!

**Brunhild.**

Lästerst? Weib, du weißt doch,

Was mir geschehn. — Hier steh' ich, und vor dir
Und vor der Sonne zeig' ich meine Wunden,
Und jede zeugt mir, daß ich Wahrheit sprach!
Was hat mich denn geführt in all dies Leid,
Als täuschende Verheißung, blinde Sprüche,
Die mir dein Mund getönt? Was trieb mich denn,
Mir selbst das eherne Gesetz zu schreiben,
Gehören wollt' ich dem, der mich besiegt?
Wie, oder hast du jener Nacht vergessen
Nach Siegfrieds Abschied, als schlaflose Sehnsucht
Wie eine ries'ge Schlange mich umwand,
Und mich mein liebend abergläubisch Herz
Nach Zukunft bei den Sternen forschen hieß,
Nach einem Schimmer nur von unsern Losen?
Was war die Antwort, rede, die du selbst
Mit feierlicher Lippe mir verkündet?
Nur einer lebt — so klang's — der dich bezwingt,
Und das ist Siegfried, Siegelindens Sohn.
Nur Siegfried, hieß es, leugn' es, wenn du kannst —
Und heute bin ich König Gunthers Weib!

**Sigrun.**

Du sagst es, und ein Rätsel waltet hier,
Das ich zu raten nimmer mich vermesse.
Das aber weiß ich: lösen wird sich's einst.

**Brunhild.**

Kann sich auch lösen, was vollendet ist?
Ich weiß es wohl, gewaltig sind die Götter,
Und hoch und straflos thronend können sie
Nach Willkür schalten mit den Werdenden.
Sie können spielend ihre Blitze schleudern
Ins Haus der Sterblichen, und dann den Schrei
Der grimmen Not im Donnerhall begraben;
Sie können grausam strafen, was sie selbst
Gewirkt, und lachen bei den goldnen Hörnern,
Wenn wir in Qualen untergehn. Doch eins,

Eins, ist, was Trotz beut ihrer Allgewalt:
An das Vergangne können sie nicht rühren,
Und ungeschehn nicht machen, was geschah.
Geweissagt ward: „Nur Siegfried mag dich zwingen,“
Und Gunther zwang mich, Gunther — o das bleibt
Ein Widerspruch, dran sie zu Schanden werden!
Und bis er nicht gelöst, will ich, Brunhild,
Das sterbliche, das wehbeladne Weib,
Die Stirn aufwerfen wider solchen Trug,
Und in die Wolken schrei'n: Ihr habt gelogen!

**Sigrun.**

Du weißt nicht, was du redest — Schweig, Unsel'ge!
Die Dinge lügen, doch die Götter nicht.
Wer giebt dir denn Gewähr und Bürgschaft dessen,
Was du vollendet heißest? Aug' und Ohr.
Sind Aug' und Ohr wahrhaft'ger, als die Götter?
Kannst du damit ins Herz des Lebens dringen,
Der Dinge Wurzeln und Verkettung schau'n?
Herüber und hinüber, ewig wechselnd
Tauscht die Gestalt. Wir leben all' im Schein,
Und wie von außen unser Sinn nur tastet,
So trügt uns Kleid und Schale tausendfach.
Die Götter einzig schau'n das Wesen an,
Und wem's die Götter wollen offenbaren.

**Brunhild.**

Willst du mich höhnen, Weib? Das Gräßliche,
Davon mein Herz noch schaudert, soll ich glauben,
Das könn' ein Trug gewesen sein, ein Nichts? —
Am Ende sagst du noch, ich hab' geträumt.

**Sigrun.**

Viel eh'r, als daß die Götter dich betrogen.

**Brunhild.**

Ha, blinder Starrsinn, der die Sonne lieber
Schwarz heißt, als seinen Wahnwitz eingesteht!
Ich ahnt' es längst, doch heut' erkenn' ich's klar:

Der Priester Kunst heißt Lügen nur und Trotzen,
Und keiner hat sie so geübt, wie du.

**Sigrun.**

Dein Schmerz verwirrt dich. So verzeih' ich dir.

**Brunhild.**

Verzeihn? du mir? du Sklavin deiner Herrin,
Wenn sie um deinen Uebermut dich schilt?
Schamlose, fort aus meinem Angesicht!
Hinweg, und dank es deinem greisen Haar,
Daß ich den Schmuck des Priestermantels nicht
Von deinen Schultern reißen und sie dir
Mit Geißelstriemen blutig färben lasse!
Kein Wort! — Hinweg! Sonst thu' ich, was mich reut,
Und deine Götter sollen dich nicht retten!

(Sigrun ist still hinweggeschritten.)

---

## Zweiter Auftritt.

**Brunhild** (allein).

(Sie blickt der Fortschreitenden eine Zeitlang in stummem Zorne nach; dann fährt sie plötzlich wie erschreckt zusammen.)

Brunhilde! — Ha, wer rief mich? — Niemand hier!
Und doch durchfuhr's mich wie ein Blitz: „Besinne
Dich auf dich selber!" —
O was ward aus mir,
Daß ich hier wüte, wie die wilde Bärin,
Die knirschend in des Käfichts Stangen beißt!
Schmach über mich! — Sigrun! — Sie hört nicht mehr.
Wozu auch sie? — Hier frommt kein Rat von außen,
Hier frommt nur eins, in meines Wesens Grund
Hinabzugreifen, und mich selbst zu fassen,
Wie der Versinkende den Felsen faßt.

(Kurze Pause.)

Mein Pfad ward Finsternis. Zu sterben wäre
Das Leichteste. Dort unten wälzt der Rhein

Die hohen Wasser. Wenn ich meinen Hengst
In diese Wirbel spornte, Wog' auf Woge
Mich überstürzend deckte — wär' es aus. —
Doch eine Flucht wär's nach verlorner Schlacht;
Und Brunhild flieht nicht, selbst vor Göttern nicht.
Wenn's etwas giebt, gewalt'ger als das Schicksal,
So ist's der Mut, der's unerschüttert trägt,
(Pause.)
Ich will's versuchen. Was vergangen liegt,
Sei abgethan! — Mit hohem Haupte will ich
Durchs Oede gehn, die Hand aufs Herz gepreßt,
Daß keine Blutspur sage, was ich leide —
Vielleicht ist's gut selbst, daß ich mich in ihm
So ganz, so unerhört getäuscht. Denn nur
Wer nichts mehr hofft, nichts — mag gelassen sein.
Ich will's versuchen.

---

## Dritter Auftritt.

Brunhild. Gunther.

**Gunther.**
Sei gegrüßt, Brunhild!
Warum so einsam hier? Ich glaubte dich
Im Kreise deiner Frau'n zu überraschen,
Die Schätze musternd, welche, meines Stamms
Uraltes Erbteil, nun dein eigen sind.
Aus den gewölbten Kammern sandt' ich sie
Dich zu erfreuen her. Nun seh' ich wohl,
Sie haben dich zu reizen nicht vermocht.

**Brunhild.**
Mir steht der Sinn auf Prunk und Zierat nicht.

**Gunther.**
Noch immer diese Wolken? Gestern wohl

Begriff ich dein rückhaltend Fremdgebahren;
Doch heute dacht' ich huldreich dich zu sehn.
Wozu der Mißmut, Brunhild? Ist das Los
Denn gar so unhold, Gunthers Weib zu sein?

**Brunhild.**

Ich bin zu stolz zum Heucheln, und vor dir
Am letzten, Gunther, möcht' ich unwahr sein.
Nimm mein Bekenntnis denn: ich bin nicht froh.
Wenn du ein feindlich Land in scharfem Krieg
Mit Feuer und mit Schwert dir unterworfen,
Verlangst du, daß es dir beim Einzug schon
Mit Jubelschall entgegenjauchzen soll?
Nein, thät' es so, mißachten würdest du's.
So aber steht's mit uns. Die sanfte Göttin,
Die still die Herzen zu einander lenkt,
Weiß nichts von unserm Bund — du hast im Kampf,
Im schweren Kampf mir selbst mich abgewonnen,
Und eine Siegesbeute ward ich dein.
So duld' es denn, wenn nur gemach dies Herz
Sich des Verlorenen entwöhnt; die Heimat
Verschmerzt sich schwer, und schwerer noch die Freiheit.
Doch nimm mein Wort: Ich bin mit Ernst gewillt,
Mich in das Neue, in mein Los zu finden.

**Gunther.**

Dein Spruch ist herbe, doch nicht hoffnungsleer.
So dank' ich dir dafür, und will dein Herz
Mit ungeduld'gem Wunsche nicht bedrängen.
Doch hoff' ich, soll mir diese Prüfungszeit
Zu lang nicht währen. Nimmt des Menschen Sinn
Doch Farb' und Art vom Himmel, der ihm leuchtet,
Vom Boden, der ihn nährt, empfänglich an.
Und leichter weht fürwahr um Rebenhügel,
Das Blut beflügelnd, hier die Luft als dort
In deinem Norden, wo das öde Meer
Mit ew'ger Schwermut an die Klippen rauscht.

Der Rhein hat seinen Zauber, gieb dich nur
Dahin, und Frohsinn lehrt er dich und Minne.

**Brunhild.**

Du zählst zu viel auf das, was draußen liegt;
Doch fühl' ich deine Güte wohl.

(Nach kurzem Besinnen.)

Du möchtest
Mich ruhig sehn?

**Gunther.**

Um alles.

**Brunhild.**

Nun, so laß
Mich eins erbitten, was zu meinem Frieden
Mehr frommen mag, als sonst ein Ding der Welt.

**Gunther.**

Was könnt' ich dir verweigern? Sprich!

**Brunhild.**

Wohlan!
Schick Siegfried, deinen Schwäher, fort von hier.

**Gunther.**

Was sagst du, Brunhild? Siegfried? Weißt du auch,
Was du begehrst? Daß ich die hohe Flut
Siegreicher Größe, die uns froh dahinträgt,
Im vollsten Strome selbst verdämmen soll.
Denn Siegfried ist die Seele meiner Macht.
Und mehr, er ist mein Freund; ich bin um Größres
An ihn gebunden, als du ahnen magst;
Wie sollt' ich nun von meinem Hort mich scheiden!
Bitt etwas andres, Brunhild —

**Brunhild.**

Schick ihn fort!
Das ist die einz'ge Huld, damit du mich
Erfreuen magst. Wie wög' er denn so schwer
Der eine Mann! Ihr habt doch auch gesiegt,
Bevor er kam. Und bist du ihm verpflichtet,

So löse fürstlich dich, so überschütt ihn
Mit Gold, mit Lohn, mit Ehren tausendfach.
Nur schick ihn fort; um meinetwillen thu's!

**Gunther.**

Es kann nicht sein; auch nicht um deinetwillen.
Ein sinnlos dunkler Trieb nur spricht aus dir.
Schon damals spürt' ich's auf dem Isenstein,
Daß er verhaßt dir war — Gleich beim Willkommen,
Als du zu allen hold warst, thatst du scheu
Nur gegen ihn —

**Brunhild.**

O woran mahnst du mich!

**Gunther.**

Und als er später, mit gebognem Knie
Dir huldigend, als meine Braut dich grüßte,
Sprachst du kein Wort und wandtest ihm den Rücken.
Und auf der Heimfahrt dann —

**Brunhild.**

Genug! Genug!
Ich kann sein lachend Angesicht nicht sehn.
Der übermüt'ge Trotz auf seinen Brauen
Empört mein Blut, und böse Ahnung steigt
Mir ins Gehirn — Nochmals, entsend ihn, Gunther;
Es thut nicht gut, daß wir beisammen sind.

**Gunther.**

Es thut nicht gut, daß grimme Laune sich
Gespenster schafft, grundloser Widerwille,
Weil wir ihn thöricht nähren in der Brust,
Zum Haß aufwächst, der die Geschlechter trennt.
Dein Herz nicht kann ich zwingen, daß es sich
Zu Siegfried neige; doch daß du in ihm,
Die Königin, des Landes besten Helden,
Daß du in seinem Weib die Schwester ehrst,
Das darf ich fordern. Und so fordr' ich denn,
Was ich zu bitten kam. Schon flüstert sich

Das Ingesind gehäss'ge Rede zu,
Daß du Chriemhildens herzlichen Empfang
Mit keinem Schritt vertrauter Huld erwidert,
Mit keinem noch so armen Wort des Danks.
Die Kälte deutet man, mit der du sie
Beharrlich meidest, als Mißachtung aus;
Und, wenn sie selbst in ihrer Kindesgüte
Bis heut' nicht klagte, meinst du, daß sie drum
Der Kränkung Stachel nicht im Innern fühlt?
Das darf nicht sein. Des Hauses heilig Recht,
Des Bruders Pflicht verriet' ich, wollt' ich's dulden.
Und so verlang' ich, daß du dich bezwingst,
Und gut zu machen gehst, was du versäumt.

**Brunhild.**

Zu Siegfrieds Weibe schickst du mich? Du weißt
Nicht, was du thust. Muß er denn bleiben, sei's;
Auch darein füg' ich mich, da dir's gefällt.
Nur laß uns ewiglich geschieden wohnen,
Nur seine Nähe spar mir, heiß mich nicht
Chriemhilden suchen, nicht mich Zeugin sein,
Wie er — du sagst ja selbst, daß ich ihn hasse —
Dem Glück im Schoße sitzt — O mein Gemahl,
Erlaß mir diesen Gang! —

**Gunther.**

Wie? Muß ich dich,
Die Hochgewalt'ge, mahnen, stark zu sein?
Ein großer Sinn übt strenger nur die Pflicht,
Wo Liebe fehlt. Du wirst dich überwinden;
Ja, heut noch wirst du, was geschehn muß, thun.
Wir feiern morgen Sonnewendenfest.
Da heischt der Gott, daß ihm die Fürstinnen
Aus unserm Stamm das Opfer selbst bereiten,
Und reinen Sinns ein heilig Jahr erflehn.
Ich will nicht, daß ihr vor ihn treten sollt,
Die unversöhnte Kränkung in der Brust,

Denn keinen Segen brächt' es uns. So geh denn,
Und biet ihr Gruß und Frieden. Geh sogleich!

**Brunhild.**

Gunther! —

**Gunther.**

Genug, beim Thor! Ich muß ja glauben,
Du hassest Siegfried nicht, du fürchtest ihn.

**Brunhild.**

Ich fürchte niemand; selbst das Schicksal nicht,
Mit dem du blindlings spielst. Du hast mein warnend Herz
Nicht hören wollen. Wohl, so thu' ich denn
Nach deinem Wunsch. Und magst einst du so furchtlos
Dem Sturm entgegengehn, vor dem mir schwant!

(Sie geht rasch ab.)

**Gunther** (allein).

Sie geht. Unwillig freilich; doch sie geht. —
So bin ich wieder Herr. Dank euch, ihr Götter!
Und wendet mir zum Heil, was ich begann!

---

## Verwandlung.

Burggarten zu Worms. Hohe Bäume. Im Hintergrunde ein gemauertes Geländer, darüber hinaus Ausblick in das Rheinthal. Zur Rechten, stark in die Scene hervorspringend, eine Bogenpforte, mit Epheu umwachsen, links im Mittelgrunde ein Rasensitz.

### Vierter Auftritt.

Chriemhild steht im Hintergrunde, auf das Geländer gelehnt, und scheint in die Gegend hinauszublicken. Als Giselher vorn zur Linken auftritt, wendet sie sich diesem entgegen.

**Chriemhild.**

Du kommst. So ist das Waffenspiel geendet,
Zu dem frühmorgens die Trompete rief.
Wer trug den Preis davon?

**Vielstimmiger Ruf hinter der Scene.**

Heil Siegfried, Heil!

**Giselher.**

Der Ruf des Volks verkündet's dir: dein Siegfried.
Er zwang sie alle nieder in den Sand,
Zuletzt auch Hagen, den ich kaum im Leben
So furchtbar sah, so wuterfüllt wie heut.
Das war ein Schauspiel, wie die beiden rangen!
Der eine grimmig keuchend, blutigrot
Das Aug' umlaufen, doch der andre selbst
Im höchsten Kampfsturm heiter noch und schön.
Da ward mir's klar erst, was jüngst Siegfried meinte,
Als er im Scherz mit Hagen sich verglich,
Ihm hilft der Erdgeist, sprach er, mir die Sonne. —
Doch warum kamst du nicht, und schautest selbst?

**Chriemhild.**

Mich trieb mein Herz in diese grünen Schatten.
Gewiß, vor wenig Wochen hätt' ich noch
Das bunte Spiel um keinen Preis versäumt.
Doch heute dürstet' ich nach Einsamkeit.
Gesellig macht die Freude, sagt man sonst;
Ich lern' es anders nun. Ein hohes Glück,
Das plötzlich in die Brust uns niedersinkt,
Bedarf der Sammlung. Gleich der edlen Traube
Will's, still sich sonnend, reifgetragen sein.
So ging ich denn, und sann den holden Mächten,
Die mein Geschick bewegen, selig nach.

**Giselher.**

Sie haben Wunderkraft an dir bewiesen,
Denn wie verwandelt stehst du vor mir da.
Dein Wesen leuchtet, höher scheinst du mir
In wenig kurzen Tagen aufgewachsen
Und deine Stimme tönt wie lautend Erz.
Ja, wärst du Chriemhild nicht, die liebe Schwester,

Ich könnte das Gefühl, das du mir weckst,
Fast Ehrfurcht heißen —

**Chriemhild.**

Geh, wie sprichst du nur!
Und doch! Mit ahnungsvollem Mund benennst du
Ein dunkles, nie gekanntes Etwas, das
Mich oft durchschauert, seit ich Siegfrieds Weib.
Mit frommer Scheu bestaun' ich dann mich selbst,
Und wie durch ein verklärend Feuer scheint
Mir dieser Leib durch seinen Kuß geweiht,
Daß nichts Gemeines ihn hinfort berühre.
Nun salb' ich auch mit edler Narde gern
Mein langes Haar, und selbst den Purpur leg' ich,
Der Perlen licht Geschmeide willig an,
Denn alles Höchste fühl' ich mir verwandt.

**Giselher.**

Du spürst die Krone schon um deinen Scheitel,
Die du in Niederland einst tragen wirst.

**Chriemhild.**

Es ist nicht das. Fürwahr, was brächte mir
Der güldne Reif, das ich nicht längst besessen?
Nein, Siegfrieds Lieb' allein ist, was mich hebt.
Und sollt' er nimmer eines Thrones walten,
Ich trüge drum nicht minder hohen Mut.
Denn wer vergleicht sich ihm? Schon knüpft das Lied
Im Volk hinwandelnd seinen jungen Namen
An die gewalt'gen Abgeschiednen an;
Es nennt ihn gottentstammt die Ferne schon,
Die, ungeirrt von Neigung, Haß und Vorteil,
Das Große nur im eignen Lichte sieht.
Und dieser Held ist mein!

**Ruf hinter der Scene.**

Heil Siegfried, Heil!

**Chriemhild.**

Horch, wie sie jauchzen! Meine Seele schwebt

Beflügelt, stolz empor auf diesen Tönen,
Und jubelt mit. O Bruder Giselher,
So war noch nie ein sterblich Weib beglückt,
Wie deine Schwester. All mein Leben ward
In ihm erfüllt, und fast zu bitten hab' ich,
Zu wünschen fast verlernt. Denn außer ihm
Was hegt die Welt noch, das der Sehnsucht wert!

**Giselher.**

Du glühst so schön in deinem Glück. Und doch!
Fast könnte mir vor solcher Liebe bangen.
Denn oft vernahm ich: wenn ein Menschenherz
Sein Alles setzt an ein vergänglich Gut,
So grollen drob die Götter, und zerbrechen
Zum Zeugnis ihrer Macht sein Kleinod ihm.

**Chriemhild.**

Entsetzlich! Schweig! — Wie kommt dein roter Mund
Zu solcher Weisheit, die wie Grabesodem
Mein armes Herz zusammenschaudern macht?
Wer das ersann, der wußte nie von Liebe.
Denn wär' es so: — nein, nein, ich denk's nicht aus,
Da gähnt ein Abgrund, bodenlos; laß uns
Geschloss'nen Auges dran vorübergehn! —
Ich will ja fromm sein, daß die Ew'gen mir
Mein Glück nicht neiden, weil's an ihres reicht.
Und wachsam will ich werden. Wenn von fern
Auch nur ein Wölkchen aufsteigt, das für Siegfried
Zur blitzesschwangern Wolke wachsen könnte,
So will ich warnen, will den Willen ihm,
Den stürmischen, mit sanfter Vorsicht dämpfen,
Und vor sich selbst ihn hüten — O, ich weiß,
Doch wozu gäbe nicht die Liebe Kraft!

**Giselher.**

Du bist erregt. Vergieb das rasche Wort,
Das ahnungslos mir von der Lippe sprang.

**Chriemhild.**

Ich dank' es dir. Wer weiß, ob's nicht ein Gott
Dir in den Mund gelegt! Gewiß, ich bin
So heiter, wie zuvor; du hast mich nur
Aus allzu müß'gem Träumen aufgeweckt;
Ja, von der Sorg', als könne meine Liebe
Zu nichts ihm taugen, hast du mich befreit.
Ich weiß jetzt, was ich kann und was ich soll,
Und will des hohen Amts mit Freuden walten.

---

## Fünfter Auftritt.

Die Vorigen. Siegfried.

**Siegfried**
(tritt auf, gerüstet, einen Speer in der Hand).

Hab guten Tag, mein Herz! Da bin ich wieder.
Nun bleib' ich bei dir.

**Chriemhild.**

Ruh hier aus, Geliebter,
Im Lindenschatten. Komm, ich löse dir
Den schweren Helm. — Du wirst ermüdet sein.
Und nun zum Gruße laß die Stirn dir küssen,
Drauf noch der Widerschein des Sieges glänzt!

**Siegfried.**

Ei, weißt du schon?

**Chriemhild.**

Hier Bruder Giselher
Gab mir Bericht, wie du den Preis gewannst.

**Siegfried.**

Nun, diesmal ward mir's schwer genug gemacht.
Der Hagen ist ein sturmgewalt'ger Fechter;
Das Schwert gehorcht ihm wie ein Glied des Leibs.
Und wie er ficht, so ringt er; seine Sehnen

Sind biegsam Erz. — Fast thut mir's leid um ihn;
Er ging ergrimmt und ohne Gruß davon.

**Giselher.**

Man sah's ihm an, er hatt' auf Sieg gehofft.
Den schönen Speer auch mit dem Goldreif hier,
Den Lohn des Kampfes, hätt' er gern gewonnen;
Denn vor dem Spiel beifällig prüft' er lang
Den Stahl, und wog den Schaft in seiner Hand.

**Siegfried.**

Fürwahr? das freut mich; mag ich ihm doch nun
In etwas mindestens den Unmut dämpfen.
Geh, Schwager, nimm den Speer und bring ihn Hagen
Und sag, ich bät', er möcht ihn nicht verschmähn;
Die starke Waffe zieme ganz dem Arm,
Der mir's so schwer gemacht, sie zu gewinnen.

**Giselher.**

Du wolltest? —

**Siegfried.**

Geh, und richt es freundlich aus;
Ich kann's nicht ansehn, wenn ein wackrer Held,
Bin ich gleich schuldlos, meinethalb sich kränkt.

(Giselher geht ab.)

---

## Sechster Auftritt.

Siegfried. Chriemhild.

**Chriemhild.**

Wie gut du bist!

**Siegfried.**

O sprich mir nicht von Güte,
Wenn ich nur thu', was ich nicht lassen kann.
Das liegt im Blut, und mehr noch in der Freude.
Ja, wär' ich alt und klug, und hätt' ich dich nicht,

Du liebes Glück, doch so — was kann die Sonne
Denn anders thun, als scheinen?

**Chriemhild.**

Nur bedünkt mich,
Sie segnet drum nicht minder, weil sie muß.
So gönn es mir, mich deiner Art zu freuen,
Und daß du froh bist, wie das Sonnenlicht.

**Siegfried.**

Thu's immerhin! Ist's doch dein eigen Werk.
Zwar, Sorgen kannt ich nie, doch dies Gefühl
Friedsel'gen Vollgenügens, das die Seele
Mir glänzend ausfüllt, dank' ich dir allein.
Denn wie wir all vom Weibe sind, so zieht es
Zum Weib uns stets zurück mit Allgewalt,
Und nur in ihren Armen finden wir
Die erste frühverlorne Heimat wieder.

**Chriemhild.**

Mein Liebling!

**Siegfried.**

Sieh! nun schaut die Welt mich erst
Vertraulich wie ein Kind des Hauses an,
Und dankbar lern' ich, langsam, Zug um Zug
Des Daseins Fülle schlürfen. Auch die Stunde,
Die nicht dem Heldenwerk gehört, durchströmt
Ein stiller Reichtum aus des Lebens Tiefen.
Die blinde Nacht selbst, die den Mantel sonst
Gleichgültig über das Bedürfnis warf,
Deckt sie nicht jetzt ein hold Geheimnis uns
Mit ihren Sternen zu? Traun, sollt' ich klagen:
Ich klagte nur, daß sie so rasch entflieht.

**Chriemhild.**

Und dennoch, Liebster, hast du vor der Zeit
Vom warmen Lager heut dich fortgestohlen.

**Siegfried.**

Du weißt? —

**Chriemhild.**

Vom Wetterleuchten wacht' ich auf,
Und fand dich nicht, und sann, und sorgte fast,
Da du nicht kamst. Doch mächtig zog am Ende
In seine Wellen mich der Schlaf zurück.
Doch nun sag an, was trieb dich fort von mir?

**Siegfried.**

Je nun, was wird's gewesen sein, mein Herz!
Die Alfen hört' ich blasen durch die Nacht.

**Chriemhild.**

Du fabelst, Liebster.

**Siegfried.**

Merkst du's, süße Klugheit?

**Chriemhild.**

Doch nun im Ernste sprich, wo warest du?

**Siegfried.**

Nun wohl, ich fuhr zur Jagd in Königs Forst,
Und warf ein schneeweiß Edelwild danieder.

**Chriemhild.**

Geh, du bist arg! Dich freut's, mich auszuspotten;
Und war in Sorgen doch um dich. Und muß ich's,
Da du mir ausweichst, jetzt nicht doppelt sein?
Gieb mir denn Antwort, Liebster. Was ging vor?

**Siegfried.**

Laß gut sein, Kind.

**Chriemhild.**

Fürwahr, du thust nicht recht,
So streng die kleine Bitte mir zu weigern,
Die aus Besorgnis, nicht aus Neugier floß.
Sprich selbst, wie läßt sich's deuten, wenn der Mann
Auf lange Stunden, spät nach Mitternacht
Sich wie ein Dieb von seines Weibes Seite
Hinwegstiehlt und den Grund nicht nennen will?
Ich muß ja denken, daß ein Unheil sich,

Ein bös Geheimnis, das den Tag nicht schaun darf,
In dieser Stummheit birgt —

**Siegfried.**

Ei, Chriemhild, seh' ich
Denn aus, wie einer, der ein Leid verhehlt?

**Chriemhild.**

Dein Schweigen, nicht dein Antlitz ängstigt mich,
Und ist's kein Leid, warum verhehlst du's mir?
Und läßt dies Herz in bangen Zweifeln schweben,
Wo mich ein einzig Wort beruh'gen mag?

**Siegfried.**

Genug! Nicht immer frommt's, von allem wissen.
Zweischneidig ist das Wort. Und Dinge giebt's,
Die, namenlos, unmächt'gen Schemen gleich
Im Luftkreis schweben. Doch berufst du sie,
So stehn sie leibhaft da, verderbenträchtig,
Und keine Macht bannt sie zurück ins Nichts.

**Chriemhild.**

O so betrog mein ahnend Herz mich nicht,
Und unbekannte Schrecken lauern hier,
Von denen du den Schleier wegzuziehen
Aus Mitleid zauderst! Doch du thust nicht klug;
Denn schlimmer als das Uebel ist das Grauen,
Das wie ein Dunst gestaltlos vor ihm zieht.
Gewißheit gieb mir, und ich kann sie tragen.
Zeig die Gefahr mir, und ich will mit dir
Sie klug vermeiden oder kühn bestehn;
Nur leg mir nicht freiwill'ge Blindheit auf.
Bin ich dein Weib nicht? Hast du zur Gefährtin
Mich deiner Heldenlaufbahn nicht erwählt?
Und hieltest mich so schwach, daß mich beim Anblick
Des dräuenden Geschicks ein Schwindel faßte!
Gewiß, das thust du nicht! —

(Sie hält erwartend inne, Siegfried schweigt.)

Du schweigst noch immer?
Weh mir! Ich war so stolz auf dein Vertraun,
Hoch über alle Frauen glaubt' ich mich
Emporgerückt; nun muß ich's, ach, erkennen,
Ein sel'ger Rausch nur war's, der mich erhob;
Denn deinesgleichen sahst du nie in mir.
Den Schaum des Lebens nur, den Sonnenschein,
Den flücht'gen Reiz allein gedachtest du
Mit mir zu teilen, nicht das Leben selbst.
Dein tiefstes Herz hältst du vor mir verschlossen,
Und wie ich pochen mag, du thust nicht auf!

(Sie bricht in Thränen aus.)

**Siegfried.**

Wie? Thränen, Chriemhild? Seid ihr Weiber doch
Wie schmelzend Wachs! Ich bitte dich, hör auf.
Das Blut aus Wunden kann ich rinnen sehn,
Doch diese Tropfen nicht, mit welchen du
Mich zwingen willst. Hör auf — du machst mich zornig —
Beim Thor! Ich spräch' nicht gern ein hartes Wort.
So geh' ich lieber —

(Wendet sich.)

**Chriemhild** (ihn haltend).

Siegfried! Siegfried!

**Siegfried** (macht sich los).

Laß mich!

**Chriemhild.**

O nun ist alles hin! Du liebst mich nicht!

## Siebenter Auftritt.

Die Vorigen. Brunhild
(die schon während der letzten Reden aus der Bogenpforte getreten ist, und alles beobachtet hat).

**Brunhild** (für sich).

In Thränen sie und er im Zorn. — Ihr Götter!
Elend auch er! — Nun springe nicht, mein Herz!
(Sie tritt hervor.)
Euch zu begrüßen kam ich; doch ich sehe,
Ich habe meine Stunde schlecht gewählt.

**Siegfried.**

Du bist uns stets willkommen, Königin.

**Chriemhild.**

Gewiß — Und doch — Du hast uns überrascht; —
Was wirst du denken?

**Brunhild.**

Daß die Thränen, die
So reich dir fließen, Freudenthränen sind,
Wie sie der Gattin solches Helden ziemen.

**Chriemhild.**

Brunhild!

**Siegfried.**

Laß dir bedeuten —

**Brunhild.**

O ich weiß,
Was jetzt dein Stolz zu reden dir gebeut!
Du willst mir sagen, daß der Schein betrügt.
Und darin freilich hast du recht. Es hat
Mich unerhört bis heut der Schein betrogen;
Bis heut, nur nicht in diesem Augenblick.
O ich war blind! Doch plötzlich blitzerhellt
Erkenn' ich das Geweb' des Schicksals wieder.
Ich sehe, welchen Wonnebecher dir

Dein junges Weib kredenzt. — Gehabt euch wohl!
Ich will dein Glück nicht stören, Schwester Chriemhild.
(Sie eilt rasch ab.)

**Siegfried.**

Brunhilde! — Sie ist fort, sie hört mich nicht.

**Chriemhild.**

O womit hab' ich solchen Hohn verdient!

**Siegfried.**

Ha, frecher Hochmut! Wagt sie, mir mein Weib
Zu schmähn? Vor meinem Antlitz? die Vermess'ne!
Mein Weib, das sie mit keinem Wort gekränkt!
Und dies zur Stunde, da um ihr Geheimnis,
Um ihre Ehr' ich wie ein Thor gesorgt!
Tod und Verderben! Hier vor meinen Augen!
Als wärst du eine Magd!

**Chriemhild** (weinend).

O Siegfried, Siegfried!

**Siegfried.**

Du sollst nicht weinen, Chriemhild. Nein! Ich habe,
Was deine Thränen löscht. Und komme draus,
Was immer will; nun sollst du diese Stolze,
In ihrer Blöße sehn, nun sollst du's wissen,
Was nur, um sie zu schonen, ich verschwieg.
Als du mich heut vermißt — war ich bei ihr.

**Chriemhild.**

Bei Brunhild! All ihr Götter!
(Der Vorhang fällt rasch.)

# Dritter Aufzug.

Pfeilersaal in der Hofburg zu Worms. Im Hintergrunde, so wie vorne zu beiden Seiten offene Pforten.

## Erster Auftritt.

Hagen und Volker
(treten vorne zur Linken auf, in lebhaftem Gespräch begriffen).

**Volker.**

Das war nicht wohlgethan, ich wiederhol's;
Ablehnen durftest du, doch nicht mit Hohn
Den Speer dem Knaben vor die Füße schleudern.
Das reut dich selbst noch, Hagen.

**Hagen.**

Nimmermehr!
Ich bin kein Bettler, der am Wege lungernd
Almosen nimmt aus Siegfrieds gnäd'ger Hand.

**Volker.**

Fürwahr, er meint' es gütig.

**Hagen.**

Mich beschenken!
Wer gab, beim Abgrund, ihm das Recht dazu?
Das darf mein König thun, mein Freund, nicht er!

**Volker.**

Wenn ihr nicht Freunde seid, die Schuld ist dein.

Er wär' es gerne. Niemals hat er dir
Ein Leides angethan. Was widerstrebst du
So unversöhnlich ihm?

**Hagen.**

Wenn ich nun sagte:
Ich haſſ' ihn, wie der Stier den Scharlach haßt,
Aus eingeborner Feindschaft der Natur,
Wär's nicht genug der Antwort? Doch mich treibt's,
Den stummen, Monden lang verhaltnen Groll
Dir auszuschütten, Volker. — Sieh, mir ward
Im Leben wenig gute Zeit beschert;
Des Glückes Stiefkind bin ich; niemals hat
Ein liebes Weib geruht in diesen Armen,
Ein Kind mich angelacht. Nicht Haus noch Gut
Erwarb ich mir, und selbst vom Siege waren
Der Schweiß, der Staub, die Sorge nur mein Teil;
Für andre blieb die Frucht und blieb der Ruhm.
Ich habe nie geklagt, denn eines wußt' ich,
Eins, was für mein mühselig Los vollauf
Ersatz mir gab, das stolze Selbstgefühl,
Der Pfeiler dieses Königtums zu sein.
Das war mir Weib und Kind und Gut und alles.
Und nun, nachdem ich zwanzig Jahr' allein
Dies Haus gestützt und hundertfach mein Blut
Verspritzt, um es zu fest'gen, — nun zum Schluß
Kommt dieser Knab' im blonden Haar, und zieht
In Haus und Herzen wie ein Sieger ein,
Gebeut in Rat und Feld, und ich, ich soll
Wie ein verrostet Waffenstück, das man
Um alte Dienste schont, im Winkel stehn!
Ha, Tod und Hölle!

**Volker.**

Du mißkennst im Grimm
Dich selbst und andre. Wann hat Siegfried je
Um Gunst gebuhlt?

**Hagen.**

Gleichviel! Ist's nicht genug,
Daß er zum Herrn sich aufwarf unsres Herrn,
Und uns zu Knechten macht aus Gunthers Freunden?
Ha, nimmer trüg' ich's, wenn mir in der Brust
Das Erbteil nicht hellseh'nder Ahnung wohnte.
Nun aber weiß ich's wie durch Göttersprach:
Dem Baum, der in den Himmel wipfelt, liegt
Die Axt schon an der Wurzel, und sein Teil
Ist jähes Ende. Hört denn mein Gebet,
Ihr Waltenden dort unten, hört mich an:
Wenn ihr dereinst, um diesen troz'gen Stamm
Dahinzustrecken, eines Arms bedürft,
Hier bin ich, Hagen; wählet keinen andern!

**Volker.**

Nicht weiter, Schrecklicher! Wie mag dein Herz
In solchen Träumen sich ergehn! Besinne
Dich auf die Gegenwart, die du verlorst.
Mich ruft der Dienst hinweg. — Und sieh, dort naht,
Geschmückt zur Feier, schon die Königin.

(Er geht im Hintergrunde ab. Hagen zieht sich zurück. Durch die Pforte vorne zur Rechten erscheint Brunhild, im Priestermantel, die Krone auf dem Haupte.)

---

## Zweiter Auftritt.

Hagen. Brunhild.

**Brunhild**

(langsam vorschreitend, ohne Hagen zu bemerken).

In meiner Seele toben Furcht und Hoffnung.
Selbst dieser priesterliche Mantel dämpft
Die Qual des Zweifels nicht, der mich bestürmt.
Gewißheit muß ich haben, sollt' ich dran
Zu Grunde gehn.

(Sie erblickt Hagen.)

Still! Hagen. — Kommst du schon,
Ins Heiligtum zum Fest mich zu geleiten?

**Hagen.**

Noch eine Stunde währt's bis Mittag, Fürstin.
Auch nahn wir Männer erst den Tempelstufen,
Wen ihr zu zweien drinnen am Altar
Mit Frauenhand den heil'gen Dienst vollbracht.

**Brunhild.**

Zu zwei'n?

**Hagen.**

So will's die Sitte, die wir nie,
So lang ich denke, zu verletzen brauchten.
Im vor'gen Jahre stand Frau Ute noch,
Die königliche Greisin, bei Chriemhilden,
Die Abendröte bei dem Morgenrot.
Es war ihr letzter Gang. Nun tretet Ihr,
Des Fürsten Gattin, an der Mutter Platz.

**Brunhild.**

Ich hoff' ihn nicht unwürdig auszufüllen.

**Hagen.**

Gescheh es so. Sie war ein hohes Weib.
Was sie beschloß, war Weisheit. Lebte sie,
Es stünde manches anders, als es steht.

**Brunhild.**

Dein Lob der Toten klingt fast wie ein Vorwurf
Für die Lebendigen.

**Hagen.**

Das sollt' es nicht;
Denn Ehrfurcht stets gebührt den Herrschenden.
Vor einer Sorge freilich hätt' uns wohl,
Die jetzt um dieses Hauses Zinnen flattert,
Frau Utens vielgeprüfter Geist bewahrt.

**Brunhild.**

Was meinst du? Sprich!

**Hagen.**

Sie hätte nie ihr Kind
Vermählt mit Siegfried, eh' ihm Kron' und Land
Anheimgefallen, oder wenn sie's that:
Sie hätt' ihn nie geduldet hier in Worms.

**Brunhild.**

Den hochgewalt'gen Helden nicht? Warum?

**Hagen.**

Weil er zu hoch und zu gewaltig ist.
Zwei Kön'ge taugen nicht für einen Stuhl.

**Brunhild.**

Auch nicht, wenn sie die Freundschaft fest verbündet?

**Hagen.**

Man soll kein Leben auf Gefühle bau'n,
Die mit den Dingen nicht im Einklang sind.
Das Herz ist wandelbar, die Dinge bleiben.

**Brunhild.**

Du sagst, was wahr ist. Aber achtest du's
Für nichts, daß Chriemhild wohlgebettet ward?

**Hagen.**

Vielleicht.

**Brunhild.**

Vielleicht? das heißt: vielleicht auch nicht.

**Hagen.**

Nehmt's, wie Ihr wollt.

**Brunhild.**

Was läßt dich zweifeln, Mann?
Sprich, fürchte nicht, daß du mich kränkst.

**Hagen.**

Das weiß ich,
Denn dieser Bund ist Euch verhaßt, wie mir.

**Brunhild.**

Wer sagt dir das?

**Hagen.**

Mein Herz, Frau Königin,

Das, selber hassend, fremden Haß errät,
Und Euer glühend Aug' am Hochzeitabend.

**Brunhild.**

Ein kühner Schluß, nur schade, daß der kühnste
Am eh'sten trügt. — Doch reden wir von Chriemhild.
Du meinst? —

**Hagen.**

Je nun, ich mein', er liebt sie nicht.

**Brunhild.**

So starker Ausspruch fordert starken Grund.
Wer wird dir glauben, der die beiden sah?

**Hagen.**

Vielleicht, wer das auch sah, was ich geschaut.
Seht, Frau, ich bin in Krieg und Sturm erwachsen,
Und des, was Brauch ist, zwischen Mann und Weib,
Die sich gefallen, weiß ich wenig fast.
Nur mein' ich, Liebe weilt bei Liebe gern,
Zumal bei Nacht, zwei Tage nach der Hochzeit,
Und schweist nicht einsam draußen durch die Gänge
Der alten Burg am feuchten Mondlicht um.
Doch so thut euer Schwäher.

**Brunhild.**

Traft ihr euch?

**Hagen.**

Er sah mich nicht; mich barg des Pfeilers Schatten,
Doch desto deutlicher erkannt' ich ihn.
Zwei Stunden mocht' es sein nach Mitternacht,
Als ich auf meiner Rund' ihn kommen hörte.
Im Nachtgewand, langsamen Fußes, schritt er
Den Gang herauf; dann, wo der Steinaltan
Hervorspringt auf den Strom, trat er hinaus,
Den Blick emporgeheftet zu den Sternen,
Als wollt' er spähen, welche Zeit es sei.
Da, wie er stand, vernahm ich, daß er seufzte,

Und leise vor sich hinsprach: Armes Weib!
Doch plötzlich fuhr er dann empor und ging.

**Brunhild.**

Er seufzte, sagst du?

**Hagen.**

Ganz wie wenn ein Mensch
Bedauert, was er doch nicht ändern kann.
Ein Ton des Mitleids war es, nicht des Leids,
Das aber hört' ich deutlich: Armes Weib!

**Brunhild.**

Seltsam, sehr seltsam! —

**Hagen.**

Nun? Genügt's Euch, Frau?
Wen konnt' er anders meinen, als Chriemhilden?

**Brunhild.**

Ich kann's nicht leugnen, Hagen, dein Bericht
Ist mächtig, bangen Zweifel aufzuregen,
Und daß ein Leid hier waltet, scheint gewiß.
Bewahr in treuer Brust, was du erfuhrst.
Ich will das Gleiche thun; es ziemt uns nicht,
Ein trüb Geschick, das unsres Hauses Ehre
Vielleicht bedroht, ans Licht zu ziehn: das sei
Den Göttern, die nicht rasten, überlassen.
Jetzt geh! Unruhig wogt die Seele mir,
Und Sammlung heischt das Fest. Ich muß allein sein.

(Hagen geht.)

---

## Dritter Auftritt.

**Brunhild** (allein).

Er liebt sie nicht! Was braucht es weiter Zeugnis!
Sie haben ihm mit Trank und Spruch den Sinn
Verwirrt, und was er that, geschah im Rausch —
Doch wenn er sie nicht liebt — o dämpft, ihr Götter,

Dämpft diesen Sturm, daß ich den Schrecken nicht
Der allzujähen Wandlung unterliege!
Denn alles schwankt, wie ihr errettend naht.
Die finstre Kerkerwand, die mich umfing,
Stürzt dröhnend ein, und trunken, glanzgeblendet
Vergeht in Hoffnungsschaudern mir das Herz!
(Indem sie sich zum Abgehen nach der Pforte im Hintergrunde wendet, tritt ihr Siegfried durch dieselbe entgegen.)

---

## Vierter Auftritt.

Brunhild. Siegfried.

**Brunhild**
(bei Siegfrieds Anblick zusammenfahrend).

Ha, Siegfried! du?

**Siegfried.**

Verstört mein Anblick dich,
So will ich gehn. Denn dich nicht sucht' ich hier.

**Brunhild.**

Verweil. Ich hab' mit dir zu reden, Siegfried.

**Siegfried.**

Wofern du meines Arms bedarfst, befiehl.
Der Fürstin dien' ich gern; wiewohl — du weißt es —
Nicht freundlich unser letzt Begegnen war.

**Brunhild.**

Vergieb mir, Siegfried, wenn mein stürmisch Herz
Mit blindem Wort unwollend dich verletzte.
Leicht reizbar ist, wen man aus goldnem Traum
Zu jäh emporgeschreckt. Das ist mein Los.
Es lastet viel auf mir, was ich zu tragen
Mich erst gewöhnen muß. Drum, wenn dir fremd
Und rätselhaft mein ganz Gebaren schien,
Seit Wochen schon, so rechte nicht zu streng
Und glaub: nie war's mein Wille, dich zu kränken.

Siegfried.

Ich weiß dir Dank, daß du so freundlich sprichst.
Gewiß, ich wohnte gern mit dir in Frieden.

Brunhild.

So sei denn jeder Groll hinweggebannt!
Sieh — viel erlebten wir in dieser Zeit,
So viel, daß ich mir oft durch Zauberspruch
Verwandelt schein' und mühsam mich besinne,
Was früher war. Da drängt sich — was verhehl' ich's! —
Die Sehnsucht nach dem alten Freund mir auf,
Und aus dem Strudel dieser Gegenwart
Flücht' ich zu dir; denn du nur magst mich fassen.
Die Löwin sahst du, die jetzt Sitte lernt,
In stolzer Freiheit noch, und kennst das Sonst,
Aus dem ich hergelangt — kaum weiß ich, wie.

Siegfried.

Du wirst dir stark ein neues Leben gründen.
Das Sonst ist hin.

Brunhild.

Ich weiß, doch möcht' ich's nie
Vergessen, Siegfried, niemals. Der ist feig,
Der scheu die Wimpern zudrückt, wenn's einmal
Von alter Zeit in Nacht versunknen Gipfeln
Wie Wetterleuchten ernst herüberblitzt.
Nein, offnen Auges starr' ich in den Glanz,
Und hoch schwillt mir die Brust. O Siegfried, war's
Nicht schön, nicht unsres Angedenkens würdig,
Als wir wie wilde Schwäne dort am Meer
Beisammen hausten, als wir täglich, kühn
Das Leben wagend, zwiefach es gewannen
Und jauchzten, wenn der Jugend Sturm gewaltig
Durch unsre Herzen, wie durch Harfen, ging?

Siegfried.

Ei, wie vergäß' ich je der frischen Zeit!
Gewiß, noch heute dank' ich's jenem Wetter,

Das dazumal — drei Jahre sind's nun bald —
Mein Drachenschiff an deine Küste warf,
Dem frühen Winter, der mich dort gefesselt.
Denn Unerhörtes brachte jeder Tag,
Gefahr und Lust; da griffen wir im Tannicht
Den zott'gen Riesenwolf, da maßen wir
Abgründ' im Sprunge, rangen, wo sich schwindelnd
Der Felshang senkt, die Brut dem Greifen ab,
Und kämpften mit der Bärin auf dem Eis.
Und nachts, am Herdesfeuer, wecktest du
Mit Harfentönen die gewalt'gen Schatten
Begrabner Helden oder lehrtest mich
Der Runen Schrift verstehn. So floß die Zeit
Dahin, ich merkt' es kaum.

**Brunhild.**

Weil sie beglückt war
Und ohne Wunsch. — Wer bringt uns heute, Siegfried,
Nur einen Tag zurück, so frisch und froh,
So reich an Hoffnung! — Warum trieb dich auch,
Da kaum der Lenz die eis'gen Schollen löste,
Dein Sinn hinaus von mir! Doch nimmer wollt' ich
Dich halten, wo der Ruhm den Helden rief,
Ob ich dich schwer auch ziehn sah. — O gedenkst
Du noch der Nacht, der letzten, eh' wir schieden?
Da hattest du den schupp'gen Seewurm endlich,
Das Ungeheuer, das du lang gesucht,
Am Klippenstrand erlegt und rittest nun,
Ich sah's vom Turm, langsam zur Burg herauf.
Beim Sternenlicht erkannt' ich deinen Hengst,
Wie stolz er bäumte, hinter ihm geschleppt
Den Riesenleib des Wurms. Der Wächter stieß
Ins Horn mit Jubelschall, und gleich als wollte
Der Himmel selbst mitfeiern deinen Sieg,
Ergoß er plötzlich überm Haupte dir
Ein glorreich Nordlicht, daß dein blond Gelock

Wie Feuer wallte. — O wie stolz empfand
Ich da des Gastes Herrlichkeit, wie schlug
In Lust aufjauchzend dir mein Herz entgegen!
Ein hoher Götterliebling schienst du mir.
Zu jener Stunde, jedes Preises wert.
Schon sah ich dich mit ahnungsvollem Geist
Als einen König über alle Kön'ge
Den letzten Kranz, den herrlichsten, ergreifen,
Und nun —

**Siegfried.**

Vollende deinen Spruch! Und nun?

**Brunhild.**

O daß ein Traum so treulos täuschen darf!
Daß so betrübt ein königlicher Geist,
Der mit den Schwingen schon die Sterne rührte,
Im Fluge sinken mag! Nun find' ich dich,
Den Helden, dem die Welt gehören sollte,
Im Dunkel hier als König Gunthers Mann.

**Siegfried.**

Ich bin nicht Gunthers Mann, noch war ich's je.

**Brunhild.**

So bist du doch Chriemhildens Ehgemahl.

**Siegfried.**

Und allen Göttern dank' ich's.

**Brunhild.**

Frommer Sinn
Dankt freilich auch für Schwerverhängtes wohl.

**Siegfried.**

Du sprichst in Rätseln.

**Brunhild.**

Wohl, so will ich klar sein,
So klar, wie deine Seele vor mir liegt.
Zwar weiß ich wohl, ihr Männer liebt es nicht,
Ein heimlich Leid einzugestehn; doch kein

Bekenntnis will ich ja, du sollst nur hören,
Daß ich dein Herz durchgründet. —
Armer Freund!
Der Pfad, auf dem der Held zur Größe wallt,
Ist steil und schmal; die meisten schritten ihn
In stolzer Einsamkeit. Dreimal glückselig
Der Auserwählte, der, Gefahr und Ruhm
Zu teilen eine große Seele fand!
Das höchste fiel ihm unter allen Losen.
Doch weh dem Blinden, der, vom Sinnenreiz
Verhängnisvoll umstrickt, auf halbem Wege
Sein Leben ratlos an die Kleinheit band!
Denn unerbittlich zieht sie ihn nach unten,
Und Heimweh, rettungsloses, zehrt ihn auf. —
(Kurze Pause.)
Siegfried, das ist dein Schicksal. Nieder ging
Dein Stern im Strome der Alltäglichkeit,
Als du mit diesem Kinde dich vermähltest;
Und elend bist du, weil du das erkennst.

**Siegfried.**

Ich? Elend! — Träumst du?

**Brunhild.**

O, verleugn es nur!
Hüll dich in Lächeln ein, in Zorn, in Staunen!
Dir sagt dein Herz doch, daß ich Wahrheit sprach.
Dir sagt's die Bitterkeit des Ungenügens,
Der Abfall von der Jugend stolzem Traum;
Dir sagt's dein Blut, das, einst wie Feuer wallend,
Schon kühl durch deine Adern schleicht, dir sagt's
Die ganze weite Welt, wo jedes Ding
Zu frohem Wachstum seinesgleichen sucht.
Es paart sich Flamm' und Flamme, Flut und Flut,
Und nur die Heldin taugt zum Weib des Helden!

**Siegfried.**

Das war es, das? O welch ein Gott hat dich

Verblendet, daß du mich, daß du die Sehnsucht,
Die tief im Manne wohnt, so ganz mißkennst!
Denn nicht des eignen Wesens Abbild, wisse,
Sein Widerspiel nur ist's, was uns die Seele
Mit Liebesmacht unwiderstehlich zwingt,
Und was uns selbst versagt blieb, suchen wir
Vollendung dürstend in der fremden Brust.
Der Schwache wähle sich ein starkes Weib;
Kraft greift nach Sanftmut; wahrlich, und je stolzer
Der Mann emporwuchs, desto mächt'ger rührt ihn
Der Zauber holdbedürft'ger Weiblichkeit.
Das ist es, was mich an Chriemhilden bannt,
Das schafft die Wonne, die aus ihrem Wesen
Wie Mondlicht über meine Seele strömt
Und all mein Ungestüm in Frieden taucht.
Was gilt am Weib mir Heldentum? Beim Thor!
Das hab' ich selbst, und neubegierig wohl
Bestaunen kann ich's; aber lieben? — Nie!
Ich hab's erfahren. Sah ich nicht im Nordland
Die blonden Schildjungfrau'n, die stahlumschient
Im Wagen stehend ihre Rosse zähmten?
Doch keine rührte mich. Und mehr als das!
Bist du nicht selber wie von Götterstamm?
Nicht hohen Geistes? Strahlst du blendend nicht
An Herrlichkeit und Kraft vor allen Schwestern?
Sah ich den strengen Liebreiz, der dich schmückt,
Nicht mondenlang vor den beglückten Augen
Von Tag zu Tage feuriger erblühn?
Und nie doch stieg mir, nie, selbst nicht im Traum,
Auch nur die Regung auf, als liebt' ich dich.

**Brunhild.**

Ha! Uebermüt'ger! Hast du nicht der Sonne,
Der ew'gen Sonn' auch deine Gunst versagt,
Weil sie mitleidig einen Strahl dir gönnte? —
Wer spricht von mir denn! Wohl dir, daß du nie

Gewagt, so hoch dein Auge zu erheben!
Denn, bei den Nornen, Schmach erspart' es dir.
Wie einen Knaben hätt' ich dich vom Hofe
Gegeißelt —

**Siegfried.**

Bänd'ge deine Zunge, Weib!
Vergessen könnt' ich —

**Brunhild.**

O vergiß, vergiß!
Du bist ja doch in dieser Kunst ein Meister.
Denn was vergaßest du nicht schon? Dich selbst,
Und Ehr', und Treu', und jedes hohe Ziel;
Und alles um ein brünstig schmachtend Weib!
So geh denn hin zu ihr, der Einz'gen, bade
In ihrer Seele Milch und Honig dich,
Bis alles Erz aus deiner Brust hinwegschmolz
Und jeder Tropfen Bluts von Heldenart
In Schäferwollust schamlos unterging!
Geh, geh! dein Täubchen girrt — Was zögerst du?
Doch dies nimm auf den Weg: ich hasse dich,
Von ganzer Seele haff' ich dich, und habe
Dich immerdar gehaßt, und will dich hassen,
So lang ein Hauch des Lebens in mir wohnt! — —
O all' ihr Götter!

**Siegfried.**

Du bist außer dir.
Warum, ich mag's nicht ahnen. — Fasse dich!
Und was du sprachst, verlöscht sei's und begraben.

(Er geht.)

---

## Fünfter Auftritt.

**Brunhild** (allein).

Zu viel! Zu viel! Nun halte mich empor mein Stolz,
Daß ich nicht hell aufklagend, wie die Nachtigall,

In Schluchzen sterbe! — Nein, nein, nein, des Sieges soll
Er nimmermehr sich rühmen, der Entsetzliche!
Bin ich nicht Königin, bin ich nicht Brunhild noch?
Nein! Leben will ich ihm zum Trotze. Jauchzen sei
Fortan und Schwärmen all mein Thun. Und wenn er ihr,
Der Blonden, liebkost, die mir seine Seele stahl,
Dann will ich lachen, lachen; denn was frommte sonst
Bei solchem Schauspiel! — Wehe, weh mir! Welche Qual
Schießt jach ins Herz mir! Wie ein Geier fällt's mich an,
Der, starkbeflügelt, willenlos dahin mich reißt;
Ein roter Schleier webt vor meinen Augen sich.
Und mir im Ohr erklingt es wie der Norne Ruf.
O Lust, Lust, Lust! Und, Götter, diesem Sturm ein Ziel!
(Sie stürzt fort.)

---

## Verwandlung.

Freier Platz vor dem Heiligtume. Im Hintergrunde über Stufen eine hohe Bogenpforte.

### Sechster Auftritt.

Eine Schar von Jungfrauen, festlich geschmückt, mit Fackeln, unter ihnen Gerda. Chriemhild tritt auf.

**Chriemhild.**

Seid mir gegrüßt! Zum Fest bereitet find' ich euch?

**Gerda.**

Wir sind's, o Herrin. Fackeln tragend, angethan
Mit weißen Kleidern, wie der heil'ge Brauch es will,
Geschmückt mit Blumen, feuerroten, siehst du uns,
Nur deines Winkes harren wir, hinaufzuziehn.

**Chriemhild.**

Und niemand fehlt uns?

**Gerda.**

Niemand, als die Königin.

Chriemhild.

Wohl. Warten wir hier außen, bis Posaunenton,
Die Sonn' im Scheitel grüßend, zum Altar uns ruft;
Bald muß er schallen. Künd' er uns ein glücklich Jahr!

Gerda.

Verdrießt Brunhildens Zögern dich? Du bist so ernst.

Chriemhild.

Ernst bin ich, ja; doch nur die Feier stimmt mich so.

Gerda.

Die Feier? Wie versteh' ich dich, Gebieterin?
Denn fröhlich dünkt sie mich vor allen. Ist es doch
Des Sonnenjünglings Freudenfest, was wir begehn,
Sein Siegestag, an dem er liebend Strahl um Strahl
Zur Erd' herabgießt und von ihr nicht lassen will.

Chriemhild.

Nicht lassen will und morgen dennoch lassen muß.
Das ist es, Liebe, was mit leisem Schauder mir
Die Brust erschüttert, daß an jede höchste Lust
Unwiderruflich sich ein banges Scheiden knüpft.
Was schön ist, währt nicht; alle die Erscheinungen
Des Jahrs verkünden's, die des Lebens Spiegel sind,
Und wie die Sonne wandelt unser Glück dahin.
Wohl steigt es fröhlich; aber kaum zum vollsten Glanz
Aufblühend, muß es wieder in die Nacht hinab.
Die Höh' ist Wend'. Und Wende singt vom Ende schon.

Gerda.

O laß die Furcht den Schuld'gen!

Chriemhild.

Wer entgeht ihr dann!
Denn vor den Göttern, Gerda, wer ist rein von Schuld?
(Posaunenschall aus dem Innern des Tempels, dessen Pforten aufspringen.)

Gerda.

Des Priesters Ruf!

**Chriemhild.**

So schreit' ich denn ins Heiligtum,
Die hohe Feier zu beginnen. Folget mir!

---

## Siebenter Auftritt.

Chriemhild schreitet die Stufen hinauf; in diesem Augenblick erscheint Brunhild mit Sigrun. Sie eilt auf Chriemhilden zu und sucht sie zurückzuhalten.

**Brunhild.**

Zurück, Verhaßte! Weiche von der Schwelle dort!

**Chriemhild.**

Was willst du? sprich! Was zerrst du meines Mantels Saum?

**Brunhild.**

Mein ist der Vortritt. Heb dich aus dem Wege mir!

**Chriemhild.**

Der Bitte lernt' ich folgen, nicht dem Machtgebot.

**Brunhild.**

Gebieten ziemt der Königin. Hinweg darum!

**Chriemhild.**

Ich bin so gut von königlicher Art, wie du.

**Brunhild.**

Du wagst zu trotzen? Zittern lehrt dich mein Gemahl.

**Chriemhild.**

Sein Gast ist meiner, und ein starker Held, wie er.

**Brunhild.**

Jawohl; zum Hochmut aufgenährt an unserm Tisch.

**Chriemhild.**

Laß diese Red', Unsel'ge, sie geziemt dir nicht.

**Brunhild.**

Was mir gezieme, frag' ich keines Knechtes Weib.

**Chriemhild.**

Himmel und Erde! Brunhild, nimm dies Wort zurück!

Brunhild.

Ha, traf es, traf es endlich bis ins Herz hinein?
Und stöhnst du wie ein blutend Reh um Gnade nun?
Doch sieh, ich nehm' es nicht zurück. Erstické denn,
Erstick an dieser Minne, die so brünstig flammt!
Du sollst noch schau'n, wenn mein Gemahl zu Rosse steigt,
Daß Siegfried unterwürfig ihm den Bügel hält.

Chriemhild.

Um deiner eignen Seele Heil beschwör' ich dich,
Brunhilde, schweig!

Brunhild.

Nein, schweigen will ich nicht. Ich will
Den Trotz dir brechen, daß du nicht zum andernmal
Vermessen prahlend meinesgleichen dich bedünkst.
Dir sagen will ich, daß dein edler Gatte mir
Ein Bettler gilt, ja, daß du selbst, Hoffärtige,
Die goldnen Sohlen knieend mir zu lösen taugst!
Denn königlich ist jeder Tropfe Bluts in mir;
Du aber hast, abschwörend deiner Fürstlichkeit,
Dich selbst entehrt in dienstbar schnödem Ehebett!

Chriemhild.

Ha, was war das! Von schnödem Eh'bett redest du,
Und von Entehrung? War's nicht also? Nun beim Thor!
Das wäre furchtbar, wär' es nicht so lächerlich,
So unermeßlich lächerlich von dir zu mir.
Ja, schürze nur die stolze Lippe, runzle nur
Die Brauen, Wölfin! Einen Spiegel zeig' ich dir,
Daß du die eignen Königsehren drin beschau'n.
Und dann, dem Basilisken gleich, zerbersten magst.
Denn dieser Siegfried, welchen du als schnöden Knecht
So ganz mißachtest, dieser selbe Siegfried hat
An dir gethan, was nimmer dein Gemahl vermocht.
Er war es, er, in König Gunthers Bild verstellt,
Der einst im Brautkampf Freiheit dir und Sieg entriß.
Und wär' es das nur! — Aber nein! — Gedenkst du noch

Des ehernen Armes, der in tiefer Finsternis —
Zwei Nächte sind's — dich bändigt' und gewaltsam dir
Den starren Nacken beugte, daß du winseltest?
Gedenkst du sein? — Nun wisse: das war Siegfrieds Arm!
Da lagst du, Stolze, keuchend, mit gelöstem Haar
Zu Füßen ihm, und hieltest seine Knie umfaßt,
Und flehtest Schonung tiefzerknirscht und botest ihm
Dein ganzes hochgefürstetes Selbst zur Sühne dar.
Doch er, der Bettler — hörst du's? er verschmähte dich,
Um mich, um mich verschmäht' er dich, und ging davon,
Dich Gunthern lassend, deinem großen Könige!

**Brunhild.**

Nieder in den Staub, du Schlange, die mit gift'ger Zunge sticht!
Lügnerin!

**Chriemhild.**

Die Wahrheit sprach ich, und dein Grimm verlöscht sie nicht.

**Brunhild.**

Schweig! Wie Flaumen in die Lüfte blas' ich deiner Märchen Bau.

**Chriemhild.**

Glauben willst du nicht dem Worte, rasend Weib, wohlan, so schau!
Kennst du diese Doppelspange? Dir vom Gürtel kam sie nie,
Bis der Held dich unterjochte —

**Die Jungfrauen.**

Wehe! Wehe!

**Chriemhild.**

Kennst du sie?

**Brunhild.**

Gaukelspiel der finstern Mächte!

**Chriemhild.**

Antwort gieb!

**Brunhild.**

Wie Rabenflug
Schwirrt es düster mir vor Augen. Aber nein! Es ist ein Trug!
Du entwandtest sie!

**Chriemhild.**

Du wagst es?

**Brunhild.**

Räuberin!

**Sigrun.**

Laßt ab vom Streit!
Dort vom Schlosse naht der König.

**Chriemhild.**

Wohl, er kommt zur rechten Zeit.

---

## Achter Auftritt.

Gunther tritt auf, im königlichen Schmucke, begleitet von Hagen, Volker und einem reichen Gefolge, das sich im Hintergrunde ordnet.

**Gunther.**

Welch ein Zwist! Wer ist's, der frevelnd unsrer Hofburg Frieden brach?

**Brunhild.**

Schütze, räche mich, mein Gatte! Räche deines Weibes Schmach!

**Gunther.**

Was geschah?

**Brunhild**

(führt ihn in den Vordergrund).

Es spricht die Stolze — meine Lippe bebt vor Scham —
Daß nicht deine Kraft, daß Siegfried mir zu Nacht den Gürtel nahm.

**Gunther.**

Wort des Unheils! Wehe!

**Sigrun.**

Wehe, daß du diesen Zwist begannst!

**Brunhild.**

Brich die Lästrung! Richte! Räche!

**Chriemhild.**

Straf mich Lügen, so du kannst!

**Brunhild.**

Ha, du schweigst? du zögerst? Rede! Bei der Hölle Pforten, sprich!
War es Siegfried?

(Gunther schweigt.)

**Die Jungfrauen.**

Wehe! Wehe!

**Chriemhild.**

Sein Verstummen richtet dich.
Sieh, nun zitterst, nun erbleichst du; deines Stolzes trunkner Wahn
Flattert hin, wie Rauch im Winde. Aber klage mich nicht an!
Du, nur du beschworst das Wetter, das um deine Schläfe grollt.
Stirb denn hin in seinen Blitzen! Denn du hast es selbst gewollt.

(Sie schreitet in das Heiligtum; ein Teil der Jungfrauen folgt ihr. Die übrigen samt dem männlichen Gefolge ziehen sich auf Hagens und Volkers leises Bedeuten langsam zurück. Brunhild steht wie zerschmettert im Vordergrunde; Gunther will sich ihr nähern.)

**Gunther.**

Hör mich, Brunhild —

**Brunhild.**

Fort, Verräter! Fort, aus meinem Angesicht!

(Gunther entfernt sich zögernd.)

**Brunhild.**

Aber ich, wohin ich flüchte, meiner Qual entrinn' ich nicht.
Selbst die Rache, die zum dunkeln Priesteramt mich heute weiht,

Schafft mir nicht, wonach ich dürste, schafft mir nicht Vergessenheit.
Brich herein denn, Götterdämmrung, und durch Rauch und Trümmerfall
Stürmt empor, ihr Abgrundsriesen! Stieb in Aschen, Sonnenball!
Nacht, uralte, ström in Wogen schwarz und uferlos herauf,
Nimm in deine tiefsten Tiefen mich und meinen Jammer auf!

(Der Vorhang fällt.)

---

# Vierter Aufzug.

Halle in der Königsburg zu Worms. Den Haupteingang bildet ein offener Bogen im Hintergrunde; seitwärts zur Rechten eine hohe Pforte, die in Gunthers Gemächer führt; dieser gegenüber links ein anderer Eingang.

## Erster Auftritt.

Siegfried. Gunther.

**Siegfried.**

So weißt du nun, wie alles sich begab,
Ich habe nichts verhehlt und nichts entschuldigt;
Und nun noch einmal: gieb mir Urlaub, Fürst.
Aufrichtig dank' ich dir's, daß du dein Herz
Um diese Schuld nicht von mir abgewendet,
Doch meines Bleibens ist fortan nicht hier.
Zu meinem Vater will ich heim nach Santen.

**Gunther.**

Mit nichten, Siegfried. Unglücksel'ges wohl
Geschah, und meiner Krone besten Stein
Gäb' ich dahin, es ungeschehn zu machen.
Doch heilt sich Arges denn mit Aergstem nur?
Du hast der Schwester hart ihr Thun verwiesen,
Hast an dir selbst gestraft, was du gefehlt;
Und sprech' ich nun: Mir ist genug geschehn,
Wer will noch rechten?

Siegfried.

Du vergißt Brunhilden.
Ihr nordisch Blut hat schwerern Sinn wie deins.

Gunther.

Erwarten wir's. Bis heut zwar schloß sie sich,
Mit ihrem Groll der Menschen Auge meidend,
In ihr Gemach. Und walten ließ ich sie,
Weil Zeit und Einsamkeit Besinnung schaffen.
Doch eben ward mir Botschaft: sie begehrt
Um Mittag hier im Saale mich zu sprechen.
Gewiß, sie fühlt, daß sie sich sühnen muß.

Siegfried.

Vielleicht mit dir, mit mir und Chriemhild nie.

Gunther.

Wer weiß! Ein Rätsel blieb ihr Wille stets.
Doch, wär's auch, wie du sagst, so laß die Frauen
Sich meiden; was am Ende kümmert's uns!

Siegfried.

Du bleibst Brunhildens Gatte —

Gunther.

Doch kein Kind,
Das sich von Weiberlaunen gängeln läßt.
Fürwahr, dein langes Zaudern muß mich kränken.
Du traust mir nicht —

Siegfried.

Beim Licht der Sonne dort!
Mißhör mich nicht. Am Ende machst du mich
Zum blöden Träumer, der am hellen Mittag
Gespenster schaut, und unter Freundes Dach
Vor Hinterhalt und Mörderwaffen bangt.
Nein, nur was menschlich ist, befürcht' ich. Keiner
Gehört in Haß und Liebe nur sich selbst;
Ein Zauber webt im Dunstkreis, den wir atmen,
Und sacht, vom ewig gleichen Hauch umwittert,
Verwandelt sich das Herz uns in der Brust.

Wir könnten leicht — nicht feind — doch fremd uns werden.
Drum, eh' uns das geschähe, laß mich ziehn.

**Gunther.**

Dich treibt dein ungestümer Sinn hinaus,
Gesteh es nur, nicht diese Schattenbilder,
Die du dir selber schaffst. Fürwahr, du zwingst mich
Zu sagen, was der Mann nur schwer bekennt,
Und schwerer noch der König: Sieh, ich kann,
Kann dich nicht missen. Drum verlaß mich nicht.
Versteh mich, Siegfried, nicht den Siegerarm
Des Helden mein' ich; nein, dein fröhlich Auge,
Dein trautes Wort, dein sonnenhell Gemüt.
Wenn du mir schiedest, löscht' in dieser Burg
Mir jeder helle Klang und Schimmer aus.
Denn Brunhild lieb' ich, ja — allein ihr Sinn
Ist wie Gewitterhimmel; jede Lust,
Die von ihr ausgeht, birgt geheime Schrecken;
Ein heiter Glück erwart' ich nie von ihr.
Gernot ist fern, und Giselher ein Kind.
Wer bleibt mir sonst? Du weißt es ja, wir Kön'ge
Stehn einsam wie auf Bergesgipfeln da;
Die Ehrfurcht reicht hinauf, die Freundschaft nicht.
Doch du warst meinesgleichen, dir vermocht' ich
Mich frei zu schenken. — Sieh, so hab' ich stets
Die andern all, die eh'rnen Panzerhelden,
Geachtet, wie sie mir in Feld und Rat
Gedient; dich aber hab' ich lieb gehabt,
Von all den Hunderten, die mir begegnet,
Nur dich. — Nun ist's gesagt. Und jetzo geh!
Geh, wenn du kannst!

**Siegfried.**

Beim Stuhl des Wodan, nein!
Ich bleibe bei dir. Wo aus Mannes Brust
So tief der volle Klang der Liebe bricht,
Da muß beschämt jedweder Zweifel weichen.

Gesegnet sei die Stunde, die mir so
Dein Herz enthüllt hat; diesen Hader selbst
Nun könnt' ich segnen. Ja, so schickt ein Gott
Die finstre Wolk' uns, daß wir doppelt siegreich
Das Farbenspiel des Bogens leuchten sehn.
Gieb mir die Hand!

**Gunther.**

Und spür an ihrem Druck,
Wie treu ich's meine. Wahrlich, sehn die Weiber
Uns so verbunden, sie besinnen sich,
Und wie ein Funk' in Aschen stirbt der Zwist.
So sei denn gleich ein frohverbrüdert Tagwerk
Für heut begonnen! Mit den Mannen will ich
Zur Hirschjagd in den Odenwald hinaus.
Geleite mich, und unter grünen Wipfeln
Beschwören wir aufs neu den alten Bund.

**Siegfried.**

Ich bin dabei.

**Gunther.**

Geh denn und laß den Hengst
Dir satteln. Nur mit Brunhild red' ich noch
Ein ruhig Wort, das mir ein Gott gesegne,
Und dann vom Hof herauf mit Hörnerschall
Ruf' ich dich ab.

**Siegfried.**

Du sollst nicht warten, Gunther.
Beim Thor! So fröhlich ging ich nie zur Jagd.

(Siegfried geht ab durch den Haupteingang. In demselben Augenblick erscheint Hagen durch die Pforte zur Linken.)

---

## Zweiter Auftritt.

Gunther. Hagen.

**Gunther.**

Du kommst zur guten Stunde. Eben hielt ich
Mit Siegfried Zwiesprach. Unser Zwist ist aus,
Und meinem Wunsche fügt er sich und bleibt.
Fürwahr, er trägt ein hoch Gemüt, und froh
Aufatm' ich, wie bei Frühlingswiederkehr,
Da ich nach all dem Wirrsal ihn aufs neue
Den unsern heiße.

**Hagen.**

Herr, was thatest du!

**Gunther.**

Kann dich's befremden, Mann, wenn alte Freunde
Rasch ebnen, was sie schied? — Sag an, was soll
Dies Runzeln deiner Stirne? Thust du doch,
Als hätt' ich Unheil dir, nicht Glück verkündet.

**Hagen.**

Ein allzu rasches Wort ist niemals Glück.
Du wirst, was du gelobt, nicht halten können.

**Gunther.**

Laß sehn doch, wer mir's wehrt!

**Hagen.**

Die Thaten, die
Geschehn sind, Herr, und deine Königin.

**Gunther.**

Du sprichst sehr zuversichtlich. Warst du etwa
Bei Brunhild?

**Hagen.**

Nicht bei ihr; denn niemand noch
Ward zugelassen. Doch ich forscht' im Vorsaal
Beim Ingesinde nach der Herrin Thun.

Gunther.

Und was erfuhrst du? Was begann die Fürstin,
Seit sie sich unserm Blick entzog?

Hagen.

Laß mich
Berichten, was ich von den Frauen weiß.
Zur Stunde, da vom Sonnenwendenfest
Sie heimkam, löste sie ihr wallend Haar,
Und Mantel, Kron' und Spangen von sich legend,
Bestieg sie stumm ihr greifenklauig Bett.
Dort, wie ein Erzbild, lag sie nun zwei Tage,
Zwei Nächte, wortlos, ohne Speis' und Trank,
So ganz in sich versunken, daß sie kaum
Ein Glied geregt. Doch schlief sie nicht, denn finster,
Weit offen glomm ihr brennend Aug' empor,
Und sichtbar über Stirn und Brauen zogen
Wie Wolkenschatten die Gedanken ihr,
Als reift' ein furchtbar Schicksal sie im Innern.
Erst heut aus dieser Starrheit fuhr sie auf
Und rief nach Wein, und sog aus tiefem Becher
Den Trunk mit bleichen Lippen durstig ein.
Dann, ihren Purpur um die Schultern werfend,
Hieß sie hierher dich laden zum Gespräch.

Gunther.

Seltsam! — Auf Frieden hofft' ich; dein Bericht
Hört freilich eh'r wie Möwenschrei sich an,
Der Sturm verheißt. So gilt es zwiefach denn
Mit Ruh' gewappnet sein.

Hagen.

Die Königin!

(Brunhild ist unter dem Bogen des Hauptelngangs erschienen.)

## Dritter Auftritt.

Gunther. Hagen. Brunhild.

**Brunhild.**

Aus meiner Kammern Stille, wo ich einsam
Mein schlummerloses Leid in mir gewälzt,
Tret' ich gefaßten Geistes, mein Gemahl,
Bereit zur Zwiesprach wieder dir entgegen.
Doch nicht des Herzens Wunsch — du fühlst es wohl —
Die Not der Stunde nur, die unerbittlich
Ein schweres Werk uns auflegt, treibt mich her.
Dir anzukünden komm' ich, was geschehn muß,
So du nicht selbst schon deinen Schluß gefaßt.
Sprich denn!

(Hagen will sich entfernen.)

Bleib, Hagen! Du bist treu; du trägst ja
Kein wallend Goldgelock und wußtest nie
Von süßer Rede. Deines Rats vielleicht,
Vielleicht auch deines Arms bedürfen wir.

**Gunther.**

Mit Freuden seh' ich, Brunhild, daß der Sturm,
Der bis zur Wurzel dich erschüttert, endlich
Vorüberzog. Besonnen wendest du
Den Blick umher, und ruhig klingt dein Wort.
So hoff' ich denn, auch was dir not scheint, wird
Getrosten Mutes zu vollführen sein.
Doch eh' du's aussprichst, hör mich an. Wohl fühl' ich's,
Daß ich mich schwer an dir verging, und stumm
Von meines Unrechts Wucht hinabgedrückt
Vor dir versinken müßt' ich, wär's nicht Liebe
Gewesen, was in dies Vergehn mich trieb.
Doch Liebesschuld ist stets geteilte Schuld.
Nicht mich allein, die eigne Hoheit auch,
Den Zauber, den dein Reiz allmächtig übt,
Verklage, wenn der Wunsch, dich zu besitzen,

Durch Recht und Sitte wie ein Feuer brach.
Jetzt ist's geschehn, und keines Gottes Spruch
Vermag's zu ändern; Zorn und Gram und Reue
(Könnt' ich bereu'n) sind alle gleich umsonst.
Da frommt nur eins: wie eines bösen Traums,
Den Finsternis und wildes Blut gezeugt,
Der That Gedächtnis löschen. Was versank
Nicht schon im Brunnen der Vergessenheit!
Wo ist ein tödlich Weh, das er nicht deckte!
So sei denn weise, Brunhild, wirf die Schuld
Auch dieser Tage großgesinnt hinab,
Und was dir doch — dafern das Leben je
Dir wieder blühn soll — einst die Not geböte,
Das thu aus freier Wahl: Vergiß! Vergieb!

**Brunhild.**

Du sprichst in einer Sprache, die, vernehm' ich
Die Worte gleich, doch wie des Windes Sausen,
Des Wassers Rauschen mir unfaßbar bleibt,
Ein leerer Schall, dem Sinn und Deutung fehlt.
Wenn mir ein Pfeil im wunden Fleisch noch zittert,
Wenn tödlich Gift mir durch die Adern rast,
Wirst du verlangen, daß ich Pfeil und Gift
Aus meinem Sinn vertilgen soll? — Und doch!
Ich könnt' es eh'r, als diese Qual vergessen,
Die unauslöschlich brennend mich verfolgt.
Den Göttern mag es anstehn, zu verzeihn,
Denn machtlos prallt von ihrer heitern Stirne
Der Frevel, wie von festem Erz, zurück;
Ich bin verwundbar irdischen Geschlechts,
Und Sühnung brauch' ich, wie ich Schmerzen fühle.

**Gunther.**

Ich hatte dich besänftigter gehofft.
Doch sei's. Sag deinen Preis. Was menschlich ist,
Gewähr' ich dir. Du wirst im Zorn nicht reden.

**Brunhild.**

Sei unbesorgt. Wer so wie ich gelitten,
Dem losch mit Furcht und Hoffnung auch der Blitz
Des Zornes aus, und ehern, wie das Schicksal,
Gelassen thut er, was notwendig ist. — —
Siegfried muß sterben.

**Gunther.**

Weib, versuchst du mich?
Zu welchem Ende sonst der grause Scherz!

**Brunhild.**

In solcher Stunde scherzen, wäre Frevel.
Du frugst mich um den Preis; ich nannt' ihn dir.

**Gunther.**

Und Mindres also nicht, als Siegfrieds — Mord,
Begehrtest du?

**Brunhild.**

Du sagst es, mein Gemahl.

**Gunther.**

So hat von deinen Zauberweibern eins
Mit Bechern Wolfsbluts dir das Haupt verwirrt,
Und dir das Herz zu kaltem Fels versteinert!
Doch wenn du selber fühllos solchen Greu'l
Nicht scheu'st zu denken, wähnst du denn, ich werde
Jemals einwill'gen in das Gräßliche?
Ich werd' es dulden, daß man hinterrücks
Den Waffenbruder mir, den Freund erwürgt?

**Brunhild.**

Du wirst es dulden.

**Gunther.**

Nimmermehr! Den Gast —

**Brunhild.**

Der dir vor allem Volk dein Weib entehrt!

**Gunther.**

Das that nicht er —

Brunhild.

Das that die Schwester, meinst du.
Doch konnte sie's, wenn er dich nicht verriet?

Gunther.

Durch absichtsloses Wort. Ein Schicksal war's.

Brunhild.

So nenn's auch Schicksal, daß er sterben muß.

Gunther.

Laß dich beschwören —

Brunhild.

Spar die eitle Rede!
Du hältst der Norne Schritt so wenig auf,
Wie du ihn retten könntest, wenn er mich
Vor deinen Augen hier erschlagen hätte;
Denn Ehr' und Leben halten gleich Gewicht.
O, als ich dalag, Tag' und Nächte lang
Nichts als den Abgrund meiner Schmach empfindend,
Als jede Faser, die in mir sich regte,
In Schmerz aufzuckend nach Vernichtung schrie:
Was hielt mich ab, mit eingepreßtem Odem
Die Brust zu sprengen und des Blutes Bäche
Stillstehn zu heißen, wenn es nicht die Pflicht
Der Reinigung und der Vergeltung war?
Nicht ungesühnt durft' ich hinuntergehn,
Ein ehrlos Bild zu wandeln bei den Toten,
Die ich im Leben hoch die Stirne trug.
Das trieb mich rückwärts von der düstern Schwelle,
Die meine Sehnsucht schon betrat, das hieß
Noch einmal dies verhaßte Licht mich grüßen;
Doch nur, damit's mein furchtbar Sühnungswerk
Bezeuge, wie es meine Schmach gesehn.
Nur um der Rache willen leb' ich noch;
Und bei dem Eid, mit dem du am Altar
Dich mir verschwurst, du wirst sie mir nicht weigern!

**Gunther.**

O, hilf mir, hilf mir, Hagen! Rette mich
Vor diesem Weib! Es steigt aus ihren Worten
Ein Dämon, der das blanke Todesschwert
Mir aufdrängt, das ich doch nicht fassen kann —
Tritt du dazwischen mit der Eisenseele!
Sag ihr — denn mich, du siehst es, hört sie nicht —
Daß sie Unmögliches begehrt. Und mir —
Bei deiner Treue, Mann, beschwör' ich dich —
Zeig einen Pfad der Schonung!

**Hagen.**

Herr, weil ich
Dein treuer Mann bin, kann ich's nimmermehr.
Wie spräch' ich Ja, wo Ehre Nein gesprochen!
Er hat dein Weib beschimpft und deine Krone;
Du mußt ihn töten. Keinen Ausweg giebt's.

**Gunther.**

Auch du! Auch du! Wohlan, so nehmt mein Haupt,
Mein Blut für sein's dahin! Ich bin kein Feigling,
Der erst die That gebeut und dann sie straft;
Denn das bekenn' ich, daß ich sie gebot.
Ich hab' das Leben lieb, doch eh' ich mir's
Durch solchen Vorwurf Tag für Tag verkümm're,
Werf' ich's auf einmal von mir. Nehmt es hin!

**Brunhild.**

Nicht also, Gunther. Diese Regung acht' ich;
Doch wozu frommte mir dein Blut? Es würde,
Verschüttet' ich's, den dürren Sommerstaub
Zu meinen Füßen sätt'gen, nicht mein Herz,
Und nimmer wüsch' es mich vom Makel rein.
Denn nach der Kränkung, die die Schuld uns schuf,
Wägt sich die Buße. Und da uns denn doch
Ein finstrer Geist die Lippen löst, daß wir
Das Letzte sagen, keiner Scheu gedenk,

So hehl' ich's nimmer: Was ich litt, ist mehr,
Als du mir zu bereiten je vermocht.

**Gunther.**

Beim Thor, du sprichst befremdlich —

**Brunhild.**

Nur wahrhaftig;
Bekenntnis wäg' ich mit Bekenntnis auf.
Was du mir anthatst, o, ein Frevel war's,
Ratlose Wildheit konnt' ihn blöder nicht,
Nicht blinder üben. Doch aus deinem Sinn,
Wie ich dich jetzt erkannt, begreif' ich ihn;
Du konntest mich beflecken, nicht erniedern.
Doch er, der in der flügelstolzen Seele
Das Maß der meinen trug, mit dem ich einst
Im Kelch der Jugendlust den Schaum geteilt —
Daß er zum schnöden Werkzeug dir sich lieh,
O das, das traf, das zehrt im Innern hier
Wie fressend Feuer! — Er, der tannengleich
Aus eurer Nebeldumpfheit seinen Wipfel
Ins Licht der Ehre streckte, der —

**Gunther.**

Halt ein! —
Dich macht dein Haß ja sehr beredt im Lob.

**Brunhild.**

Man haßt nur das, was man als groß geehrt.

**Gunther.**

Verflucht denn Schonung, die Mißachtung birgt!
So sind wohl wir für deinen Grimm zu klein?

**Brunhild.**

Das sprachst du selber, mein Gemahl, nicht ich.
Ich heischte Siegfrieds Tod nur, nicht den deinen.

**Gunther.**

Ja, weil sein Blut von echterem Rubin
Dir dünkt, wie mein's, weil du von ihm ein Bild
Im Herzen trägst, das, wie es mich verdunkelt,

Zu heißrer Wollust deine Rache lockt.
O tief in deine Seele schau' ich nun
Und sehe drin in allen Winkeln schlafend
Halbfertiger Sünden ungeborne Brut —
Du hättest ihn, wenn dieses Schicksal ausblieb,
Geheim auf deiner Wünsche Thron gesetzt,
Und zu ihm aufgeglüht in wilder Sehnsucht,
So wie du jetzt ihn zu vernichten brennst.
Doch bei den Göttern, eh' ich diesen Vorzug
Ihm neide, könnt' ich — o, mein Haupt wird irr,
Und Haß und Freundschaft schau'n wie Zwillingsbrüder,
Daß ich sie nicht mehr scheide! —

**Brunhild.**

Komm zum Schluß!
Was soll geschehn?

**Gunther.**

Beim Thor! Gewogen war's;
Allein mir deucht, die Schalen zeigten falsch.
Noch einmal wäg' ich's.

**Brunhild.**

Thu's, doch thu's zur Stelle;
Denn kein Gespräch, wie dies, ertrüg' ich mehr.

(Gunther geht gegen den Hintergrund.)

**Hagen.**

Er schwankt — du hast's errungen, Königin.
Du sprachst ein Wort, vielleicht unwollend nur,
Das ihm das Herz im Busen umgewendet.
Was dir die Freundschaft niemals zugestanden,
Die Eifersucht, hab acht, gewährt es dir.

**Brunhild.**

O welch Geschlecht! Vergebt, ihr hohen Götter,
Ihr meine Ahnen dort in Asgards Burg,
Daß ich mit diesen handle! Doch ihr wißt's:
Ich muß ans Ziel, gleichviel auf welchem Pfad.

(Da Gunther sich wieder genähert hat.)

Nun, mein Gemahl, ist dein Beschluß gefaßt?

**Gunther.**

Gewaltsam drängst du mich, entsetzlich Weib!
Doch wenn er's wäre, wer vollbrächt' ihn!

**Hagen.**

Ich.

**Gunther.**

Du wolltest? —

**Hagen.**

Ja. Und sonder Aufschub, Herr,
Dafern dein Sinn gradaus geht, wie der meine.
Denn günstige Gestirnung winkt uns heut.
Du hast die Jagd bestellt. Der finstre Wald
Giebt Raum zur That, und Anlaß, und verhüllt
In rätselhaftes Dunkel ihre Schrecken.
Wir treffen's nimmer besser. Drum, so dir's
Genehm ist, braucht es keines Auftrags mehr.
Nur, so du nicht willst, sprich ein klares Nein.

(Ein Kämmerer, Bogen, Speer und Mantel in den Händen tragend, tritt im Hintergrund auf und geht quer durch den Saal in Gunthers Gemach.)

**Brunhild.**

Dein Weidgerät!

**Hagen.**

Befiehl!

**Brunhild.**

Ja oder nein?

**Gunther**

(zögert einen Augenblick; er scheint mit sich selbst zu kämpfen; dann folgt er, ohne zu reden, dem Kämmerer in die Pforte zur Rechten).

**Hagen.**

Kein Wort! — Dies Schweigen, Siegfried, ist dein Tod.
Die Würfel liegen. Königin, du siehst
Mich wieder, wenn's vollbracht ist, oder nie.

(Ab.)

**Brunhild** (allein).

Geh deinen Gang, Verderber! Triff ihn gut!
Triff ihn ins Herz, wie er mich traf! Mein Leben

Ist qualvoll Warten, bis das Opfer liegt.
Und dann? — Was dann? — Nicht weiß ich's, will's
nicht wissen —
Ich weiß nur eins: Sein Haupt muß in den Staub!
Das andre fügt, ihr schonungslosen Götter,
Wie's eurem Sinn gefällt! Was kümmert's mich?
(Ab.)

---

## Verwandlung.

Chriemhildens Gemach. Im Hintergrunde eine breite Pforte, die auf einen offenen Altan führt. Ueber die Brüstung desselben ragen die Wipfel der im Burgzwinger stehenden Bäume empor; zwischen dem Altan und dem Zwinger wird seitwärts eine Verbindung durch Stufen angenommen. Vorne zur Linken ein Webstuhl, in dem ein Teppich eingespannt ist; rechts ein breites Fenster, daneben ein Schrein mit Krügen, Trinkhörnern und sonstigen Geräten.

### Vierter Auftritt.

Chriemhild. Bald darauf Gerda.

**Chriemhild**
(am Webstuhl stehend).

Nun magst du ruhn für heut, mein Weberschiff.
In wenig Tagen kann das Bild im Teppich
Vollendet sein. Und nun, wie anders doch,
Als mir's im Sinn einst schwebte, sieht es fertig
Mich an! — So weben wir am Leben auch,
Und anders wird es, ach, als wir gemeint.
Nach goldnen Fäden wähnen wir zu greifen,
Und eine Macht, die wir nicht kennen, tauscht
Sie unter Händen uns mit dunkeln aus.
Erst, wenn's zu spät zum Aendern, merken wir
Den Irrtum —
Horch, ein Schritt!
(Gerda tritt auf über den Altan.)

**Chriemhild.**

Du bist es, Gerda?
Ich dachte, Siegfried wär's — Wo bleibt er nur?

**Gerda.**

Gleich wird er bei dir sein. Ich sah ihn eben
Im Hof, wo er den Hengst sich schirren läßt;
Da kreischt es rings von Falken, bellt's von Hunden.
Die Fürsten wollen auf die Jagd hinaus.

**Chriemhild.**

Du sahst ihn? Schien er wohlgemut?

**Gerda.**

Er lachte,
Und rief: „Bestell mir einen Becher Weins,
Doch einen großen; frohes Herz macht Durst;
Ich will noch Abschied trinken, eh' ich reite."

**Chriemhild** (schmerzlich).

Er scherzt und will hinaus.

**Gerda.**

Verwundert's dich?
Ist doch der Tag zum Weidwerk wie geschaffen,
So frisch und sonnenklar! — Doch du bist bleich;
Was fehlt dir, Herrin?

**Chriemhild.**

Nichts — ich bin ein Kind;
Unruhig schlief ich diese Nacht. Nun wallt
Mein Blut und ängstigt mich mit böser Ahnung.
Es wird vorübergehn.

**Gerda**

(ist an den Webstuhl getreten).

Ei, wie du fleißig
Gewesen bist! Wie prächtig hebt sich schon
Vom dunkeln Grund dein farbig Bildwerk ab!
Jawohl, das ist die Leichenfeier Balders,
Des lichten Asgardsohnes. Jegliche
Gestalt ist kenntlich: hier, wie Silber bleich,

Der Gott auf seines Scheiterhaufens Decken;
Hier Nanna, sein Gemahl, im goldnen Haar
Dir selber ähnlich, und im Kreis die Asen,
Der ganze Reigen, tief in Leid gehüllt. —
Wie brachtest du's so herrlich nur zu stand?

**Chriemhild.**

Weiß ich's? Halb sann ich's aus, halb wuchs es so.

**Gerda.**

Mir deucht, was ich als Kind vom frühen Tod
Des schönen Gottes singen hört', hier ist's
Lebendig worden, und mit Schauern rieselt
Das alte Lied mir wieder durchs Gemüt.
Du weißt, Frau Ute summt' es oft uns vor.

**Chriemhild.**

Den ganzen Morgen lag's mir schon im Sinn.
„Da trugen Trauer
Götter und Menschen,
Daß nun ihr Liebling,
Der lichte, schiede."

**Gerda.**

„Wie Bronnen brach es
Aus Felsenbrüsten
Und alle weinten
Um Balders Tod."

**Chriemhild** (ausbrechend).

So wird die Welt um Siegfried weinen, Gerda!

**Gerda.**

Was sagst du, Herrin! Hält dein kunstreich Werk
Dir so den Sinn bezwungen, daß du's schon
Vom eignen Schicksal nicht mehr scheiden magst?
Fürwahr, das lange Sinnen bei der Arbeit,
Das stille Brüten hat dich krank gemacht.
Doch auf den Stufen hör' ich schon den Schritt
Des lieben Arztes, der von dieser Schwermut

Dich heilen wird. Dem laß ich dich. Den Becher
Nur rüst' ich eilig noch, den er verlangt.

(Sie nimmt Krug und Trinkhorn aus dem Schreine, stellt sie auf die Tafel und geht seitwärts ab, während sich Chriemhild dem durch den Haupteingang auftretenden Siegfried entgegenwendet.)

---

## Fünfter Auftritt.

Chriemhild. Siegfried.

**Chriemhild.**

O fühl' ich endlich dich an meiner Brust,
In meinen Armen, fühle, wie das Leben
In warmem Strom durch deine Adern pocht!
Dank, Dank den Göttern! Ach, vermöcht' ich so
Dich stets zu halten!

**Siegfried.**

Wie du glühst, mein Herz!
Und so bewegt! Zu spät wohl kam ich dir.
Doch sieh! Luft braucht der Mann, und thät' ich ganz
Den Willen dir, du schlössest mich — ich wette —
Noch zu den Mägden in dein Frau'ngemach,
Und lehrtest mit der Kunkel mich mein Tagwerk
Bestellen. Traun, das gäb' ein artig Lied:
„Wie Siegfried, der vordem den Drachen schlug,
Am Rocken saß und spann." — Was meinst du, Schatz?

**Chriemhild.**

Ich kann nicht lachen. Felsenschwer liegt's auf mir,
Und all dein Scherzen scherzt die Last nicht fort —
O Siegfried, ich vergeh' in Angst um dich!

**Siegfried.**

Um mich? Ei, Herz, wo träumst du denn Gefahr?
Was kann dich ängsten?

**Chriemhild.**

Alles, Siegfried, alles.

Seit mir das unglücksel'ge Wort entflohn,
Du weißt, das Brunhilds Grimm gereizt, entwich
Die Ruh' aus meiner Seele. Jeder Laut,
Ein fallend Schwert, ein Hufschlag schreckt mich schon;
Aus jeder Pforte, die sich öffnet, muß
Ein Unheil treten, mein' ich; jedes Dunkel
Verbirgt geheimes Schrecknis. — O, ihr Blick,
Der letzte, den sie mir herüberschoß,
Sprach mehr, als Worte je gedroht. Dies Auge
Glimmt wie ein Feuer im Gedächtnis mir,
Und sengt, zu Nacht ob meinem Lager schwebend,
Den Schlaf von meiner Wimper fort — O Siegfried,
Sie brüten Rache. Hüte, hüte dich!

Siegfried.

Wenn dich nichts andres drückt, sei ruhig, Herz.
Das ist's ja grade, was mich heut so froh macht,
Daß dieser Hader, der auch mir ein Dorn
Im Fleisch war, völlig nun geschlichtet liegt.
Dein Bruder Gunther bot so treu und herzlich,
Daß tief mich's rührte, selbst die Hand dazu,
Und fester steht, denn jemals, unsre Freundschaft.

Chriemhild.

Trau nicht auf dieser Freundschaft dünnes Eis!
Es lockt und gleißt, und dann urplötzlich reißt sich
Der Abgrund unter deinen Füßen auf!
Verzeihn es mir die Götter, wenn ich Unrecht
Den Meinen thue! — Doch mir sagt mein Herz:
Sie täuschen dich —

Siegfried.

Nein, Chriemhild, sprich nicht so,
Zur selben Stunde nicht, da fast beschämend
Sich Gunthers hoher Sinn an mir erwies.
Verbrechen ist's. Und wahrlich, lieber läg' ich
Ja schon im sonnenlosen Hügelgrund,

Ein Toter eingescharrt, als daß ich nicht
An meiner Freunde Treue glauben sollte!
Was ist ein Leben wert noch, wo der Mann
Dem Manne nicht mehr traut! — Hinweg damit! —
Gieb mir den Becher, daß ich aus der Seele
Den trüben Dust mir spülen mag. Gleich wird
Man blasen —

**Chriemhild.**

Siegfried, geh heut nicht zur Jagd!
Geh nicht zur Jagd! Thu's mir zulieb.

**Siegfried.**

Ei, Schatz!
Soll ich denn wirklich spinnen?

**Chriemhild.**

Lache nur!
Verspotte mich, thu, was du willst, nur bleib!
Bleib heim um meiner Aengste willen, Siegfried!
Nur heute! — Sieh, mir war's zu Nacht im Traum,
Zwei Berge stürzten und begrüben dich;
Und wieder, Siegfried, sah ich einen Hirsch
Von goldner Farbe durch das Dickicht ziehn,
Und plötzlich fiel ein wütend Eberpaar
Von hinten über ihn, und schlug die Hauer
In seine Weichen, gräßlich, daß das Blut
In roten Bächen auf den Rasen schoß —
Der Hirsch warst du!

**Siegfried.**

Wohin verlierst du dich!
Du bebst vor Schatten, die die eigne Furcht
Im Schlummer über deine Seele warf —
Glaub mir, es wohnt kein Sinn in diesen Bildern.

**Chriemhild.**

O sprich nicht so! Die Götter haben oft
In Träumen schon zu unserm Stamm geredet,
Und manche Warnung kam uns im Gesicht.

Doch nicht zu streiten lüstet mich. Ich will
Nur bitten. — Gilt mein Glaub' als Thorheit dir,
So sei denn thöricht, weil dein Weib dich anfleht!
Sei thöricht, einmal nur!

**Siegfried.**

Laß ab! Sieh — dir
Zuliebe blieb' ich wohl, allein ich darf's nicht.
Denn diese Jagd war Gunthers Wunsch. Gemeinsam
Zum erstenmale wieder ziehn wir aus.
Er hat mein Wort. Was dächt' er, käm' ich nicht!

(Er ergreift den Becher und trinkt.)

Auf frohe Heimkehr!

**Chriemhild.**

O wie fühl' ich's nun,
Was ich der Mutter oft nicht glauben wollte!
Ein ewig Bangen ist der Frauen Los;
Und, ach, je herrlicher es sonst uns zufiel,
Mit so viel herbrer Sorge haben wir's,
Mit so viel heißern Thränen zu erkaufen!
Denn nimmer gönnt euch hohen Helden ja
Der stolze Sinn, der unsrer Not nicht achtet,
Windstiller Tage Glück.

**Siegfried.**

Mag denn der Aar
Vom Fluge lassen, eh' die Schwing' ihm brach?
Nicht Siegfried wär' ich, könnt' ich jetzt schon ruhn. —
Doch auch die Zeit wird kommen und fürwahr,
Dereinst, nach fünfzig Jahren, träum' ich's mir
Unlieblich nicht, mit dir die Rast zu teilen.
Ja, Herz, dann wird die Welt uns anders anschau'n;
Dann sind wir beide grau, und wo die Rosen
Jetzt prangen, stehn ehrwürd'ge Falten dir
Im lieben Antlitz —

**Chriemhild.**

Welch ein Märchen webst du!

**Siegfried.**

Traun, gern gedenk' ich, wie in hoher Halle
Uns dann der Abend nahn wird, wenn der Sturm
Die Flocken sausend an das Fenster treibt.
Du aber sitzest, wo die Lohe flackert,
Am Herd auf buntgeschnitztem Drachenstuhl;
Rings um dich her die Mägd'; und wie dein Auge
Im Kreise waltet, tanzt die Spindel rascher
Und wie beflügelt springt das Weberschiff.
Da lockt auch mich, am Stab, doch fest noch schreitend,
Des Feuers Glanz heran; es bringt der Schenk
Das Trinkhorn, und beim Nachtmahl plaudern wir
Von unsern Söhnen, die auf Heldenfahrt
Hinaus sind —

**Chriemhild.**

Siegfried, liebster Mann!

**Siegfried.**

Ei, laß mich!
Das Lieblichste verschwieg ich noch; denn sieh,
Nun kommt die Tochter auch, ein stattlich Weib,
Und hebt vom Busen, wo er warm sich dehnte,
Den jüngsten Enkel dir empor, der tastend
Den güldnen Reif auf deiner Stirne sucht.
Du aber schaust ihn lang rücksinnend an;
Denn aus des Säuglings großen Augen lächelt
Dir Siegfrieds Jugend. — Und du drückst ihn fester,
Und segnest ihn: Sei glücklich, wie dein Ahn!

(Hörner draußen.)

**Chriemhild** (schrickt zusammen).

Die Hörner — oh —

**Siegfried.**

Wie mag ihr heller Klang
Dich schrecken! Ruft er doch aus ferner Dämmrung
Uns in die sonn'ge Gegenwart zurück.

Noch einen Kuß denn, süßes Weib, und laß
Mit ihm so heiter, wie ich kam, mich scheiden.

**Chriemhild** (mühsam gefaßt).

Sei's denn. Fahr wohl! Mein Herz wird bei dir sein!

(Siegfried geht bis zur Schwelle. In diesem Augenblick ruft Chriemhild ihm nach, und stürzt ihm noch einmal um den Hals.)

Siegfried!
Noch einmal muß ich dir in's Auge schaun,
Tief, tief hinein! — O, wenn ich dich verlöre!
Mein Held! mein Hort!

**Siegfried.**

Laß gut sein, Kind. Mein Los
Liegt glänzend auf des Göttervaters Knieen;
Ich fühl's, mich trägt sein Hauch. Und so fahr wohl!

(Geht rasch ab.)

**Chriemhild.**

Er geht! — O, niemals war ich so betrübt,
So ganz erdrückt von Sorge. — Wäre nur
Der Tag vorüber erst! — Ich will ans Werk,
Die Zeit zu täuschen —

(Tritt an den Webstuhl.)

Arme, arme Nanna!
Wie fühl' ich heut dein Leid, als wär' es meins!
Da trugen Trauer
Götter und Menschen —

(Hörner draußen.)

**Chriemhild** (stürzt ans Fenster).

Siegfried! Siegfried!

(Bricht zusammen.)

(Der Vorhang fällt.)

---

# Fünfter Aufzug.

---

Burghof zu Worms; ein weiter Raum, im Hintergrunde durch eine Mauer geschlossen. Links in dieser Mauer ein breites Thor, über welchem sich ein Turm erhebt. Zu beiden Seiten des Hofes vorspringende Flügel des Königsschlosses, zu deren Pforten Treppen aufsteigen. — Es ist Nacht; über der Mauer ist der sich zum Untergang neigende Mond noch sichtbar.

## Erster Auftritt.

Volker. Hunold, später Sigrun.

**Volker.**

Beim Wodan! Hätt' ich nicht im Sachsenkrieg
Dich stets voran gesehn: ich müßte denken,
Du hättest Furcht, Gesell.

**Hunold.**

Hau auf mich ein,
Und blinz' ich mit der Wimper, schilt mich feig.
Doch sieh, vor diesem Zauberweibe graut mir,
Und wie sie eben durch den Pfeilergang
Gewänder schleppend, Wehgesänge murmelnd
An mir vorüberschritt, langsam, daß ich
Im Mondlicht ihr verglastes Auge sah —
Da faßte mich ein jach Entsetzen an,
Und trieb mich her zu dir.

Volker.

Ich will hinauf,
Sie heimzuschicken.

Hunold.

Spar es dir. Da ist sie.

(Sigrun erscheint im Hintergrunde links.)

Sigrun.

Hinab, hinab, du fahler Mond! Was säumst du,
Glutauge, noch am Waldeshang? Hinab!
Im Haus des Todes muß es finster sein.

Volker.

Was treibst du hier bei Nacht? Geh schlafen, Weib!

Sigrun.

Die Blinden schlafen, schlaflos sind die Schauenden.
Mein Werk bestellen muß ich. Stör mich nicht!

Volker.

Dein Werk?

Sigrun.

Zu schauen, was die Norne webt,
Mir selbst zur Qual, denn keine Warnung frommt mehr.

Volker.

Du sprichst, als droht uns nahes Mißgeschick.

Sigrun.

Das droht nicht mehr, was schon vollendet ward.

Volker.

So rede, was?

Sigrun.

Die Wolke deckt es zu,
Wie du mich ansprichst. — Nein, weh mir! Noch einmal
Zerrinnt der Nebel und aufs neue taucht's
Empor — da — da! .

Volker.

Was siehst du?

Sigrun.

Tief im Forst
Ein gräßlich Weidwerk. Minne sann es aus,

Und Haß bestellt es mit verruchtem Stahl.
Weh, wie vom frischen Blut die Erde raucht!

**Volker.**

In dunkeln Worten rasest du. Sprich klar!

**Sigrun.**

Halt mich nicht auf! Zur Herrin treibt mich's fort;
Doch ob ich rase, lehrt noch diese Stunde.
Vom Wald herüber fliegt der Rabe schon,
Und das Entsetzen pocht ans Thor. Fahr wohl!
(Sie schreitet vorüber.)

**Volker.**

Mir graust. — Wo blieb sie?

**Hunold.**

Auf den Stiegen wallt sie
Zu Brunhilds Kammern.
(Pochen am Thore.)
Horch, da pocht's!

**Giselhers Stimme**
(draußen).

Macht auf!
Macht auf!

**Volker.**

Die Stimme kenn' ich. Giselher!
(Volker öffnet das Thor. Giselher stürzt herein.)

---

## Zweiter Auftritt.

Volker. Giselher. Hunold, später sechs Männer mit der Leiche Siegfrieds.

**Giselher.**

O Volker, Volker!

**Volker.**

Sprich, was ist? Du schwankst;

Dein Atem fliegt und deine Stimme zittert —
Was giebt's?

**Giselher.**

O Frevel, Frevel unerhört!
Unsagbar Weh! — Wie soll ich dir's verkünden!
Auch du hast ihn geliebt —

**Volker.**

Du ängstigst mich
Kein Leid betraf den König doch?

**Giselher.**

Nicht ihn.
Doch er, der unser aller Liebling war —
O Jammer!

**Volker.**

Siegfried? Was geschah ihm? Rede!

**Giselher.**

Erschlagen liegt er, gräßlich hingewürgt!

**Volker.**

Erschlagen?! —

**Giselher.**

Faß es, wenn du kannst. Ich sah ihn,
Und fass' es doch nicht. Noch vor wenig Stunden
So schön, so stark, so froh! Und nun dahin!
Ach, glauben konnt' ich's nicht, da sie ihn brachten.
Ich warf mich über ihn, an seinem Mund,
An seinem Herzen lauscht' ich atemlos.
O, einen Hauch, der keinen Flaum bewegt,
Hätt' ich gespürt, den Schatten eines Pulses —
Umsonst! Umsonst! Das Schreckliche blieb wahr.
Da sind sie schon — Sieh's an mit eignen Augen! —

(Siegfrieds Leiche ist auf einer Bahre gebracht worden; diese wird jetzt vor den Stufen zur Linken niedergelassen. Bei ihr zwei Fackeln, die jedoch den Raum nur schwach erhellen.)

**Volker.**

Entsetzlich! Wer verübte dieses Greu'l?

**Giselher.**

Wir wissen's nicht. Geschah's durch Räuberhand?
War's ein verborgener Feind? Im Blute schwimmend
Am Lindenbrunnen fand ihn Hagen auf.

**Volker.**

Hagen? — O all ihr Ew'gen! — Nein, das that
Kein Räuber. Wehe, wehe diesem Haus!

---

## Dritter Auftritt.

Die Vorigen. Chriemhild erscheint oben an der Pforte zur Linken, mit ihr Gerda.

**Chriemhild.**

Im Hofe Fackelschein und Weheruf —
Laß mich hinab!

**Gerda** (will sie zurückhalten).

Herrin! —

**Giselher.**

Zurück, Chriemhilde!
Bei allen Göttern, geh zurück! Hier ist,
Was du nicht schau'n darfst.

**Chriemhild.**

Haltet mich nicht auf!

**Gerda.**

Ein Toter, Herrin —

**Chriemhild** (hinabsteigend).

Fort! Ich weiß es ja,
Er ist's! — O Siegfried, Siegfried, mein Gemahl!
(Stürzt bewußtlos über Siegfrieds Leiche.)

**Giselher.**

O rettet, rettet, helft! Die Schwester stirbt!

---

## Vierter Auftritt.

Die Vorigen. Gunther und Hagen treten auf durch das Burgthor, hinter ihnen ein zahlreiches Jagdgefolge mit vielen Fackeln. Alles wird hell.

**Volker.**

Zu welchem Jammeranblick nahst du, Fürst!
Dein edler Schwäher tot, und neben ihm
Vor jähem Schrecken leblos deine Schwester.

**Gunther.**

Unglücklich Weib! Wer sagt es ihr so früh?

**Volker.**

Sie kam und sah's und brach im Schmerz zusammen.

**Giselher.**

Sie regt sich —

**Gunther.**

Chriemhild, auf! Ermanne dich!
Wirf diese Starrheit ab! Vernimm die Stimme
Des Bruders, welcher deinen Jammer ehrt.
Wach auf!

**Chriemhild.**

O laßt mich! Laßt mich! Weh, dies Licht
Ist zu erbarmungslos — Komm wieder, Nacht,
Und hüll in Dunkel meines Glückes Trümmer!
O diese Züge, drauf zu tausendmalen
Das Wort der Lieb' ich las, und nie genug;
Die Lippen, die noch gestern mich geküßt,
Tot, tot, unwiederbringlich! — o das ist
Der alte Neid der Götter, der kein Hohes
Erträgt und das Gemeine nur verschont!
Der Hirsch im Forste kehrt zu seiner Hindin,
Und du bist tot! Der Bettler, der kein Weib hat,
Der stumpfe Knecht, der ein verhaßtes Dasein
Durch Mühsal hinschleppt, lebt, und du bist tot,
Tot, weil du groß und schön und glücklich warst!

**Gunther** (zu Hagen).

Mensch, dieser Jammer kehrt das Herz mir um.

**Chriemhild.**

Und wärst du, wie es Helden ziemt, gefallen,
Wo der Walküre Flügel tödlich rauscht!
Es wär' ein Trost — Doch nein, sie brachten dich
Nicht heim vom Walfeld auf zerhau'nem Schild,
Verhüllt in Siegeskränze deine Wunden —
So gnädig konnten sie's nicht fügen — Nein,
Lichtscheuer Mord, der noch sein Opfer schändet,
Sprang hinterrücks dich an; im Waldesdunkel
Kampflos und ruhmlos wurdest du erwürgt!
Und, o, von wem! —

**Gunther.**

Wir klagen mit dir, Schwester,
Ein unerklärlich Mißgeschick —

**Chriemhild.**

Du lügst!
Hier ist kein Mißgeschick, hier ist ein Frevel!
Hellsehend macht der Jammer, nur das Glück
Ist blind. Du hast um diese That gewußt!
Wo nicht,
Sprich nein! Heb deine Hand auf und sprich: Nein!

**Gunther.**

Chriemhilde —

**Chriemhild.**

Sieh, du kannst es nicht; du möchtest
Jetzt einen Meineid schwören, doch die Lippe
Versagt dir. — Sieh, dort tritt auch e r heran,
Der Finstre mit der roten Hand. Noch dampft
Von ihm der Blutgeruch. Hinweg, Verfluchter!
Des Leichnams Wunden brechen strömend auf,
Und zeugen, Scheusal, du erschlugest ihn!

**Gunther.**

In welches Irrsal —

**Hagen.**

Nicht also, mein Fürst!
Wozu verleugnen, was auf dieses Haupt
Ich furchtlos nehme? — Ja, du sagst es, Frau,
Ich hab's gethan. Die Minne wollt' er trinken;
Am Lindenborn hab' ich ihm eingeschenkt.

**Chriemhild.**

So sei verflucht vom Wirbel bis zur Sohle!
Ja, wirf die Stirn zurück nur, trotze nur,
Dein Trotz soll Angst noch werden, Wüterich!
Es kommt die Stunde, da wir Rechnung halten.
Und wähne nicht, ich sei ein schwaches Weib!
Das war ich, bis du mich zur Witwe machtest;
Jetzt aber bin ich stark in meinem Schmerz,
Unüberwindlich — O, mein Aug' ist trocken,
Doch innen wein' ich, innen und der Strom
Der heißen Thränen, rückwärts sich ergießend,
Fällt auf mein Herz, und härtet seinen Grimm,
Wie sich in Wasser glühend Eisen stählt.
Du wirst ihm nicht entrinnen; und so wahr
Du meiner kein Erbarmen trugst, hier schwör' ich's:
Ich will einst lachen, wenn dein Haupt mir fällt!

(Sie ergreift Siegfrieds Schwert, schwingt es wie zur Drohung gegen Hagen und bleibt später, in Rachebrüten versunken, auf dasselbe gestützt stehen.)

**Hagen.**

Dein Dräuen schreckt mich nicht. Ich wußt' es ja,
Daß du mich um die That nicht segnen würdest;
Doch that ich nur, was mir die Pflicht gebot.
Beschimpft war meine Königin; ich habe
Die Schmach mit Blut getilgt. — Sieh hin, da naht sie
Erhabnen Hauptes wieder, wie sie darf.

**Chriemhild.**

Sie soll's noch beugen lernen, schwör' ich dir.

---

## Fünfter Auftritt.

Die Vorigen. Brunhild, die bereits während der letzten Reden oben vor der Pforte zur Rechten erschienen ist, steigt in den Burghof herab. Ihr folgt Sigrun.

**Hagen.**

Gebt Raum der Fürstin!

**Brunhild.**

Jetzt, ihr Götter, laßt
Den vollen Kelch des Sieges noch mich leeren!
Dann komme, was da will!

(Sie tritt an die Leiche.)

Ha, stolzer Mann,
Lernst du nun Demut? Hat die Norne dich
Nun selbst gebändigt, Jungfrau'nbändiger?
Du liebst ja sonst die dunkeln Brautgemächer,
Bist du gestillt nun, da das dunkelste
Sich vor dir aufthut? Traun, wir tauschten jetzt
Die Lose wieder aus — Nun liegst du hier,
Ein schmählich Bild von gestern, mir zu Füßen,
Staub bei dem Staub, und siegreich über dir
Frohlock' ich und —

O Lüge! Lüge! Lüge!
Ich trag' es nicht. — Verflucht die Lippe, die
So trostlos prahlen wollte! Hier ist nichts,
Nichts, nichts, als grenzenloses Weh! Denn ich
Hab' dich getötet! — Wie? Habt ihr's gehört,
Und regt euch noch? Hat euch Entsetzen nicht
Zu Stein verwandelt? Steht das Herz der Welt
Nicht schaudernd still, daß mir die Götter das
Verhängen konnten? — Ich hab' ihn getötet!
O, wenn das Leid einst aller Sterblichen
Gewogen wird, zu Bergen aufgetürmt,
So werf' ich in die andre Schale nur
Dies eine Wort, und jene Berge schnellen

Hochauf wie Flaumen, und im Reich des Jammers
Wird niemand Krone tragen außer mir!

**Gunther.**

Mir graut. Zur Riesin wächst sie, wie sie klagt.

**Brunhild.**

Es war ein Tag, da hätt' ich froh mein Leben
Gegeben, einmal nur die heiße Stirn
An dieser Brust zu ruhn. Und nun — seht her!
Nun klafft hier, bis ans Herz hinabgegraben,
Der gräßlich stumme Brunn, und quillt, und quillt
Von schwarzem Blut — und das hab' ich gethan!
Ach, nicht wie ihr, in blindem Unverstand!
Nein, nein, ich wußte, was ich that, und mußt'
Es dennoch thun. — Was war denn Siegfried euch?
Ein Götterbild für dumpfe Maulwurfsinne!
Ich aber kannt' ihn — O, die Lust der Welt
Ist hin mit ihm, und alle Herrlichkeit
Spurlos verweht! Nun kehrt die Sonne selbst
Ihr Antlitz von der thatenlosen Erde,
Und birgt ihr strahlend Aug' auf immerdar
In Finsternis; denn er, für den sie schien,
Ihr schöner Liebling ist nicht mehr zu finden,
Und keines Blickes wert, was übrig blieb!

**Gunther.**

O mäß'ge dich! Hör auf —

**Brunhild.**

Ich will von Maß
Nichts wissen. Lang genug verschloß ich schon
Mein selig lodernd Unheil in der Brust;
Doch endlich, endlich, wie der Feuerstrom
Auf Hellas Busen, wallt's, und schwillt, und bricht
Sich Bahn gewaltsam, und ich halt' es nicht.
Ja, wißt es alle: diesen Mann hab' ich
Geliebt! Von Anfang ihn, und keinen sonst!
Hab' ihn geliebt trotz Schicksalsschluß und Sternen,

Und wohl zermalmen können mich die Götter,
Doch meine Lieb' entreißen sie mir nicht!

**Gunther.**

Und deine Ehre —

**Brunhild.**

Ehre? Meine Ehre
Ist, daß ich dieses Toten würdig sei,
Und nur mit ihm noch hab' ich's, nicht mit euch.

(Wendet sich wieder zu Siegfried.)

O, sieh so wild nicht aus den blut'gen Locken,
So starr mich an! Wie gern, huldloser Freund,
Wie gerne hätt' ich sanfter dir gebettet!
Doch du, du wehrtest mir und rissest selbst,
Du selbst aus Wolken dies Geschick herab.
O, schrecklicher, als dich der scharfe Stahl,
Traf mich dein Trug, und was ich litt durch dich,
War mehr als Tod. — doch sieh, nun ist's gesühnt:
Und Liebe, die so lang vom Haß das Antlitz
Geborgt, naht dir in eigner Bildung nun,
Und schmilzt entwaffnet hin. O deine Hand!
Daß ich in heißen Thränen meine Seele
Darauf hinweinen mag!

**Chriemhild.**

Hinweg von ihm!
Zu lange trug ich schon dies Gaukelspiel,
Mit dem du, Wölfin, noch im Tod ihn schmähst.
Hinweg, hinweg! Sein Weib gebeut es dir,
Sein Weib, das dich verflucht!

**Giselher.**

O Schwester Chriemhild,
Sieh ihren Schmerz, sieh unsern an! Wohnt denn
In solcher Trauer keine Sühnung?

**Chriemhild.**

Keine.
Die Welt ist gnadenlos, ich ward es auch.
Zurück noch einmal, Weib!

**Brunhild.**

Uebst du so streng
Die Leichenwache, Unerbittliche?
Sei's drum. Den letzten armen Liebesgruß,
Den Druck der kalten Hand magst du mir wehren,
Doch meinen Willen hältst du nimmer auf;
Denn stark ist, wie die Götter selbst, die Sehnsucht.
O Siegfried, Siegfried, was vermag mich noch
Von dir zu scheiden! Nein, nicht mehr im Staub hier
Dem nur, was sterblich, eignet, such' ich dich.
Es giebt ein Reich, ein stilles, wo kein Bund
Den andern ausschließt, weil dort Lieb' und Haß
In göttlichem Erkennen untergehn,
Und alles Große sich gehört. — O dort,
In heil'ger Dämmrung bei den hohen Schatten,
Dort bist du mein, Geliebter! — Horch, mir ist,
Aus dunkler Ferne hör' ich deinen Ruf,
Und wie von Flügeln rauscht es um mich her.
Willst du mich grüßen, oder zürnst du schon
Voll Ungeduld, daß ich hier müßig klage,
Anstatt zu thun, was einzig mir geziemt?
Wohlan, du sollst nicht harren! Gieb den Stahl! —
Durch Blut und Flammen führt der Pfad hinaus,
Du gingst voran, ich folge —

(Sie durchsticht sich mit Siegfrieds Dolch.)

Nimm mich auf!

**Gunther.**

Halt' ein, Unsel'ge! — Weh, zu spät!

**Chriemhild.**

Fahr hin!
Ein Opfer sparst du mir; doch mehr sind not.
Und keins soll fehlen. Das ist meine Treue.

**Gunther.**

(über Brunhilds Leiche gebeugt).

O Tod, wie schwelgst du heut in edlem Blut!

Auch du dahin, du mit der Adlerseele,
Mein stolzes, wildes, königliches Weib!
So jung, so schön, und ewig glücklos doch!
Weh, weh um dich!

**Sigrun.**

Was klagt ihr um die Toten,
Die ihr beneiden solltet! Gnädig hob
Aus allem Wirrsal sie ein Gott empor,
Und ihr gereinigt Los empfängt das Lied.
Nein, klagt um euch! Denn über eure Häupter
Hängt unverhüllt noch, wie Gewitterlast,
Der Fluch herab. —

(Glühendes Morgenrot am Himmel.)

Ha, seht, o seht, wie's dort
Im Osten düsterrot empor sich wälzt!
Im Wolkenbrande kommt das Bild der Zukunft —

(In prophetischer Begeisterung.)

Ha, welch ein Fest! Durch umgestürzte Becher rast
Der Todesreigen. Hört ihr nicht den Schwertgesang?
In Feuerflammen steht der Saal, hoch türmen sich
Die Leichen, an den Wänden schwillt das Blut hinan,
Und kein Entrinnen, nirgends keine Flucht! — Und nun
Wird's totenstill. Geschnitten liegt die ganze Saat.
Nur eine wandelt riesig noch durchs Haus des Mords,
Das Schwert geschultert, blutbetrieft. Sie hält am Haar
Ein abgeschlagnes, kronumreiftes Haupt empor,
Und zeigt's dem Letzten, der von allen übrig blieb.
Nun schlingt auch die der rote Strom. — Weh über euch!
Das ist der Nibelungen Not und Untergang!

**Hagen.**

Sei's drum. Ich denk' als Männer tragen wir auch das.

(Der Vorhang fällt.)

———

# Anhang.

Die Schlußscene des ersten Aufzugs wurde vom Verfasser für die Aufführung in nachstehender Weise verändert:

Gunther. Siegfried.

**Siegfried.**

Was giebt es, Schwager? Lust'ger Hörnerschall
Erklang vom Schloßhof. Naht' ein Gast vielleicht?

**Gunther.**

Die Fürstin zieht zur Jagd.

**Siegfried.**

So hab' ich mich
Verspätet wohl — Nun — heute geht mir's hin —
Du weißt ja, was mich hielt. Jetzt aber laß
Mit frohem Glückwunsch dir die Rechte schütteln;
Und mag dir aus dem Schoße dieser Nacht
Ein freudenreicher Sproß dereinst erblühn,
Der Erstling eines stolzen Waldgeschlechts.

**Gunther.**

Dein Wort ist bitter. Doch du weißt es nicht.

**Siegfried.**

Mein treu gemeinter Wunsch? Ei, Schwager Gunther,
Wie fass' ich dich! — Du schweigst? Du kehrst dich ab?
Was ist geschehn?

**Gunther.**

O, ich bin elend, Siegfried,
Unsäglich elend! —

**Siegfried.**

Bei den Göttern! Sprich!
Erkläre mir —

**Gunther.**

Griffst du verschmachtend je
Nach einem Becher schon, und fandest drin
Anstatt des süßen Trunks, nach dem du lechztest,
Geschmolzen Erz?

**Siegfried.**

Errat' ich dich? — Brunhild?

**Gunther.**

Der Fels, auf dem sie wuchs, der eisumstarrte,
Giebt eher Gunst um Gunst zurück, als sie.

**Siegfried.**

Die Rasende! Vermißt sie sich, der Welt
Gesetz und Ordnung auf den Kopf zu stellen?
Ein Weib so schön und hoch, so ganz geschaffen,
Die Mutter eines Heldenstamms zu sein,
Und frostgepanzert wie der Winter selbst!
Beim Wodan! Schick sie heim in ihren Norden!
Ins Eis mit ihr, die nicht zu Menschen taugt!
Du bist's dir selbst, bist's deiner Würde schuldig.
Noch heute fort mit ihr!

**Gunther.**

Was forderst du?
Unmöglich, Siegfried. Hätt' ich nie den Ruf
Von ihrer Herrlichkeit vernommen, nie
Geschaut mit Augen, daß er Wahrheit sprach:
Mir wär' es besser, freilich. Aber jetzt
Nachdem ich kaum sie mein geheißen, jetzt,
Mich selbst zum Witwer machen? Nimmermehr!
Denn nenn es Zauber, nenn es blinden Wahnsinn,
Noch immer lieb' ich dieses Weib und lieb' es
Nur ungestümer heut, als je zuvor.
Umsonst beschwör' ich meinen ganzen Groll
Empor, mein eigen Blut ist wider mich
Mit ihr im Bund; durch diese Adern pocht
Ein Feuerstrom und wilde Sehnsucht weitet

Unwiderstehlich mir den Busen aus.
O niemals schien sie mir so schön, niemals
Ihr herrlich Haupt, aus wilden Locken dräuend,
So kronenwürdig, wie in dieser Nacht.

**Siegfried.**

Du schwärmst statt zu beschließen. Fasse dich!

**Gunther** (nach einer Pause).

Siegfried —

**Siegfried.**

Was brütest du?

**Gunther.**

Der Stunde denk' ich,
Da du Chriemhildens Hand von mir erwarbst.
Da schwurst du mir ein feierlich Gelübd'.

**Siegfried.**

Ich weiß, doch längst erfüllt' ich's.

**Gunther.**

Freilich, wenn
Du nur die Worte wägst.

**Siegfried.**

Was soll das, Gunther?
Mir deucht doch, was ich schwur, war sonnenklar
Und nichts zu biegen dran und nichts zu deuteln.
Auf deiner Brautfahrt Helfer dir zu sein,
Das sagt' ich zu, und hast du mein entbehrt?
Beim Thor, war ich's nicht, der an deiner Statt,
In deinem Adlerhelm die Augen täuschend,
Den Zweikampf ausfocht? Hat nicht dieser Arm
Den Speer geschossen und den Stein geschleudert
Und — wie's bestimmt war — dir die Braut erkämpft?

**Gunther.**

Die Braut! Was frommt der Name, wenn er nichts
Als Schall ist? Kann ich ruhn an seiner Brust?
Nein, Schmach und Spott! Er singt mit Eulenruf
Mir stündlich nur ins Ohr: „Du wardst betrogen!“ —
Du aber gleichst dem Lotsen, der mein Schiff

Durch Riff und Brandung führte, um es dann
Im Hafen selbst noch untergehn zu lassen.

**Siegfried.**

Du schiltst mich ungerecht. Ist's meine Schuld,
Wenn sie sich kalt und lieblos von dir wendet?
Die Götter zeugen's mir: das Schwerste selbst
Vollbrächt' ich freudig, dich beglückt zu sehn!
Doch keinen Weg der Hilfe find' ich aus.

**Gunther.**

Und wenn ich dir ihn zeigte?

**Siegfried.**

Nun, beim Thor!
Und führt' er dicht an Helas Schlund vorüber:
Du kennst mich doch; wozu der Umschweif dann?
Was wälzest du im Geiste? Sprich, was ist's?

**Gunther.**

Siegfried, die Mitternacht ist augenlos —
Und kühne List gelang uns einmal schon.
Doch nein! Nicht hier, wo heller Sonnenschein
Die Wand vergoldet und der Schall des Wortes
An Sims und Pfeilern tönend weiterläuft,
Nicht hier davon! Zur alten Drachenkluft
Folg mir hinab, ins tiefste Tannendickicht,
Wo Tag wie Nacht ist und der Wassersturz
Dumpfbrausend den gesprochnen Laut verschleiert,
Daß er sich leichter von der Lippe wagt.
Dort sollst du hören, was mein Herz begehrt.

**Siegfried.**

Was sinnst du nur?

**Gunther.**

Nicht hier! Nicht hier! Komm mit
Hinab! Und ihr, ihr wahlverwandten Götter
Der Liebe und des Trugs, geleitet uns!

(Indem sie sich zum Gehen wenden, fällt der Vorhang.)

# Die Loreley.

# Personen.

Der Erzbischof von Mainz.
Bertha, Gräfin von Stahleck, seine Nichte.
Pfalzgraf Otto.
Hubert, Fährmann und Schenkwirt.
Lenore, seine Tochter.
Reinald.
Leupold, Seneschall des Pfalzgrafen.
Ritter, Damen, Priester, Winzer und Winzerinnen,
Edelknaben, Gewappnete u. s. w.

# Erster Aufzug.

---

Oedes Felsenthal am Rhein. Seitwärts zur Rechten, tief in die Bühne hineinragend, eine mächtige Klippe, welche in mittlerer Höhe über dem Flusse einen zugänglichen Vorsprung bildet und dann schroff und wandartig emporsteigt.

## Erster Auftritt.

Pfalzgraf Otto in einfacher Jägertracht kommt von der Linken, ihm folgt Leupold.

**Otto.**

Wir sind am Ort. Laß mich allein,
Und harre mein im Felsengrunde.

**Leupold.**

Wohl, doch vergeßt nicht, Herr, die Stunde;
Schon glühn die Höhn im Abendschein,
Und bei der Vesper erstem Laut
Erwartet euch die hohe Braut.
Was bannt euch nur in dieses Thal,
Wenn droben zu des Schlosses Stufen
Die Lieb' und all ihr Glück euch rufen?

**Otto.**

Die Liebe, weh, und ihre Qual.

**Leupold.**

Ich fass' euch nicht. Wie soll ich deuten,
Was ihr mir wie ein Rätsel sagt?

**Otto.**

Vernimm: vier Monden sind's, da kam ich auf der Jagd
Hierher noch spät, ein Wild mir zu erbeuten.
Der Himmel stand in Glut, der Strom war eitel Gold,
Und zwischen all dem lichten Scheine
Gewahrt' ich eine Jungfrau wunderhold.
Sie saß gelösten Haars und sang;
O wie das klang
Das Thal entlang!
Mir war's, als sei's der Feien eine.

**Leupold.**

Und dann?

**Otto.**

Sie labt' aus ihrem Kruge
Den fremden Jägersmann, ich trank mit durst'gem Zuge —
Seit jener Stunde war's um mich geschehn,
In diesem Thal, fern von des Hofs Getriebe
Erblühte hold und ungesehn,
Das Märchen mir glücksel'ger Liebe.
Ach, tiefer, als der lauten Feste Prangen
Erquickte mich der schöne Wahn
Und willig gab ich mich gefangen.

**Leupold.**

O Herr, ihr habt nicht wohlgethan!

**Otto.**

Und jetzt! Und heut! Ich kann's nicht fassen,
Was streitend in mir wühlt,
Verraten soll ich, was ich heiß gefühlt,
Und was so lieb mir war, auf ewig lassen!
Ach, es glühn in diesem Herzen
Wunderbar verworrne Flammen,
Und ich muß mich selbst verdammen
Um mein streitend Doppelglück.
Welch ein Wirrsal! Welche Schmerzen!

Liebe winkt, es warnt die Treue,
Ewig ziehn Begier und Reue
In den Strudel mich zurück.

**Leupold.**

Herr, ihr führt, den Kranz im Haare,
Morgen bei des Frührots Schimmer
Eine Fürstin zum Altare;
Opfert denn ein traumhaft Glück!
Hier zu scheiden gilt's auf immer,
Daß ihr dort bewahrt die Treue;
Ewig bleibt der Dorn der Reue
Sonst in eurer Brust zurück.

**Otto.**

Wohl, es sei! ich muß entsagen,
Und entschlossen sei's gethan.

**Leupold.**

Handelt rasch und ohne Zagen!
Wo die alten Weiden ragen,
Harr' ich euer mit dem Kahn!

**Otto.**

Fort! die Stunde hat geschlagen,
Geh, Verhängnis, deine Bahn!

(Leupold entfernt sich.)

---

## Zweiter Auftritt.

Otto, bald darauf Lenore.

**Otto.**

Sei stark, mein Herz, und laß dein Pochen,
Und biete Trotz der kurzen Qual,
Das Scheidewort sei kühn gesprochen,
Der Würfel fiel, ich habe keine Wahl. —

Horch, welch ein Ton! Sie naht!
Schon wandelt ihr Gesang
Herab den Felsenpfad,
Und greift mir in die Brust schmerzlich mit süßem Klang.

**Lenore**

(hinter der Scene).

Seit ich von mir geschieden
Und mich der Liebe gab,
Kam über mich ein Frieden
Wie Himmelstau herab.
Ach, blüht keine Blume, blüht kein Zweig,
Als wie mein Herz in Freuden reich,
Seit ich von mir geschieden
Und mich der Liebe gab. -

**Otto.**

Vor dieser Stimme schmilzt die Seele mir!

(Lenore tritt auf.)

**Otto.**

Lenore!

**Lenore.**

Du bist hier, bist hier!
So hab' ich endlich dich gefunden!

(Sie wirft sich in seine Arme.)

**Otto.**

Du suchtest mich?

**Lenore.**

Wann sucht' ich dich noch nicht!
So sehnt die Blume sich zum Licht,
Wie ich zu dir mich sehn' in allen Stunden.
Ach, deiner wartend bin ich lang
Da droben auf der öden Ley gesessen,
Und, o vergieb, schon ward mir bang,
Du habest heute mein vergessen.
Denn sieh, ein dunkler Traum, gezeugt aus wildem Blut,
Beschattete zu Nacht mein Bette:

Mir war's, als ob ich dich verloren hätte,
Doch du bist da, und nun ist alles gut!
Ich habe dich! Ich halte dich!

**Otto.**

Geliebte, o wie fass' ich mich!
In deinem Blick der Gruß der Minne
Verwirrt wie heißer Wein berauschend mir die Sinne,
Doch seh' ich deine Lust mit Zagen,
Ich muß dir vieles, vieles sagen —
Entscheidendes —

**Lenore.**

O thu's ein andermal!
Thu's morgen! Thu es übermorgen!
Heut laß mich ledig aller Sorgen
Mich sonnen in der Liebe Strahl,
An deiner lieben Brust geborgen!

**Otto.**

Wie du mich rührst, holdselig Kind!
Und doch — der Augenblick verrinnt —
Vernimm —

**Lenore**
(unterbricht ihn).

Ich habe heut kein Ohr,
Die Stund' ist kurz, bei bessrer Zeit erzähle!
Heut laß mich stille schau'n zu deinem Aug' empor,
Und nimm im Kusse meine ganze Seele! —
Was willst du mich zerstreuen!
Ich weiß, daß du in Treuen
Dein ganzes Herz mir giebst.
Nichts soll die Lust mir stören,
Nur eines mag ich hören,
Nur eins, daß du mich liebst!

**Otto** (für sich).

O Leid, o Lust im Bunde,
Daß sie zu dieser Stunde

Ihr ganzes Herz mir giebt!
Soll ich den Traum ihr stören
Und Qual heraufbeschwören
Für sie, die so mich liebt?

**Lenore**

(sich an ihn schmiegend).

Du teurer Mann!

**Otto.**

Du holde Maid!

**Lenore.**

O laß an deiner Brust mich lehnen!
Befriedigt fühl' ich all mein Sehnen
Und weine doch, doch nicht vor Leid.

**Otto.**

Vom Auge küss' ich dir die Zähren.

**Lenore.**

Was kann der Himmel mehr gewähren?
Das ist der Liebe Seligkeit!
O teurer Mann!

**Otto.**

O holde Maid!

**Lenore.**

Versink o Welt, ich weiß dich zu entbehren!

**Otto.**

Laß ab zu fluten, Strom der Zeit!

(Kurze Pause. Geläut in der Ferne.)

**Lenore.**

Horch, wie so feierlich und helle
Der Sonne nach, die kaum entwich,
Vom Turm der alten Waldkapelle
Die Glocke schallt —

**Otto.**

Gott! Woran mahnst du mich!

**Lenore.**

Was ist dir? Du erbleichest. Sprich!

Es zuckt als wie ein plötzlich Leiden
Um deine Stirn. Was ist geschehn?

**Otto.**

Die Glocke ruft, wir müssen scheiden,
Und o, mir ist, als wär's auf Nimmerwiedersehn!

**Lenore.**

Was sagst du! Weh! Willst du das Herz mir brechen?

**Otto**
(mühsam gefaßt).

Sei ruhig, der Gedanke fuhr
Durchs Haupt mir wie ein Schatten nur. —
(für sich) Umsonst! Umsonst! Ich kann das Wort nicht sprechen!
(laut) Fahrwohl denn!

**Lenore.**

O, was treibt dich so geschwind
Aus diesen Armen, die so treu dich hegen?

**Otto**
(drückt sie noch einmal heftig an sich, und reißt sich dann gewaltsam los).

Fahrwohl du liebes, liebes Kind!
Fahrwohl!

**Lenore.**

Fahrwohl! Friede mit dir und Segen!
(Otto eilt rasch hinweg.)

---

## Dritter Auftritt.

**Lenore** (allein).

(Während sie dem Scheidenden bewegt nachblickt, erklingt in der Ferne zu den Schlägen der Abendglocke von hellen Mädchenstimmen das Ave Maria. Sie bleibt andächtig stehen.)

**Chor** (hinter der Scene).

Horch, der Abendglocke Ton!
Ave Maria!

Im Nachen kniet der Schiffer schon,
Ave Maria!
Durchs Spätrot hallt es weit und breit!
Gegrüßet seist du reine Maid!
Ave Marie!

**Lenore.**

Die du thronst in Wolkenglut
Ave Maria!
Nimm unsre Lieb' in deine Hut!
Ave Maria!
O laß wie dieses Abends Schein
Sie heiter und voll Frieden sein.
Ave Marie!

Indem Lenore sich zum Gehen wendet und langsam zwischen den Felsen verschwindet, wiederholt der

**Chor**

(in der Ferne verhallend).

Horch, der Abendglocke Ton!
Ave Maria!

---

## Verwandlung.

Das Rheinthal bei Bacharach. Vorn zur Linken Huberts Schenke, davor unter einem Weindach Tisch und Bank von Stein. Zur Rechten gegen den Hintergrund eine noch unvollendete Ehrenpforte. Im Hintergrunde der Strom und die jenseitigen Höhen.

### Vierter Auftritt.

Hubert und eine Schar junger Winzer sind beschäftigt, Fässer in einen auf dem Strome liegenden Kahn zu laden. Vor der Schenke sitzt Reinald. Er trägt die schwarze Tracht der fahrenden Schüler, doch dazu Schwert und Federbarett.

**Chor der Winzer.**

Rührt euch frisch und schafft die Fässer
In den Kahn, den edlen Wein!

Heut noch auf des Stroms Gewässer
Muß die Last verfahren sein.

**Hubert.**

Hier vom goldnen Rüdesheimer!
Ingelheims Gewächs darnach!
Asmannshäuser sieben Eimer,
Aber zwölf von Bacharach!
Denn zur höchsten Jubelfeier
Will der Pfalzgraf unsern Wein;
Heute holt die Braut der Freier,
Morgen soll die Hochzeit sein.

**Chor.**

Rührt euch frisch und schafft die Fässer
In den Kahn, den edlen Wein!

**Hubert.**

Legt die Tonnen fein und sauber,
Daß der Trank sich nimmer trübt,
Und sein Gold den vollen Zauber
Im krystallnen Becher übt,
Jede Vorsicht braucht aufs beste,
Wie's der Blüte ziemt vom Rhein!
Hohes Fest hat durst'ge Gäste,
Echter Durst will besten Wein.

**Chor.**

Rührt euch frisch und schafft die Fässer
In den Kahn, den edlen Wein!

**Hubert.**

Wohl, der Kahn ist voll zum Rande,
Faß bei Faß liegt wohlbewahrt;
Kommt! Bevor ihr stoßt vom Strande,
Trinkt noch eins auf gute Fahrt!
(Er bringt Wein; die Becher gehen im Kreise umher.)

**Chor**
(durcheinander, Hubert zutrinkend).

Vater Hubert! — Eure Dirne! —
's ist ein Mädel wie von Gold! —

Blondes Haar auf weißer Stirne
Stand noch keiner je so hold!

**Reinald** (für sich).

Ihr Lob aus dieser Burschen Munde,
Mir zittert's nach im Herzensgrunde, —
Ach wohl war keine je so hold!

**Hubert**
(zu den Winzern, die indessen den Kahn bestiegen haben).

Nun fort mit raschen Ruderschlägen
Dem alten Schloß der Pfalz entgegen!
Schon sank die Sonn' im Abendgold.

**Halbchor**
(davonrudernd).

Wir han geschnitzt das lange Jahr
An Dauben und an Stäben,
Und als das Faß gezimmert war,
Da preßten wir die Reben.
Nun grüß dich Gott, du kühler Wein,
Du edler Herzenstrost vom Rhein!
Viel Freud' sollst du uns geben!

(Fahren vorüber.)

---

## Fünfter Auftritt.

Hubert. Halbchor der Winzer, später Chor der Winzerinnen.

**Hubert**
(sich gegen die angefangene Ehrenpforte wendend).

Jetzt hurtig, ihr Freunde!
Aus schwankenden Reben
Laßt rasch sich erheben
Das grünende Thor.
Auf daß wir mit Ehren
Und festlichem Prangen

Die Herrin empfangen
Und den sie erkor. —

**Chor.**

Wir führen den Bogen,
Es äugle die Traube
Aus saftigem Laube
Tiefpurpurn und blau.

**Zwei Stimmen.**

Wir kommen mit Früchten.

**Zwei andre Stimmen.**

Wir kommen mit Zweigen.

**Alle.**

Die Pfosten sie steigen,
Schon wölbt sich der Bau.

(Der Chor der Winzerinnen erscheint, in weiten Körben Blumen tragend.)

**Hubert.**

Was schafft ihr, ihr Mädchen?

**Chor der Winzerinnen.**

Wir kommen vom Walde,
Und bringen den Schmuck euch der herbstlichen Halde,
Spätrosen und Astern und Tausendschön.

**Hubert.**

Und weiter? — Nur ehrlich!

**Erste Winzerin.**

Ei kennt uns der Kluge!
So laß dir gestehn:
Es treibt uns die Neugier, im festlichen Zuge
Den Fremdling, den neuen Gebieter zu sehn.

**Zweite Winzerin.**

Wo hast du Lenoren? Sie darf uns nicht fehlen.

**Hubert.**

Sie ging mit der Angel hinunter zum Rhein.

**Erste Winzerin.**

So treibt sie es täglich. Statt mit uns zu sein,

Wenn wir singen und tanzen und Märchen erzählen,
Verträumt sie den dämmernden Abend allein.

---

## Sechster Auftritt.

Die Vorigen. Lenore.

**Hubert.**

Da kommt sie!

**Lenore.**

Was giebt es?

**Erste Winzerin**

(während die Mädchen einen Halbkreis um Lenore schließen).

Wir grüßen dich fein,
Die schönste der Dirnen, das Röslein vom Rheine,
Sollst morgen beim Feste
Im Schwarme der Gäste
Von unserer Gilde die Sprecherin sein;
Die Braut sollst du kränzen,
Im Becher kredenzen
Dem Grafen, dem Freier, den funkelnden Wein.

**Chor der Winzerinnen.**

Die Braut sollst du kränzen,
Im Becher kredenzen
Dem Grafen, dem Freier, den funkelnden Wein.

**Lenore.**

Ihr wollt es, wohlan denn!

**Hubert.**

Genug jetzt der Worte,
Und schmückt mit den Blumen die grünende Pforte!
Schon dunkelt der Abend, bald naht sich der Zug.

**Chor der Winzer.**

Hier bringen wir Laub noch und Traubengewinde.

**Chor der Winzerinnen.**

Auf, Kränze zu flechten, geschwinde, geschwinde!
Wir haben der Blumen, der Blumen genug.

**Allgemeiner Chor.**

Wir fügen den Bogen,
Es äugle die Traube
Aus saftigem Laube
Tiefpurpurn und blau.
Wir kommen mit Blumen,
Wir kommen mit Zweigen,
Die Pfosten, sie steigen,
Schon wölbt sich der Bau.

(Während alle übrigen mit dem Bau der Ehrenpforte beschäftigt sind, ergreift Reinald die Hand Lenores und führt sie in den Vordergrund. Es beginnt merklich zu dunkeln.)

**Reinald.**

Ich trag' es länger nicht — Lenore!
Ein einzig Wort vergönne mir,
Ein einzig Wort zu deinem Ohre —

**Lenore.**

Ich höre. Was begehret Ihr?

**Reinald.**

O, wenn am Born beim Mondenschein
Der Minne Weisen ich gesungen,
Ist niemals dann im Herzen dein
Geheimer Widerhall erklungen?
Ward nie in dir die Ahnung wach,
Daß in des Liedes fremden Zungen
Zu dir des Dichters Seele sprach?

**Lenore.**

Wohl lauscht' ich nachts beim Mondenschein
Dem holden Klang der Weisen gerne,
Der Brunnen rauschte leise drein
Und oben wandelten die Sterne.
Wie träumend wiegte dein Gedicht

Den Geist mir dann in goldne Ferne,
Doch was du meinst, versteh' ich nicht.

Reinald.

So muß ich's denn mit Worten sagen,
Was nie das Wort, das enge faßt,
Was ich als ahnungsvolle Last
Verhüllt im Busen längst getragen?
Du warst mir Lied und Lust und Schmerz,
Mein Hoffen du, und mein Verzagen,
Ich liebe dich, nimm hin dies Herz!

Lenore.

Weh mir!

Reinald.

Und sah in deinen Blicken
Ich der Verheißung Strahl nicht zücken?

Lenore.

Welch unheilvolles Mißverstehn!

Reinald.

Sprich aus das Wort, mich zu beglücken.

Lenore.

O hättest du mich nie gesehn!

Reinald.

Nein, wende, wende nicht von mir
Dies Auge, drin mein Himmel offen! —
Ich war zu rasch — du stehst betroffen —

Lenore.

Laß ab! Verloren bin ich dir.

Reinald.

Dein herbes Wort muß mich verderben —
O gönne mir der Hoffnung Schein!

Lenore.

Laß ab zu flehn! Laß ab zu werben!
Umsonst! — Dies Herz ist nicht mehr mein.

**Reinald.**

O dunkle namenlose Pein!

**Lenore.**

Umsonst — dies Herz ist nicht mehr mein.

(Sie wendet sich mit schmerzlicher Gebärde von ihm ab, und bleibt in Gedanken versunken links im Vordergrunde stehen, ohne das Folgende zu beachten. Reinald zieht sich betroffen zurück, doch behält er Lenoren im Auge. Hinter der Scene erklingt ein Festmarsch.)

**Hubert**

(zu den Winzern).

Hört ihr der Pauken, der Drommeten Laut?
Sie nahn! So stellt euch hier im Ringe,
Daß ich dem Grafen und der hohen Braut
Nach altem Brauch mein Sprüchlein bringe.

---

## Siebenter Auftritt.

Die Vorigen. Festlicher Zug. Voran Spielleute, darauf eine Schar Gewappneter, dann zwei Herolde, Ottos und Berthas Banner tragend. Hinter diesen von Edelknaben und Fräulein umgeben, Otto und Bertha selbst in fürstlicher Pracht. Ihnen folgen Ritter und Damen. Eine Schar Gewappneter macht wieder den Schluß. Prächtig geschmückte Knappen mit brennenden Fackeln sind durch den ganzen Zug verteilt.

**Allgemeiner Chor.**

Laßt im Wind die Banner wallen!
Kränzt die Höhn mit Feuerschein!
Zu des Väterschlosses Hallen
Führt die Braut der Herrscher ein.
Nun sich Huld und Kraft begegnen,
Blüht uns Heil und naht uns Schutz;
Milde Hand ist da zum Segnen,
Starker Arm ist da zum Trutz.

**Hubert**

(das Brautpaar an der Ehrenpforte begrüßend).

Heil dir, erlauchtes Paar, wir grüßen dich in Treuen
Zum erstenmal vereint mit frohem Glückwunsch heut.

Laßt eurer Huld sich unsre Schar erfreuen,
Und nehmt in Gnaden auf, was unsre Armut beut,
Wie einst zu Israel die Späher auf dem Stabe
Aus Kanaan gebracht ein wuchtig Traubenpaar,
So bringen wir euch hier des Rebstocks beste Gabe
Als unsres Gaus Wahrzeichen dar.

(Zwei Winzer treten vor, welche eine riesige Traube quer auf einer Stange hängend tragen. Auf einen Wink Berthas wird sie von den Edelknaben in Empfang genommen.)

**Otto.**

Nehmt, wackre Leute, meinen Dank!
Hier ist Gold! Hier ist Gold! Und feiert am Gestade
Die Nacht mit Reigen und Gesang!

**Bertha**

(auf Hubert deutend).

Recht, teurer Freund! und hier den muntern Greis
Empfehl' ich euch zu sonderlicher Gnade.

**Otto.**

Sein Mut scheint jung, ist auch sein Haar schon weiß.

**Bertha.**

Sprich, Hubert, sprich, wo ist dein Töchterlein?
Sie sei ein Röslein, mußt' ich oft vernehmen.

**Hubert.**

Ei nun, die Dirn' ist schmuck und fein,
Lenore, komm! Du brauchst dich nicht zu schämen.

(Er führt Lenore, die bis dahin teilnahmlos seitwärts gestanden hat, zu Otto und Bertha in den Kreis der Fackeln.)

**Lenore.**

Erhabne Herrin —

(sie erblickt Otto)

O verzeiht —
Mir schwindelt — Welch ein Blendwerk schreckt mich!

**Otto** (für sich).

Fallt ein ihr Hügel und bedeckt mich!

**Bertha.**

Sag an, was ist dir, holde Maid?

**Lenore**
(gegen Otto gewandt).

Es ist kein Trug! Du bist's! Du bist's!
Fürstlicher Schmuck umfängt dich prächtig —
O Allmacht!

**Hubert.**

Bist du dein nicht mächtig?
Was treibst du, Kind? — Der Pfalzgraf ist's!

**Lenore.**

Der Pfalzgraf? Ewiges Erbarmen!
Verzeiht — weh mir! — mein Haupt zerbricht!

**Bertha.**

Welch plötzlich Leid! Was ist der Armen?

**Otto.**

Ich kenne dieses Mädchen nicht.

**Lenore.**

Weh! Wehe! Unter mir der Grund
Schwanket und will sich spalten!
Wie entrinn' ich dem schwarzen Schlund?
Wo soll ich mich halten?
Des Himmels Wölbung bricht herein
Auf meine Scheitel —
Weh, alles treulos! Alles eitel!
Alles, alles erlogener Schein!

**Hubert.**

Um Gott, was ist dir angethan?

**Bertha und Chor.**

Aus ihrem Munde spricht der Wahn.
Was ist, was ist ihr angethan?

**Lenore.**

Schauet nicht so nach mir!
Ich kann's nicht tragen —
Sollt mich nicht fragen —
Hier wühlt es, hier!
Zu Eis gerinnt

Mein Blut — Ich vergehe —
Wehe mir, wehe!

(Sie bricht zusammen.)

**Reinald.**

Sie schwankt! Sie sinkt!

**Hubert.**

Mein Kind! Mein Kind!

(Er hat Lenoren in seinen Armen aufgefangen und ist mit einigen Winzerinnen bemüht, die Ohnmächtige wieder zu sich zu bringen. Die übrigen stehen neugierig oder verstört im Kreise umher.)

**Otto** (für sich).

O unglückselig Wiedersehen!
Ich möcht' in Schmerz und Scham vergehen.
Erschüttert hör' ich und verzagt,
Wie mich mein eigen Herz verklagt.

**Bertha** (zugleich).

Ich weiß es nicht, warum zu Herzen
So tief mir gehn des Mädchens Schmerzen.
O Himmel, laß uns ihre Pein
Kein unglückselig Zeichen sein!

**Hubert** (zugleich.)

O Leid, o Gram! Mit bleichen Wangen
Liegt sie von Starrheit dumpf befangen.
Wach auf, du meines Alters Lust,
Wach auf an deines Vaters Brust!

**Reinald** (zugleich).

Ein dunkler Argwohn läßt mit Grauen
Geheime Frevelthat mich schauen.
Weh, wenn gedoppelter Verrat
Die Blüte hier zertreten hat!

**Hubert.**

Sie schlägt die Augen auf — den Busen seh' ich wallen.
Komm zu dir, mein verirrtes Kind!

**Otto.**

Wir müssen fort. Auf, laßt die Hörner schallen!
Zum Schlosse! Zum Fest, wo der Reigen beginnt!

(Der Zug ordnet sich wieder und setzt sich langsam in Bewegung.)

**Chor der Ritter, Damen u. s. w.**

Horch, von dem Strom, von den Bergen erschallt's:
Oeffne die Pforten du fürstliche Pfalz!
Oeffne sie weit, uns im Schmuck zu empfahn!
Denn die Liebe, die Liebe zieht mit uns heran.

**Hubert**

(zu Lenoren, die sich allmählich erholt hat).

Komm, meine Tochter, komm zur Hütte!

**Lenore.**

Was willst du, Greis?

**Reinald.**

Unsel'ge Maid!
Fort, fort aus des Getümmels Mitte!
Folge dem Vater! Schlaf aus dein Leid.

**Hubert.**

Gieb mir den Arm!

**Lenore.**

Zurück!

**Reinald.**

Du bist von Sinnen!

**Lenore.**

Ich bin gefeit — rührt mich nicht an!

**Hubert.**

Schon drängt die Feier zu beginnen
Der frohe Schwarm sich rings heran.
Zur Hütte komm!

**Reinald.**

Hinweg von hier!

**Lenore**

(sich mit Gewalt losreißend).

Laßt mich los! Laßt mich los! Der Fluch ist über mir!

(Sie stürzt seitwärts fort, Hubert und Reinald folgen ihr.)

**Chor des Festzugs**

(im Hintergrunde).

Horch, von dem Strom, von den Bergen erschallt's:
Oeffne die Pforten du fürstliche Pfalz!

Oeffne sie weit, uns im Schmuck zu empfahn!
Denn die Liebe, die Liebe zieht mit uns heran.

**Chor der Winzer und Winzerinnen**
(in entgegengesetzter Richtung vorn über die Bühne ziehend: zugleich).

Nun stimmet die festlichen Geigen!
Es winken die Lauben, es blinket der Wein;
Der Bursch führt das Mädel zum Reigen,
Wir schlingen, wir schlingen den Ringelreihn,
Den Ringelreihn, den Ringelreihn.

(Sie ziehen vorüber, die Musik verhallt.)

---

## Verwandlung.

Die Klippe mit dem Strome, wie zu Anfang des Aufzugs. Es ist Nacht. Aufziehendes Wetter.

### Achter Auftritt.

**Stimmen im Winde.**

Erste.

Woher, woher am dunkeln Rhein?

Zweite.

Vom Drachenfels, vom Wolkenstein.
Und ihr, woher?

Erste.

Vom Bodensee.
Wir sind noch kühl vom Gletscherschnee;
Wollen uns wärmen
Im luftigen Schwärmen,
Im flüchtigen Lauf.
Die dort unten wecken wir auf.

**Chor von oben.**

Rheingeschlecht! Herauf! Herauf!

**Stimmen aus der Tiefe.**

In des Stromes Felsennischen
Ruhn wir an krystallnen Tischen.

**Stimme von oben.**

Auf!
Auf und laßt den Strudel zischen!

**Stimmen aus der Tiefe.**

Hin der Abend! Hin sein Frieden!
Fels muß donnern, Flut muß sieden.

**Chor von oben.**

Auf feuchtem Flügel
Ziehn wir daher,
Brausen auf, brausen ab
Ueber Land und Meer;
Da reißen die Segel, die Eichen zerschell'n,
Denn der Wind, denn der Sturm sind wilde Gesell'n.

**Chor aus der Tiefe.**

In Stromes Tiefen,
In funkelnder Pracht
Bei dem blutigen Hort
Wir halten die Wacht;
Wir locken den Schiffer mit Saitenspiel
Und ziehn in den Wirbel den berstenden Kiel.

**Beide Chöre.**

Doch bei Nacht, doch bei Nacht, ohne Mond, ohne Stern,
Da führen mitsammen den Reigen wir gern.
Wie sausen die Lüfte, wie sprudelt der Gischt,
Wenn Wolk' und Wind und Welle sich mischt!

**Eine Stimme.**

Horch, wer naht?

**Andre Stimme.**

Ein Menschenbild,

Dem vom Aug' die Thräne quillt;
In den Reigen schreit sie wild.

**Lenore**

(ist zwischen den Felsen erschienen).

Wehe!
Betrogen! Unerhört betrogen!
Von den Gipfeln des Lebens
Hinabgeschleudert
In den Abgrund,
Der Verworfenen eine!
Und das der Preis der Liebe,
Der Treue Lohn!
O wer schafft Rache!
Wer schafft Vergeltung
Meiner Qual!

**Chor** (echoartig).

Wer schafft Rache!
Wer schafft Vergeltung!

**Lenore.**

Wo ist die Gerechtigkeit droben,
Von der sie sagen,
Daß sie wahllos
Auf eherner Wage
Wäge die Schuld?
Ich hab' ihr Wandeln
Nicht vernommen,
Noch ihre Blitze gesehn
Ueber dem schuldigen Haupt.
So ruf' ich euch
Ihr Kräfte der Tiefe,
Ihr düstern Gewalten
In Fels und Wasser,
In Luft und Wind!
Steiget, steiget empor!
Höret mich! Helft mir!

**Chor.**

Du hast gerufen —
Wir kommen, wir kommen
Aus Fels und Wasser,
Aus Luft und Wind.
Rede, rede,
Was ist dein Begehr?

**Lenore.**

Vergeltung! Rache!
Für meine Liebe
Hat er mich zertreten;
Weil ich ihm alles gab,
Deucht' ich ihm nichts!
Rache an ihm,
An seinem Geschlecht!
Mögen sie fühlen
Den Hohn der Liebe,
Der Sehnsucht Feuer,
Die Qual des Herzens,
Das sich verzehrt!
Gebt mir Schönheit, Männer verblendende!
Gebt mir die Stimme süß zum Verderben!
Gebt mir tödliche Liebesgewalt!

**Chor.**

Schönheit, Schönheit, Liebesgewalt
Sollst du empfangen!
Rache, Rache geloben wir dir!

**Erste Stimme.**

Ist dem Rhein die Braut verheißen.

**Zweite Stimme.**

Harrt er Tag für Tag in Sehnsucht.

**Chor.**

Braut des Rheines sollst du werden,
Braut des Rheins im Felsenschloß!

**Lenore.**

Horch! Irrende Stimmen
Rings im Gestein!
Wohlauf denn, ihr Rufer,
Nennet den Preis mir
Des dunkeln Werkes!
Fordert! Begehrt!
Was ich bin, was ich habe,
Ich bring' es euch dar.

**Erste Stimme.**

Sollst dein Herz zum Lohn uns geben.

**Zweite Stimme.**

Selbst uns opfern deine Liebe.

**Chor.**

Braut des Rheines sollst du werden,
Braut des Rheins im Felsenschloß!

**Lenore**
(hochaufgerichtet auf der vorspringenden Felszacke)

Es sei! Es sei!
Wie ich den Schleier hier zerreiße,
Sei zerrissen meine Liebe!
Flattre sie hin in den Lüften!
Dem Wind, dem Sturme
Vermach' ich sie.
Mein Herz versteine
Wie dieser Felsen
Fühllos starrend.
Dir, o Strom,
Brausender, kalter,
Zum Preis der Vergeltung
Verlob' ich mich an.
Nimm hin zum Pfande,
Nimm hin den Brautring!

Wenn sich das Werk
Der Rache vollendet,
Bin ich dein und gehör' ich dir an!

(Sie wirft ihren Ring in die Fluten. Der Rhein schäumt hoch auf.)

**Chor.**

Heil! Heil der mächtigen Sterblichen!
Heil! Heil der Schönheitverderblichen!
Rache, Rache geloben wir dir!

(Der Vorhang fällt.)

---

# Zweiter Aufzug.

---

Hochgewölbte Festhalle in der Burg des Pfalzgrafen. Im Hintergrunde zwischen den Säulen einer offenen Galerie freie Aussicht auf Berg und Thal. Rechts in der Tiefe der Bühne eine hohe Spitzbogenpforte, welche zur Schloßkapelle führt. Auf derselben Seite weiter vorn eine reiche Tafel für die Ritter und Vasallen. Dieser gegenüber zur Linken auf Stufen erhöht die Sitze für den Pfalzgrafen und Bertha nebst einer kleineren Tafel, an der Wand darüber zwei Wappenschilder.

## Erster Auftritt.

Der Erzbischof von Mainz, Pfalzgraf Otto, Bertha an der Hand führend, Leupold, Reinald, Ritter, Damen, Priester und Gefolge kommen in feierlichem Zuge aus der Schloßkapelle; alle mit Ausnahme der Priester in hochzeitlichem Schmucke.

**Allgemeiner Chor.**

Die du auf dem Regenbogen
Wandelst hoch und wunderbar,
Diesem Bund, den wir vollzogen,
Heil'ge Jungfrau sei gewogen,
Segne, segne dieses Paar!

**Erzbischof**
(zu Otto und Bertha herantretend).

Die heil'ge Kirche sprach den Segen
Ueber euch aus durch meinen Mund.
Nehmt auch den meinen jetzt. Beglückt sei euer Bund,
Sei Fried' in eurer Brust und Heil auf euren Wegen!

Dir, Pfalzgraf, ist hinfort die lieblichste der Blüten
Aus unserm alten Stamm vertraut.
Ich gönne dir dein Glück, du wirst dein Kleinod hüten,
Das Haus blüht fröhlich, das die Liebe baut.
Jetzt aber lass' ich euch. Des Festes bunte Welle
Schwillt leicht zu hoch dem ungewohnten Gast.
Euch ziemt der Jubel heut, mein Haupt bedarf der Rast.
Friede mit euch! Ich geh' in meine Zelle.

(Er geht ab, die Priester folgen ihm.)

---

## Zweiter Auftritt.

Die Vorigen, ohne den Erzbischof und die Priester.

**Bertha.**

O Tag des Jubels, Tag der Wonne,
Bist du genaht mit leisem Schritt,
Da wundervoll der Liebe Sonne
Hoch über unsre Häupter tritt!
Die ganze Welt steht mir in Blüte,
Denn du bist mein, ich fass' es kaum.
Ist's Wahrheit, Dank der ew'gen Güte!
Ist's Traum, o daure, daure goldner Traum!

**Otto.**

Geliebtes Weib, wie selig zündet
Dein holder Blick in meiner Brust!
Mein Wesen fühl' ich neu gegründet,
So hoch an Mut, so reich an Lust.
Daß ich noch andres je besessen
Als deine Huld, ich fass' es kaum;
Doch sei's in deinem Arm vergessen,
Vergessen alles, alles, wie ein Traum!

**Beide.**

Was wir dereinst begehrt, besessen

Vor unserm Glück wie schwindet's weit!
O süßes, seliges Vergessen!
O Zeit der Liebe, goldne Zeit!

**Leupold**
(vortretend und sich vor Otto und Bertha verneigend).

Erlauchtes Paar, bereitet ist das Mahl,
Die Gäste stehn erwartend rings im Saal,
Es harrt der Schenk, den Becher euch zu reichen.

**Otto.**

Führ uns, wir folgen dir.

(Leupold geleitet die Neuvermählten zu den Sesseln links; in dem Augenblicke, da Otto die Stufen hinanschreitet, fällt sein Wappenschild von der Wand und zerspringt.)

**Otto.**

Ha was ist das?
Mein Wappen fiel —

**Bertha.**

Welch seltsam Zeichen!
Zersprungen ist's wie sprödes Glas.

**Chor** (durcheinander).

Was giebt's? — Wir sehn den Herrn erbleichen —
Sein Wappen fiel — o böses Zeichen!
Zersprungen ist's wie sprödes Glas.

**Reinald** (zugleich).

Mich will ein seltsam Graun beschleichen;
Ich seh' der nah'nden Rache Zeichen,
Sie wandelt sacht ohn' Unterlaß.

**Bertha** (zu Otto).

Es ängstigt mich. Dein Schild im Staube!

**Chor.**

Das deutet Schlimmes.

**Otto.**

Aberglaube!
Wer ängstlich um die Zukunft frägt,
Dem mag ein Zufall Grauen wecken.

Kein Zeichen kann ein Herz erschrecken,
Das seines Glücks Gewißheit in sich trägt. —
Drum fröhlich! Seht, die Tafeln winken,
Der rasche Augenblick entflieht.
Wer weiß für uns, indes wir trinken,
Ein Glück verheißend Minnelied?

**Reinald**

(dem auf seinen Wink ein Edelknabe die Harfe gereicht hat).

O Heil dem Herzen, das da liebt,
Das alles fromm um alles giebt
Aus vielgetreuem Sinne!
So köstlich ist kein Edelstein,
Noch giebt ein Stern so klaren Schein
Wie solche reine Minne.
  Doch weh, wer auf Verrat bedacht
  Nichts weiß von Treuen und Ehren!
  Wie Feuersbrunst in tiefer Nacht
  Wird ihn die Rache verzehren.

**Bertha.**

Was ist, o Herr? Dein liebes Angesicht
Umwölkt sich finster wie Gewitter.

**Otto.**

Achte nicht drauf! 's ist nichts. Der scharfe Klang der Zither,
Des Sängers Lied behagt mir nicht.

**Reinald.**

Wer treulich liebt, hat hohen Mut,
Er weiß, er steht in Gottes Hut,
Ihn schützt sein starkes Walten;
Und mag er wandeln übers Meer,
Die Engel schweben um ihn her,
Ihn über den Wogen zu halten.
  Doch weh, wer auf Verrat bedacht,
  Nichts weiß von Treuen und Ehren!
  Wie Feuersbrunst in tiefer Nacht
  Wird ihn die Rache verzehren.

**Otto.**

Halt ein! halt ein! Es ist genug.
Laß dich mit deinem Trauersang begraben!
Was soll das Wort von Rach' und Fluch?
Zur Hochzeitfeier braucht man keine Raben.
(Zu den Edelknaben.)
Auf, bringt den goldgetriebnen Festpokal,
Den Schmuck des Mahls an jedem Tag der Ehre!
Füllt ihn mit Wein, greift an Spaniens Sonnenstrahl,
Daß ich, wie's Brauch ist, ihn zum erstenmal
Aufs Wohlsein der Geliebten leere!

**Chor.**

Beim Blut der Rebe
Jubelt es laut:
Die Herrin lebe,
Die fürstliche Braut!

---

## Dritter Auftritt.

(Während des Chores ist eine Schar von Mädchen erschienen, welche einen Tanz aufführen; bei dem Schlusse desselben öffnet sich ihre Reihe und vor dem Pfalzgrafen steht Lenore, ihm einen großen goldenen Becher darbietend.)

**Otto.**

O Gott, was seh' ich? — dich? — Lenoren?
Ist alles wider mich verschworen? —
Und doch! — Wie schön sie vor mir steht!

**Chor.**

Wie schön sie ist! Ich muß mich neigen;
So geht der Mond im Sternenreigen,
Wie sie vor allen Frauen geht.

**Bertha und Reinald.**

Wie lieblich tritt sie aus dem Reigen!

Was will der Schauer, der so eigen
Mir durch die tiefste Seele weht?

**Lenore.**

Trink, o durstiger Zecher
Feuriger Trauben Blut!
Trink im schäumenden Becher
Liebeverlangenden Mut!
Heiß durch Herz dir und Sinne,
Durch die lechzenden, rinne
Alle glühende Minne,
Alle minnige Glut!

**Erster Halbchor der Ritter.**

Wie wandelt sie in Lieblichkeit!
Sei uns gegrüßt, du holde Maid!
Sei uns gegrüßt!

**Zweiter Halbchor der Ritter.**

O Stimme, rein und wonniglich!
Du schöne Maid, wir grüßen dich!
Wir grüßen dich!

**Otto.**

Welche Glut, o welch Verlangen,
Welch ein Schwanken hin und her,
Nimmt die Seele mir gefangen!
Welche Glut, o welch Verlangen!
Ach, ich kenne mich nicht mehr.

**Bertha** (zugleich).

Mich ergreift ein seltsam Bangen;
Wie verwandelt seh' ich dich.
Fieber brennt auf deinen Wangen —
Sieh mein Zagen, sieh mein Bangen!
Sprich, was ist? Geliebter, sprich!

**Reinald** (zugleich).

Welche Glut auf seinen Wangen!
Fühlt er Reue seiner That?

Oder kommt, ihn zu umfangen,
Schon der Rachegott gegangen,
Der dem Frevler schrecklich naht?

**Lenore.**

Trink der Liebsten zu Ehren,
Die dein Herze gewann!
Bist in Wunsch und Begehren
Nun ein gefangener Mann.
Hast du Lieben und Leben
Einmal verschenkt und vergeben,
Nimmer lösen und heben
Kannst du den eigenen Bann!

**Otto.**

Welche Glut, o welch Verlangen
Ach nach ihr, die ich zertrat!

**Bertha.**

Fieber brennt auf deinen Wangen,
Wüßt' ich Hilfe! Wüßt' ich Rat!

**Reinald.**

Die Vergeltung kommt gegangen,
Die dem Frevler schrecklich naht.

**Lenore.**

Hast du Lieben und Leben
Einmal verschenkt und vergeben,
Nimmer lösen und heben
Kannst du den eigenen Bann.

**Otto.**

Es ist aus! Es ist aus! Das Mahl ist aufgehoben!
(Wirft die Tafel um.)
Sattelt mein Roß, mein wildes Berberroß!
Bringt Sperber mir und Pfeilgeschoß!
Fort zur Jagd ins Gebirg, wo Sturm und Waldbach toben!
Hinaus, hinaus mit hellem Troß!

**Leupold.**

O Herr, o Herr! welch seltsam Begehren,
Welch finsterer Geist ficht plötzlich Euch an?

**Bertha.**

Otto, mein Otto, sieh meine Zähren!
Was ist dir geschehn? Was ist dir gethan?

**Chor.**

O hört! O hört! Welch seltsam Begehren!
Befängt ihn ein Trug? Bethört ihn ein Wahn?

**Otto.**

Was steht ihr? Was fragt ihr? — Laßt mich — laßt!
Ich habe nicht Ruh, ich habe nicht Rast!
In Sturm und Braus verjagen
Möcht' ich mein Sehnen, mein Leid;
Möcht' es in dunkler Zelle klagen
Der Einsamkeit.
Mich drängt's, mich treibt's, in meinen Adern
Das wilde Blut empöret sich —
Ich fühl' in meiner Brust die Elemente hadern,
O welche Glut! Wer kühlet mich!

**Lenore.**

Laß das vergebliche Streiten,
Wenn dich die Sehnsucht verzehrt!
Willst du in Hast ihr entreiten,
Schwingt sie sich mit dir aufs Pferd.
Treibst du den Nachen vom Strande,
Schwimmt sie dir nach durch den Schwall,
Folgt dir genüber zum Lande,
Breitet umnetzende Bande
Allüberall! Allüberall!

**Otto.**

Wie mich gewaltig
Lockt ihr Gesang!

Länger nicht halt' ich
Des Herzens Drang.
Schämen und Bangen
Zerflattern im Wind.
Sieh mein Verlangen!
Hast mich gefangen
Reizendes Kind!

**Bertha** (zugleich).

Wehe, gewaltig
Lockt ihn ihr Blick,
Länger nicht halt' ich
Die Thränen zurück.
Schämen und Bangen
Deucht ihm nur Scherz;
All sein Verlangen
Nimmt sie gefangen;
Brich, du mein Herz!

**Reinald** (zugleich).

Weh, den Verräter
Hält nichts zurück.
Liebe schon fleht er
Mit Wort und Blick.
Mit dem Geschworenen
Treibt er Scherz,
Und der Verlorenen,
Jüngst erst Erkorenen
Bricht er das Herz.

**Chor der Ritter** (zugleich).

Unwiderstehlich
Lockt ihr Gesang.
Nicht mehr verhehl' ich
Des Herzens Drang.
Das mich wie Schlangen-
Windung umspinnt,

Sieh mein Verlangen!
Hast mich gefangen
Reizendes Kind!

(Die Ritter haben sich um Lenoren gedrängt. Otto tritt ihnen entgegen.)

**Otto.**

Wer wagt es, keck und voll Begier
Zu dieser Maid den Blick zu heben?

**Erster Ritter.**

Nach jedem Ziel darf klarer Wille streben,
Und meine Liebe biet' ich ihr.

**Zweiter Ritter**
(zum ersten).

Vor keinem Kampfe lernt' ich beben,
Den schönen Preis bestreit' ich dir.

**Chor der Ritter**
(durcheinander).

Auch ich — Auch ich — Auch wir, auch wir!
Schämen und Bangen
Schweigt in der Brust;
Sie zu gewinnen
Ist mein Beginnen,
Sie zu gewinnen
Einzige Lust.

**Lenore.**

Schönheit steigt auf die Zinne,
Wirft den entzündenden Strahl;
Flammen, Flammen der Minne
Fahren allmächtig im Saal.
Aber im flackernden Scheine
Mit Salamandernatur
Spielt, sich ergötzend, die eine,
Spielet die Jungfrau alleine —
Hütet euch nur! Hütet euch nur!

**Erster Ritter.**

Komm, holde Jungfrau, sei die Meine!

**Zweiter Ritter.**

Zu deinem Ritter nimm mich an!

**Dritter Ritter.**

Hoch ragt mein Schloß am grünen Rheine,
Die Pforten sind dir aufgethan.

**Chor der Ritter**
(durcheinander).

O sei die Meine! — Sei die Meine!
Nimm mich, nimm mich zum Ritter an!

**Otto.**

Zurück mit euern frechen Grüßen!

**Chor der Ritter.**

Kein Recht giebt's, das der Liebe wehrt.

**Otto.**

Da liegt mein Handschuh euch zu Füßen,
Und statt des Wortes spricht das Schwert.
(Er schleudert seinen Handschuh in den Saal und zieht das Schwert.)

**Lenore.**

Flammen, Flammen der Minne
Zucken in wilder Begier,
Schönheit steigt auf die Zinne,
Und es entlodern die Sinne — —
(Plötzlich aufschreiend.)
Weh, welch ein Dämon spricht aus mir!

**Chor der Ritter**
(gegen den Pfalzgrafen und gegeneinander andringend).

Heraus denn, ihr blitzenden Schneiden!
Zum Kampfe, zum blutigen Reihn!
Das Schwert, ja das Schwert soll entscheiden —

**Otto.**

Mein muß sie sein! Mein muß sie sein!

**Reinald.**

Die Schwerter entfliegen den Scheiden,
Der Frevel will blutig gedeihn.

**Bertha.**

O Himmel, siehe meine Leiden!
Erbarm, erbarme dich mein!
Nicht länger ertrag' ich die Pein.

(Sie eilt seitwärts in die Schloßkirche.)

**Otto.**

Und legte, was Macht hat auf Erden,
Und legte die Hölle sich drein:
Nur mein, nur mein darf sie werden,
Mein muß sie sein! — Mein muß sie sein!

**Chor der Ritter**
(wild durcheinander).

Mein muß sie sein, mein muß sie sein!

(Otto hat Lenore mit der Linken umschlungen und kämpft mit der Rechten. Allgemeines Gefecht.)

---

## Vierter Auftritt.

Die Vorigen ohne Bertha. Der Erzbischof tritt ein. Ihm folgen Priester und gewappnete Knechte.

**Erzbischof.**

Die Schwerter senkt! Beim ew'gen Gott!
Ihr raset!

**Reinald.**

Wehe diesem Haus!

**Erzbischof.**

Treibt hier die Hölle ihren Spott?

**Erster Priester.**

's ist Zauberei!

**Erzbischof.**

Du sprichst es aus.

**Chor.**

O wehe, wehe diesem Haus!

**Erzbischof**
(auf Lenore deutend).

Das Unkraut werd' im Keim vernichtet!
Nur rasche That bringt hier Gewinn.
Die Schuld ist klar, sie sei gerichtet.
Ihr Knechte, greift die Zauberin!

**Otto**
(den Gewappneten entgegentretend).

Zurück! In meines Schlosses Hallen
Wer rührt sie an! Bin ich hier nichts?
Auf, schart euch um sie, ihr Vasallen!

**Erzbischof.**

Wahnsinn'ger Knabe! Sie ist Gott verfallen.
Im Namen des geistlichen Gerichts!

(Die Ritter und Knappen weichen vor dem heranschreitenden Erzbischof zurück.
Er ergreift Lenores Hand und führt sie in den Kreis der Priester.)

**Otto.**

Ihr gebt sie preis! Schmach euch und Schande!

**Chor der Ritter und Knappen.**

Uns schreckt der Kirche dräuend Nahn.

**Erzbischof**
(zu seinem Gefolge).

Nehmt hin die Dirne, schlaget sie in Bande,
Führt sie zum Dom als Büßerin angethan,
Laßt Kerzen brennen, Weihrauch wallen!
Sobald die Glocken dumpf erschallen,
Hebt das Gericht zu sprechen an.

**Otto.**

Trotz euch und was im Grollen
Auch eure Satzung spricht,
Mein Herz, mein eisern Wollen
Beuget ihr nicht, beuget ihr nicht!

**Reinald und Chor der Ritter**
(zugleich).

Dies Labyrinth von Wehe
Und Schuld, ich faß es nicht;

O Allmacht aus der Höhe
Sende mir Licht, sende mir Licht!

**Erzbischof und Chor der Priester**
(zugleich).

Was Finsternis gesündigt,
Der Himmel bringt's ans Licht;
Die Rache wird verkündigt —
Fort zum Gericht! Fort zum Gericht!

(Der Erzbischof und die Priester verlassen den Saal, in ihrer Mitte Lenore, die sich ohne alles Sträuben fortführen läßt. Otto, Reinald, die Ritter und die Gewappneten folgen.)

---

## Verwandlung.

Seitenkapelle der Schloßkirche, mit dieser durch einen großen Bogen verbunden. Ein unmittelbar hinter dem Bogen niederwallender Vorhang schneidet die Aussicht in das Schiff der Kirche ab. Die Wände sind noch von der Feier des Morgens her bekränzt. Kurze Dekoration.

### Fünfter Auftritt.

**Bertha** (allein).

Zu euch, ihr heiligen Mauern, flücht' ich mich
In meiner Angst. O gebt mir Ruh' und Trost!
Laßt Frieden auf mich niedertauen! —
Umsonst! Umsonst! Auch ihr
Erzählt mir nur von dem, was ich verlor.

Hier hängen noch des Festes frische Kränze
Und sehn mich spottend an. Ach, hier
Lag ich an seinem Herzen, hier
An seinen Lippen hing ich,
Und neidete den Himmel nicht.

Schreckliche Wandlung! Alles nun dahin.
Alles verloren! Glück — Heil — Liebe —

In dumpfer Qual verzehrt sich meine Seele,
Nach Thränen sehnt mein brennend Auge sich,
Und keine Thränen hab' ich mehr.

Ich sollt' ihm fluchen, der mich so verriet,
Und ich vermag's nicht — Ach, es wird mein Fluch
Gebet um Gnade für ihn, den ich noch immer,
Noch immer liebe!

Unselig Herz, zu grollen weißt du nicht
Noch zu vergessen: o so brich! Es ist
Für dich Genesung nur dort unten.

Komm, o Tod, des Tages Schwüle
Liegt auf diesen Wimpern schwer;
Von den Gräbern säuselt Kühle,
Weht Erquickung zu mir her,
Hab' ich alles falsch erfunden,
Stark und treu allein bist du,
Holder Arzt, laß mich gesunden,
Balsam gieb für meine Wunden!
Gieb mir Ruh! Gieb mir Ruh!

Meiner Liebe junge Wonne
Blüht' und starb an einem Tag;
Ach, was soll mir diese Sonne,
Wenn das Herz verblutend brach!
Laß, o laß die Schatten sinken
Ueber mich und meine Not!
Deinen Becher seh' ich winken,
Laß mich süß Vergessen trinken!
Komm o Tod! Komm o Tod!

---

## Sechster Auftritt.

Bertha. Reinald tritt auf.

**Reinald.**

O Herrin, fort von hier! Schon rüstet schauerlich
Dort in der Kirche Pfeilerhallen
Sich alles zum Gericht. Die finstern Priester wallen
Im stummen Zuge schon —

**Bertha.**

Was kümmert's mich!

**Reinald.**

Folgt mir von hier! Laßt euch beschwören;

**Bertha.**

Sprecht, wo ist mein Gemahl? Was sinnt er?

**Reinald.**

Fraget nicht!
Er rast —

**Bertha.**

Ich sah dem Tod ins Angesicht,
Ich bin gefaßt, und alles kann ich hören.

**Reinald.**

O Herrin —

**Bertha.**

Redet!

**Reinald.**

Meine Lippe zagt —

**Bertha.**

Laßt mich nicht betteln um mein Leiden!

**Reinald.**

So sei's. Er schwur auf ewig euch zu meiden
Um jene Maid, die Priestermund verklagt.

**Bertha.**

Und jetzt, und jetzt, wo weilt er? Sagt!

**Reinald.**

Dort, wo sie richten und entscheiden.

**Glockenton und Priesterchor**
(hinter der Scene).

Der du kannst das Herz ergründen,
Was verborgen woll uns künden,
Offenbare Schuld und Sünden!

**Reinald.**

O kommt hinweg! Sie heben an.

**Bertha.**

Laßt mich! Wovor soll mir noch grauen?
Randvoll ist meiner Schmerzen Maß, wohlan,
So will ich auch das Letzte schauen.

(Sie reißt den Vorhang herunter, der die Kapelle von der Kirche scheidet.)

---

## Siebenter Auftritt.

Man erblickt den Erzbischof auf seinem Stuhle, um ihn her im Halbkreise die geistlichen Richter; zur Seite Otto, Ritter und Volk, das, sobald der Zwischenvorhang gefallen ist, nach vorn drängt. In diesem Augenblicke wird Lenore in weißem Bußgewand von Gewappneten hereingeführt. Bertha sieht, an einen Pfeiler gelehnt, dem Folgenden wie erstarrt zu.

**Chor der Priester.**

Tränk uns aus der Weisheit Borne!
Lehr uns scheiden Spreu vom Korne!
Diener sind wir deinem Zorne.

**Erzbischof**
(sich erhebend).

Richter, gebt mir Antwort!

**Chor der Priester.**

Frage!

**Erzbischof.**

Faßt ihr ruhig Schwert und Wage?

Chor der Priester.

Ruhig sind wir.

Erzbischof.

Kläger, klage!

(Er nimmt seinen Sitz wieder ein.)

Erster Priester.

So klag' ich denn: das Herz des Grafen, den ihr schaut,
Hat diese Dirne hier mit Höllenkunst umsponnen,
Hat ihn durch Zaubertrank, gemischt aus gift'gem Kraut,
Entfremdet seiner hohen Braut,
Und ihn für ihr Gelüst gewonnen.
Der Zeugen braucht es nicht. Ihr habt es selbst geschaut.
Als schwarze Zauberin sei sie verdammt!

Chor der Priester.

Ruft Zeter über ihr! Der Holzstoß sei entflammt!

Reinald.

Weh, sie verdammen
Sie zu den Flammen:
Himmlische Mächte, steht ihr bei!

Otto.

Ha, nicht zu tragen
Ist, was sie wagen!
Hüte dich, trotzige Klerisei!

Ritter und Volk.

Wie wird sich's wenden!
Wie wird es enden!
Himmlische Mächte, steht ihr bei!

Chor der Priester.

Ruft Zeter über ihr! Der Holzstoß sei entflammt!

Erster Priester

(zum Erzbischof).

Du siehst es, sie sind einig insgesamt.

Erzbischof.

Den Rechtslauf dürfen wir nicht stören.
Was bringt die Dirne vor?

**Erster Priester.**

Unselige, laß hören!

**Lenore.**

Führt mich zum Tode, nehmt mich hin!
Nach keiner Gnade steht mein Sinn,
Ich leide still und stumm.
Meine schwarze Kunst, das ist mein Schmerz,
Mein Zauber ein gebrochen Herz,
Und einer weiß, warum.

**Erzbischof und Chor der Priester.**
(Eine Stimme nach der andern einfallend.)

Bei ihrem Wort, wie schmilzt mein Sinn,
Wie schwindet leise — mein Zorn dahin!
Ihr stiller Gram, ihr tiefer Schmerz
Bewegt mit Macht — mit Macht mein Herz.

**Otto und Reinald** (zugleich).

Bei ihrem Wort — wie schmilzt mein Sinn,
Schmilzt all mein Wesen — in Sehnsucht hin!
Ihr stiller Gram, ihr tiefer Schmerz
Bewegt mit Macht — mit Macht mein Herz.

**Chor des Volkes und der Ritter**
(zugleich).

Es rührt ihr Wort — der Priester Sinn,
Und leise schwindet ihr Zorn dahin.
Ihr stiller Gram, ihr tiefer Schmerz
Bewegt mit Macht — mit Macht mein Herz.

**Lenore.**

Kennt ihr ein Herz, das Falschheit brach?
Es stürzt in Sünde, Fluch und Schmach,
Und willig sterb' ich drum.
Ich hab' meine Liebe verschworen,
Ich habe mich selbst verloren,
Und einer weiß, warum.

(Die Chöre der Priester, der Ritter und des Volkes wiederholen sich wie vorher. Dann erhebt sich der Erzbischof.)

**Erzbischof.**

Sie hat geredet. Richten wir!

**Erster Priester.**

Du hast den ersten Spruch. Beginne.

**Erzbischof.**

Wer will verdammen, über Huld und Zier
Ihr angebornes Recht der Minne!
Ich finde keine Schuld an ihr.

**Reinald.**

Er spricht sie los, o Glück!

**Chor des Volkes.**

Heil, Heil dem milden Sinne!

**Chor der Priester.**

Ihr Zauber ist die Huld der Minne,
Wir finden keine Schuld an ihr.

**Erzbischof**
(zu Lenore).

Geh hin, mein Kind, du bist entlassen.

**Lenore.**

Träum' ich? Wach' ich? Es kann nicht sein.

**Reinald.**

Du bist frei! Du bist frei! O lerne dich zu fassen!

**Otto**
(auf Lenore zueilend).

Triumph! Triumph! Jetzt bist du mein!

**Erzbischof**
(tritt dazwischen).

Zurück, Verblendeter!

**Bertha.**

Weh mir!

**Otto.**

Wer will mir wehren!

**Erzbischof.**

Im Namen deines Stamms, im Namen deiner Ehren
Gebiet' ich dir: Halt ein! Halt ein!

**Otto.**

Ha, dir zum Trotz —

**Bertha.**

Gedenke deines Eides!
Denk meines unermeßnen Leides!
Du tötest mich —

**Otto.**

Mein muß sie sein!

**Erzbischof.**

Komm zu dir selbst, sinnloser Wüterich! —
Ihr aber schafft dies Kind mit Eilen
In unsres Klosters Hut. Dort mag sie sicher weilen.

**Reinald und Volk.**

Lenore komm! Wir führen dich!

(Sie umringen Lenore und wenden sich zum Gehen.)

**Otto.**

Beim Abgrund, halt! Wer ist's, der sie mir raubt?
Wer rührt sie an, die ich erkoren!

**Erzbischof.**

Wahnsinniger, zurück!

**Otto.**

Sein Blut kommt auf sein Haupt!
Beim ew'gen Gott, er ist verloren.

**Bertha**

(tritt entschlossen vor Lenore).

Ich schütze sie, dein Weib! Sieh her! Ist auch für mich
Dein Eisen scharf?

**Otto.**

Verderben über dich!
All euer Widerstand ist eitel!
Hinweg, Verhaßte!

(Er schleudert sie fort.)

**Bertha**

(zusammenbrechend).

Weh!

**Chor.**

O Grausen!

**Erzbischof.**

Nun wohlan!
Dein Maß ist voll und deine Frist verrann.
So schleudr' ich denn auf deine Scheitel
Der Kirche Interdikt und Bann.
Sei ausgestoßen!

**Chor der Priester.**

Ausgestoßen!

(Otto fährt entsetzt zurück.)

**Chor der Ritter und des Volkes.**

Wehe!
Entweicht, entweicht aus seiner Nähe!
Ihn traf der Kirche Fluch und Bann.

**Otto.**

Fluch über euch! Fluch über mich!

**Reinald und Volk.**

Lenore komm! Wir führen dich.

**Erzbischof**

(zu Bertha herantretend).

O Tag des Unheils!

**Chor.**

Wehe! Wehe!
Entweicht, entweicht aus seiner Nähe!
Ihn traf der Kirche Fluch und Bann.

(Otto steht wie gebrochen auf Leupold gelehnt, von allen übrigen verlassen. Während ein Teil des Volkes Lenore fortführt, ein andrer sich um den Erzbischof und Bertha gruppiert, fällt der Vorhang.)

# Dritter Aufzug.

---

Weite sonnige Herbstlandschaft am Rhein. Im Hintergrunde der Strom. Zur Rechten in die Bühne vorspringend ein hohes Frauenkloster, dessen Mauern zum Teil mit Wein überwachsen sind, auf derselben Seite vorn, über Stufen erhöht, eine breite Pforte, welche zur Kirche des Klosters führt. Zur Linken unter hohen Bäumen Sitze von Rasen. Auf dem Strom verschiedene Kähne.

## Erster Auftritt.

Winzer und Winzerinnen die Herbstfeier begehend. Viele bringen Trauben in Körben und Butten, andre ruhen trinkend unter den Bäumen, Knaben stampfen in den Kelterfässern, um welche getanzt wird.

**Erster Halbchor.**

Wir bringen, wir bringen
Des Herbstes köstliche Gabe,
Vom rebumlaubten Stabe
Der Trauben süße Last.

**Zweiter Halbchor.**

Wir schwingen, wir schwingen
Voll jungen Weins die Becher,
Und jeder deutsche Zecher
Sei uns gegrüßt als Gast.

### Voller Chor.

Preis dem Herbste tausendtönig,
Preis mit Saitenspiel und Lied,
Preis ihm, wenn er wie ein König
Segnend durch die Berge zieht!

### Erster Halbchor.

Nun dröhnen, nun dröhnen
Die Keltern unverdrossen,
Es kommt der Most geflossen
In Strömen purpurklar.

### Zweiter Halbchor.

Nun tönen, nun tönen
Die hellen Geigen und Pfeifen,
Und um die Kufen schleifen
Die Tänzer Paar bei Paar.

### Voller Chor.

Preis dem Herbste tausendtönig,
Preis mit Saitenspiel und Lied,
Preis ihm, wenn er wie ein König
Segnend durch die Berge zieht!

---

## Zweiter Auftritt.

Die Vorigen. Hubert. Reinald.

### Hubert.

Mit euern Liedern haltet ein!
Des Festes Jubel heißet schweigen,
Legt ab die Kränze, löst den Reigen!

### Chor.

Was giebt es?

**Hubert.**

Trauerkunde für den Rhein.
Die edle Gräfin, ach, die Helferin ohn' Ermatten,
Die ungetröstet nie den Klagenden entließ,
Sie ist dahin.

**Chor.**

Sie starb?

**Reinald.**

Aus Gram um ihren Gatten,
Der sie am Hochzeitstag verstieß.

**Chor.**

Weh, weh dem Rasenden!

**Hubert.**

Ja wehe ihm und mir!
Denn sie, für die sein Herz in toller Brunst entglühte,
Um die er frech zertrat des Rheines Stolz und Blüte,
Lenore ist's, mein Kind!

**Chor.**

Erschüttert lausch' ich dir.

**Hubert.**

Im Frauenkloster weilt die Unglücksel'ge hier.
Hier kann sein Arm sie nicht erreichen.
Er aber schweift verfemt, durch Kirchenfluch gebannt,
Mit einer wüsten Schar durchs Land,
Auf seiner Stirn das Kainszeichen.

**Reinald.**

O starre nicht so düster, Greis,
Sind rein von Schuld doch deine Hände!

**Hubert.**

Erstehn die Toten auch auf dein Geheiß?
Spar deinen Trost! Ich bin ein welkes Reis
Und trüb und düster ist das Ende.

Des Tags beim Werk, zu Nacht beim Wein,
Wie deuchte das Leben mir gut!
Ich pfiff bei Regen und Sonnenschein
Mein Lied in lustigem Mut!
Und hätt' mir gesprochen von Kummer ein Wicht,
Ich hätt' ihm gelacht in das Angesicht.
Doch ach, mit der Zeit
Kommt Jammer und Leid,
Daß das Herz dir im Leibe zerbricht.

### Chor.

Mit der Zeit, mit der Zeit
Kommt Jammer und Leid,
Daß das Herz dir im Leibe zerbricht.

### Hubert.

O Frühling grün, o froher Sinn,
O Jugend so frisch und so rot,
O Lieb' und Lust, wie müßt ihr dahin!
Und sicher allein ist der Tod.
Und wenn ein Narr vom Glücke dir spricht,
Verstopfe dein Ohr, und glaub ihm nicht!
Denn, ach, mit der Zeit
Kommt Jammer und Leid,
Daß das Herz dir im Leibe zerbricht.

### Chor.

Mit der Zeit, mit der Zeit
Kommt Jammer und Leid,
Daß das Herz dir im Leibe zerbricht.

---

## Dritter Auftritt.

Die Vorigen. Lenore tritt aus der Klosterkirche. Sie ist einfach, doch weltlich gekleidet.

**Lenore.**

Mein Vater!

**Hubert.**

Welch ein Wiedersehen!

**Lenore.**

O wohl mir, daß du kamst! Du glaubst nicht, was ich litt!
Nicht wahr, du nimmst mich wieder mit?

**Hubert.**

Du bist verstört! Was ist geschehen?
Sag an, wer that ein Leides dir?

**Lenore.**

Niemand. Die Menschen sind gut zu mir;
Die sind's nicht, die mich vertreiben.
Aber dennoch kann ich nicht bleiben.
O führe, führe mich fort von hier!

**Hubert.**

Ich fasse dich nicht.

**Lenore.**

Seitdem zu jener Pforte
Ich einging, find' ich Rast an keinem Orte!
Mich drückt das Gewölb, mich ängstigt die Wand,
Wie Grabhauch weht's in den beklommnen Räumen,
Und sieh, dann winkt's zu Nacht mit weißer Hand
In meinen Träumen.
Und wilde Wasser seh' ich schäumen,
Und hoch und höher, langsam, schauerlich
Wachsen sie an und heben mich gelinde,
Und dunkle Stimmen gehn im Winde,
Und rufen mich.

**Hubert.**

Und wohin zieht's dich?

**Lenore.**

Nur von hinnen!
Ins Weite, Grenzenlose hinaus!
Wo die wilden Schwäne ihr Nest gewinnen,
Im Abendrot die Felsenzinnen
Ragen über des Stroms Gebraus,
Da baut meine Sehnsucht sich das Haus.
Dort möcht' ich wieder am schroffen Hang
Sitzen und träumen den Tag entlang,
Möchte wieder mit weißem Mohn
Mich kränzen und die alten Weisen singen,
Und mit des Liedes letztem Ton
Selber vergehn und verklingen!

**Hubert.**

Kind, du bist krank!

**Lenore**
(auf ihr Herz deutend).

Ja, hier. O wär's vorüber schon!

---

## Vierter Auftritt.

Trompeten hinter der Scene. Lenore verschleiert sich und drängt sich zwischen die Winzer. Gleich darauf stürmen Otto und Leupold herein mit einem Gefolge abenteuerlich gewappneter Söldner.

**Otto.**

Besetzt die Thore! Sperret jeden Pfad!
Laßt niemand aus noch ein!

**Hubert und Chor.**

Welch neues Unheil naht?

**Reinald.**

Was willst du, der im tiefen Frieden
Uns wie ein Mörder überfällt?

**Otto.**

Es hat die Welt mich ausgeschieden:
Ich führe Krieg mit aller Welt.

**Chor der Söldner.**

Krieg mit den Pfaffen!
Krieg mit der Welt!
Alles muß unser sein,
Was uns gefällt.
Becher und Schüssel,
Mädchen und Wein.
Schwert ist der Schlüssel
Zu jeglichem Schrein.

**Chor der Winzer**
(leise, unter sich).

Horch, wie sie drohn in frechem Trutz!
Schafft Waffen her zu Wehr und Schutz!

**Chor der Söldner.**

Lachend ersteigen wir
Kloster und Burg,
Keller und Prunkgemach
Spüren wir durch.
Ist uns da drinnen
Genüge gethan,
Fliegt zu den Zinnen
Glühroter Hahn.

(Während des Chors hat Reinald mit den Winzern geredet, die sich mit Hacken, Weinpfählen, Hirtenspießen waffnen. Jetzt tritt er Otto entgegen.)

**Reinald.**

Du nahst mit Schwertern und mit Stangen,
Gieb Antwort, was ist dein Begehr?

**Otto.**

Gebt mir heraus, die ihr gefangen!
Lenoren gebt mir.

**Hubert.**

Nimmermehr!

**Otto.**

Erwägt, was ihr beginnt! Mein Rächerarm trifft schwer!

**Reinald.**

Unsel'ger, wie darfst du fordern
Den Frevel, der zum Himmel schreit?

**Otto.**

Gehorsamt! Sonst, bei meinem Eid
In Flammen soll das Kloster lodern!

**Lenore.**

O Jammer!

**Otto.**

Welch ein Laut! Du bist's, holdsel'ge Maid!
(Er eilt auf sie zu, sie weicht zurück, ihr Schleier fällt.)
O komm, laß dich von hinnen tragen!

**Reinald**
(zu Lenore).

Wir schützen dich, du darfst nicht zagen!

**Otto.**

So wählst du Zwang? Wohlan —

**Lenore.**

Halt ein!

**Hubert.**

Jetzt, Herr, sei mächtig in den Schwachen!
Ihr Winzer, auf zum Kampf!

**Otto**
(zu seinem Gefolge).

Zum Kampf!

**Lenore.**

Ha, dort ein Nachen!
Rette mich, rette mich, flutender Rhein!

(Sie springt in einen Kahn und stößt vom Lande.)

**Otto**
(gegen das Ufer vordringend).

Sie entweicht. Auf! Ihr nach!

**Reinald**
(stellt sich ihm mit gezogenem Schwert entgegen).

Bis dieses Schwert zerschroten,
Kommst du hier nicht vom Platz.

**Otto.**

Verdammnis dir und Fluch!

(Lenore ist verschwunden. Sie fechten.)

---

## Fünfter Auftritt.

In diesem Augenblicke erscheint ein Trauerherold an der Spitze eines langsam vorschreitenden Leichenzuges, der sich von der Linken gegen die Pforte der Klosterkirche bewegt. Vor dem Sarge wird ein großes Banner getragen. Der Zug trennt die Fechtenden und schneidet dem Pfalzgrafen den Weg zum Strome ab.

**Trauerherold.**

Den Gottesfrieden ehrt! Habt Achtung vor den Toten!
Geleitet fromm den Trauerzug!

**Chor**
(Melodie des Trauermarsches).

Ehrfurcht den Toten! Den Gottesfrieden ehrt!
Bändigt die Kampflust! Zu Boden senkt das Schwert!

**Otto**
(zurücktaumelnd).

Ha, was erblick' ich! Das Wappen dort ist mein.
Sprecht, wen begrabt ihr?

**Herold.**

Die Pfalzgräfin vom Rhein.

**Otto**
(zurücktaumelnd).

Mein Weib! Mein Weib!

**Reinald.**

Erbarme Gott sich dein!

(Pause. Nur der Trauermarsch geht fort.)

**Hubert.**

Folgt mir, und bringt ihr die letzten Ehren dar,
Bringt sie der Herrin, die allen teuer war.

**Reinald und Chor der Winzer.**

Friede der Edlen! Es bringt ihr unsre Schar,
Bringt ihr mit Thränen die letzten Ehren dar.

(Hubert, Reinald und die Winzer schließen sich dem Zuge an und verschwinden mit demselben in der Klosterkirche.)

---

## Sechster Auftritt.

Otto. Im Hintergrunde Leupold und die Söldner.

**Otto.**

O welche Mattigkeit! Wie Blei so schwer
Liegt auf mir das Gefühl des Lebens.
Todmüde ist mein Haupt; kaum trägt der Fuß mich mehr;
Ich möchte weinen, doch vergebens.
Ach, alles düster! Alles leer!

(Er setzt sich auf einen Stein vor der Kirche und verbirgt das Gesicht in den Händen.)

**Chorgesang aus der Kirche.**

Aus der Tiefe hör uns rufen!
Herr, zu deines Thrones Stufen
Nimm die Seele gnädig an,

Der hinieden
Qual beschieden,
Gieb ihr deinen ew'gen Frieden,
Laß Erbarmen sie empfahn!

### Otto.

Hätt' ich sie lieben können, ach,
Die ich verstieß, die ich zerbrach!
Sie ist dahin. O könnt' ich's sühnen!
O wüßt' ich einen frischen Reitertod
Bei der Trompeten Schall im Grünen:
Vorüber wäre jede Not.
Aber nein! Zu deinem Glücke
Halben Wegs verzagst du schier?
Rückwärts schlägt sich keine Brücke,
Vorwärts winkt mir dies Panier.

(Er hebt Lenores Schleier auf, welcher noch am Boden liegt.)

Soll ich knabenhaft entsagen,
Nun das Schrecklichste geschehn?
Nein, das Letzte muß ich wagen,
Muß den Preis von dannen tragen,
Oder stolz zu Grunde gehn. —
Auf, ihr Mannen!

### Chor

(sich nähernd).

Herr, gebeut!

### Otto.

Noch gen Boppard zieht ihr heut.
Dort im Buchenwald verborgen
Harrt ihr meiner bis zum Morgen.
Komm' ich: gut. Wo nicht: zum Sold
Teilt euch Leupold all mein Gold.
Nimmer denk' ich dann zu kehren,
Und entbind' euch eurer Pflicht.

**Leupold.**

Herr, ihr wollt? — —

**Otto.**

Die Zeit wird's lehren.
Zeuch gen Boppard. Forsche nicht!

(Leupold und die Söldner entfernen sich zögernd. Otto wendet sich gegen den Strom, und verschwindet hinter dem Kloster.)

---

## Verwandlung.

Die Klippe über dem Strome, von der untergehenden Sonne rot beschienen. Auf der Höhe des Felsvorsprunges sitzt Lenore, ihr langes Haar ordnend und schmückend. Später Otto.

### Siebenter Auftritt.

**Lenore.**

Ich habe mein Herz verloren,
Das liegt im tiefen Rhein.
Ihm hab' ich mich verschworen,
Darf keines andern sein.
Mein Sinn ist schwer, meine Brust ist leer.
Ich kenne nicht Lächeln, nicht Weinen mehr;
Ich habe mein Herz verloren,
Das liegt im tiefen Rhein.

Wie leicht ist Lust verdorben,
Und Lieb' ist eitel Not!
Mir deucht, ich bin gestorben,
Und bin doch schön und rot.
Wann schlägt die Stunde, wann kommt der Tag,
Da alles, alles enden mag!

Ach, leicht ist Lust verdorben
Und Lieb' ist eitel Not.

(Otto ist schon während ihres Gesanges im Nachen erschienen. Er steigt ans Land.)

**Otto.**

Wie damals grüßt mich alles wieder.
Vom Felsenhang
Verlockend hernieder
Schallt ihr Gesang,
Und zieht und reißt mich hin zu ihr —
Lenore!

**Lenore.**

Wer rufet mir?

**Otto.**

Ich bin's, um dich gejagt wie ein Wild,
Das die Jäger hetzen,
Verfemt im Wald, gebannt im Gefild —
O wolle du mich letzen!
Mich, der um dich sein Glück, seine Ruh,
Sein alles giebt,
Der nichts mehr will, als dich allein,
Der dich meint, der dich liebt!

**Lenore.**

Ich weiß von keinem, der mich liebt!
Reißenden Stroms flutet die Zeit.
Nur ein Traum noch dämmert mir ferne,
Doch der Traum war bitteres Leid.

**Otto.**

Ich weiß, ich hab' an deiner Huld
Frevel begangen,
Aber zehnfach größere Schuld
Türmt' ich empor, dich wiederzuerlangen.
Geworden bin ich der Buben Spott,

Geschmäht von der Welt, verstoßen von Gott
Um ein Lächeln von deinen Wangen.
Du bist die letzte Zuflucht, die mir blieb,
Nun alles fällt —
Nimm du mich an! Vergiß! Vergieb!
Und ich lache der Welt.

**Lenore.**

Laß ab! Laß ab! Zwischen dir und mir
Steht hinfort eine dunkele Macht;
Nicht klag' ich dich an, nicht bejammr' ich mich selbst,
Das Geschick sei schweigend vollbracht.
In mein eigenes Herz nicht wag' ich zu schau'n,
Denn ich finde nicht Freude, nicht Leid.
Ich weiß nur eins: Voneinander sind
Wir geschieden auf ewige Zeit.

**Otto.**

Nein! Nein! So stößt du mich nicht fort!
Fahrhin ist nicht dein letztes Wort.
Wo wäre die Macht, und wär's der Hölle Glut,
Die vor der Liebe mächtig bliebe!
Jeglich Geschick durchbricht die Liebe;
O wolle nur, und es ist alles gut!

O gedenke der Zeit,
Holdselige Maid,
Da ich hier zu Füßen dir saß,
Und mit quellender Brust
In unendlicher Lust
Die Welt und mich selber vergaß;
Da dein Auge so blau
Von gesegnetem Tau
Wie das Veilchen im Frühlinge floß,
Da dein Arm mich umschlang
Und Ruh dein Gesang
In die flutende Seele mir goß —

**Lenore.**

Nicht beschwöre die Zeit!
Denn sie liegt so weit,
Und sie kehrt uns nimmer zurück.
Wohl schwankt mir der Sinn,
Doch dahin, doch dahin,
Doch auf immer dahin ist das Glück.
Laß ab! Laß ab
Das ich einst dir gab
Mein Herz war verödet und leer.
Eine finstere Macht
Hält über mir Wacht.
Laß ab, und beschwöre nicht mehr!

**Otto.**

Schon erzittert dein Herz
In der Sehnsucht Schmerz,
Nein ich lass' es nicht, bis ich's errang —
Bei der wonnigen Stund,
Da küssend vom Mund
Ich die atmende Seele dir trank,
Bei dem jauchzenden Glück —

**Lenore.**

Weh! Könnt' ich zurück!
O was weckst du begrabenen Laut!
Laß ab! Laß ab!

**Otto**

(mit ausgebreiteten Armen den Felsen hinaufklimmend).

An mein Herz! Komm herab!

**Chor der Geister**

(unsichtbar).

Halt ein, verfemte Braut!

**Lenore**

(wie aus schwerem Kampfe allmählich sich aufrichtend).

Weh mir! — Kehr um! Nicht wag mir zu nahn,

Ich bin wie gepanzert in Erz.
Vorbei! Vorbei! Laß ab von dem Wahn!
Nichts weiß von Liebe mein Herz.
Wie ein bebender Ton, wie ein wehender Traum,
Wie der sterbenden Welle verrinnender Schaum
So verrann sie in Nacht und in Schmerz.

(Kurze Pause.)

Ich kenne dich nicht! Geh deinen Pfad,
Die Braut bin ich worden des Rheines,
Hinweg! Mein zürnender Bräutigam naht,
Ich kenne dich nicht! Geh deinen Pfad,
Erfüll dein Schicksal, ich meines!

(Der Rhein braust und donnert.)

**Otto.**

Weh! Weh! Vor meinen Augen kreist
Das All. Der Anker meiner Seele reißt
In Wahnsinn und Schmerz.
So hold, so verlockend das Auge dein,
So hart du selber wie dein Stein!
Scheitre, scheitre mein Herz!
Es ist alles dahin! Es ist alles vorbei!
Das Gericht kommt gegangen.
Fahr wohl, du schöne, todesschöne Fei!
Du sollst dein Opfer empfangen!

(Er stürzt sich in den Strom.)

**Chor der Geister.**

Heil, Heil der mächtigen Sterblichen!
Heil, Heil der Schönheitsverderblichen!
Rache, Rache schufen wir dir!

———

## Letzter Auftritt.

Lenore auf der Klippe sitzend. Es dunkelt tief. Hubert, Reinald, Winzer und Winzerinnen kommen mit Fackeln.

**Reinald.**

Sie ist's! Sie ist's! Dort sitzt sie auf der Ley!

**Chor.**

Sie ist gefunden! Kommt herbei!

**Hubert.**

O Kind, wir suchten dich mit Schmerzen.
Nun komm, und ruh an deines Vaters Herzen!

**Lenore.**

Laßt mich, mein Tagwerk ist vollbracht.
Mit ihren Sternen kommt die Nacht,
Mein Haupt ist schlafestrunken.
Es sehnt mein Herz nach all dem Streit
Ins Stille sich, in die Dunkelheit,
Denn die Welt, die Welt ist versunken.

**Reinald.**

Nicht also! Heilt doch jeder Gram der Erde!
Ins Leben wende dich zurück!

**Hubert.**

Auch der Entsagung blüht am frommen Herde
Friedselig ein bescheiden Glück.

**Chor.**

O komm zurück! O komm zurück!

**Lenore.**

Niemals! Mich hält ein Schwur.

**Hubert** (drohend).

Lenore!

**Reinald.**

Laß mich nicht flehn zu taubem Ohre!

**Hubert.**

Wenn jeder Rat umsonst verhallt,
Wohlan, so brauch' ich denn Gewalt.

(Sie beginnen die Höhe hinanzuklimmen.)

**Lenore.**

Zurück! Ich habe nichts mit euch gemein.
Und wohnt bei Menschen kein Erbarmen,
Ruf' ich zu dir, brausender Rhein.
Mein Bräutigam, ich harre dein!
Errette mich mit starken Armen!

(Furchtbarer Donnerschlag. Der obere Teil der Felsenwand zerbirst, und eine hohe krystallene Pforte wird sichtbar. Hubert, Reinald und die Winzer taumeln zurück und stehen wie gebannt.)

**Hubert. Reinald. Chor.**

Welch Entsetzen! Welch ein Grausen!
Und sie selber ruft's herein!

**Chor der Geister.**

Dein Gesinde naht mit Brausen,
Heil der Königin der Fei'n!

**Lenore**

(in die Pforte tretend, zu den andern zurückgewandt).

Fahrt wohl! Ihr hemmt nicht meine Bahn.
Mein erstes Werk ist abgethan,
Und das andere ist's, das ich sage:
Wer hinfort mir naht, und die Treue verriet,
Ihn reißt mit Gewalt in die Strudel mein Lied,
Daß er Tod und Verderben erjage.
Denn bei Tag, denn bei Nacht, wohl über dem Rhein
Will ich rufen im Fels, will ich klagen im Stein
Von verlorener Liebe die Klage.

**Hubert. Reinald. Chor.**

Weh! Sie ist für uns verloren!
Zu des Bergs krystallnen Thoren
Kühnen Fußes geht sie ein.

**Chor der Geister.**

Heil! Wir führen dich zum Throne,
Heil! Es winkt die Feienkrone,
Heil dir Königin vom Rhein!

(Indem Lenore die Schwelle der Krystallpforte überschreitet, geht über der vorspringenden Felsenzacke groß und glänzend der Mond auf.)

(Der Vorhang fällt.)

# Echtes Gold wird klar im Feuer.

## Ein Sprichwort.

## Personen.

Prinz Lothar, Oberst eines Ulanenregiments.
Helene, Schauspielerin.
Anna, deren Schwester.
Ein Jäger des Prinzen.

Die Handlung spielt in einer deutschen Residenz im Herbste des Jahres 1871.

Helenens Wohnung. Geschmackvoll eingerichtetes Zimmer mit Sofa, Lehnsesseln, zierlichem Schreibtisch u. s. w. Auf dem Kamin eine Uhr zwischen Blumenvasen. Im Hintergrunde eine offene Flügelthür, die in den Garten führt. Der Haupteingang liegt rechts, links gegenüber ebenfalls eine Thür.

## Erster Auftritt.

Helene, später Anna.

**Helene**
(die Rolle der Iphigenie studierend).

„Leb wohl! O wende dich zu uns und gieb
Ein holdes Wort des Abschieds mir zurück!
Dann schwellt der Wind die Segel sanfter an,
Und Thränen fließen lindernder vom Auge
Des Scheidenden. Leb wohl! Und reiche mir
Zum Pfand der alten Freundschaft deine Rechte! —
Lebt wohl!" —
Ich denk', es geht. Und was noch fehlt,
Das giebt im Feuer des Zusammenspiels
Mir wohl des Augenblicks Erregung ein. —
Wär's nur erst Zeit! — Vier ganze Stunden noch,
Bis sich der Vorhang hebt. Am besten thät' ich,
An andres jetzt zu denken. Könnt' ich's nur!
Doch Furcht und Hoffnung lassen mich nicht ruhn;
's ist wie ein Fieber fast — Wie prächtig dort
Am hohen Lindengang die Astern blühn!
Ich geh' und pflück' mir eine Schale voll —

(Nimmt eine Schale vom Kamin und wendet sich gegen die Flügelthür.)

„Heraus in eure Schatten, rege Wipfel
Des alten heil'gen" — Nein! Genug! Genug!
Das ew'ge Wiederholen ist vom Uebel;
Ich bin ja sicher. — Horch, da kommt zum Glück
Die Schwester, so verplaudern wir die Zeit.
(Anna tritt auf, rechts.)
Willkommen, Anna! Aus der Stadt zurück?
Mit meiner Rolle ward ich eben fertig.
Trafst du den Bruder?

Anna.

Ja, vergnügt und fleißig
Wie stets. Sein schönes Bild, der schlafende
Endymion, rückt munter fort.

Helene.

Und sonst
Was giebt es Neues?

Anna.

Wenig Gutes heut.
Nur ein Gerücht vom Hof, das ich dir gern
Verschwiege, wär's nicht schon in aller Mund.

Helene.

Vom Hof? Und das erregt dich so? So sprich,
Was ist es denn?

Anna.

Man sagt, daß Prinz Lothar,
Den wir so gut wie schon verlobt geglaubt
Mit Clara Holmfeld, plötzlich andern Sinns
Geworden sei und, statt das letzte Wort
Zu sprechen, kühl von ihr zurück sich ziehe.
Seit vierzehn Tagen ließ er im Hotel
Der Gräfin Mutter sich nicht sehn.

Helene.

Mein Gott,
Was sagst du da? Die arme, arme Gräfin!

Seit letztem Winter weiß ich ja, wie sehr,
Wie innig sie ihn liebt. Das wär' ein Schlag,
Der bis ins Herz sie träfe. Doch wie kann
Er von ihr lassen, die das reizendste
Geschöpf auf Erden ist? Ich fass' es kaum.
Was ist denn vorgefallen?

**Anna.**

Und du hast
Von allem keine Ahnung?

**Helene.**

Ich? Gewiß nicht.

**Anna.**

Man sagt noch mehr.

**Helene.**

Was sagt man?

**Anna.**

Ist dir nichts,
Gar nichts bewußt, was im Gemüt des Prinzen
Die jähe Wandlung dir erklären könnte?
(Da Helene schweigt, mit Bedeutung.)
Du sahst ihn doch so oft in letzter Zeit.

**Helene.**

Mein Gott, wie sprichst du denn? Du denkst doch nicht —
Thorheit!

**Anna.**

Daß du ihm nicht mißfielst, ist sicher.

**Helene.**

Nun ja, auch er hat mir den Hof gemacht
Wie hundert andre. Und ich leugn' es nicht:
Ich sah ihn gerne, doppelt, weil er stets
Sich in den Schranken feinster Sitte hielt.
Er ist ein Mann von Geist, wie sollt' ich mich
Nicht einer Huld'gung freu'n, von der ich wußte,
Sie galt nicht mir, sie galt der Künstlerin.

**Anna.**

Die Welt spricht anders, Kind.

**Helene.**

Was spricht sie nicht!

**Anna.**

Ich fürchte, diesmal traf sie's.

**Helene.**

Wär' es möglich?
Er könnt' um meinetwillen — Nein, nein, nein!
Wie magst du nur so furchtbar mich erschrecken!
Es kann, es darf nicht sein. O, welchen Sturm
Hast du in meinem Herzen aufgerührt!
Mir schwindeln die Gedanken. Güt'ger Himmel,
Wie fass' ich mich! Und in dem Zustand soll
Ich auf die Bühne, soll die Priesterin,
Die hohe, ruhig klare Jungfrau spielen!
Grausame, mußtest du denn unbedacht,
Du kennst mich ja, in diesem Augenblick
Den Feuerbrand in meine Seele werfen,
Der keine Rast mir gönnt?

**Anna.**

Vergieb, ich sagte
Nur, was du wissen mußtest, eh's vielleicht
Auf anderm Weg zu deinen Ohren kam.
Nicht vor den Menschen durfte solch ein Wort
Dich überraschen. Doch ich weiß, wie stark
Du bist, wie rasch und kräftig dein Gemüt
Aus heftigster Erschütterung sich stets
Zur Klarheit wieder durchringt. Kämpf auch dies
Im stillen mit dir aus, und laß mich dich
Gefaßt und ruhig finden, wenn ich dir
Gewand und Schleier für den Abend bringe.

(Geht bis zur Thüre links und kehrt noch einmal zurück.)

Helene, sei du selber!

(Ab.)

## Zweiter Auftritt.

**Helene** (allein).

Wär' es wahr?
Er liebte mich? Er dächt' im Ernste dran,
Sich frei zu machen, nur daß ich ihm ganz
Gehören könnte? — Meine Seele bebt
Bei dem Gedanken. Nein, hinweg, hinweg,
Verführerische Bilder! Kann mich denn
Ein sinnlos Stadtgeschwätz so ganz verwirren?
Kein leidenschaftlich Wort entfiel ihm je,
Nicht eins — Und seine Braut — o, wer sie kennt,
Dies echteste Juwel der Weiblichkeit,
Der liebt sie, muß sie lieben. Nein, es ist
Unmöglich.

Aber wenn's nun dennoch wäre?
Was dann? O güt'ger Himmel, soll ich dann
Das neidenswerte Los, das ungesucht
Gleichwie aus Wolken in den Schoß mir fiel,
Undankbar von mir stoßen? Bin ich nicht,
Wo's um das ganze Glück des Lebens geht
Mir selbst die Nächste? — —

Aber war ich denn
Unglücklich, als ich nie zu hoffen wagte?
Floß nicht in wunschlos stiller Heiterkeit
Mir Tag um Tag hin? Freilich, wenn er kam,
Da ward mir frei und leicht, und was ich Bestes
In meiner Seele trug, das drängte froh
Sich auf die Lippen mir — doch war er drum
Mein eins und alles? Hab' ich nicht die Kunst,
Für die ich leb' und die ich nimmermehr
Zu missen wüßte? — Sie ertrüg' es nie,
Ein Bruch mit ihm würd' auch ihr Leben brechen,

Zu tief hab' ich in ihr Gemüt geschaut.
Mir aber wäre seine Liebe nur
Ein schöner Sonnenglanz —
Und doch! Und doch!
O Gott, wie schwer ist der Verzicht! Warum
Tritt denn dies Glück, das unerreichbar ich
Gewähnt, so nah, so blendend vor mich hin,
Wenn ich entsagen soll? — O, wär's kein Traum,
Ich fürcht', ich könnt' es nicht.

---

## Dritter Auftritt.

Helene, Anna, später ein Jäger.

**Anna** (rasch eintretend, links).
Um Gottes willen!
Des Prinzen Wagen kommt den Platz herauf,
Er will zu dir. Nimm ihn nicht an! Nicht jetzt!
Du glühst und zitterst ja —

**Helene.**
Nein, nein! Es muß
Entschieden sein. Zur Ruhe muß ich kommen,
Und Ruhe find' ich nicht, bis ich ihn sah.

**Anna.**
Bedenk, Helene —

**Helene.**
Wär's denn morgen anders?
Ein Tag nur mehr der ungewissen Qual.
Nein, laß mich; die Gewißheit wird den rechten
Entschluß ins Herz mir geben.

**Jäger** (von rechts, anmeldend).
Seine Hoheit
Der Prinz Lothar.

**Helene.**

Ich lass' ihn bitten.

(Jäger ab.)

**Anna.**

Darf
Ich ruhig dich verlassen?

**Helene.**

Geh nur, geh!
Und glaub, ich werde handeln, wie ich muß.

(Anna ab, links.)

---

## Vierter Auftritt.

Helene. Prinz Lothar (rechts).

**Helene.**

Willkommen, Prinz! Sie überraschen uns
Zu ungewohnter Stunde. Darf ich fragen,
Welch günst'ger Stern zur Zeit der fürstlichen
Hoftafel Sie in unsre Hütte führt?

**Prinz.**

Zunächst die Dankbarkeit! Ich konnt' es länger
Mir nicht versagen, Ihnen auszusprechen,
Wie tief, wie bis ins Herz Cordelia
Vorgestern mich entzückt.

**Helene.**

Gefiel ich Ihnen?
Das macht mich stolz und glücklich. Freilich that
Der große Dichter wohl das beste, Prinz;
Doch thut mir's wohl, aus Ihrem Mund zu hören,
Daß ich das edle Bild, das er entwarf,
Nicht ganz verfehlt.

**Prinz.**

Der allgemeine Beifall
Sagt' Ihnen mehr. O, es muß köstlich sein,
Im Dichterwort den Schatz der eignen Brust
Wie durchgeschmolznes Gold hervorzuströmen
Und im Bewußtsein des Gelingens dann,
Umwogt vom Jubel der Bewunderung,
Als aller Liebling stolz sich zu empfinden,
Als Fürstin, der bezwungen jedes Herz
Entgegenschägt.

**Helene.**

Dies Glück, mein gnäd'ger Prinz,
Ist nicht so übergroß. Zwar leugn' ich's nicht,
Der laute Beifall freut mich, und ich könnt'
Ihn kaum entbehren; weckt er doch und steigert
Die Kraft in mir, so wie ein günst'ger Hauch
Des leichten Fahrzeugs Segel schwellt und treibt.
Allein das Weitre trifft nicht zu. Ich kenne
Nur allzugut den Wert der Huldigungen,
Die man mir sonst wohl zollt, und öfters schon
Befiel mich ein Gefühl der Scham dabei.
Nein, sei'n wir offen, Prinz. Was ist es denn,
Was an uns Armen, die wir uns dem Dienst
Melpomenes geweiht, dem großen Schwarm,
Zumal der Männerwelt, so sehr gefällt?
Das Herz etwa, das keiner kennt? Der Geist,
Den auf zwei Stunden uns der Dichter borgt,
Und der, sobald der Vorhang niederrauscht,
Vielleicht verflog? Gewiß nicht. Doch die Kunst,
Das Feuer der Begeist'rung? — Ach, ich hab'
Es einst geglaubt und will es wieder glauben,
Sobald ich mit den Damen des Balletts
Der Menge Gunst nicht mehr zu teilen habe.
Nein, was sie anzieht, ist der Zauberkreis
Von Glanz und Duft, der schillernd uns umgiebt,

Die Doppelwelt von Wirklichkeit und Schein,
Das sind die Reize, die die Schminke leiht,
Die freie, fremde Tracht, die unsern Wuchs
Verhüllt und zeigt, das reichgelockte Haar,
Das oft so falsch ist, wie die Edelsteine
An unserm Königschmuck, das sind sogar,
Ja, lachen Sie, die zierlichen Sandalen,
Nach denen man, ich weiß es nur zu wohl,
Die großen Gläser gleich Geschützen richtet,
Kurz, alles, was die Sinne reizt und täuscht.

**Prinz.**

Wie ungerecht Sie sind!

**Helene.**

Ich rede von
Der Mehrzahl, Prinz. Und freilich stünd' es schlimm
Um uns und unsre Kunst, wenn alle so
Gesonnen wären. Wer vermöchte dann
Mit freud'gem Herzen nach dem Kranze noch
Emporzustreben? Nein, ich weiß zum Glück:
Ein kleines Häuflein giebt's von Auserwählten,
Für das wir unsern Ernst und Eifer nicht
Umsonst verschwenden, das im Schauspiel noch
Ein leidenschaftlich Schicksal miterleben
Und aus dem Borne der Erschütterung
Verjüngte Kraft des Lebens trinken will.
Die sind's, für die wir spielen; wen'ge nur,
Allein ihr echtempfundner Anteil hält
Uns schadlos für den Unverstand der Masse.

**Prinz.**

Zu diesen wen'gen, hoff' ich, zählen Sie
Auch mich, Helene.

**Helene.**

Sicherlich.

**Prinz.**

Und glauben,

Daß das kein eitler Sinnenrausch, was mich
Ergreift, wenn ich bewundernd Ihrer Kunst,
Dem reinen Abbild Ihres Wesens, lausche.
Nein, keine Wallung des erregten Bluts
Trübt dies Gefühl. Ich schaue nur und bin
Beglückt im Schauen. Was als dämmernd Bild
Unklar mir vorgeschwebt, was nur im Wort
Der Genius schuf, das tritt, zur lautersten
Gestalt geworden, mir durch Sie entgegen
Und schließt die Tiefen mir des Lebens auf.
Der Geist der Poesie hat wiederum
Die Priesterin, die seiner wert, gefunden
Und reißt, durch Ihren Mund geoffenbart,
Unwiderstehlich mich dahin.

**Helene.**

Sie schwärmen
Und schätzen meinen Funken von Talent
Viel, viel zu hoch. Warum mich so beschämen!
Sie wissen doch, der Vorwurf, den vorhin
Ich auszusprechen wagte, traf nicht Sie.
Nein, Ihnen könnt' ein andrer Irrtum nur
Gefährlich werden, Prinz, von dem man sagt,
Daß grade die Begeist'rungsfähigsten
Am eh'sten ihm verfallen.

**Prinz.**

Und der wäre?

**Helene.**

Daß sie die Rolle, die ihr innerstes
Gemüt erschüttert, mit der Künstlerin,
Die dargestellte Leidenschaft mit dem,
Was jene selbst im Busen trägt, verwechseln
Und, von der Dichtung adelnder Gewalt
Getäuscht, aus ihr ein Ideal sich schaffen,
Ein glänzend Bild, das leider nur zu oft
Mit keinem Zug der Wirklichkeit entspricht.

**Prinz.**

Das sagen Sie mir, deren ganzes Spiel
Die vollste Wahrheit ist? Ich kann's nicht glauben;
Nein, Sie verleumden sich und Ihre Kunst.
Ein Trug nur wär' es meiner Phantasie,
Wenn in dem reinen Bild ich, das sie mir
Von Desdemonen, Julien, Imogen
Vor Augen zaubern, Ihres eigensten
Gefühles Pulsschlag zu vernehmen glaube
Und in Cordeliens rührender Gestalt
Entzückt Sie selbst erkenne? — Nimmermehr!
Nein, solcher Seelenhauch lernt sich nicht an.
Sie fühlen, was Sie spielen.

**Helene.**

Ja, ich fühl's.
Und mehr, ich leb' es. Aber lassen Sie
Mich, wie die Tochter Lears, wahrhaftig sein.
Ich leb' es nur im Augenblick. Verklagen
Sie drum die Bretter, wo das höchste Schaffen
Zuletzt ein wundervoll Empfangen bleibt.
Die Fülle naht und strömt dahin im Nu;
Sie festzuhalten weiß ich nicht. Der Sturm
Der Leidenschaft, in dem ich wonnevoll,
Mir selbst entrissen, weltvergessen schwebe,
Ist nur der Hauch, der aus des Bläsers Mund
Das Erz des Horns erschüttert, daß es tönt.
Sobald er nachläßt, bin ich wiederum
Ein stumm Metall. Mit des Gewandes Schmuck,
Mit dem Kothurn, der mich getragen, fällt
Die priesterliche Hoheit von mir ab,
Und nichts bleibt übrig als ein großes Kind,
Das Hunger hat und dem ein schmackhaft Mahl,
Ein Kelch mit Schaum, von Schwesterhand kredenzt,
Willkomm'ner däucht als alle Poesie.

Ich wollte nur, Sie hätten mich am Abend,
Da ich Cordelien gespielt, gesehn.
So ausgelassen lustig war ich nie.

**Prinz.**

So kehren Sie den Satz des Dichters um,
Die Kunst ist Ihnen ernst, das Leben heiter.
Doch wird das stets so bleiben? Ueberfiel
Bei solchem jähen Wechsel Sie noch nie
Ein bang Gefühl von Heimweh, ein Verlangen
Nach still begrenztem Glück?

**Helene.**

Mein Prinz, es gehn
In jedem Menschendasein Licht und Schatten
Wohl Hand in Hand, und auch das meine blieb
Nicht ohne Wunsch. Doch darf ich redlich sagen:
Was ich ersehnt, lag stets in meiner Welt.
Die Kunst, die ich erwählt, ich geb' es zu,
Weiß nichts von Rast, und manchen Seufzer hat
Sie mir erpreßt. Doch nimmer könnt' ich drum
Ihr treulos werden, nimmer jenen Schatz
Von reinen Freuden, den verschwendrisch sie
Mir zuströmt, um ein ander Los vertauschen —
Wo fänd' ich's auch!

**Prinz.**

Nur eine Frage noch,
Helene, die Ihr hoher Sinn dem ernst
Teilnehmenden verzeihen mag — Sie haben
Bis heute nie geliebt?

**Helene.**

Wenn Lieben heißt
So viel als Nichtentbehrenkönnen, nie.

**Prinz.**

Und trät' ein Mann nun, dem von Herzen Sie
Vertrauen könnten, vor Sie hin und böte
In treuer Neigung Ihnen Herz und Hand?

**Helene.**

Luftschlösser, Prinz!

**Prinz.**

Und wenn sie Wahrheit würden?
O reden Sie, Helene! Wenn ein Freund,
Der Sie versteht und liebt, sein Los auf immer
An Ihres knüpfen, alles, was er hat
Und ist, beglückt mit Ihnen teilen möchte?
Was dürft' er hoffen? — Reden Sie!

**Helene.**

Mein Prinz,
Wie soll ich —

**Prinz.**

Ich beschwöre Sie.

**Helene.**

Nun denn!
Ich würd' ihm dankbar sein mein Leben lang,
Aus tiefster Seele dankbar —

**Prinz.**

O Helene!

**Helene.**

Doch sprechen würd' ich: Legen Sie dies Glück
In andre Hände, die es mehr verdienen
Und besser würd'gen. Mein Zigeunerblut
Erträgt die Fessel nicht, und wäre sie
Von Gold und wäre sie von Rosen nur.

**Prinz.**

Das kann Ihr Ernst nicht sein.

**Helene.**

Er ist's; ich kenne
Mich selbst und weiß, die eigenste Natur
Verleugnet straflos keiner. Setzen Sie
Den Meerfisch, der im Sturm des Salzgewogs
Vergnügt dahinspielt, in den prächtigsten

Süßwasserteich, was wird sein Schicksal sein?
So würd' auch ich, aus meinem Element
Entrückt, verkümmern, niemandem zum Glück
Und glücklos selber. Lassen Sie mich drin,
So lang es mich noch trägt.

**Prinz.**

Und dann, Helene? —
Gedachten Sie an Ihre Zukunft nie?

**Helene.**

Auch dafür ist gesorgt. Zwar weiß ich kaum,
Wie ich dereinst ein Leben ohne Kunst
Ertragen soll — doch darben werd' ich nicht,
Und auch nicht einsam sein. Die treue Schwester,
Die jetzt mein Haus besorgt und für mich spart,
Verläßt mich nie, und unser Kleeblatt füllt
Mein Zwillingsbruder. Ach, Sie glauben nicht,
Wie lieb, wie gut, wie ganz mein Stolz er ist.
Kaum hat er ausgedient, und schon erwarb
Ihm sein Talent als Maler Ruf und Gönner.
Erst jüngst gewann ein Bild von ihm den Preis;
Gewiß, Sie hörten schon von ihm?

**Prinz** (in Gedanken).

Von wem?

**Helene.**

Mein Prinz, Sie sind zerstreut. Was mußt' ich auch
Von Dingen plaudern, die so ganz entfernt
Von Ihrem Kreise liegen? Freilich meint' ich,
Das sei für jeden, was so menschlich ist.

**Prinz.**

O, Sie beschämen mich und nennen mir
Zugleich den Mangel, dran mein Leben krankt.
Das ist's ja, was so tief nach unverfälschtem
Gefühl mich schmachten läßt, daß nie, fast nie
In jenem Kreis, den Sie den meinen heißen,

Die reine Menschlichkeit zu Worte kommt.
Vor Zeiten merkt' ich's kaum. Doch jetzt, nachdem
Der große Krieg mit seinem Glück und Elend
Die taube Rinde mir vom Herzen schlug
Und Echt und Unecht mich erkennen lehrte,
Jetzt geht in jener Welt des ew'gen Scheins,
In der ich atmen soll, die Luft mir aus.
Form ist dort alles, Sitte; vorgeschrieben
Ist jedes Lächeln, jedes Wort bewacht.
Die Grüße, ja die Schritte sind gezählt.
Das Auge selbst, des Herzens Bote sonst,
Wagt nicht zu sprechen, weil ein Blick der Neigung
Auffallen könnte. Wer vermöchte dort,
Wo alles Wesen unterm Kleid erstickt,
An Liebe noch, an Leidenschaft zu glauben!

(Bitter.)

Da sucht man draußen denn ein Glück und findet
Die Thür verschlossen. — Doch ich halte Sie
Zu lang schon auf —

(bricht ab).

**Helene.**

Nein, gehn Sie nicht so, Prinz,
Nicht so verstimmt!

**Prinz.**

Wie soll ich heiter sein
Im Augenblicke, da mein höchster Wunsch
Mir fehlschlug und ich dran verzweifeln muß,
Jemals den Schatz, den ich gesucht, zu heben?

**Helene.**

Sie suchten ihn vielleicht am falschen Ort,
Und an der Stätte, wo er schon für Sie
Bereit lag, gruben Sie nicht tief genug —
Wer weiß!

**Prinz.**

Was meinen Sie?

Helene.

Ich habe nie
Hofluft geatmet, nie den Formelzwang
Der großen Welt gespürt. Doch ahn' ich wohl,
Wie schwer, wie selten dort ein tief Gefühl
Sich offenbaren mag. Doch fehlt es drum,
Weil's unentschleiert bleibt? Sieht stolze Scham
Nicht leicht der Kälte gleich? Und hüllt sich nicht
Die Furcht, zu viel zu sagen, oft in Schweigen?
Nein, Sie verklagen jene Höh'n, auf die
Das Schicksal Sie gestellt, mit Unrecht, Prinz,
Wenn Sie des echten Lebens bar sie nennen.
Wie manche schon, die dort als Sternbild glänzt,
Fand ich, wenn sie ihr Hofkleid abgelegt,
Als echte Gönnerin der Kunst, als edle
Beschütz'rin mühvoll ringenden Talents,
Als Trösterin verschämter Armut wieder!

Prinz.

Jawohl, die Welt erfährt's, und es ist süß,
Sich rühmen lassen! Solcher Edelmut
Täuscht wie das Trauerkleid, bei dem die Schöne
Nur denkt, wie gut die schwarze Tracht ihr steht.
Man giebt, weil man erkennt: Geburt verpflichtet,
Man trocknet Thränen, wie man Blumen pflückt,
Um sich zu schmücken. O, verteid'gen Sie
Nicht diese Region des falschen Prunks,
Wo ew'ge Kälte herrscht! Zur Kirche gehen sie,
Weil fromm sein Mode ward, und schließen Ehen,
Weil Serenissimus es wünscht. Das Herz
Hat nichts damit zu schaffen.

Helene.

Prinz, Sie sollten
So hart nicht reden, selbst im Unmut nicht;
Gerade Sie am wenigsten. Ich habe
Beweise —

**Prinz.**

Meines Irrtums?

**Helene.**

Ja, mein Prinz.

**Prinz.**

Sie machen mich begierig —

**Helene.**

In der That?
Nun wohl, so lassen Sie ein Beispiel sich
Erzählen, das ich selbst erlebt und das
Den schönen Glauben mir, den ich verfechte,
Zur freudigsten Gewißheit schuf. Ich will
Mich kurz zu fassen suchen. Wollen Sie
Ein ruhig Ohr mir schenken?

**Prinz.**

Reden Sie!
Nur allzugern ja würd' ich meine Zweifel
Durch Sie zerstreut sehn.

**Helene.**

Vor'gen Winter war's.
Sie standen damals bei dem Heer in Frankreich,
Das um Paris die Eisenfessel schlug,
O, welche Zeit war das für uns, voll Angst
Und Hoffnung, wußte jede doch im Feld
Den Sohn, den Bruder, den Geliebten stündlich
Von tödlich drohender Gefahr umringt.
Ach, alle unsre Wünsche waren dort!
Hier aber regten tausend Hände sich,
Den armen Opfern, den Verwundeten
Erquickung, Heilung, Linderung zu schaffen.
In Scharen zu den Lazareten strömten
Die Edelsten der Frau'n und walteten,
Von keines Elends Graus zurückgeschreckt,
Der schönsten Pflicht der Weiblichkeit; da galt

Kein Name mehr, kein Standesunterschied.
Wer menschlich fühlte, kam, wer sich geschickt
Zum Helfen zeigte, fand von selbst den Platz,
Und in einmütiger Begeisterung,
Die Ordnung schuf und Unterordnung lehrte,
Gedieh das große Liebeswerk zum Heil.

**Prinz.**

Ich weiß, ich weiß, Sie selbst —

**Helene.**

Auch ich bezwang
Den Drang des Herzens nicht, und in die Reihe
Der Pflegerinnen trat ich. Ach, ich habe
Dort Schreckliches gesehn, und aller Krieg
Ward mir seitdem ein Greu'l; doch süß auch war's,
Wenn aus dem Aug' uns der erschöpften Dulder
Ein Blick des Danks, ein Hoffnungslächeln traf.
Das war der Preis, um den wir schwesterlich
Wetteiferten, und freudig darf ich's sagen,
Wir alle thaten unsre Pflicht —

**Prinz.**

Gewiß,
Am meisten Sie.

**Helene.**

Nicht ich, mein Prinz; doch eine
That mehr als alle — ach, ein hold Geschöpf,
So sanft und doch so stark zugleich, wie Gott
Kein zweites schuf. Rastlos bei Tag und Nacht
Umschwebte sie, ein lichtes Engelsbild,
Die Lagerstätten, dem Verzagenden
Hier Trost einsprechend, dort mit leiser Hand
Dem Wunden dienstbar, dort dem Fiebernden
Die saft'ge Frucht, den kühlen Becher reichend.
Sobald sie eintrat, war's, als ging' ein Hauch
Des Friedens durch den Saal, die düstern Stirnen

Erhellten sich, und wo sie nahte, ward
Die Klage stumm, als bannte schon der Anblick
Der unermüdlich Helfenden den Schmerz.

**Prinz.**

Sie malen mir ein reizend Bild. Und wer,
Wer war dies Ideal?

**Helene.**

Ich sollte sie
Noch tiefer kennen lernen. Ein Geschick,
Ein günst'ger Zufall, wenn Sie wollen, führt'
In übernächt'ger Stunde uns zusammen.
Die Kunde war gekommen, daß Paris
Gefallen, daß der unglücksel'ge Krieg
Beendet sei; wir aber saßen spät
Am Abend noch im Vorsaal, miteinander
Die Linnen ordnend für den nächsten Tag.
Da scholl von allen Türmen Glockenton,
Und durch die Gassen wogte Fackelschein
Und Chorgesang: Nun danket alle Gott!
Und überwältigt vom gewalt'gen Klang
Des nie so tief empfundnen Liedes brach ich
In heiße Thränen aus und jauchzte mit,
Daß nun die Qual vorüber, und daß Gott
Mein Fleh'n erhört und gnädig mir den Liebling,
Den teuren Bruder mir beschirmt. Da schloß
Sie plötzlich stürmisch mich an ihre Brust,
„Die Freude", rief sie, „macht zu Schwestern uns,
Was berg' ich denn mein Glück! Auch mir, auch mir
Kehrt der Geliebte wieder. O, wie hab' ich
Um ihn gesorgt, gebangt! Denn von den Kühnen
Der Kühnste war er stets, in jedem Kampf,
Bei jedem schwersten Wagestück voran."
Und nun, dahingerissen vom Gefühl,
Entwarf sie mir, in stolzer Wonne glühend,

Ein Bild des Helden — keines Dichters Kunst,
Nur grenzenlose Liebe schildert so.
O wie beglückt erschien mir da der Mann,
Dem solch begnadet Wesen solchen Schatz
Von Inbrunst, Huld und Treue schenkte! Prinz,
In jener Stunde lernt' ich, daß das Herz,
Das Frauenherz nicht kälter im Palast
Als in der Hütte schlägt.

**Prinz.**

O sprechen Sie
Jetzt auch das Letzte aus! Sie blieben mir
Den Namen schuldig. Eine Ahnung sagt
Mir, was ich kaum zu hoffen wage. Nennen
Sie mir den Namen!

**Helene.**

Gräfin Clara Holmfeld.

**Prinz.**

O Clara, Engel! — Und?

(Stockt.)

**Helene.**

Der Glückliche? —
Ja, Prinz, wenn er's nicht weiß, sie nannt' ihn nie.
Doch ihre Schild'rung, mein' ich, paßt genau
Auf einen, der sein Glück wohl kaum verdient,
Weil er daran gezweifelt —

**Prinz.**

O mein Gott!
Wie fass' ich alles das! Sie konnte doch
So stumm, so scheu thun —

**Helene.**

Doch wohl erst, nachdem
Ihr Schweigen sie verwirrt. Ein weiblich Herz
Voll treuer Neigung bietet sich nicht an.
Erraten will es sein und alles nur

Der unbestochnen Wahl der Liebe danken.
Was sollt' es in der Ungewißheit Pein,
Vielleicht im Stolz gekränkter Hoffnung, thun,
Als sich verhüllen?

**Prinz.**

Müssen Sie denn stets
Recht haben? — O, in welch Labyrinth
Hab' ich in meiner Blindheit mich verstrickt!
Bestürzt, erschüttert, bis ins Innerste
Verworren steh' ich da. Um Ihre Liebe
Zu bitten kam ich, und Sie wecken mir
Ein totgeglaubt Gefühl im Herzen auf,
Das, plötzlich neu belebt, gewaltsam mich,
Was leugn' ich's? wie ein Heimweh überfällt.
An allen meinen Wünschen werd' ich irr'
Und weiß nicht mehr, was thun, was lassen — o,
Wie lös' ich diesen Zwiespalt!

**Helene.**

Schenken Sie
Mir Ihre Freundschaft, Prinz. Ich hab' es mir
So oft ersehnt, mit unbefangnem Sinn
Und freier Seele durch das Reich des Schönen
Von treuer Hand geleitet hinzugehn;
Dies reine Glück, gewähren Sie es mir.
Dem Zug des Heimwehs aber folgen Sie,
Er führt zum Heile.

**Prinz.**

O, was machen Sie
Aus mir, Helene?

**Helene.**

Einen frohen Mann,
So hoff' ich, der erkennt, wie reich er ist.

**Prinz.**

Und könnten Sie den Wankelmüt'gen wirklich

Noch achten, der nach einem Sterne griff,
Und dann, des holden Irrtums innewerdend,
Zur Rose, die an seinem Wege blüht,
Zurück sich wendet? Könnten Sie's?

**Helene.**

Ich will
Die Stunde segnen, da sein Glück er fand,
Mein teurer, teurer Freund!

(Der Jäger tritt ein, rechts.)

Der Wagen, Hoheit.

**Prinz.**

Soll warten!

**Helene.**

Nein, mein gnäd'ger Prinz! Ich darf
Sie nicht mehr halten. Unsre Bühnenordnung
Ist gar zu strenge. — Glück auf Ihren Weg!

**Prinz.**

So leben Sie denn wohl! Und Dank — Dank — Dank!

(Ab mit dem Jäger.)

---

## Fünfter Auftritt.

Helene allein. Später Anna.

**Helene.**

Leb wohl, leb wohl, und ahn es nie, in welche
Versuchung du mich führtest. Gott sei Dank!
Nun ist's vorüber und ich darf mit mir
Zufrieden sein, weiß ich das eine doch:
Ich werde niemals, was ich that, bereu'n.
Was wollt ihr, Thränen? Ach, die Wehmut sitzt
Mir noch im Auge; doch mein Herz ist leicht,
Frei, wie der Vogel, der ins Sonnenlicht

Sich aufschwingt aus dem Käfig. — Jetzt erst ganz
Gehör' ich dir, geliebte Kunst, und will
Dir ernst und freudig dienen, dir allein.

(Sie macht einen Gang durchs Zimmer.)

„Heraus in eure Schatten, rege Wipfel
Des alten heil'gen dichtbelaubten Hains,
Wie in der Göttin stilles Heiligtum
Tret' ich noch jetzt" —

(Anna kommt rasch von links; sie trägt Gewand und Schleier über dem Arm, den Kranz in der Hand.)

**Anna.**

Helene, Schwesterherz!
Du hast gesiegt! Der Prinz fährt drüben vor
Am gräflichen Hotel —
Und du?
Du hast geweint und lächelst doch? —

**Helene.**

Ich habe
Zwei Glückliche gemacht. Was willst du mehr! —
Jetzt auf die Bühne! Iphigenie
Ist fertig. Gieb den Schleier, gieb den Kranz!
Ich darf ihn heute ohne Vorwurf tragen.

(Der Vorhang fällt.

www.ingramcontent.com/pod-product-compliance
Lightning Source LLC
Chambersburg PA
CBHW020857130726
47900CB00014B/953

* 9 7 8 3 7 4 1 1 2 9 9 0 2 *